rororo

ANJA BAUMHEIER

Kastanienjahre

Roman

Rowohlt Taschenbuch Verlag

Zitat auf S. 190 aus: Gustave Flaubert,
Madame Bovary. Leipzig, 1907.
Aus dem Französischen von Arthur Schurig

Zitat auf S. 369 aus Ernest Hemingway,
Paris, ein Fest fürs Leben.
Reinbek bei Hamburg, 2011.
Aus dem Englischen von Werner Schmitz

Veröffentlicht im Rowohlt Taschenbuch Verlag,
Hamburg, Oktober 2020
Copyright © 2019 by Rowohlt Verlag GmbH, Hamburg
Redaktion Johanna Schwering
Kartenillustration © Guter Punkt, München
Covergestaltung bürosüd, München
Coverabbildung Mark Owen / Trevillion Images
Satz aus der TrinitéNo2
bei Dörlemann Satz, Lemförde
Druck und Bindung CPI books GmbH, Leck, Germany
ISBN 978-3-499-21856-9

Die Rowohlt Verlage haben sich zu einer nachhaltigen Buchproduktion verpflichtet. Gemeinsam mit unseren Partnern und Lieferanten setzen wir uns für eine klimaneutrale Buchproduktion ein, die den Erwerb von Klimazertifikaten zur Kompensation des CO_2-Ausstoßes einschließt.
www.klimaneutralerverlag.de

Dramatis Personae

Familie Petersen

Karl	Revierförster
Christa	Unterstufenlehrerin
Elise	Schneiderin, Tochter von Karl & Christa
Isolde	Bäuerin, Karls Mutter

Familie Wannemaker

Dora	Gastwirtin
Friedrich	Gastwirt
Henning	Polizist, Sohn von Friedrich & Dora

Familie Jaworski

Otto	Pfarrer
Magdalena Jaworski	Künstlerin, Ottos Tochter
Jakob	Künstler, Magdalenas Sohn

Willi & Agathe Minkler	Konsumbetreiber, Christas Eltern
Bert Struck	Bäcker
Franz Ossenbeck	Dorfschullehrer
Ludwig Lehmann	Bürgermeister
Frieda Kraft	Fleischerin
Marina Herz	Freundin von Elise
Franziska Wannemaker	Tochter von Henning & Elise
Tarek Kebir	Freund von Elise
Selma Lelier Blumenthal	Freundin von Elise

Kapitel 1
Paris, 2018

«Madame Petersen, haben Sie einen Termin?»

«Nein, aber es ist dringend. Ich warte auch, das ist kein Problem.»

«Sie haben Glück, es ist noch nicht so viel los.» Die beleibte Sprechstundenhilfe lächelte so sanft, dass Elise die Sorgen um ihre Gesundheit für einen Moment vergaß.

Der Zwischenfall gestern Abend hatte sie so erschreckt, dass sie entschieden hatte, unverzüglich ihren Hausarzt Dr. Paillard aufzusuchen. Sie hatte gerade an dem Entwurf für ein neues Kleid gearbeitet, als sie auf dem linken Auge plötzlich nicht mehr richtig sehen konnte. Anfangs dachte sie, sie wäre nur müde, und rieb sich über das Lid, doch das half nicht. Mehr als einen verschwommenen Umriss konnte sie von ihren Skizzen nicht mehr erkennen. Es war, als läge ein Schleier auf ihrem Auge. Dann bekam sie furchtbare Kopfschmerzen, ihr wurde schlecht, sie musste sich übergeben und legte sich zitternd ins Bett.

«Ich geh nur schnell auf die Toilette», sagte Elise zur Sprechstundenhilfe.

«Lassen Sie sich ruhig Zeit.»

In dem beige gefliesten Toilettenraum roch es angenehm nach den Sandelholzduftstäbchen, die in einem hohen Glas auf der Ablage über dem Waschbecken standen. Elise sah in den ovalen Spiegel und begutachtete ihr Gesicht, während sie kaltes Wasser über die Hände laufen ließ. Die Falten um ihren Mund waren tiefer als gewöhnlich, und sie fand, dass sie Ähnlichkeit mit einer Marionette hatte. Ihre blauen Augen waren trüb, fast wässrig und hatten beinahe dieselbe Farbe wie der herausgewachsene Haaransatz ihres kinnlangen Bobs. Ich muss unbedingt zum Friseur, dachte sie und hoffte, der Arzt würde eine Erklärung für den Anfall von gestern finden. Sie straffte die Schultern, dann ging sie zurück ins Wartezimmer.

«Madame, der Doktor hat jetzt Zeit für Sie.»

Elise folgte der Sprechstundenhilfe den Flur hinunter, an dessen ockerfarbenen Wänden Reproduktionen von Gemälden von Monet und Degas hingen. Auch das Sprechzimmer war in warmen Farben gehalten. Über der Behandlungsliege befanden sich alte anatomische Abbildungen, in einem Glasschrank lagen Medikamente, Verbände, Tupfer und Spritzen. Dr. Paillard saß hinter seinem reichverzierten Nussbaumschreibtisch und sah Elise durch seine randlose Brille freundlich entgegen.

«Madame Petersen, ich würde ja gerne sagen, schön, Sie zu sehen, aber bei meinem Berufsstand ist das ein Satz, der nicht so recht passen will, n'est-ce pas?» Der Arzt strich seinen karierten Pullunder glatt und wies auf einen Stuhl. «Was führt Sie zu mir?»

«Gestern habe ich plötzlich nicht mehr richtig sehen können, alles war verschwommen, und mir ist ganz schlecht geworden, ich musste mich übergeben.»

Monsieur Paillard machte sich Notizen. «Bitte beschreiben Sie das näher.»

«Es war, als würde ich auf dem linken Auge die Ränder nicht mehr erkennen können. Wie eine Art Tunnelblick. Und sobald ich die Augen geschlossen habe, sah ich rote Spiralen und gelbe Blitze.»

«Hatten Sie noch andere Symptome, Madame?»

«Bis auf den Schwindel und die Übelkeit nicht.» Elise blickte durch das bodentiefe Fenster nach draußen. Seltsam, heute konnte sie wieder ganz klar und deutlich sehen. Als hätte sie sich das alles nur eingebildet. Am Horizont zeichneten sich bleiern die Umrisse der Sacré-Cœur ab, deren Kuppel, das hatte Elise einmal gelesen, bei guten Wetterverhältnissen sogar von vierzig Kilometern Entfernung aus zu erkennen war.

«Das könnte ein Migräneanfall gewesen sein. Oder aber die Vorboten eines Glaukoms, des grünen Stars. Wie alt sind Sie jetzt?», fragte Dr. Paillard.

«Ich werde morgen achtundfünfzig.»

«Sind die Gesichtsfeldausfälle zum ersten Mal aufgetreten?»

«Ja.»

«Gab oder gibt es in Ihrer Familie denn Glaukomfälle?»

«Nicht, dass ich wüsste. Kann man an grünem Star erblinden?», fragte sie ängstlich.

Dr. Paillard nahm seine Brille ab, putzte sie sorgsam und setzte sie schließlich wieder auf. «Grundsätzlich schon, aber es ist zu früh, sich Sorgen zu machen. Vielleicht gibt es eine ganz harmlose Erklärung. Bon, wir müssen eine gründliche Untersuchung veranlassen. Ich werde Sie an einen Augenarzt überweisen. Ich rufe den Kollegen kurz an, dann müssen Sie nicht länger als nötig auf einen Termin warten. Das haben wir gleich.» Er nahm sein schnurloses Telefon und verließ das Sprechzimmer.

Elise faltete die Hände im Schoß und hörte Dr. Paillard im Flur sprechen. Wie sollte es nur weitergehen, wenn sich der Verdacht des Arztes bestätigte? Wie sollte sie leben, wie arbeiten, wenn die Gefahr bestand, dass sie ihr Augenlicht verlor? Mit der Boutique wäre alles aus und vorbei.

«Madame?»

Erschrocken schaute Elise auf. Sie hatte nicht bemerkt, dass Dr. Paillard ins Sprechzimmer zurückgekommen war. «Entschuldigen Sie, ich war mit den Gedanken woanders.»

«Ich habe für nächste Woche Mittwoch um fünfzehn Uhr einen Termin beim Augenarzt vereinbart. Passt das?»

Stumm nickte Elise.

«Lassen Sie sich vorne die Karte geben.» Dr. Paillard setzte sich und stützte die Ellbogen auf die Tischplatte. «Ne vous inquiétez pas, Madame Petersen, machen Sie sich keine Sorgen. Selbst wenn sich der Verdacht bestätigen sollte, man kann den Star behandeln. Wichtig ist, dass Sie jetzt rasch von einem Spezialisten untersucht werden. Sollten sich die Symptome vor Ihrem Termin verstärken, begeben Sie sich bitte umgehend in die Notaufnahme.»

Elise fehlte die Kraft nachzufragen, was genau das zu bedeuten hatte, stattdessen nickte sie nur beklommen.

«Und wegen Ihrer Boutique, nun, es gibt immer eine Lösung.»

«Woher wissen Sie, dass ich an die Boutique gedacht habe?»

Lächelnd lehnte sich Dr. Paillard in seinem Stuhl zurück. «Madame, ich habe in meiner Praxis vielleicht nicht so viel von diesem ganzen Technik-Schnickschnack, der heutzutage üblich ist. Aber als Sohn einer Arzt-Familie», er tippte zuerst auf den Schreibtisch und danach auf sein Herz, «kann ich eins ganz besonders gut: fühlen, was meine Patienten bedrückt.»

Als sie die Praxis verließ, war die Wolkendecke aufgebrochen, vereinzelt spiegelten sich Sonnenstrahlen in den Fenstern der Häuser. Aus einer Boulangerie kam der Duft frisch gebackener Croissants. Elise sah auf ihre Armbanduhr. Es war gerade mal zehn. Sie entschied, die Einkäufe für ihr bevorstehendes Geburtstagsessen mit Marina zu erledigen. Bis ihre Freundin ankam, blieb ihr noch ausreichend Zeit.

Elise fröstelte und knöpfte ihren Mantel zu. Sie liebte den Winter in Paris. Im Dezember vor zwanzig Jahren war sie in die französische Hauptstadt gezogen, und seitdem war allein das winterliche Paris für sie das echte. Während im Sommer Horden von Touristen kamen, die Pariser aus der Stadt flohen und endlose Blechschlangen die Autobahnen verstopften, war der Reiz der Stadt im Winter unverstellt.

Elise wickelte ihren Schal enger, lief die Rue Norvin entlang, vorbei an Galerien und Restaurants, und bog schließlich auf die Place du Tertre. Das gleichmäßige Klappern ihrer Absätze auf dem Kopfsteinpflaster beruhigte sie und ließ die Hoffnung aufkommen, dass Dr. Paillard recht behalten würde. *Ne vous inquiétez pas*, immer wieder musste sie an den Satz des Arztes denken. In diesem Moment drangen die gedämpften Takte einer Klaviersonate von Beethoven aus einem Hochparterre-Fenster. *Für Elise.* Bitte lass das ein gutes Omen sein, dachte sie und lächelte bei der Erinnerung an ihren Vater, der immer an gute Omen geglaubt hatte.

Auf dem Platz bauten die Künstler gerade ihre Stände, Staffeleien und Hocker auf. Sie legten Farbpaletten und Pinsel bereit, vor einem Café pickten Tauben an einem halben Pain au Chocolat. Elise steuerte auf die Brasserie an der linken Seite des Platzes zu und drückte die Tür des Le Phénix auf. Der Raum war leer, die Stühle standen noch auf den runden Tischen, es roch nach Kaffee, im Radio lief leise Jazzmusik. Tarek stand hinter dem Tresen und spülte Gläser. Im Hosenbund unter seinem ausladenden Bauch steckte ein Geschirrtuch.

«Meine Sonne, wie geht es dir?»

Elise überlegte kurz, ob sie Tarek von ihrem Besuch bei Dr. Paillard erzählen sollte, ließ es aber bleiben. Er sollte sich nicht unnötig Sorgen machen. «Ganz gut. Heute kommt Marina, meine Freundin aus Deutschland, erinnerst du dich? Vorher muss ich noch ein paar Erledigungen machen.»

«Aber für einen Petit Noir ist immer Zeit.» Tarek machte Elise einen Espresso und schob ihr die kleine grüne Tasse über den Tresen. «Und was habt ihr beiden Hübschen so vor?»

«Reden, hauptsächlich. Und natürlich will Marina auch die Stadt sehen. Und ich werde kochen. Gratin Dauphonois, Poulet au Four, dazu Haricots au Jambon. Vielleicht möchtest du morgen dazukommen? Allein werden wir mit all dem Essen sowieso nicht fertig.»

«Gerne, danke», strahlte Tarek. «Du kochst ja fast französischer als jeder Franzose.»

«Das sagt der Richtige.» Elise setzte die Espressotasse an die Lippen und zwinkerte Tarek zu. Sie war froh, dass sie ihn hatte. Mit den Jahren war er ihr bester Freund, ihr engster Vertrauter geworden.

«Algier wird immer meine Heimat bleiben, aber es stimmt, als ich damals herkam, habe ich mich wohl oder übel schnell angepasst.»

«Wir sind beide überangepasste Flüchtlinge, wenn man so will. Aber sag mal: Ist dir nicht aufgefallen, dass ich kein Dessert für mein Menü habe?»

Tarek strich sich über seine grauen Koteletten. «Lass mich raten, meine Tarte aux Pommes?»

«Die beste in ganz Paris.»

«Ich pack dir gleich ein bisschen mehr ein.» Grinsend ging Tarek zur Kühlvitrine und schnitt ein großes Stück Apfelkuchen ab. «Soll ich dir ein Geheimnis verraten? Weißt du, warum alle so verrückt nach meiner Tarte sind? Es ist Jujube statt Zucker drin.»

«Was ist da drin?» Elise stellte die Kaffeetasse zurück auf den Tresen.

«Jujube-Honig, aus Algerien. Die Anpassung an ein fremdes Land ist nicht das Problem. Eher, sich ein bisschen Heimat zu erhalten und sie in das neue Land mitzunehmen. Das habe ich mit meinem Apfelkuchen geschafft, still und heimlich.» Tarek lachte. «Und weißt du, was man bei uns sagt: Kannst du kein Stern am Himmel sein, sei eine Lampe im Haus.»

Als Elise zwei Stunden später mit zwei vollen Einkaufstaschen in die Rue Chappe bog, sah sie auf der linken Seite das Haus aus weißem Sandstein, in dem sich im Parterre ihre Boutique Camaïeu befand. Vier Etagen darüber, direkt unter dem Dach, lag ihre Wohnung.

Vor dem Hauseingang stand eine Frau, neben ihr ein Koffer. Sie hatte Elise den Rücken zugewandt und studierte die Auslagen im Schaufenster. Elise blieb stehen. Das war doch … Langsam drehte sich die Frau um. Tatsächlich. Elise lief auf Marina zu und fiel ihr um den Hals. Beim Anblick ihrer Freundin waren ihre Sorgen mit einem Schlag vergessen. «Was machst du denn schon hier? Ich dachte, du kommst erst heute Nachmittag an. Ich muss doch noch so viel vorbereiten, und ach …»

Behutsam legte Marina Elise den Zeigefinger auf die Lippen. «Jetzt hol erst mal Luft.»

Elise atmete kurz ein und aus. «Besser?», fragte sie, betrat den Hausflur und drehte sich zu Marina um.

«Ist alles in Ordnung? Du siehst nachdenklich aus.» Sie schloss den Briefkasten auf und nahm die Post heraus. Zwei Werbezeitschriften und ein Brief, die sie in ihre Handtasche steckte. Dann wandte sie sich wieder ihrer Freundin zu.

«Alles gut. Ich bin nur ein bisschen müde.»

Elise drückte Marina erneut an sich. «Ich freue mich so, dass du da bist. Wir haben uns eine Ewigkeit nicht gesehen. Ich habe ein französisches Menü geplant und uns Tareks Apfelkuchen besorgt. Und heute Abend plaudern wir über die alten Zeiten.»

«Alte Zeiten, das trifft es besser, als du glaubst.» Marina griff in ihre Tasche und zog eine Zeitung heraus. «Schau mal.» Sie faltete die Zeitung auseinander und reichte sie Elise.

Als Elise auf das Titelfoto schaute, dachte sie im ersten Moment, ihre Augen würden ihr wieder einen Streich spielen. Doch auf dem Foto war unverkennbar der verlassene Dorfplatz von Peleroich zu sehen, von Vandalismus zerstört, schäbig und verwahrlost. Über dem Foto stand in großen, roten Buchstaben: *Vergessene Orte im Osten – Findet sich ein Investor oder bleibt am Ende nur die Abrissbirne? In zwei Wochen fällt die Entscheidung.*

Kapitel 2
Peleroich, 1950

Franz Ossenbeck ließ seinen Blick zufrieden über die Klasse schweifen. Bereits in der vorletzten Woche war er von der Kreisstadt Sprevelsrich nach Peleroich in die Wohnung hinter der Bäckerei gezogen, um die Leitung der Dorfschule zu übernehmen. Zwar stapelten sich noch immer die Bücherkisten im Wohnzimmer, er musste seine Schätze wirklich schleunigst ins Regal räumen, aber davon abgesehen fühlte er sich bereits sehr wohl. Die Peleroicher hatten seine Ankunft mit großem Wohlwollen aufgenommen. Der Bürgermeister persönlich hatte ihn sogar zu einem Glas Bier und einem Teller Bratkartoffeln in den Kastanienhof eingeladen und betont, wie froh er war, dass der Schulbetrieb wiederaufgenommen wurde. Endlich konnten die Kinder wieder hier in Peleroich unterrichtet werden.

Das Dorf lag gut zehn Kilometer von Sprevelsrich entfernt. Um die Kirche herum befanden sich der Gasthof, die Bäckerei, die Fleischerei, der Konsum, die Schule und das

Kulturhaus. Der Dorfplatz war ein beliebter Treffpunkt, und Franz fand stets jemanden, mit dem er ein Schwätzchen halten konnte. Umgeben war das Dorf von der unberührten Natur des Sprevelsricher Forstes und der nahen Ostsee. Diese Beschaulichkeit und Ruhe bildeten einen wunderbaren Kontrast zu dem geschäftigen Treiben in der Kreisstadt, für die sich Franz langsam zu alt fühlte. Immerhin war er in diesem Jahr zweiundsechzig geworden. In Peleroich schien die Zeit stehengeblieben zu sein, und das war genau das, wonach sich Franz gesehnt hatte. Und sollte er doch einmal Sehnsucht nach der Stadt bekommen, so konnte er jederzeit mit dem Bus nach Sprevelsrich fahren.

Durch das geöffnete Fenster trug eine sanfte Brise den Geruch von salziger Ostseeluft, geschmortem Kohl und gedüngten Feldern in den holzgetäfelten Klassenraum. So kurz nach Kriegsende fehlte es an allem: Lebensmitteln, Kleidung, Papier und Schreibgeräten. Aber Franz war froh, dass er beim Wiederaufbau helfen konnte, wenngleich noch viel zu tun blieb. Er hatte am Morgen seinen besten Anzug aus dem Schrank geholt: Ein Modell aus grauem Cord, das mit den Jahren zwar fadenscheinig geworden war, sich aber noch immer sehen lassen konnte.

Fünfzehn Kinder zwischen sechs und zwölf Jahren, die alle zusammen in einer Klasse unterrichtet wurden, saßen vor ihm in den Bankreihen aus Kirschholz. Sie hatten ihre Unterarme auf die Tische gelegt und blickten ihn erwartungsvoll an.

«Dann wollen wir mal. Ad fontes, zu den Quellen. Mein Name ist Franz Ossenbeck, und ich werde euch ab heute unterrichten. Vorletzte Woche bin ich im schönen Peleroich angekommen, aber von eurem Wahrzeichen wusste ich natürlich schon vorher. Wer von euch kennt denn die Geschichte von der imposanten Kastanie auf dem Dorfplatz?»

Ein schlaksiger Junge mit hellbraunen Haaren in der ersten Reihe meldete sich. «Ist das nicht die Goethe-Kastanie?»

«Wie heißt du, mein Kind, und wie alt bist du?», fragte Franz und konnte ein Grinsen nicht unterdrücken.

«Ich bin zwölf Jahre alt und heiße Karl Petersen.»

Franz machte einen Schritt auf Karl zu. «Goethe, nun, das ist beinahe richtig.»

Karl lief rot an und nestelte an den Ärmelaufschlägen seines kragenlosen Hemdes.

«Alle vor dem Fenster Aufstellung nehmen und nach draußen schauen. Jetzt gibt es eine Stunde Nachhilfe in Peleroicher Kultur.»

Die Schüler, froh, sich endlich bewegen zu dürfen, stürmten zum Fenster und drückten ihre Nasen gegen die Scheibe.

Mit hinter dem Rücken verschränkten Händen stellte sich Franz zu seiner neuen Klasse. «Zuerst wollen wir uns die Kirche ansehen, erbaut im Stil der nordischen Backsteingotik. Durch den Krieg wurde sie arg in Mitleidenschaft gezogen.» Franz hielt inne und freute sich darüber, wie aufmerksam die Kinder ihm zuhörten. Er war so glücklich darüber, endlich wieder unterrichten zu dürfen, dass die Worte einfach aus ihm heraussprudelten. «Seht ihr die terrakottafarbenen Ziegel? Wer weiß, warum die mit der Zeit so verblichen sind?»

Ein Mädchen zeigte auf. Als Franz sie aufforderte zu

antworten, legte sie ihren langen, geflochtenen Zopf über die Schulter und lächelte, wobei eine Lücke zwischen den oberen Schneidezähnen zum Vorschein kam.

«Das kommt von der salzigen Ostseeluft, man nennt es Korrosion.»

«Donnerwetter, das ist korrekt. Wie heißt denn unsere schlaue Korrosionsexpertin?»

«Christa.»

«Und wie weiter?»

«Christa Minkler.»

Franz nickte zufrieden. «Jetzt zu der Kastanie. Nun, Goethe war es nicht, sondern Thomas Mann. Sagt euch der Name etwas?»

Wieder meldete sich Christa. «Das ist ein Schriftsteller.»

«Korrekt. Man erzählt sich, dass der Lübecker Thomas Mann einmal auf der Durchreise in Peleroich gewesen sein soll und auf der Holzbank neben der Kirche gesessen habe. Die Eindrücke hier waren ihm Inspirationsquelle für seinen berühmten Roman *Der Zauberberg*, auch wenn das nie bestätigt werden konnte. Seither nennen die Peleroicher jedenfalls diesen Baum auch Thomas-Mann-Kastanie. Die Kastanie, lateinisch Castanea, gehört zur Familie der Buchengewächse und …»

Jetzt wurde es unruhig in der Klasse. Ein Mädchen, das ein viel zu weites, verwaschenes Kleid trug, begann, an ihren Fingernägeln zu kauen. Neben Karl stand ein Junge, der gähnte und dem immer wieder die Augen zufielen. Franz hörte das Knurren eines Magens.

«Nun ja, so viel für den Moment. Jetzt wollen wir einmal sehen, was ihr mir für Geschichten über euch erzählen könnt. Zurück auf die Plätze.»

Als alle Kinder saßen, schob Franz seine Brille auf den Kopf und erteilte Karl das Wort.

«Ich lebe mit meiner Mutter auf dem Hof beim Sprevelsricher Forst. Wir haben zehn Kühe und acht Hektar Land, Getreide, Kartoffeln und Rüben. Das ist viel Arbeit, weil mein Vater, also, er ist leider, er ist nach dem Krieg nicht mehr ...»

Franz blieb am Tisch des Jungen stehen und legte ihm kurz die Hand auf die Schulter. Dann holte er ein Taschentuch aus der Hose und schnäuzte sich. «Gräm dich nicht, mein Junge. Du bist nicht der Einzige, dem der Krieg einen lieben Menschen genommen hat. Weißt du, was dein Goethe gesagt hat?»

«Nein», presste Karl fast tonlos hervor.

«Auch aus Steinen, die einem in den Weg gelegt werden, kann man Schönes bauen.» Franz' Stimme war belegt, denn Karl erinnerte ihn an seinen Sohn. August hatte er geheißen und war mit zwanzig Jahren an Masern gestorben. Schnell zwang Franz seine Gedanken in eine andere Richtung, trat zurück an sein Pult, schlug das Klassenbuch auf, und während er mit einem Lineal eine Tabelle für die Namensliste zeichnete, meldete sich Christa. «Darf ich auch etwas über mich erzählen?»

«Selbstverständlich, Fräulein Korrosionsexpertin.»

Freudig sprang das Mädchen auf und blieb dabei mit ihrem gepunkteten Rock an der Holzbank hängen. Das Ratschen des zerreißenden Stoffes ließ die anderen Schüler aufblicken. Christa stand wie versteinert da und wandte den Kopf zum Fenster. Vorsichtig fuhr sie mit der Hand am Stoff ihres Rocks entlang. Franz ahnte, dass sie mit den Tränen kämpfte.

Als sie ein faustgroßes Loch auf Höhe ihres Oberschenkels ertastete, begann sie tatsächlich zu weinen. Tränen liefen ihre Wangen hinab, und sie schlug die Hände vor das Gesicht.

«So ein Pech aber auch! Was machen wir denn jetzt mit dir?» Gerade als Franz sich erhob, um Christa zu trösten, sprang Karl auf und ging, ohne um Erlaubnis zu bitten, zur Garderobe.

«Sie kann meine Jacke haben. Die ist lang genug.»

«Eine wunderbare Idee, sehr gut, so machen wir das.»

Behutsam legte Karl seine Jacke um Christas Schultern und lächelte sie schüchtern an.

Franz konnte den Blick nicht von den beiden Kindern abwenden. Trotz der traurigen Schicksale seiner Schüler, trotz des Mangels und trotz der vielen Arbeit, die noch vor ihm lag, stimmten ihn diese aufgeweckten Kinder zuversichtlich. Und obwohl ihm Thomas Mann in literarischer Hinsicht näher stand als Goethe, fiel ihm in diesem Moment ein Zitat aus den *Wahlverwandtschaften* ein: Schönheit ist überall ein gar willkommener Gast.

Nachdem die übrigen Schüler die Vorstellungsrunde komplettiert hatten, klappte Franz das Klassenbuch zu. «Prima, Kinder, das war es für heute. Ihr könnt nach Hause gehen. Wir sehen uns morgen in alter Frische wieder.»

Kapitel 3
Peleroich, 1952

Wie Puderzucker hatte sich der Schnee über die Felder, Ställe und Häuser gelegt. Karl saß in der Küche auf der Eckbank und blickte auf die weiße Landschaft vor dem Fenster. Er trug einen dicken Strickpullover und fror trotzdem noch. Kälte und Feuchtigkeit zogen durch die undichten Fenster und Türritzen. Es war Karls Aufgabe, jeden Morgen, bevor er in die Schule ging, den Ofen anzuheizen. Dafür lagen neben der Tür ein großer Vorrat Holzscheite, Streichhölzer und alte Ausgaben des *Sprevelsricher Landboten*. Auf dem Fensterbrett türmte sich der Schnee zentimeterdick, und an den Scheiben hatten sich Eisblumen gebildet, die Karl an die feine Spitzentischdecke seiner Mutter erinnerten. Die bewahrte sie in einer Schublade ihres großen Kleiderschrankes auf und holte sie nur für besondere Anlässe hervor.

Vor Karl auf dem Tisch standen ein Teller mit Haferschleim und eine Tasse mit dampfendem Tee. Gähnend

stand er auf und lehnte sich mit dem Rücken an den senf-
farbenen Kachelofen, der vom gestrigen Abend noch ein
wenig Restwärme abgab. Sein Blick fiel auf die Zeitung,
die oben auf dem Stapel lag. Unter der Überschrift *Wie Sie
auch in diesem Winter nicht frieren müssen* wurde erklärt, wie man
Häuser und Wohnungen isolieren konnte. Karl überflog
den Artikel. Unten angekommen, blieben seine Augen am
Namen der Verfasserin hängen: Christa Wagemut. Christa,
wie *seine* Christa. Mit einem Schlag war er hellwach und
lächelte, so wie er immer lächelte, wenn er an seine Klassenkameradin denken musste. Seit er ihr damals mit seiner
Jacke geholfen hatte, das Loch in ihrem Rock zu überde-
cken, waren sie so etwas wie Freunde geworden. Und seitdem ging sie ihm nicht mehr aus dem Kopf. Auch wenn
sie sich täglich sahen und in den Pausen miteinander sprachen, hatte er sich bislang nicht getraut, sie zu fragen, ob
sie nach der Schule mit ihm spazieren gehen wollte. Dass er
ihren Vornamen nun in der Zeitung gelesen hatte, musste
ein gutes Omen sein. Heute würde er all seinen Mut zu-
sammennehmen.

Karl hatte sich gerade wieder an den Tisch gesetzt und
blickte verträumt aus dem Fenster, als die Tür geöffnet
wurde und seine Mutter die Küche betrat. Sie brachte einen
Schwall kalte Luft mit in den Raum, und kaum, dass die
Tür wieder zu war, verbreitete sich Kuhstallgeruch in der
Küche. In der Hand hielt sie einen Korb voller Holzscheite,
von ihren gelben Stiefeln tropfte Wasser, das sich auf dem
Dielenboden in einer Lache sammelte. Ihre Haare waren
im Nacken zu einem Knoten gebunden, einige Strähnen
hatten sich gelöst und kringelten sich um den Stoffrand
ihres geblümten Kopftuchs. Unter ihren graugrünen

Augen mit den langen Wimpern hingen dunkle Halbmonde.

«Guten Morgen, Karl! Ich schätze, in spätestens zwei Tagen ist es so weit, und Rosi kalbt.» Gähnend stellte Isolde den Korb auf den Boden und rieb die Hände gegeneinander. «Das ist aber kalt hier.»

«Entschuldige, ich war mit den Gedanken ganz woanders.» Karl stand wieder auf, trug den Korb zum Ofen und kniete sich auf das Blech davor. Dann schürte er mit einem gusseisernen Kratzhaken die blasse Glut und legte Holzscheite nach, während sich seine Mutter auf die Küchenbank fallen ließ und mit einem lauten Seufzer Kopftuch und Handschuhe abstreifte.

«Ist alles in Ordnung?», fragte Karl.

«Ich habe gerade Täve Lürsen vom Nachbarhof getroffen. Die Regierung hat die Bildung von Genossenschaften beschlossen, das Thema ist inzwischen in aller Munde», erwiderte Isolde. «Ich habe kein gutes Gefühl bei der Sache.»

«Was ist denn eine Genossenschaft?» Vorsichtig pustete Karl in den Ofen.

«Eine landwirtschaftliche Produktionsgemeinschaft, also eine Gruppe von Bauern. Aber wie gesagt, mir ist nicht wohl bei der Sache. Dann könnte ich den Hof nicht mehr so führen, wie ich möchte, weil ich mich an staatliche Vorgaben halten müsste.»

«Aber die können doch keinen zwingen, da mitzumachen.»

«Hoffentlich nicht.»

Karl sah in den Ofen, das Holz hatte sich bereits entzündet und knackte leise vor sich hin. Dann blickte er auf und lächelte seine Mutter an. «Heute ist mein großer Tag, das habe ich im Gefühl.»

Fragend hob Isolde die Augenbrauen.

«Heute werde ich Christa Minkler fragen. Vielleicht geht sie mit mir am Strand spazieren oder durch den Sprevelsricher Forst.»

Lächelnd zog Isolde den Teller mit dem Haferschleim zu sich heran. «Ich drücke die Daumen.»

«Danke.» Karl schloss die Ofenklappe, lehnte den Kratzhaken gegen die Kacheln, steckte die Zeitung als Glücksbringer in seinen Ranzen und gab seiner Mutter einen Kuss auf die Wange. Er musste sich beeilen, um zur gleichen Zeit wie Christa auf dem Dorfplatz anzukommen, wo sie in einer Viertelstunde aus der Haustür neben dem Konsum treten würde.

Als Karl mit klopfendem Herzen und trotz der Kälte verschwitzt auf dem Dorfplatz ankam, hörte er die durchdrehenden Reifen eines Pritschenwagens. Willi Minkler, Christas Vater, lehnte sich, eine Zigarette im Mundwinkel, aus dem Fenster und blickte missmutig auf die überfrorene Pfütze, die der Grund dafür war, dass die Räder ihren Dienst versagten. Mit seiner gescheitelten Frisur erinnerte Willi Karl immer an den Schauspieler Cary Grant.

Neben dem Pritschenwagen stand Agathe Minkler, Christas Mutter, die, perfekt geschminkt und mit einer aufwendigen Hochsteckfrisur, kopfschüttelnd sagte: «Das wird nichts, da kannst du machen, was du willst.»

Willi zog den Schlüssel aus dem Zündschloss. «Das fürchte ich auch.»

Hastig streifte Karl seinen Ranzen vom Rücken, stellte

ihn in den Schnee, wischte sich über die Stirn und lief zum Wagen. «Herr Minkler, kann ich helfen? Soll ich schieben?»

Willi Minkler nickte, warf die Zigarette in den Schnee, wo sie mit einem leisen Zischen erlosch, und steckte den Schlüssel zurück ins Zündschloss.

Karl stellte sich hinter das Auto, der Motor lief an, Willi trat das Gaspedal durch, Karl legte seine Hände in den Fäustlingen gegen die Stoßstange und schob aus Leibeskräften. Immer wieder rutschte er ab und musste höllisch aufpassen, nicht hinzufallen. Doch der Wagen rührte sich nicht.

Durch den morgendlichen Lärm auf dem Dorfplatz aufgeschreckt, öffnete sich gegenüber ein Fenster über dem Eingang des Kastanienhofs. Dora Wannemakers fülliger Oberkörper, der nicht so recht zu ihrem jungen Gesicht passen wollte, erschien. Die Wirtin der Gaststätte schaute nach unten und schüttelte eine Bettdecke aus. «Was ist denn das für ein Krach?», fragte sie und begann, sich die Lockenwickler aus ihren blonden Haaren zu ziehen.

«Außer dir ist das halbe Dorf schon auf den Beinen, Dora», rief Agathe.

Neben dem Konsum war Bert Struck aus der Bäckerei getreten, die kräftigen Arme bis zu den Ellbogen mit Mehlstaub überzogen. Ihm gegenüber stellte sich die Fleischerin Frieda Kraft auf die Stufen vor ihrem Geschäft. Sie war für eine Frau ungewöhnlich groß und hielt in ihrer linken Hand ein Ausbeinmesser.

«Brauchst du Hilfe, Willi?», fragte Bert.

Christas Vater schüttelte den Kopf. «Karl macht das schon!»

Willi gab erneut Gas, und wieder drückte sich Karl mit

seinem ganzen Gewicht gegen die Stoßstange. Wieder tat
sich nichts. Karl schüttelte den Kopf und wollte schon aufgeben und den Bäcker doch um Hilfe bitten, als Christa
aus der Tür des Konsums trat.

«Noch mal», rief Willi, während er sich eine neue Zigarette zwischen die Lippen klemmte.

Karl spürte Christas Blick, lächelte ihr flüchtig zu, holte
tief Luft und stemmte sich unter Aufbringung seiner ganzen Kraft noch einmal gegen die Stoßstange. Der Motor
heulte auf, die Räder drehten durch, dann machte der Wagen einen Satz nach vorne. Karl verlor das Gleichgewicht,
fiel vornüber in den Schnee und landete auf einem Stein.
Sein Knie brannte, auf seiner Hose bildete sich ein dunkler Fleck. Der Schmerz war so stark, dass Karl die Augen
schloss.

«Ich hole schnell Verbandsmaterial», hörte er die Fleischerin sagen.

«Meinst du, wir müssen ihn ins Krankenhaus bringen?», fragte Willi.

«Das wird schon, das ist bestimmt nur ein Kratzer», antwortete seine Frau.

Karl öffnete die Augen und sah in Christas Gesicht.

Mit einer Mischung aus Schreck und Besorgnis blickte
sie ihn an. «Du machst ja Sachen. Wenn das Goethe sehen
könnte, würde er sagen: Alles auf der Welt kommt auf einen
gescheiten Einfall und einen festen Willen an.»

Karl schwirrte der Kopf, und er war sich nicht sicher,
ob das nur an seinem Sturz lag. «Woher kannst du denn
Goethe-Zitate auswendig?», wollte er wissen.

Christa zeigte auf das Fenster der Schule, hinter dem
gerade das Licht angegangen war.

«Hätte ich mir denken können. Sag mal, Christa ... Hast du vielleicht Lust, also, nur wenn du magst, nach der Schule mal mit mir spazieren zu gehen oder am Sonntag?»

«Gerne.» Christas Wangen röteten sich. «Aber erst einmal müssen wir dein Knie verarzten. Sonst kommen wir nicht weit.»

Sie half Karl auf und stützte ihn, während er in Richtung Bank unter der Kastanie humpelte, wo Frieda schon mit ihrem Erste-Hilfe-Köfferchen wartete.

«Ach was, Gefühle sind doch stärker als Pflaster», hörte Karl Willi Minkler murmeln, der ihm im Vorbeifahren zuzwinkerte.

Kapitel 4
Peleroich, 1953

Die Strahlen der Frühlingssonne fielen sanft durch das Blätterdach der Thomas-Mann-Kastanie, unter der Karl und Christa saßen. Die Luft war mild, und der Dorfplatz lag friedlich da.

«Zwölf, dreizehn, vierzehn.» Karl blickte sich um, zählte die Fahnen an den Fenstern und strich sich über das frischrasierte Kinn. Kurz nach seinem fünfzehnten Geburtstag war auf seiner Oberlippe endlich ein zarter Flaum zum Vorschein gekommen. Als schließlich sogar am Kinn die ersten Härchen zum Vorschein kamen, hatte Karl vergeblich versucht, sich einen Bart wachsen zu lassen. Doch die Natur wollte nicht so, wie er es sich wünschte, und seitdem rasierte er sich alle drei Tage.

«Alle bis auf Bert haben sie draußen», sagte er. «Seit Jahren jedes Mal dasselbe.»

Christa legte ihre Wange an Karls Schulter. «Ludwig wird sich um die Angelegenheit kümmern, jede Wette.»

Ludwig Lehmann, der Bürgermeister, hatte es sich zur Aufgabe gemacht, aus Peleroich ein sozialistisches Vorzeigedorf zu machen. Dabei war es ihm ein besonderes Anliegen, dass sich alle nach außen hin mustergültig zeigten, erst recht an so einem wichtigen Feiertag wie dem 1. Mai. Mit dem Bäcker Bert Struck war er deshalb schon mehrfach aneinandergeraten.

«Wette angenommen. Aber ich glaube nicht, dass er es schafft, ihn umzustimmen. Und wenn ich recht behalte, darf ich dich ins Kino einladen.» Karl griff nach einem Zipfel von Christas Halstuch. «Und nach dem Film könnten wir noch einen Spaziergang am Strand oder durch den Forst machen. Was hältst du von einem Picknick unter den Windflüchtern?»

Christa lächelte und gab Karl einen Kuss. Ständig redete er von Blütenständen, vom Duft der Kiefern, dem eleganten Flug der Seeschwalben und dem Kreischen der Möwen. Er kannte jeden Stock und jeden Stein im nahe gelegenen Forst, und ganz besonders die Windflüchter am Waldrand zur Ostsee hin hatten es ihm angetan. Christa fand diese Bäume, deren Wuchs durch den Wind vom Meer her eigenartig verformt war, eher gespenstisch als hübsch, aber Karls Herz schlug nun einmal für alles, was grünte und blühte. Schon als kleiner Junge war er am liebsten im Wald gewesen, hatte sich dort versteckt, Vögel beobachtet und war auf Bäume geklettert. Zum Verdruss seiner Mutter war er jeden Tag mit harzverklebter Kleidung nach Hause gekommen. Christa konnte seine Begeisterung für die örtliche Flora und Fauna nur bedingt teilen, aber sie mochte es, wenn er so leidenschaftlich davon sprach.

«Picknick klingt gut», erwiderte sie, stand auf und zog Karl in Richtung Bäckerei, aus deren Abzug der Duft von Hefe, Mandeln und karamellisiertem Zucker auf die Straße stieg. Trotz des Feiertags sahen sie Bert durch die Fensterscheibe in der Backstube arbeiten.

Vor der Fleischerei stand Frieda Kraft und hantierte an einer Gulaschkanone, die sie wie jedes Jahr zum 1. Mai vorbereitete. Als Christas Blick auf den Bürgermeister fiel, der, ein Klemmbrett in der Hand, mit ausladenden Schritten in Richtung Bäckerei eilte, legte sie ihre Hand auf Karls Arm.

«Komm», flüsterte sie. «Jetzt werden wir sehen, wer die Wette gewinnt.»

Karl und Christa betraten die Bäckerei, die Stäbe eines Windspiels schlugen im Luftzug leise klingend gegeneinander. Gegenüber der Eingangstür befand sich eine Theke mit Apfelkuchen, Hohlhippen, Bienenstich, Mürbeteigkeksen und einer tönernen Form mit Kirschpfanne. Rechts neben der Tür zur Backstube hing ein Auslagenregal mit Broten.

Bert Struck kam aus der Backstube, sein breites Gesicht war gerötet, an seiner rechten Augenbraue klebte Puderzucker. «Karl und Christa, was für eine Freude. Was kann ich für euch tun?»

«Wir hätten gerne zwei Stück Bienenstich», sagte Karl.

«Aber gern. Zwei Mal Bienenstich für das schönste Paar im Dorf.» Zwinkernd legte Bert zwei Stück Kuchen auf eine Pappe und wickelte sie in Einschlagpapier. Christa und Karl blickten sich verlegen an, froh, dass erneut das Windspiel ertönte und es ihnen ersparte, etwas erwidern zu müssen.

Ludwig stand in der Tür, das Klemmbrett in der Hand und die Lippen fest aufeinandergepresst. «Bert! Könnte es sein, dass du etwas vergessen hast?»

Der Bäcker legte den eingeschlagenen Kuchen auf die Theke. «Weiß nicht, was du meinst.»

«Jetzt tu doch nicht so, es ist jedes Jahr dasselbe. Hast du mal einen Blick auf den Kalender geworfen?»

«Sicher. 1. Mai.»

«Du hast wieder nicht geflaggt.» Ludwig wedelte mit seinem Klemmbrett in der Luft, als wäre es eine Fahne, die im Wind flatterte.

«Macht siebzig Pfennige.» Bert schob Karl den Bienenstich hin, nahm das Geld entgegen und ließ die Münzen in die Kasse fallen.

«Ich bitte dich, wenigstens in diesem Jahr. Du bist der Einzige, der keine Fahne rausgehängt hat.»

Rasch drehte sich Bert zur Backstube. «Ludwig, ich muss wieder, nicht, dass mir noch was anbrennt.»

«Bitte, nur dieses eine Mal. Es ist hoher Besuch angekündigt.»

Zögernd drehte Bert sich wieder um. «Ach so? Wer kommt denn?»

Der Bürgermeister streckte den Rücken durch, hob das Kinn und flüsterte ehrfurchtsvoll: «Die Kreisleitung meint, dass Genosse Ulbricht kommt, wenn es sein Zeitplan zulässt.»

In diesem Moment klingelte es in der Backstube.

«Ich muss jetzt wirklich.» Bert hob bedauernd die Schultern.

«Warte!» Verzweifelt wendete Ludwig sich an Karl und Christa. «Nun helft mir doch, Kinder!»

«Das ist ja spannend.» Karl griff nach dem Kuchenpaket. «Aber muss der nicht in der Hauptstadt sein?»

«Nur vormittags, danach will er vorbeikommen. Wahrscheinlich ist ihm zu Ohren gekommen, dass hier alles vorbildlich läuft, und er will sich davon selbst ein Bild machen. Genosse Ulbricht in Peleroich, das ist doch eine Sensation.»

«Aha.» Bert klopfte sich Mehlstaub von der Hose.

«Und?», fragte Ludwig.

«Ich weiß nicht.»

«Jetzt zier dich doch nicht so. Häng die Fahne raus. Was macht das denn sonst für einen Eindruck? Andernfalls … müsste ich melden, dass du an einem freien Tag deinen Backofen anhast und sogar Kuchen verkaufst.»

Bert schnaubte und blickte zu Karl und Christa, so als wolle er sich entschuldigen. «Na gut, wenn es unserem Dorf hilft, will ich mal nicht so sein.»

«Ich glaube, ich muss jetzt eine Runde Kino spendieren.» Christa lachte und folgte Karl zur Tür hinaus.

«Bert, ich könnte dich knutschen.» Ludwig spitzte die Lippen.

Der Bäcker hob abwehrend die Hände. «Lass mal. Ich pack dir lieber ein bisschen Bienenstich ein, denn ein leerer Magen demonstriert nicht gern.»

Die Maiabschlusskundgebung fand auf dem Rondell vor dem Ernst-Thälmann-Kulturhaus statt, der Schriftzug leuchtete rot in der grellen Sonne, die in diesem Jahr bereits für ungewöhnlich hohe Temperaturen sorgte. Die Kapelle der Freiwilligen Feuerwehr spielte die Nationalhymne und marschierte über das Kopfsteinpflaster, vorbei an der Fleischerei, am Kastanienhof, vorbei an der Schule, der Kirche und dem Konsum. Neben der Tür der Bäckerei schaukelte die DDR-Fahne im Wind. Der Lehrer Franz Ossenbeck lief vorneweg und schwang einen Taktstab. Etwa drei Dutzend Peleroicher hatten im Halbkreis Aufstellung genommen, sie trugen ihre beste Kleidung und beschatteten mit den Händen ihre Augen, um besser sehen zu können.

Anerkennend schaute Willi Minkler zu seiner Frau Agathe, die wie gewöhnlich aus der Menge hervorstach. Sie sah in ihrem blauen Samtkleid und den farblich passenden Spangenschuhen aus, als hätte sie einen Besuch in der Oper geplant. Er hingegen trug nur ein kariertes Hemd, seine Haare allerdings waren akkurat gescheitelt.

Otto Jaworski, der leicht untersetzte Pfarrer mit rotblondem Bart und Sommersprossen, stellte sich zu den beiden und schüttelte den Kopf. «*Auferstanden aus Ruinen* ... Wenn ich mir den Zustand meiner Kirche anschaue, finde ich, da ist gar nichts aus Ruinen auferstanden. Ich höre eher die Posaunen von Jericho.»

«Warte nur ab, bis sie *Bau auf, bau auf* spielen, dann wird es wirklich makaber», lachte Willi.

«Pst, nicht so laut.» Agathe legte einen Finger an die Lippen. «Wenn Ludwig das hört!»

Doch der Bürgermeister war zu beschäftigt mit seiner offiziellen Funktion, um Gespräche der Dorfbewohner hören zu können. Mit einem andächtigen Gesichtsausdruck stieg er auf eine umgedrehte Gemüsekiste und räusperte sich. «Liebe Bürger, leider hat es mit dem Besuch aus der Hauptstadt nicht geklappt. Genosse Ulbricht hatte fest vor, uns einen Besuch abzustatten, war jedoch kurzfristig verhindert.»

Ein mürrisches Raunen ging durch die Menge. Aber der Bürgermeister blickte durch die aschenbecherdicken Brillengläser weiter feierlich in die Runde. «Dennoch kann ich verkünden, wie stolz ich darauf bin, dass alle Peleroicher mit solcher Inbrunst an den Feierlichkeiten zum Kampf- und Feiertag der Arbeiterklasse teilnehmen.»

Verhaltener Applaus war zu hören.

«Ein schönes Bild mit all den Fahnen hier, und ich begrüße ganz herzlich die Pioniere, die Vertreter der FDJ sowie die Arbeiter und Bauern. Unsere Republik, unser Peleroich hat sich schöngemacht.»

Der Lehrer schwang seinen Taktstab, die Kapelle spielte einen Tusch.

«Die DDR, erwachsen aus den Trümmern des Zweiten Weltkrieges, ist heute ein blühendes Land.»

Der Pfarrer schüttelte hustend den Kopf.

«Die Werte und die Lebenskraft unseres Landes und die Überbietung der anspruchsvollen Aufgaben sind in unserem schönen Peleroich schon weit gediehen.»

«Na ja.» Willi sah durch die Fensterscheibe nachdenklich auf die leeren Konsumregale.

Agathe drückte seine Hand und flüsterte: «Jetzt sei schon ruhig, das klären wir besser nicht in der Öffentlichkeit.»

«Aber, liebe Peleroicher, es liegt noch ein weiter Weg vor uns, da dürfen wir uns nichts vormachen, und, das möchte ich betonen, wir müssen alle mit anpacken. Denn wie sagte schon Lenin: Die Stärke der Kette wird durch das schwächste Glied bestimmt. Und nun lasst uns feiern!»

Die Kapelle spielte einen letzten Tusch, Ludwig stieg von der Gemüsekiste und erklärte die Kundgebung für beendet, woraufhin die versammelte Dorfgemeinschaft zu Frieda und ihrer Gulaschkanone strömte, um bei Erbsensuppe mit Speck und einem Glas Bier den informellen Teil der Feier zu beginnen.

Friedrich Wannemaker ging in die Hocke, legte die Hände unter das Bierfass, hob es mit einem Ruck hoch und stellte es zur Seite. Auf dem Holzboden im Keller des Kastanienhofs standen ein Dutzend dickbauchige Glasballons, in denen Wannemakers selbstgekelterter Apfelwein lagerte. Friedrichs verschwitztes, hochrotes Gesicht spiegelte sich in ihnen. Dass er zusammen mit seiner Frau Dora den Kastanienhof bewirtete, war einem unglücklichen Ereignis geschuldet. Der Vorbesitzer war im vorletzten Kriegswinter an der Front gewesen und nicht zurückgekehrt. Zuerst hatte Friedrich den Betrieb nur sporadisch wiederaufgenommen, dabei mit seiner warmen, herzlichen Art aber so viel Zuspruch gefunden, dass er bald täglich hinter dem Tresen und in der Küche des Gasthofs stand. Seine Bratkartoffeln waren in Peleroich schon jetzt legendär, und wann immer es etwas zu feiern gab, fanden sich die Dorfbewohner im Kastanienhof ein.

«So, Junge. Jetzt das Neue. Es wird Zeit, dass du lernst, wie man einen Bierkopf wechselt.» Friedrich klopfte Karl aufmunternd auf die Schulter.

Der wuchtete das Bierfass unter das Zulaufventil, setzte den Zapfkopf auf den Deckel und drückte ihn nach unten.

«Nicht übel. Wenn du willst, kannst du bei mir anfangen. Dein Taschengeld ist wahrscheinlich nicht so üppig, und in deinem Alter, da hat man doch Träume. Du willst deiner Christa bestimmt hin und wieder eine Freude machen, und seit Dora ...»

«Ach, hier bist du.» Der kehlige Husten der Gastwirtin ließ die beiden Männer herumfahren. Dora trug einen blau-orangen geblümten Morgenmantel, ihre Haare hingen strähnig auf die Schultern.

«Du sollst doch im Bett bleiben, hat der Arzt gemeint.»

Dora lächelte matt. «Ich weiß, ich weiß, aber oben ist die Hölle los. Nach der Kundgebung wollen alle was trinken.»

«Wir kommen gleich. Leg du dich wieder hin. Schau mal, ich habe uns Unterstützung besorgt. Karl arbeitet jetzt bei uns, nicht wahr?»

Karl nickte, obwohl er eigentlich nicht vorgehabt hatte, im Kastanienhof auszuhelfen. Nach der Schule und wann immer er der Mutter nicht auf dem Hof zur Hand gehen musste, zog es ihn in den Sprevelsricher Forst. Schon beim Gedanken an den Wald roch er den harzigen Nadelbaumduft, er hörte das raschelnde Wiegen der Blätter und das Knacken des Hochstands. Er sah einen rotbraunen Eichhörnchenpinsel zwischen den Baumkronen aufleuchten und die Trittsiegel von Wildschweinen auf dem Boden. Mehr brauchte Karl nicht zum Glücklichsein. Aber da Dora nach einer Fehlgeburt das Bett hüten und Friedrich den Kastanienhof allein bewirtschaften musste, brachte er es nicht übers Herz, nein zu sagen.

«Natürlich helfe ich gerne aus», sagte er.

Zufrieden klopfte Friedrich ihm erneut auf die Schulter. «Ich wusste, dass ich auf dich zählen kann, Junge. Du hast was gut bei mir.»

«Danke. Ich komme bestimmt darauf zurück.»

Friedrich öffnete das Zulaufventil des Bierfasses. «Gut. Dann wollen wir mal. Erster Tag, und gleich geht's in die Vollen. Morgen wirst du vor lauter Muskelkater nicht einmal deine Zahnbürste halten können.»

«Wenn das mal kein erfolgreicher Tag war.» Der Bürgermeister legte seine schwere Brille neben das Bierglas.

Die Luft im Gastraum war rauchgeschwängert. Zehn Tische aus massivem Eichenholz gab es im Kastanienhof. Über der Tür mit der altersblinden Fenstereinlassung hing ein vergoldetes Hirschgeweih, gegenüber standen zwei ausgestopfte Feldhamster auf dem gemauerten Kaminsims. An den Wänden hingen historische Aufnahmen von Peleroich, eine von Friedrichs alten Angeln und, rechts vom Eingang zur Küche, ein Abreißkalender mit Aphorismen, Zitaten und praktischen Alltagstipps. Die kartoffelbraune Farbe des Tresens war abgeblättert, hinter der Zapfanlage hatte Friedrich, neben dem Regal mit den Gläsern, eine Tafel angebracht, auf der die Gäste anschreiben ließen. Neben dem Tresen stand ein altes Klavier, dessen Gehäuse zerkratzt war.

Der Wirt nahm zwei volle Aschenbecher vom Tablett und leerte sie im Mülleimer aus. «Erfolgreich war der Tag? Nur weil alle ihre Fahnen draußen hatten? Ulbricht hat das jedenfalls verpasst.»

«Es geht doch ums Prinzip.» Ludwig stand auf, schwankte, fiel alkoholträge zurück auf die Holzbank und griff nach seiner Brille. «Ich habe vorhin einen Anruf bekommen», sagte er, als er sie sich auf die Nase geschoben hatte.

Bert und Franz, die mit am Tisch saßen, blickten interessiert auf.

«Jetzt spann uns nicht so auf die Folter.» Der Bäcker hob die Augenbrauen.

«Es gibt ja seit geraumer Zeit Beratungen über den Fortgang der Landwirtschaft. Pläne, wie wir die Produktivität erhöhen können ... Ideen zur Über... erfüllung des Plans.» Ludwigs Zunge schien ihm nicht mehr zu gehorchen.

«Verschon uns bitte damit. Übererfüllung, wenn ich das schon höre.» Bert drehte sich zum Tresen, hinter dem Karl Geschirr spülte, und hob sein leeres Glas. «Machste mir noch eins?»

Karl stellte ein leeres Bierglas unter den Zapfhahn und füllte es geschickt. Als er aufblickte, sah er, dass seine Mutter die Gaststube betreten hatte und in Richtung Stammtisch ging.

Ludwig war inzwischen eingeschlafen. Sein Kinn lag auf der Brust, und langgezogene Schnarchgeräusche, die an ein Walross erinnerten, drangen aus seinem halbgeöffneten Mund.

Franz rüttelte ihn am Arm. «Lass dich nicht so gehen, wir haben Damenbesuch.»

Schmatzend zuckte Ludwig zusammen, öffnete die Augen und zwickte sich in die Wangen.

«Wir waren bei deinen Plänen stehengeblieben», erinnerte ihn Bert.

Franz sah Isolde fragend an. «Was wünscht die Dame zu trinken? Gehe ich recht in der Annahme, dass ein Schoppen lieblicher Apfelwein das Richtige ist?»

Isolde nickte und setzte sich.

«Karl, einen Apfelwein für deine Frau Mutter, bitte.»

Ludwig räusperte sich. «Also, im Zuge der Vergenossenschaftlichung sollen sich die kleinen Höfe und auch alle anderen Landwirtschaftsbetriebe zusammenschließen. Denkt nur mal an die Vorteile: Die Umgestaltung des Landes wird vorangetrieben, die Mitglieder zahlen weniger Steuern als Einzelbauern, sie erhalten bessere Maschinen, staatliche Subventionierung und klare Urlaubsregelungen. Das wird eine ganz große Sache.»

Karl stellte das Weinglas vor seine Mutter auf den Tisch, Isolde griff danach und trank einen großen Schluck.

Dann blickte sie den Bürgermeister an: «Und für wen soll das bitte eine große Sache sein? Für uns Landwirte ja sicherlich nicht.»

Ludwig gähnte ungerührt.

«Ich will meine Eigenständigkeit nicht aufgeben, dafür habe ich mich nicht all die Jahre kaputtgeschuftet», fuhr Isolde fort und bekam dann einen Hustenanfall.

Karl setzte sich neben seine Mutter und strich ihr sacht über den Rücken.

Hustend griff Isolde nach ihrem Weinglas, bekam es aber nicht zu fassen. Es fiel klirrend zu Boden, augenblicklich wurde es still in der Gaststube.

«Mein Hof ist seit Ewigkeiten in Familienbesitz, er ist zwar klein, aber er gehört mir. Vielleicht will Karl ihn einmal übernehmen und mit Christa …» Isolde wurde erneut von einem Hustenanfall geschüttelt.

«Ach, Isolde, das ist ja erst mal nur eine Idee.» Franz bückte sich, um die Scherben beiseitezuschieben.

Karl ging hinter den Tresen, um seiner Mutter etwas Neues zu trinken zu holen. Er warf einen Blick auf die Uhr neben dem Eingang und dachte daran, dass Christa jeden Moment eintreffen müsste, um ihn abzuholen. Lächelnd goss er ein Glas Mineralwasser ein.

Ludwig stöhnte und spielte mit dem Parteiabzeichen an seinem Revers. «Denkt ihr, ich lasse unser schönes Peleroich ins Verderben rennen? Wir werden alle davon profitieren, so glaubt mir doch. Habt ihr etwa schon vergessen, dass die Partei nur unser Bestes will?»

Bert erhob sich drohend. «Du überangepasster Mitläufer. Ich zeig dir gleich, was am besten für dich ist.»

Friedrich war aus der Küche in den Gastraum gekommen und schlug mit der Faust auf den Tisch. «Was soll denn das Geschrei? Ihr fliegt hier gleich alle raus.»

«Causa finita», sagte Franz zustimmend. «Ihr seid schlimmer als all meine Abc-Schützen zusammen. Wie kleine Kinder, denen man verbietet, die Kuchenteigschüssel auszukratzen. Ich empfehle mich.» Er nahm seinen grauen Filzhut von der Garderobe und ging zum Tresen. «Karl, arbeitest du jetzt hier?»

«Ein bisschen, als Aushilfe. Aber nur so lange, bis es Dora wieder bessergeht.»

«Aber dass mir die Schule nicht zu kurz kommt.»

«Keine Sorge. Soll ich anschreiben?»

«Gerne. Sag mal, wo ist eigentlich Christa? Man sieht euch ja für gewöhnlich nur zusammen.»

«Da kommt sie gerade.» Karl lächelte und nickte zum Fenster hinüber. Christa näherte sich dem Kastanienhof. Sie entdeckte Karl und rannte winkend auf ihn zu.

«Also, ich mache da nicht mit, Ludwig, da kannst du dich auf den Kopf stellen und mit den Ohren wackeln», hörte Karl seine Mutter sagen. Er trocknete sich die Hände an seiner Hose ab und ging Richtung Tür, um Christa zu begrüßen.

«Vergenossenschaftlichung, so ein Mist. Die ganze Sache wird uns noch um die Ohren fliegen. Ich unterstütze Isolde beim Nichtunterstützen dieses wahnwitzigen ...», brüllte Bert.

In diesem Moment knallte es und dann war alles still, nur die Zapfanlage gluckerte leise.

Die Anwesenden sahen zum Tresen. Das Regal mit den Gläsern, unter dem eben noch Karl gestanden hatte, hatte sich aus der Wand gelöst und war zu Boden gefallen. Ungläubig starrten alle auf den Scherbenhaufen, dann zu Karl. Isolde sprang auf und umarmte ihren Sohn.

Christa betrat den Gastraum und Isolde, Karl noch immer an ihre Brust gedrückt, flüsterte: «Ach, mein Junge, die Liebe hat dir das Leben gerettet.»

Karl blickte zu Christa, sie strahlte. Die kleine Zahnlücke, die dabei zum Vorschein kam, machte ihr Lächeln zum schönsten der Welt. Ihr honigblonder Zopf glänzte im Licht der untergehenden Maisonne, das durch das Fenster fiel. Das konnte nur ein gutes Omen sein, dachte Karl und lächelte zurück, obwohl ihm der Schreck noch in den Gliedern saß.

Die Luft war abgestanden, die Decke lag zusammenge-
knüllt am Fußende des Bettes, im Fernseher lief stumm eine
Quizsendung. Auf dem Tisch standen leere Bierflaschen, ein
voller Aschenbecher und eine halbaufgegessene Fertig-La-
sagne.

Als im Fernsehen eine Dokumentation zum Fall der
Mauer vor bald dreißig Jahren begann, stand er auf, schaltete
das Gerät aus und öffnete das Fenster, um frische Luft hereinzulassen. Hinter ihm raschelte Papier. Erschrocken drehte er
sich um und sah, dass die Zeitung, die alles ausgelöst hatte, in
der Zugluft zappelte. *Vergessene Orte im Osten – Findet sich ein*
Investor oder bleibt am Ende nur die Abrissbirne? In zwei Wochen
fällt die Entscheidung.

Diese Worte waren es gewesen. All das längst Vergessene,
in einen hinteren Winkel der Vergangenheit Geschobene, all
das Tragische und Traurige war zurück ans Tageslicht gekommen.

Peleroich, sein Peleroich, sollte abgerissen werden. Er
war sicher, dass sich kein Investor finden würde. Der Ort war
dermaßen heruntergekommen, die früheren Bewohner fast
alle weggezogen, die nötigen finanziellen Mittel, um alles zu
sanieren, wären exorbitant hoch. Wer sollte das bezahlen?
Wenn kein Wunder geschah, dann würde Peleroich dem
Erdboden gleichgemacht und vielleicht bald ein Autobahnzubringer durch sein Heimatdorf gebaut werden.

Peleroich, ein kleines Dorf in Mecklenburg-Vorpommern.
Es gab Beispiele von anderen alten DDR-Dörfern, die nur sich
und der Natur überlassen worden waren, in denen gar nichts
mehr blühte, außer der Verfall.

Gleich nachdem er den Artikel in der Zeitung entdeckt
hatte, hatte er gewusst, dass er beichten musste. Hinzu kam

sicherlich die Angst vor der ausstehenden Diagnose, aber das war nicht der Hauptgrund. Kurz hatte er gezögert, doch die Erleichterung, die er spürte, als er einmal den Entschluss gefasst hatte, zeigte ihm, dass es die richtige Entscheidung war.

Seine Beichte konnte nur einer Person gelten: Elise. Er hatte sich ihre Pariser Adresse im Internet herausgesucht. Auf dem Foto auf der Website ihrer Boutique hatte er sie sofort wiedererkannt, auch wenn ihre Gesichtszüge älter geworden waren. Ihr Lächeln war dasselbe wie in seiner Erinnerung, und auch nach all den Jahren war es ihm noch ganz vertraut.

Er hatte sich an seine Schreibmaschine gesetzt, einen Brief geschrieben, ihn zusammen mit dem Zeitungsartikel in ein Kuvert gesteckt und mit zittriger Hand die Adresse darauf geschrieben.

Kapitel 5
Peleroich, 1959

Ungeduldig sah Willi auf die Kirchturmuhr, als er mit dem Pritschenwagen vor dem Konsum vorfuhr.

«Willi! Alles in Ordnung?», rief Otto Jaworski vom Kirchvorplatz herüber. «Du machst ja ein Gesicht, als hätte dir jemand in den Kaffee gespuckt.» Der Pfarrer stütze sich auf seine Harke. Er trug ein graues Hemd und eine braune Hose, sein Talar lag auf der Bank unter der Thomas-Mann-Kastanie.

«Ja, ja, alles gut. Ich habe nur leider gerade keine Zeit.» Willi musste sich beeilen, gleich würde seine Lieblingsradiosendung im RIAS beginnen.

Er wischte sich mit einem Taschentuch den Schweiß von der Stirn. Willi war gerade in Sprevelsrich gewesen, um für den Konsum einzukaufen, und unzufrieden mit seiner Ausbeute: Ata, Fewa, Zwieback, Bier, Schnaps und Zigaretten. Wieder war kein Toilettenpapier dabei gewesen. Wie gut hatten sie es doch drüben im Westen.

Willi stapelte zwei Kartons und schloss die Tür zum Konsum auf. Die Regale waren so leer, dass Agathe die wenigen Produkte, die sie zum Verkauf anbieten konnten, ganz nach vorn auf die Bretter gestellt hatte, damit es nach mehr aussah. Auf der Ladentheke standen eine Registrierkasse mit Kurbel und die Tafelwaage, daneben Holzkisten mit Äpfeln, Kartoffeln, Zwiebeln, Kohlrabi und Möhren. Für einen kurzen Moment war Willi froh, auf dem Land zu leben. Obst und Gemüse konnte man wenigstens selbst anbauen und war nicht auf andere angewiesen. Er ging durch den Vorhang neben der Ladentheke ins Lager und stellte die Kisten ab. Dann setzte er sich auf einen Stuhl und schaltete das Radio ein.

Noch fünf Minuten, dann begann die Satiresendung *Pinsel und Schnorchel*. Willi streckte die Beine aus, nahm sich eine Flasche Bier und schloss die Augen. Pinsel und Schnorchel, zwei fiktive SED-Funktionäre, die sich jeden Samstagabend in der Kneipe Zur Roten Mühle trafen, nahmen in der Sendung den Alltag in der DDR auf die Schippe. Wie recht sie doch hatten mit ihren Persiflagen zum Arbeiteraufstand im letzten Jahr, zur Deutsch-Sowjetischen Freundschaft, zu Reparationszahlungen und zur Normerhöhung, zur LPG oder zur Parteilinie.

Willi setzte die Flasche an die Lippen. Als die Sendung begann, musste er grinsen, heute ging es ausgerechnet um die Lebensmittelversorgung. Pinsel, der naivere der beiden Genossen, war in Westberlin gewesen und wollte nicht verraten, warum. Auf Nachfrage seines linientreuen Freundes gab er schließlich zu, dem Fleischer einen Besuch abgestattet zu haben.

Nach einer Ausrede suchend, stammelte er: «*Ich wollte*

die Fleischer für den Friedenskampf gewinnen. Ich rief ihnen zu: Höher das Banner, der patriotische Fleischer reiht sich ein in die Front.»

Vor Lachen klopfte sich Willi auf die Schenkel, eine Strähne löste sich aus seinem Scheitel. Er zog den Stielkamm aus der Hosentasche und fuhr sich damit durch die Haare.

Ein leises Quietschen verriet, dass die Tür des Konsums geöffnet wurde. Das musste Agathe sein, sie war bei einer Nachbarin gewesen, um ihr beim Rhabarbereinkochen zu helfen.

Im Radio erzählte Pinsel, dass sich der westliche Fleischermeister nicht hatte gewinnen lassen. Pinsel hatte ihm daraufhin von den HO-Fleischern in der DDR erzählt. *«Die sind so mit dem Friedenskampf beschäftigt, dass sie nicht mal mehr Zeit fürs Verkaufen haben. Ihre Läden sind geschlossen, und geschlossen stehen sie auch in den Reihen der friedliebenden ...»*

Willi prustete los, Bierschaum rann ihm aus der Nase.

«Also, das glaube ich jetzt nicht!», polterte es in seinem Rücken.

Entsetzt fuhr Willi hoch. Ludwig Lehmann stand im Lager. Der Bürgermeister hatte die Hände in die Hüften gestemmt, die Augen hinter seinen dicken Brillengläsern fixierten bewegungslos das Radio.

Eine Fliege setzte sich auf Willis Hand, der nicht wagte, sie zu verscheuchen. «Ich ... Ludwig, hör zu.»

«Feindsender. Wieso hörst du den Feindsender? Bist du nicht dankbar dafür, dass dir unser Land ein sicheres Leben ermöglicht?» In Ludwigs Kiefer zuckte ein Muskel.

«Mein Vertrauen ist erschüttert, Pinsel», donnerte Schnorchel aus dem Radio.

Pinsel erwiderte: *«Bitte, ich versichere dir, ich werde unserer*

Vitalade treu bleiben. Ich trenne mich nicht von Igelit und Margarine Sorte zwei.»

Ludwig schnappte nach Luft.

Mit einem Satz war Willi beim Radio, schaltete es ab und betrachtete den Boden zu seinen Füßen. «Ludwig, ich ... das war das erste Mal, glaub mir.»

In Ludwigs Augen lag ein schwer zu deutendes Funkeln. Er drehte sich um, und Willi verstand nicht, was er murmelte, während er den Konsum verließ. Nachdenklich schaute er dem Bürgermeister nach. Der Parteifunktionär Schnorchel hatte in Willis Vorstellung große Ähnlichkeit mit Ludwig. Es gab nur einen Unterschied: Schnorchel war ausgedacht und konnte ihm nicht gefährlich werden. Ludwig schon.

«Hörst du mir überhaupt zu?» Karl drückte sich vom lauwarmen Kachelofen weg, der in diesem Jahr schon seit Ende Oktober ununterbrochen beheizt werden musste. Im Laufe der letzten Jahre hatte die Natur Karl mit dem langersehnten Bartwuchs bedacht. Mit seinen einundzwanzig Jahren sah Karl wesentlich jünger aus, als er war, und er hoffte, ein Bart würde diese Laune der Natur wettmachen. Zwar war er noch immer nicht so dicht, wie Karl es sich wünschte, aber Christa gefiel er, und das war die Hauptsache.

Gedankenversunken ging Karl zum Küchentisch neben dem Fenster, an dem seine Mutter saß. Sie war blass, ihre Augen starrten ins Nichts, mit dem Zeigefinger malte sie Achten auf die Tischdecke.

Als er seine Hand auf ihre legte, zuckte sie kurz zusammen. «Was hast du gesagt?»

«Nicht so wichtig. Ist es wegen der Vergenossenschaftlichung?»

Isolde zog ihre Hand unter Karls hervor und ließ sie weiter auf der Tischdecke kreisen. Sie seufzte. «Fast alle Bauern im Umkreis sind inzwischen in der LPG. Es ist nicht einfach, eine der Letzten zu sein, die sich dagegen wehrt. Anfangs gab es ja noch kritische Stimmen. Aber seit Ludwig sich Hilfe von ganz oben geholt hat und dieser Funktionär aus Sprevelsrich hier ist, sind sie alle eingeknickt. Aber ich bleibe bei meiner Entscheidung. Ich will mich nicht an die Vorgaben einer Genossenschaft halten müssen, ich will selbst entscheiden, was ich wann wie mache.»

Karl überlegte, was er sagen konnte, um seine Mutter zu trösten, doch ihm wollte nichts einfallen. Sie in diesem Zustand zu sehen, bedrückte ihn. Genauso hatte es sich angefühlt, als er sie vor ein paar Jahren zur ersten LPG-Versammlung im Kulturhaus begleitet hatte. Ludwig hatte lange versucht, sich Gehör zu verschaffen. Aber die Worte, mit denen er für die Vorteile der Kollektivierung der Landwirtschaft hatte werben wollen, waren ungehört verklungen. Schließlich hatte der Bürgermeister sein Redemanuskript zerknüllt, in den Papierkorb geworfen und war wütend auf einen Absacker in den Kastanienhof gegangen. Aber mittlerweile waren alle anderen Bauern der Umgebung in die LPG eingetreten, Isolde kämpfte ganz allein und wirkte abgespannter als je zuvor.

Kurzentschlossen nahm Karl eine Flasche Kartoffelschnaps vom Küchenbuffet und schenkte seiner Mutter ein Glas ein.

«Ich weiß, dass ich dir mit dem Thema schon lange in den Ohren liege, Karl, und das tut mir leid. Aber ich will mir nicht ...» Isolde griff nach dem Schnapsglas und leerte es in einem Zug. «Ach was, genug lamentiert. Reden wir lieber über die schönen Dinge des Lebens. Bist du aufgeregt?»

«Und wie. Ich wünschte, es wäre schon Abend.»

«Das glaube ich.» Isolde warf einen Blick zum Wecker, der neben dem Herd stand. «Was meinst du, sollen wir die Uhr einfach vorstellen?»

Karl grinste. «Wenn das so einfach wäre. Heute werde ich übrigens spät nach Hause kommen, wahrscheinlich schläfst du dann schon.»

«Ist gut. Was hast du heute Nachmittag zu tun?»

Weit vor dem letzten Schultag hatte Karl genau gewusst, welche berufliche Richtung er einzuschlagen gedachte: Förster wollte er werden. Mittlerweile hatte er die Ausbildung absolviert und verbrachte seitdem noch mehr Zeit im Sprevelsricher Forst als vorher. Am liebsten saß er mit einer Thermoskanne Tee auf dem Hochstand und betrachtete die Natur.

«Ich bin mitten in der Wildbestandsschätzung.» Karl nahm das Brot aus dem Kasten und schnitt drei Scheiben ab.

«Und das Geschenk für Christa, nimmst du das mit?»

Mit strahlenden Augen nickte Karl und klopfte auf seine Jackentasche.

Als der Bus sich in Bewegung setzte, drehte sich Christa ein letztes Mal um. Das langgezogene, dreistöckige Gebäude des Instituts für Lehrerbildung wurde beständig kleiner, je weiter sich der Bus entfernte. Die Ausbildung zur Unterstufenlehrerin hatte ihr Spaß gemacht, aber sie war froh, sie nun abgeschlossen zu haben. Gleichzeitig wusste sie, dass sie ihre Kolleginnen vermissen würde. Da das Institut in Königsfeldhausen rund drei Stunden von Peleroich entfernt lag, hatte sie während ihrer Ausbildung in einem Zimmer im Wohnheim gelebt.

Die Wochenenden aber hatte sie stets in Peleroich verbracht, Karl hatte jeden Freitagabend an der Haltestelle vor dem Kastanienhof auf sie gewartet. Von der Bustür aus war sie ihm direkt in die Arme gefallen und hatte ihre Nase tief in seinen Nacken gedrückt, der nach Tannennadeln, Erde, frischgeschlagenem Holz und salziger Ostseeluft roch. Ein Geruch, der für Christa Heimat war.

Als das Institut vollends aus Christas Sichtfeld verschwunden war, drehte sie sich um und schlief zum bedächtigen Schaukeln des Busses schnell ein.

«Fräulein, wollten Sie nicht in Peleroich aussteigen?»

Christa schreckte hoch, nickte dem Busfahrer dankend zu, nahm ihre Tasche und stieg aus.

Karl stand vor dem Kastanienhof und trat von einem Bein auf das andere. Die Sonne war fast untergegangen und tauchte den Abendhimmel in ein warmes Orangerot, das Christa an die Pfirsiche aus Isoldes Garten erinnerte.

«Herzlichen Glückwunsch, Frau Lehrerin, und willkommen zu Hause.»

Christa ließ sich in seine Arme fallen und brauchte einen Moment, bis sie verstand, was passierte, als Karl die Umarmung löste und langsam auf die Knie ging. Aus der Innentasche seiner Jacke zog er ein gepunktetes Stück

Stoff hervor. Es war derselbe wie der von Christas Rock, der damals, am ersten Schultag, gerissen war. Karls Hände zitterten, als er den Stoff auseinanderwickelte. Ein selbstgeschnitzter Ring kam zum Vorschein, und noch ehe Karl etwas fragen konnte, sank Christa ebenfalls auf die Knie, umarmte ihn und sagte ja.

«Ist der Ring aus Kirschholz?»

«Etwas anderes kam nicht in Frage. Die Bänke in der Schule, der Rock, deine Tränen.»

Christa legte ihre Hand in Karls und küsste ihn.

Vor dem Kulturhaus standen die Dorfbewohner. Sie hatten ihre Schürzen, Arbeitshosen, Kopftücher, Kittel, Bäckerhauben und Gummistiefel ab- und ihren frischaufgebügelten Sonntagsstaat angelegt. Einige erkannten ihre Nachbarn erst auf den zweiten Blick. Alle waren guter Stimmung. Nur dass Karl und Christa ausgerechnet im Winter heiraten mussten, stieß auf wenig Gegenliebe, waren die gestärkten Hemden, die frischgewaschenen Kleider und die blankgeputzten Schuhe doch eher für Sommertage geeignet.

Willi Minkler, der Brautvater, zog seinen Stielkamm aus der Hosentasche, als Dora Wannemaker in einem Kleid, das über ihrem Schwangerschaftsbauch spannte, zettelschwenkend auf ihn zueilte.

«Freust du dich, dass deine Christa heute unter die Haube kommt?» Ohne eine Antwort abzuwarten, sprach die Gastwirtin weiter. «Lass uns noch mal schnell die Liste durchgehen. Ich habe die Tische in der Gaststube gestern schon eingedeckt. Friedrich hat drei Fässer Bier bereitgestellt. Klappt denn auch alles mit dem Essen?»

Willi steckte den Kamm zurück in die Tasche und nahm Dora den Zettel aus der Hand. «Bert hat zehn Brote, fünf Blechkuchen und eine Bienenstichtorte gebacken, die können wir also abhaken. Frieda hat sieben Schlachterplatten und Matjes für zwanzig Personen vorbereitet. Kartoffeln habe ich schon geschält, die müssen gleich nur noch gebraten werden.»

Zufrieden nickte Dora und legte eine Hand auf ihren Bauch.

«Wann ist es denn so weit?», fragte Willi. «Es kann ja nicht mehr lange dauern.»

«Mein Henning soll noch vor Weihnachten kommen.»

«Henning?» Willi prüfte den Sitz seines Scheitels in der Schaufensterscheibe des Konsums.

«Es wird ein Junge, das habe ich im Gefühl. Und er soll Henning heißen, wie mein Vater, Gott hab ihn selig.»

Der Wind frischte auf, der Klöppel der Kirchturmglocke setzte sich in Bewegung und tat einen Schlag. Bürgermeister Ludwig Lehmann kam aus der Tür des Kulturhauses und rückte mit der linken Hand das Parteiabzeichen an seinem Revers gerade. Dann war ein Knattern auf dem Dorfplatz zu hören. Karls alter Framo holperte über das Kopfsteinpflaster und bremste vor dem Kulturhaus. Durch die Autoscheiben sah man in die glücklichen Gesichter des Brautpaares.

Die terrakottafarbenen Backsteinziegel im Inneren der kleinen Kirche waren längst nicht so verblichen wie an der Außenfassade. Der Pfarrer Otto Jaworski hatte zu beiden

Seiten des Mittelgangs Kerzen angezündet, und obwohl die Spitzbogenfenster mit Pressspan vernagelt waren, umfing die Kirche eine warme Behaglichkeit.

Die Frischvermählten hatten sich gewünscht, nach ihrer Trauung im Kulturhaus noch eine symbolische Andacht in der Kirche zu halten, und schritten jetzt gemeinsam auf den Altar zu. Christa trug ein cremefarbenes Kleid mit Schleier, Karl einen dunkelgrauen Nadelstreifendreiteiler mit hellgrauer Krawatte über einem weißen Hemd. Ihr ehemaliger Lehrer Franz Ossenbeck legte die mit Altersflecken gesprenkelten Hände auf die Manuale der Orgel, stellte seine Füße auf die Pedale, holte tief Luft und begann zu spielen.

Im Altarraum wartete Otto andächtig lächelnd auf das Brautpaar, hinter ihm hatte der zehnköpfige Chor Aufstellung genommen, der jetzt zu singen begann.

> Ich will dich lieben, meine Stärke,
> ich will dich lieben, meine Zier;
> ich will dich lieben mit dem Werke
> und immerwährender Begier!

Als Karl und Christa vor dem Altar standen, nahmen die Peleroicher auf den Kirchenbänken Platz.

> Ich will dich lieben, schönstes Licht,
> bis mir das Herz bricht.

Plötzlich krachte es laut, Orgel und Chor verstummten. Alle sahen nach oben zur Emporenbrüstung, hinter der eben noch der Lehrer gesessen und seinen kahlen Hinterkopf im Viervierteltakt des Liedes geschaukelt hatte. Zu sehen war er nicht mehr, stattdessen entdeckte Karl, dass sich eine Prospektpfeife gelöst hatte und herabgestürzt war.

«Hallo?» Karls angsterfüllter Ruf verhallte unbeantwortet im Kirchenschiff.

Alle hielten die Luft an, Otto nestelte nervös am Kragen seines Talars, wobei ihm die Bibel aus der Hand fiel.

«Franz?»

Als auch der besorgte Ruf von Isolde ohne Antwort blieb, sprang Willi auf und rannte zu der schmalen Wendeltreppe, die zur Balustrade hinaufführte.

Mitten in all dem Trubel stöhnte Dora laut auf. Kreideweiß und mit glasigen Augen blickte sie zum Altar, über dem Jesus mit ausgebreiteten Armen und gesenktem Kopf am Kreuz hing, und presste hervor: «Mein Henning kommt. Friedrich, mein Henning kommt!»

Kapitel 6
Peleroich, 1960/1961

Seit die Kerzen auf den Adventskränzen brannten, hielt sich eisiger Frost. Das Leben in Peleroich war gemächlicher geworden, so als hätte die Kälte nicht nur die Natur eingefroren, sondern auch den täglichen Verrichtungen eine gemütliche Langsamkeit auferlegt. Christas Schwangerschaft verlief ohne Komplikationen. Sie hatte fast fünfzehn Kilo zugekommen, ihre Gesichtsfarbe war stets rosig, und ihre Augen leuchteten, wenn sie die Hände auf ihren Bauch legte. Mit zwanzig Jahren war sie genauso alt wie ihre Mutter, als diese mit ihr schwanger gewesen war. Noch gut hatte Christa in Erinnerung, wie sie vor acht Monaten, nachdem sie vergeblich auf ihre Monatsblutung gewartet hatte, mit dem Bus vom Gynäkologen aus Sprevelsrich zurückgekommen war. Karl hatte sie an der Bushaltestelle abgeholt, und sie waren sich vor Glück weinend in die Arme gefallen.

Jetzt drückte Christa ihrem Ehemann, der gerade von

der Arbeit gekommen war, einen Kuss auf die Wange. «Da bist du ja. Wollen wir gleich rübergehen?»

«Gern.» Er nahm ihre Hand und spazierte mit ihr zum Dorfplatz.

«Hoffentlich hat Franz es sich nicht anders überlegt.» Christa stützte ihren Rücken mit der rechten Hand.

«Das glaube ich nicht.» Karl lächelte. «Weißt du, was ich glaube?»

«Was?»

«Ich glaube, Franz möchte ganz gerne bei meiner Mutter in der Nähe sein.»

Nach seinem Unfall auf ihrer Hochzeit saß Franz Ossenbeck im Rollstuhl. Um der herabstürzenden Orgelpfeife auszuweichen, hatte er sich vom Stuhl fallen lassen. Dabei war die Pfeife auf seine Füße gestürzt und hatte sie so stark zertrümmert, dass er nicht mehr laufen konnte. Inzwischen pensioniert, sehnte er sich nach Ruhe und hatte angeboten, zu Isolde in die Ein-Raum-Einlieger-Wohnung neben dem Stall zu ziehen, damit Karl und Christa seine Wohnung hinter der Bäckerei übernehmen könnten: zwei Zimmer, Küche, Bad, sogar mit fließend Wasser und über allem der Duft von Kuchen und frisch gebackenem Brot. Zunächst hatten Karl und Christa den Vorschlag aus Bescheidenheit abgelehnt, doch nun, da die beiden Eltern wurden und den Wunsch nach etwas Eigenem hatten, hatten sie beschlossen, das Angebot anzunehmen. Heute wollten sie Franz ihre Entscheidung mitteilen.

Die Wirtin des Kastanienhofs kam aus der Bäckerei, ein Kuchenpaket auf der linken, ihren Sohn Henning, der gerade ein Jahr alt geworden war, an der rechten Hand.

«Er kann ja schon laufen, Dora», rief Christa begeistert

und ging in die Hocke. Dabei spürte sie ein reißendes Stechen im Unterleib, das jedoch rasch wieder nachließ.

«Ja, seit zwei Tagen. Zwar nur ein paar wacklige Schrittchen, aber immerhin. Mühsam ernährt sich das Eichhörnchen.»

«Ach, wie schön, sie werden so schnell groß.» Christa richtete sich vorsichtig auf. «Ich kann es gar nicht abwarten, mein Kleines endlich in den Armen zu halten.»

«Wir feiern heute Nachmittag im Kastanienhof meinen Geburtstag nach. Kommt doch dazu», sagte Dora.

«Danke für die Einladung. Wir kommen gerne, oder?» Als Christa sich zur Karl umdrehte, durchfuhr sie erneut ein Stechen im Unterleib, diesmal aber so heftig, dass sie laut aufstöhnen musste.

Irritiert blickte Karl seine Frau an und hakte sie unter. «Lass uns zu Franz gehen, dort kannst du dich ein bisschen ausruhen.»

Nachdem Karl Christa auf das Sofa gelegt, ihr einen Tee aufgebrüht und eine Decke über ihre Beine gelegt hatte, ließen die Schmerzen langsam nach. In Franz' Wohnzimmer standen unzählige Bücherregale und ein Klavier, über dessen Tastenklappe zwei weiße Kerzen in den Halterungen brannten. Unter dem Fenster lehnte eine Alabasterbüste von Beethoven, und das Koffergrammophon spielte *Für Elise*, während sich Christa in Gedanken ausmalte, wie sie sich hier einrichten würde. Aus dem Augenwinkel sah sie zu Karl, an dessen Gesichtsausdruck sie ablesen konnte, dass er nicht wusste, wie er das Gespräch über den Wohnungstausch beginnen sollte.

«Dann los, mein Junge», sagte Franz, der wohl das Gleiche gedacht hatte. «In medias res. Weißt du nicht, wie du anfangen sollst?»

«Woher ...»

«Ich kenne dich so viele Jahre, das sollte dich nicht wundern. Ihr seid hier, weil ihr euch das mit der Wohnung anders überlegt habt, richtig?»

«Woher ...»

Franz rieb sich über das Kinn. «Erstens stand damals noch nicht fest, dass ihr Eltern werdet. Und zweitens ...»

Christa schrie auf. «Ich glaube, das Kind kommt!»

Franz legte fahrig die Hände an die Räder des Rollstuhls, Karl sprang auf, und für einen Augenblick sahen sich die beiden Männer schweigend an. Schließlich stürzte Karl aus der Wohnung zum Kulturhaus, in dem es einen Telefonanschluss gab.

Franz rollte zu Christa ans Sofa. «Alles wird gut, Christa. Immer schön atmen, nur keine Panik, gleich ist Hilfe da.»

Die Wehen kamen in immer kürzeren Abständen. Da Karl noch nicht zurück war und Franz keine Zeit verlieren wollte, stellte er einen Topf Wasser auf den Herd in der Küche, obwohl er unsicher war, ob das für etwas gut sein würde. Endlich näherten sich vom Flur her eilige Schritte.

Karl hatte Frieda mitgebracht.

«Die im Krankenhaus in Sprevelsrich wissen nicht, wie schnell sie hier sein können. Da dachte ich, Frieda könnte in der Zwischenzeit einspringen.»

«Du bringst eine Fleischerin mit, um dein Kind auf die Welt zu holen?», fragte Franz ungläubig.

59

Karl blickte betreten auf seine Schuhe. «Na ja, ich dachte, sie ist geübt im Umgang mit Blut und ...»

Ein markerschütternder Schrei drang aus dem Wohnzimmer.

Frieda klatschte in die Hände. «So, Männer, wir sollten keine Zeit verlieren. Ihr bleibt hier, ich kümmere mich um Christa. Ich werde das Kind schon schaukeln. Erst mal muss es natürlich rauskommen.» Frieda strich ihre Schürze glatt und verließ die Küche.

Zwei Stunden später waren Christas laute Schreie verklungen, stattdessen schrie das kleine Mädchen, das Frieda abnabelte und es seiner erschöpften Mutter auf den Bauch legte. Und weil im Durcheinander die Nadel des Grammophons hängengeblieben war und Beethovens *Für Elise* während der gesamten Geburt gelaufen war, stand der Name des Mädchens, das im Dezember 1960 in Peleroich das Licht der Welt erblickte, rasch fest.

Der Tag des Umzugs war gekommen. Isolde riss die Seite mit der Wettervorhersage aus dem *Sprevelsricher Landboten*, wickelte eine Tasse darin ein und trat an den Küchentisch, neben dem die Wiege stand. Die letzten Wochen waren so schnell vergangen, dass es ihr vorkam, als wäre ihre Enkelin erst gestern zur Welt gekommen. Christa hatte sich von den Strapazen der überraschenden Wohnzimmergeburt gut erholt. Elise war ein unkompliziertes Mädchen, das viel schlief und wenig weinte, und auch wenn Isolde es bedauert hatte, dass Karl ihren Hof nicht übernehmen wollte, so freute sie sich über sein Familienglück und auf die Gesellschaft von Franz.

Nachdenklich setzte sich Isolde an den Küchentisch. Ihr Blick fiel auf die Überschrift eines Artikels in der aufgeschlagenen Zeitung. *Die Kollektivierung der Landwirtschaft – eine Erfolgsgeschichte.*

Schlagartig kamen die Erinnerungen an eine Begebenheit vor ein paar Wochen zurück. Der Bürgermeister und drei Männer, die Isolde nie zuvor gesehen hatte, hatten in ihrer Einfahrt gestanden, und Ludwig Lehmann hatte in sein Sprachrohr gerufen: «Isolde! Willst du die Letzte sein, die sich gegen den Fortschritt wehrt? Willst du dich ewig querstellen? Warum willst du nicht verstehen, dass die LPG der einzig sinnvolle Weg ist für unser Dorf?»

Danach hatte Isolde, eine Flasche Kartoffelschnaps vor sich, am Küchentisch gesessen und stumm in den Ärmel ihrer Strickjacke geweint.

Ein paar Tage später hatten die Kühe lethargisch in ihren Boxen gelegen, der leblose Körper eines Kalbes war von Fliegen umkreist worden. Maul- und Klauenseuche hatte der Tierarzt diagnostiziert und die Keulung aller Tiere angeordnet. Nachdem der Transporter mit den Kühen vom Hof gefahren war, hatte Isolde fassungslos im leeren Stall gestanden.

Kurz darauf war Ludwig durch die Tür getreten, um sich nach ihrem Befinden zu erkundigen. Schluchzend war Isolde zusammengesunken und hatte ihn angefleht, ihr neue Kühe zu besorgen. Der Bürgermeister hatte sich neben ihr auf den Boden gekniet, den Kopf geschüttelt, in seine Jackentasche gegriffen und ihr einen Antrag zum

Eintritt in die LPG entgegengehalten. «Leider kann ich dir nicht weiterhelfen. Ich habe keine Rinder übrig und werde auch keine bekommen. Wenn du allerdings hier unterschreibst», er hatte auf eine Linie unter dem Vertrag gewiesen, «kannst du sofort in den Ställen der LPG Neues Leben anfangen. Wir bräuchten noch Unterstützung.»

Mitten in Isoldes Gedanken hinein schlug Elise die Augen auf. Sie waren rot gerändert und füllten sich mit Tränen. Ihre Enkelin begann zu husten. Rasselnde, stakkatoartige Laute kamen aus ihrem winzigen Mund, immer und immer wieder.

So behutsam wie möglich nahm Isolde die Kleine aus der Wiege und drückte sie an sich. «Ist schon gut, Oma ist ja da. Oma kümmert sich um dich.»

Elise würgte und weinte, dann begann ihre Lunge zu pfeifen. Isolde hatte das Gefühl, dass auch ihr plötzlich der Hals eng wurde. Hilfesuchend sah sie sich um und wusste nicht, was sie tun sollte. Vorsichtig streichelte sie ihrer Enkeltochter über den Kopf. Langsam wurde Elise ruhiger, ihr Atem fand zu seinem normalen Rhythmus zurück, und schließlich schlief sie wieder ein.

Als der Pritschenwagen, den Karl sich für den Möbeltransport von Willi ausgeliehen hatte, das Ortsschild von Peleroich passierte, schien die Sonne. An den Zweigen der Bäume waren bereits erste Knospen zu sehen, in den Vorgärten blühten die goldenen Glöckchen der Forsythien. Karl kurbelte das Seitenfenster herunter und atmete die feuchtwarme Frühlingsluft ein, in der er einen Hauch Fewa auszumachen glaubte, der von der sich im Wind wiegenden Wäsche auf den Leinen kam.

Karl parkte neben der Bäckerei, vor der sich die Fleischerin, die Wirtin des Kastanienhofs und der Pfarrer unterhielten. Otto Jaworski hatte einen kleinen Jungen auf dem Arm.

«Weißt du, was da los ist?», fragte Karl an Christa gewandt.

Seine Frau schüttelte abwesend den Kopf. «Die streiten sich bestimmt nur wieder über irgendwas. Elise macht mir mit ihrem Husten viel mehr Kummer.»

«Es geht bestimmt bald wieder bergauf, mach dir keine Sorgen.»

«Wenn es morgen nicht besser wird, gehe ich mit ihr lieber noch einmal zum Arzt.» Christa stieg aus und drückte Elise besorgt an sich.

Dora Wannemaker kam auf den Pritschenwagen zu. «Na, das ist ja wirklich ein Ding, was sagt ihr dazu?»

«Was ist ein Ding? Was meinst du?» Karl ging gemächlich um den Wagen herum, um die Möbel abzuladen.

«Unser lieber Bürgermeister ist ganz aus dem Häuschen. Ist ihm wohl peinlich, was ich durchaus verstehen kann. Dass so was ausgerechnet bei uns in Peleroich passiert, das fällt ja auch auf ihn zurück und ...»

«Jetzt mal langsam. Ich versteh nur Bahnhof.»

«Wie? Ihr wisst es noch gar nicht?», fragte Dora und sah zur Bäckerei.

«Nein. Was denn?» Erst jetzt bemerkte Karl, dass die Tür geschlossen und die Rollläden heruntergelassen waren.

Dora legte die Hand an ihr ausladendes Dekolleté. «Bert ist weg.»

«Wie, weg?»

«Er ist weg, abgehauen, nach drüben. Wir haben keinen

Bäcker mehr. Seinen Bienenstich werde ich auf jeden Fall vermissen, das steht fest.»

Noch ehe jemand etwas erwidern konnte, begann Elise erneut zu husten. Christa versuchte, sie zu beruhigen. Otto und Frieda traten näher.

Im selben Moment begann der kleine Junge auf Ottos Arm zu weinen. «Nicht doch.» Der Pfarrer küsste den Jungen auf die Wange. «Das ist Jakob, mein Enkel. Meine Tochter Magdalena ist gerade zu Besuch aus Berlin.»

Der Junge hörte bald auf zu weinen, Elises Husten hingegen wurde immer schlimmer. Sie schnappte nach Luft, ihr ganzer Körper verkrampfte sich. Es klang, als würde sie jeden Moment ersticken. Die Flucht des Bäckers war vergessen, alle versammelten sich um Christa, die mit der röchelnden Elise auf dem Arm hilflos auf dem Dorfplatz stand.

Otto machte einen Schritt nach vorne. «Du hast unsere Krankheiten getragen, nimm du all meine Kräfte in deine Hände und ...»

Frieda schnaubte. «Ich denke, hier brauchen wir eher irdische Hilfe.»

Otto ließ die Hand sinken und sprach leise weiter, während Frieda einen Schritt nach vorne machte, ihre Schürze glatt strich und die Augen zusammenkniff. «Lass mich mal schauen, ob ich was machen kann. Immerhin habe ich die Kleine zur Welt gebracht. So etwas verpflichtet, und zwar ein Leben lang.»

Christa hielt Frieda das Baby entgegen. Wieder wurde Elise von einem Hustenkrampf geschüttelt, sie keuchte und hechelte. Plötzlich war es ganz still. Elises Gesicht lief blau an. Niemand wagte, sich zu bewegen.

Frieda zog schließlich ihr Ausbeinmesser aus der Schürze.

«Spinnst du? Das ist doch gefährlich!», rief Christa erschrocken.

Karl nahm Christas Hand. «Sie weiß, was sie tut. Schließlich ist sie quasi die Hebamme von Peleroich.»

«Danke.» Frieda hauchte auf die Klinge, rieb darüber und hielt sie vor Elises Gesicht. Verzweifelt schüttelte sie den Kopf, wiederholte das Ganze und schüttelte erneut den Kopf. «Nichts.»

«Nichts?» Christa schrie auf und legte ihr Ohr an Elises Nase. «Nichts. Sie atmet nicht mehr.»

Kapitel 7
Paris / Berlin, 2018

Das sieht hier ja aus wie in einem großen Wohnzimmer, sowas von gemütlich!», rief Marina begeistert.

«Ich habe mir alle Mühe gegeben. Leider läuft der Laden nicht mehr so gut. Die Leute kaufen ihre Klamotten lieber bei den großen Billigketten. Da kann ich nicht mithalten. Genau wie damals nach der Wende. Offenbar scheint Geschichte sich tatsächlich zu wiederholen.» Seufzend fuhr Elise mit der Hand über die Tafel hinter der Kasse, auf der in Sütterlin *Camaïeu* geschrieben stand. Als Ladentheke diente der Untertisch einer alten Singer-Nähmaschine, den Elise auf dem Marché aux Puces in Saint-Ouen erstanden hatte. Tarek hatte ihr mit seinem alten Lieferwagen geholfen, das schwere Gestell vom Flohmarkt herzubringen. Die Boutique war in Grautönen gehalten, in einem Holzregal lagen Tücher und Schals, an einer Garderobe, die einem Baum ähnelte, hingen von Elise selbstgenähte Taschen aus festem Leinen mit Lederhenkeln. Links und rechts standen

Kleiderstangen, gegenüber vom Fenster, neben der Umkleidekabine, lehnte ein gold gerahmter Spiegel, in dem sich das fahle Licht der Pariser Wintersonne brach.

Elises Blick blieb an dem Bild hinter der Kasse hängen. Das Gemälde von Harald Palendinger hieß *Verpasste Chancen* und war ein Geschenk von Jakob gewesen. Er hatte es Elise vor über dreißig Jahren geschenkt, und seither hatte es immer einen besonderen Platz an ihrer Wand gehabt. Auf der kleinen Leinwand sah man eine Frau mit traurigen Augen, und im verschwommen gehaltenen Hintergrund war ein Klavier ohne Tasten angedeutet. Elise seufzte und versuchte, die Gedanken an Jakob zu vertreiben, die der Anblick des Bildes jedes Mal in ihr heraufbeschwor. Dann wandte sich wieder ihrer Freundin zu, die an eine Kleiderstange getreten war und mit den Fingern vorsichtig über die Röcke und Blusen strich. Die Holzbügel klapperten leise gegeneinander.

«Hier hat sich ja eine Menge getan in den letzten Jahren. Ich war viel zu lange nicht bei dir», sagte Marina.

«Es war Zeit für einen Tapetenwechsel. Die Einrichtung von Selma war auch nicht schlecht. Aber ich wollte den Räumen endlich meine eigene Note verleihen. Schön, dass es dir gefällt.»

«Und wie! Und alles Ton in Ton.»

«Das ist die Grundidee. *Camaïeu* ist eine spezielle Form der Einfarbigkeit, ein Konzept, das eigentlich aus der Malerei kommt.»

Marina nahm einen weinroten Rock mit magentafarbenem Saum von der Kleiderstange und stellte sich vor den Spiegel.

Lange hatte Elise überlegt, wie sie ihre Boutique nennen sollte. Sie hatte bei der Neukonzeption der Ladenphilosophie daran denken müssen, wie sehr sie sich in ihrer Jugend über die langweiligen Einheitsschnitte und tristen Stoffe geärgert hatte. Wenn es denn überhaupt mal Stoff gab! Das war zum Glück vorbei. Aber in Anlehnung an frühere Zeiten hatte Elise entschieden, ihre Boutique Camaïeu zu nennen. Der Name war Programm geworden, ihre Ton-in-Ton-Kollektion war allerdings alles andere als langweilig und trist, die Einfarbigkeit wirkte edel und ausgewählt.

Langsam ließ Marina den Rock sinken und drehte sich um. «Sag, kann ich später hier weiterstöbern? Ich muss mich kurz frischmachen, und über diesen Artikel würde ich auch gern mit dir reden. Offenbar gab es schon mehrere Berichte in den letzten Monaten, aber nun hat sich die Lage zugespitzt.»

«Meinst du, das ist ernst gemeint, wollen sie Peleroich wirklich dem Erdboden gleichmachen?»

Marina drehte sich zurück zum Spiegel, schaute hinein und zögerte, bevor sie antwortete. «Ich fürchte ja. Bisher hat sich jedenfalls niemand gefunden, der das Dorf vor dem Abriss retten möchte, soweit ich weiß. Und dass sich innerhalb von zwei Wochen jemand finden wird, scheint mir sehr unwahrscheinlich.»

Elises Kopfschmerzen wurden stärker, als sie den Zeitungsartikel auf den Wohnzimmertisch neben die Glückwunschkarte legte, die ihre Mutter Christa ihr zum Geburtstag geschickt hatte. Inzwischen war der letzte Rest Sonnenlicht hinter dem schrägen Dachfenster verschwunden, der Himmel war bleigrau, und die Geräusche der Touristen unten auf der Straße waren verklungen. Träge griff Elise nach der Flasche Cidre, doch als ihr einfiel, dass Alkohol bei Kopfschmerzen keine gute Idee war, zog sie ihre Hand zurück. Sie überlegte, ob es sich noch lohnen würde, ein Abendessen vorzubereiten, oder ob sie Marina lieber ins Phénix einladen sollte. Der Tag war anstrengend gewesen, erst der Arztbesuch und die Sorgen um ihre Gesundheit und jetzt das.

Sie nahm die Zeitung in die Hand. «Schon seltsam. Es gab Zeiten, da wollte ich Peleroich am liebsten für immer vergessen.»

Marina lächelte. «Na ja, das lag aber weniger an Peleroich als vielmehr an Henning und Jakob und am Ende vielleicht auch daran, dass das Dorf nicht mehr das unserer Jugend war. Oder?»

Als Elise sich zurücklehnte, verkrampfte ihr Magen, und ihr fiel ein, dass sie, seit sie heute Vormittag zu Dr. Paillard in die Praxis gegangen war, nichts mehr gegessen hatte. Oder kam das plötzliche Unwohlsein von der Erwähnung der beiden Männer in ihrem Leben? Henning und Jakob, die für sie so untrennbar mit Peleroich verbunden waren. Zwischen denen sie sich nie wirklich hatte entscheiden können, bis das Schicksal ihr die Entscheidung abgenommen hatte.

«Wann warst du eigentlich das letzte Mal in Peleroich?», unterbrach Marina Elises Gedanken.

«Vor fünf Jahren. Schon damals sah das Dorf ganz schön heruntergekommen aus. Aber das hier ...» Erschüttert betrachtete Elise das Bild in der Zeitung genauer: Auf den Stufen der ehemaligen Fleischerei lagen Müllsäcke, der Eingang der alten Grundschule war mit Efeu zugewachsen, das Schaufenster der Bäckerei mit Graffiti beschmiert.

Seit ihre Mutter in einem Altersheim in der Kreisstadt untergebracht war, war Elise nicht mehr in ihrem Heimatdorf und auch ganz froh gewesen, nicht mitzuerleben, wie sehr sich Peleroich veränderte.

«Es ist eine Schande.» Marina lief nachdenklich im Wohnzimmer umher. Sie blieb vor dem Klavier stehen und blickte auf ein gerahmtes Foto von Elise, ihrer Tochter Franziska und Henning. «Ich verstehe irgendwie, dass du dich nie zwischen Henning und Jakob entscheiden konntest.»

Elise schloss für einen Moment die Augen. «Hör auf, Marina. Mit dem Thema habe ich schon vor vielen Jahren endgültig abgeschlossen. Du weißt, wie es mir ging, als Jakob von einem Tag auf den anderen verschwunden ist, du weißt, wie es mir ging, als ich ihn auch nach der Wende nicht wiedergefunden habe.»

Elise musste niesen. Eilig ging sie in den Flur, kam mit ihrer Handtasche zurück und griff nach einer Packung Taschentücher. Dabei fiel ihr Blick auf den Brief, den sie vorhin aus dem Postkasten genommen hatte. In der ganzen Aufregung über die Ankunft ihrer Freundin und den Zeitungsartikel hatte sie ihn ganz vergessen. Ihr Name und ihre Adresse waren handschriftlich darauf vermerkt. Deutsche Briefmarken. Der Absender fehlte. Sie riss den Umschlag auf und zog ein Blatt heraus.

```
Elise,

ich wollte alles hinter mir lassen
und vergessen. Aber nun, da unser
Dorf dem Erdboden gleichgemacht
werden soll, möchte ich beichten.
```

Am Tod deines Vaters und an Jakobs
Verschwinden trage ich die Schuld.
Und da mit dem Ende von Peleroich
auch eine Welt untergehen wird, zum
zweiten Mal seit 89, will ich reinen
Tisch machen. In zwei Wochen wird
es unser Dorf vielleicht nicht mehr
geben. Also komm bitte so schnell
wie möglich nach Peleroich und lass
mich alles erklären. Ich melde mich
wieder.

Ein Freund

Elise reichte den Brief wortlos an Marina weiter und trat
ans Fenster. Jakob. Jahrzehntelang hatte sie versucht, diesen Namen in ihrem Inneren zu begraben.

«Elise. Alles in Ordnung?» Marina war neben sie getreten.

«Ja.» Sie fühlte sich wie vor den Kopf geschlagen, öffnete
das Fenster und atmete die kühle Dezemberluft ein. «Ich ...
Was hat das zu bedeuten? Ich bin davon ausgegangen, dass
er tot ist, und Verschwinden heißt doch ...»

«... dass Jakob vielleicht noch lebt.» Marina umarmte
sie vorsichtig. «Vielleicht ist es gut, wenn du dich der Sache stellst. Ich weiß, du hast morgen Geburtstag, und wir
wollten hier feiern. Aber ich denke, wir sollten unverzüglich losfahren.»

Elise zögerte, als sie an den bevorstehenden Arzttermin
dachte, doch angesichts der jüngsten Entwicklungen entschied sie, dass das warten musste. Jakob war wichtiger.

Der anonyme Brief ging Elise nicht aus dem Kopf. Der tödliche Sturz ihres Vaters und Jakobs Verschwinden – diese beiden schlimmsten Erlebnisse ihres Lebens hatten sie geprägt. Irgendwann, vor etlichen Jahren, war es ihr gelungen, nicht mehr jeden Tag daran denken zu müssen. Dieser ominöse Brief hatte das Verdrängte mit einem Schlag wieder an die Oberfläche geholt. Nun kreisten Elises Gedanken wieder um Jakob, und sie meinte, denselben Schmerz zu fühlen wie damals. Marina hatte recht. Es gab nur eines, was sie tun konnte, um ihn loszuwerden und endlich Klarheit zu bekommen: Sie musste nach Peleroich fahren und herausfinden, was es mit dem Brief auf sich hatte.

Als Marina, die trotz allem wenigstens eine kleine, abendliche Paris-Tour unternehmen wollte, die Tür ins Schloss zog, schaltete Elise ihren Computer an. Sie klickte sich auf die Seite eines Anbieters für Busreisen, kaufte zwei Fahrkarten für den morgigen Tag und druckte sie aus. Sie würden über Berlin nach Peleroich fahren.

Was war noch zu tun? Elise sah sich um. Da sie nicht wusste, wie lange sie fort sein würde, entschied sie, dass sich jemand um die Boutique kümmern musste, und sie hatte auch schon eine Idee, wen sie darum bitten konnte.

Tarek stand vor dem Phénix und war dabei, eine Getränkelieferung ins Lager zu räumen. «Die Sonne geht auf», sagte er, als Elise um die Ecke bog, und stellte eine Kiste Rotwein neben der Tür ab. «Gleich zwei Mal an einem Tag, wie ungewöhnlich!»

Elise lachte. «Ich muss überraschend für ein paar Tage nach Hause fahren. Könntest du während meiner Abwesenheit in der Boutique nach dem Rechten schauen?»

«Selbstverständlich. Aber willst du mir nicht verraten, warum du so plötzlich nach Deutschland musst?»

«Das ist eine lange Geschichte, die erzähle ich dir mal in Ruhe, wenn ich zurück bin.» Fahrig strich sich Elise eine Haarsträhne hinters Ohr.

«Es geht um die Liebe, richtig?»

«Wie kommst du denn darauf?» Elises Blick fiel auf die Holzkiste neben der Tür. *Le Pont de l'Amour*, die Brücke der Liebe, stand auf der oberen Leiste.

«Vergangenheitsbewältigung?»

«Und woher weißt du das jetzt schon wieder?» Elise sah Tarek verwundert an.

«Wie lange kennen wir uns jetzt? Zwanzig Jahre? Du trägst dein Herz im Gesicht. Keine Sorge, ich kümmere mich um alles, und wenn es an der Zeit ist, erzählst du mir von früher.» Sanft legte Tarek Elise eine Hand auf die Schulter. «Aber morgen ist dein Geburtstag. Was wird aus deinem französischen Menü? Ich hatte mich schon so gefreut.»

«Das holen wir nach, versprochen.»

«Inschallah. Was immer passieren wird, eines darfst du nicht vergessen: Es ist besser, ein Licht anzuzünden, als auf die Dunkelheit zu schimpfen.»

Elise nahm Tareks Hand und drückte sie kurz. «Ich finde ja, du solltest deine Brasserie umbenennen. Café des weisen Philosophen oder so etwas in der Art.»

Tarek küsste Elise auf die Wangen. «Gute Reise. Und wenn etwas sein sollte, ich bin da.»

Als der Bus am ZOB in Berlin einfuhr, waren von Elises Geburtstag noch drei Stunden übrig. Beim Umsteigen in Hannover hatten die beiden Freundinnen eine kleine Flasche Sekt und zwei eingeschweißte Automatenmuffins gekauft und einander versprochen, den Geburtstag in Peleroich gebührend nachzufeiern. Die Hauptstadt empfing sie mit einer dünnen Schneedecke und dem aufgeregten Gewusel der Reisenden. Elise tat der Rücken weh, sie hatte während der Fahrt kaum geschlafen und sehnte sich nach einem Bett. Aber sie mussten noch umsteigen in die Regionalbahn nach Sprevelsrich. Nach Peleroich fuhr kein Bus mehr.

Marina schulterte ihre Reisetasche und sah Elise an. «Du siehst schlapp aus. Wollen wir einen Kaffee trinken, bevor wir zum Bahnhof fahren? Der Zug fährt eh jede Stunde.»

«Gern.» Elise nahm ihren Koffer.

«Hast du Henning eigentlich gesagt, dass wir kommen?», fragte Marina.

«Noch nicht.»

Und dann passierte es. Elise wurde von einem trockenen Hustenanfall geschüttelt. Als er vorüber war, schaute sie auf und erschrak. Sie konnte Marina nur noch schemenhaft erkennen. Ihr wurde schwindelig. Mit schweißnassen Händen hielt sie sich an Marinas Arm fest und fragte sich, ob es ein Fehler gewesen war, nach Deutschland zu kommen. Dann sackte sie zusammen.

Kapitel 8
Peleroich, 1965

Der Tag, den sie im Wald verbracht hatten, neigte sich dem Ende zu. Frostige Dämmerung hatte sich über den Sprevelsricher Forst gelegt. In der Ferne rauschte die Ostsee, sonst war nichts zu hören, nur dann und wann knackte es im Geäst. Der Tannennadelgeruch und die salzige Luft mischten sich mit dem Rauch aus den Schornsteinen der Häuser, die sich in der Kälte noch enger als sonst aneinanderzudrücken schienen. Der Kirchturm überragte die Dächer wie ein besorgter Vater, der sichergehen wollte, dass es seinen Kindern gutging. Elise und Henning, die neben Karl auf dem Hochstand saßen, waren in warme Anoraks, gestrickte Schals und Fäustlinge eingepackt.

Karl nahm gerade eine Aluminiumbrotbüchse mit Leberwurstbrötchen aus seiner Tasche, als die eisige Stille von Elises pfeifendem Husten durchschnitten wurde. Aus den Baumkronen löste sich ein Vogelschwarm und stob in den Himmel. Karl ließ vor Schreck die Brotbüchse fallen, das Metall schepperte auf den Holzplanken des Hochstands. Elise beugte sich nach vorne, stützte ihre Arme auf den Knien ab und zog die Schultern hoch. Langsam beruhigte sich ihr Atem, und das Husten ließ nach.

«Dieses grässliche Asthma. Wenn ich doch nur mehr tun könnte, als mit dir an der frischen Luft zu sein. Geht es wieder?», fragte Karl.

Während Elise röchelnd nickte, versuchte Karl, seinen Herzschlag zu beruhigen, der jedes Mal, wenn seine Tochter ihre Anfälle bekam, aus dem Takt geriet. Seit ihrer Keuchhustenerkrankung machte er sich Sorgen um Elises Gesundheit. Noch lebhaft stand ihm der Tag ihres Umzugs vor Augen, als es erst Elise und dann den Peleroichern den Atem verschlagen hatte. Damals hatte er gedacht, seine Tochter würde sterben. Aber schließlich hatte sie doch weitergeatmet. Die folgenden drei Monate, in denen sie zusätzlich an einer Lungenentzündung erkrankte, hatte Elise im Krankenhaus in Sprevelsrich verbracht. Karl war jeden Tag bei ihr gewesen, hatte an ihrem Bettchen gesessen und ihr aus Grimms Märchenbuch vorgelesen. Und obwohl Elise noch viel zu klein gewesen war, um die Geschichten zu verstehen, tat ihr die vom Tapferen Schneiderlein besonders gut. Diese hatte sie am meisten beruhigt. Seitdem liebte Elise Brote mit Pflaumenmus.

Karl betrachtete die Umrisse der Bäume in der Dunkelheit, die sich vor dem Hochstand auftat. «Ach, mein Kind. Zu Hause mache ich dir ein Brot mit Pflaumenmus, hier habe ich nur Leberwurst im Angebot.»

«Ist das die von Frieda?» Unbeholfen zog Henning einen Fäustling von seiner Hand.

«Na klar, was anderes kommt mir doch nicht in die Tüte.»

«Oder aufs Brot», sagte Henning, und alle drei lachten.

Karl holte eine Thermoskanne aus seiner Tasche, stellte sie neben sich und deutete auf den Horizont. «Dort drüben in Richtung Ostsee, da seht ihr die Silhouette der immergrünen Fichten. Nadelbäume haben im Winter eine wunderbare Strategie entwickelt. Ihre dünnen Blätter, die Nadeln, sind mit einer Art Wachsschicht überzogen, und der Zucker, den sie bilden, wirkt wie ein natürliches Frostschutzmittel.»

Elise und Henning nickten kauend.

Mit der rechten Hand hob Karl das Fernglas an die Augen und flüsterte: «Wenn ihr ganz leise seid, kommen vielleicht sogar Rehe vorbei.»

«Also Elise, sag deinem Asthma, dass es jetzt gefälligst wegbleiben soll, es vertreibt sonst die Rehe.» Henning zeigte auf einen Turm, der am Horizont in Richtung Ostsee in den Himmel ragte, und fragte leise: «Was ist das dort? Ich habe meine Eltern gefragt, aber sie sagen, ich bin zu klein, um das zu verstehen.»

Karl ließ das Fernglas sinken.

«Weißt du das denn nicht? Das sind Grenzbeobachtungstürme für unsere Sicherheit», sagte Elise.

«Ach so», erwiderte Henning flüsternd.

Sicherheit? Karl sah seine Tochter erstaunt an und fragte sich, woher sie solche Formulierungen hatte. Er hatte den Kindergarten im Verdacht, den die LPG vor drei Jahren unter der Schirmherrschaft des Bürgermeisters gebaut hatte. Ludwig Lehmann hatte es sich nicht nehmen lassen, den ersten Spatenstich zu tätigen und im Anschluss einem Reporter vom *Sprevelsricher Landboten* ein Interview zu geben. Beim letzten Elternabend, bei dem Karl und Christa sich auf die Kindergartenstühle gesetzt und ihre Knie unter die niedrigen Tische gequetscht hatten, war sein Blick auf die gezeichneten Bilder an der Wand gefallen: Soldaten, Panzer, Kinder, die sich an den Händen hielten. Er hatte den Blick abwenden müssen, denn die Bilder führten ihm schmerzlich vor Augen, was in den letzten Jahren geschehen war. Wie sehr hatte er sich gewünscht, dass all die Vorzeichen keine schlechten Omen gewesen wären. Aber nein. Die Tatsachen waren nicht mehr zu übersehen, und Karl schämte sich insgeheim über seine Naivität. Schon vor Jahren hatte er mit einem Mulchgerät einen Transportweg durch den Sprevelsricher Forst anlegen müssen, ohne zu verstehen, dass er damit den Ausbau der Grenzanlagen vorantrieb. Dann kam die Mauer in Berlin. Bürgermeister Lehmann hatte die Errichtung des antifaschistischen Schutzwalles, wie er ihn nannte, mehrfach euphorisch gutgeheißen. Dadurch sei eine imperialistische Aktion der Bundesrepublik gegen die DDR vereitelt worden. Karl wusste nicht, was er von Ludwigs Worten halten sollte. Aber was auch immer der Grund für die Grenzabriegelung im ganzen Land war, für Karl persönlich hatte diese Entwicklung fatale Auswirkungen.

Mit der Hand fuhr er in seine Jackentasche und tastete nach dem Schreiben. Er hatte es so oft gelesen, dass er den Wortlaut inzwischen auswendig kannte. Noch einmal überflog er im Geiste die Zeilen.

Sehr geehrter Herr Petersen,

im Zuge der Absicherung der Staatsgrenze in der Region fordere ich Sie auf, den Hochstand im Sprevelsricher Forst, für den Sie als Revierförster die Verantwortung tragen, bis Ende dieses Jahres abzubauen. Das Risiko einer solchen Anlage ist mittlerweile unkalkulierbar geworden.

Sollten Sie technisches Gerät oder sonstige Mittel zur Durchführung benötigen, werden wir Sie selbstverständlich unterstützen. Ihr Bürgermeister, Genosse Ludwig Lehmann, wird Ihnen mit Rat und Tat zur Seite stehen, es ist maßgeblich seiner Umsicht zu verdanken, dass wir auf das bestehende Risiko eines Hochstands im Grenzgebiet aufmerksam geworden sind.

Des Weiteren setze ich Sie davon in Kenntnis, dass wir Sie in den nächsten Wochen zu Gesprächen einladen werden, um gemeinsam zu erörtern, welchen Anteil Sie in Ihrer Funktion als Förster an der Sicherung der Grenzanlagen zu leisten gewillt sind. Ihnen und Ihrer Familie besinnliche Feiertage und einen guten Start ins Jahr 1966.

Mit sozialistischem Gruß,
Alwin Kabel

Vorsitzender des Rates des Kreises Sprevelsrich

Mit einer unwirschen Handbewegung zerknüllte Karl das Schreiben in seiner Tasche. Christa hatte er bisher noch nichts davon erzählt, und auch Elise und Henning wussten nicht, dass die Ausflüge zum Hochstand schon bald der Vergangenheit angehören würden. Energisch drehte Karl den Verschluss der Thermoskanne zu, als ihn ein Sirren am Horizont aufmerken ließ. Er hob den Kopf und wurde im gleichen Moment von einem Suchscheinwerfer geblendet. Der Lichtkegel wanderte kreisend von dem Beobachtungsturm aus über die Felder, den Forst und die Ostsee. Als er über die Lichtung glitt und auf den Hochstand traf, wurden Karl, Elise und Henning noch einmal geblendet und hielten sich schützend die Hände vor die Gesichter.

Karl griff nach der Thermoskanne und der Brotbüchse. «Kommt Kinder, wir gehen nach Hause. Es ist kalt geworden.»

Der Bus hielt am Kastanienhof. Nachdem sie ausgestiegen war, sah Christa in den wolkenverhangenen Himmel und rieb ihre Hände gegeneinander, um sie aufzuwärmen. Für diese Woche hatte der *Sprevelsricher Landbote* Schneefall vorhergesagt. Vor einer Stunde hatte Christa in ihrem Klassenraum im zwanzig Kilometer entfernten Falkenwies die Tafel gewischt und die Schulklasse an den morgigen Pioniernachmittag erinnert, für den ein Ausflug zur Patenbrigade Rosa Luxemburg geplant war.

Sie raffte die Aufschläge ihres Mantels zusammen und stieg aus. Nieselregen fiel auf den Dorfplatz. Christa beschleunigte ihre Schritte und betrat die Bäckerei.

«Wie schön, dass du da bist.» Ihre Schwiegermutter stellte gerade die Geburtstagstorte für Elise auf die Theke.

Auf der dick aufgetragenen Schokoladenkuvertüre stand: *Alles Gute zum Geburtstag*. Am Kuchenrand schlängelte sich eine Blumenranke, die Isolde aus Zuckerperlen geformt hatte. Christa bewunderte die künstlerische Ader ihrer Schwiegermutter, die bei weitem nicht auf das Backen beschränkt war. Auch Handarbeiten erledigte Isolde mühelos, fast spielerisch, und die Ergebnisse konnten sich sehen lassen. Heute trug sie ein selbstgenähtes, flaschengrünes Kleid mit schmalem Gürtel, das praktisch und elegant zugleich wirkte. Elise schien das Interesse ihrer Großmutter geerbt zu haben. Wann immer Elise bei ihr war, bat sie Isolde, ihr beim Nähen zuschauen und helfen zu dürfen. Inzwischen konnte Elise sogar schon selbst einfache Kissen und Röcke nähen. Sie wurde immer geschickter.

«Elise wird Augen machen.» Christa streckte die Hand aus und wollte nach einer Zuckerperle greifen, doch Isolde schob ihre Hand grinsend beiseite.

«Nicht doch, die ist für meine Enkeltochter», sagte sie und stellte Christa einen Teller mit Krapfen hin. «Hier darfst du zuschlagen. Auch mit Pflaumenmus, wie die Torte.»

Hungrig biss Christa in den Krapfen, das dickflüssige Pflaumenmus trat aus der Füllung und lief über ihren Handrücken. Es schmeckte fabelhaft. «Isolde, du hast wirklich deine Bestimmung gefunden.»

«Im Bäckerhandwerk, meinst du?»

«Ja.»

Als Isolde noch den Hof bewirtschaftete, hatte sie höchstens an besonderen Feiertagen gebacken. Aber seit sie nach ihrer Weigerung, in die LPG einzutreten, auf eine neue Einnahmequelle angewiesen war, hatte sie begonnen erst aushilfsweise, dann täglich in der Bäckerei zu arbeiten.

Isolde riss einen Bogen Einschlagpapier von der Rolle neben der Kasse. «Du weißt ja, in einem fremden Kuhstall arbeiten, das habe ich nicht gekonnt. Ich vermisse den Stall und meine Tiere sehr, aber ich bin froh, dass in mir auch eine ganz passable Bäckerin steckt. Der Hof war ja alles, was ich hatte ...» Isoldes Stimme wurde brüchig, sie hielt plötzlich inne, dann straffte sie die Schultern. «Aber jetzt lassen wir die ollen Kamellen mal ruhen. Karl müsste gleich da sein. Ist im Kastanienhof alles vorbereitet?»

Als Christa sich das letzte Stück Krapfen in den Mund schob und nickte, fiel ihr Blick auf ihren Ehering. «Kann ich dich mal etwas fragen, Isolde?»

«Nur zu.»

«Ist dir eigentlich aufgefallen, dass Karl irgendwie seltsam ist in letzter Zeit?»

Isolde sah auf.

Christa drehte den Ring am Finger. «Er hat sich verändert, ist immer so in sich gekehrt. Ich glaube, er verheimlicht mir etwas. Normalerweise hält er mir zu dieser Jahreszeit stundenlange Vorträge über die Natur im Winter, den Wildbestand, die besten Stellen, an denen man einen Tannenbaum schlagen kann, und die Hoffnung auf weiße Weihnachten.»

Nachdenklich legte Isolde das Einschlagpapier auf die Theke. «Nein, mir ist gar nichts aufgefallen ... Vielleicht wird er krank?»

«Das glaube ich nicht. Ich kenne ihn nun so lange, so habe ich ihn noch nie erlebt.»

«Christa, er liebt dich über alles, vom ersten Tag an hat er sich geschworen, dich zu heiraten. Das ist schon fünfzehn Jahre her und mein Junge steht zu seinem Wort. Gräm dich nicht, das ist sicher nur eine Phase.»

«Ich hoffe, du behältst recht.»

Draußen hupte es. Isolde und Christa sahen Karls Framo vor der Bäckerei halten. Karl wies aufgeregt mit dem Zeigefinger nach oben. Die beiden Frauen traten näher an die leicht beschlagene Schaufensterscheibe. Dicke Flocken schwebten vom Himmel, der Dorfplatz sah beinahe aus wie in einem Märchenfilm, friedlich und verzaubert.

Isolde klopfte ihrer Schwiegertochter auf den Rücken. «Siehst du, ein weißer Dezember, ein glücklicher Karl und Elises fünfter Geburtstag, es ist alles in Ordnung.»

Und während sich der Schnee langsam über die Dorfstraße, die Dächer und die Backsteinkirche legte, lächelte Christa, froh darüber, dass es keinen Grund gab, beunruhigt zu sein.

Elise, Henning und ein halbes Dutzend anderer Kinder tobten mit lachenden Gesichtern und laufenden Nasen unter der Thomas-Mann-Kastanie. An der Bushaltestelle stand ein Schneemann, das Gesicht mit einer Karotte und zwei Eierkohlen verziert, aus der unteren Kugel ragte schräg ein Besen. Vor dem Kastanienhof parkten Friedas Transporter, der Wartburg der Wannemakers und Ludwigs altersschwacher Škoda.

Karl, Christa und Isolde betraten die Gaststube und schauten sich begeistert um. Die Tische waren zu einer langen Tafel zusammengeschoben, von der Decke und über dem goldenen Hirschgeweih hingen Papierschlangen, auf dem Tresen standen Schüsseln mit Kartoffelsalat, Teller mit Würstchen, Karaffen mit Apfelsaft und ein gusseiserner Topf, auf dem ein Quirl lag. Wirtin Dora strich gerade ein weißes Tischtuch glatt, ihr Mann Friedrich faltete Servietten. Franz saß in seinem Rollstuhl neben dem Klavier und strich zärtlich über den Holzrahmen, drückte vorsichtig einzelne Tasten, um zu prüfen, ob das Instrument gestimmt war.

Plötzlich war aus der Küche das Geräusch von zerbrechendem Geschirr zu hören. «Verdammter Mist. Ist wohl nicht mein Tag heute.»

Karl erkannte die Stimme des Bürgermeisters. Was machte Ludwig Lehmann denn hier? Ausgerechnet an Elises Geburtstag? Nicht genug damit, dass er seine Mutter so lange unter Druck gesetzt hatte, bis sie unter dubiosen Umständen ihre Kühe verloren hatte, nein, er war auch noch dafür verantwortlich, dass der Hochstand im Sprevelsricher Forst abgebaut werden musste. Warum drängelte sich dieser Mann mit seinem Parteifanatismus ständig in Karls Familie? Warum konnte er sie nicht einfach in Ruhe lassen?

«Alles in Ordnung?» Christa strich Karl über den Bart.

«Ja, alles gut.» Karl zog seine Frau zu sich heran, schloss die Augen und küsste sie. «Schön, dass es dich gibt.»

Christa löste sich lächelnd aus der Umarmung. «Jetzt müssen wir aber die Torte nach nebenan bringen.»

Als Christa und Isolde in der Küche verschwunden waren, stürmten die Kinder herein, ihre Gesichter waren von der Kälte gerötet, sie redeten wild durcheinander und zogen ihre Anoraks und Stiefel aus.

Beherzt nahm Dora den Quirl vom Topf und rief die

Geburtstagsgesellschaft zusammen. «Auf die Plätze, fertig, los, jetzt wird Topfschlagen gespielt.»

Die Kinder jubelten.

Karl setzte sich an die Tafel, auf der Elises Geburtstagsgeschenke lagen: ein von Isolde gestrickter Pullover, eine Puppe, eine Kindernähmaschine und ein Notizbuch. Das hatte Karl ausgesucht und Elise vorgeschlagen, die Entwürfe für ihre Kissenbezüge und Röcke hineinzuzeichnen.

Dora verband Elise mit einem Schal die Augen und drehte sie im Kreis. Dann ging Elise auf die Knie, krabbelte los und fuhr, auf der Suche nach dem inzwischen unter dem Tisch versteckten Topf, mit dem Quirl über den Boden. Befeuert von den Rufen der anderen Kinder, fand sie ihn schon nach wenigen Augenblicken, schlug darauf und zog sich den Schal von den Augen. Henning warf eine Handvoll Konfetti in die Luft. Die Kinder klatschten begeistert in die Hände und streckten die Hälse, um zu sehen, was sich unter dem Topf verbarg.

Glücklich betrachtete Karl seine Tochter, die den Topf anhob, die Hand nach einem Bonbon ausstreckte, es auswickelte und sich in den Mund schob. Ihr Anblick ließ ihn seinen Kummer vergessen. Vergessen war die Wut auf Ludwig und das, was er seiner Mutter angetan hatte, vergessen war das Schreiben zum Abriss des Hochstands, vergessen die seltsame Formulierung des Vorsitzenden des Rates des Kreises zur Zusammenarbeit bei der Sicherung der Grenzen. Karl half Elise auf die Beine. «Na, dann komm mal mit in die Küche, mein kleines großes Geburtstagskind. Deine Oma hat noch eine leckere Überraschung für dich.»

Elise atmete ruhig, ihr Bauch hob und senkte sich gleichmäßig, schließlich ließ sie ihre Hände elegant auf die Tasten des alten Klaviers im Gastraum fallen. Ohne auf die Notenblätter zu schauen, begann sie, Offenbachs *Barcarole* zu spielen. Franz lächelte zufrieden, und ihm entfuhr ein wohliger Seufzer.

Karl nahm Christas Hand, Frieda deutete Tanzschritte an, Isolde wischte sich verstohlen eine Träne aus dem Augenwinkel, Agathe küsste Willi auf seinen Scheitel, Dora lehnte sich an Friedrich, der seine Hände auf ihren runden Bauch legte, und Ludwig nestelte gedankenverloren an dem Parteiabzeichen an seinem Revers. Die Kinder saßen schweigend auf dem Boden, einige hatten die Augen geschlossen. Kurz vor dem Ende straffte Elise den Oberkörper, holte tief Luft und spielte die letzte Passage. Beifall brandete auf.

Als Kartoffelsalat, Würstchen und Torte verzehrt waren, machte sich Müdigkeit unter den Kindern breit.

«Genug gefeiert für heute. Alle kommen mit nach oben. Dort habe ich ein Matratzenlager vorbereitet und lese euch noch etwas vor.» Die Kinder folgten Dora die Treppen nach oben hinauf. Vor einem halben Jahr hatten sie und Friedrich in der oberen Etage neben ihrer Wohnung drei geräumige Fremdenzimmer eingerichtet, wo die kleinen Geburtstagsgäste heute übernachten konnten.

Friedrich stellte Salzstangen, Gläser, zwei Flaschen Melde Korn und einen Aschenbecher auf den Tisch.

«Ein gelungener Tag. Was für eine schöne Feier, und so ein talentiertes Kind.» Zufrieden goss sich der Bürgermeister ein Glas Schnaps ein und leerte es in einem Zug.

Karl griff als Nächster nach der Flasche, seine Hand zitterte. «Warum bist du eigentlich hier?»

«Weil ich als Bürgermeister für meine Bürger da sein will.» Ludwig lächelte ihn an.

«So wie du für deine Bürger da warst, als du sie gezwungen hast, in die LPG einzutreten?»

Beschwichtigend legte Christa Karl die Hand auf den Arm. «Bitte, heute nicht.»

Karl wusste, dass seine Frau recht hatte, aber sie ahnte auch nichts von dem Schreiben, das er bekommen hatte. Er entschied sich, die Sache endlich zur Sprache zu bringen. «Und beim zwangsverordneten Abbau des Hochstands, da bist du ja auch ganz für deine Bürger da, nicht wahr?»

Christa blickte auf.

Friedrich, dessen Hand gerade über der Schale mit den Salzstangen gekreist hatte, verharrte in der Luft. «Wovon sprichst du?»

«Von wegen ...», Karls Stimme bebte, «von wegen für seine Bürger da sein. Ich muss den Hochstand im Forst abbauen, und er ist dafür verantwortlich. Warum mischst du dich ständig in unser Leben ein? Warum nimmst du uns alles, was uns lieb und teuer ist?»

Schwungvoll drehte sich Christa zum Bürgermeister. «Sag, dass das nicht wahr ist.»

Ludwig schob seine Hand in Zeitlupentempo in Richtung Schnapsflasche.

«Stimmt das?» Christa umfasste die Flasche und schaute Ludwig durchdringend an.

«Papperlapapp, nein.»

«Jetzt leugnest du auch noch?» Karl sprang auf. «Und ob das stimmt.»

87

Ludwig erhob sich ebenfalls. Er torkelte, versuchte, sich am Tisch festzuhalten, erwischte aber nur das Tischtuch und riss im Fallen den Stoff herunter. Flaschen, Gläser, Aschenbecher und Salzstangen fielen zu Boden, ebenso der Bürgermeister. Ludwig wollte sich aufrichten, doch seine Glieder gehorchten ihm nicht mehr. Benommen saß er auf dem Kneipenboden.

«So.» Friedrich kniete sich neben ihn und nahm ihn in den Schwitzkasten. «Jetzt mal Butter bei die Fische.»

Ludwig japste. «Warum wollt ihr nicht verstehen, dass ich mich für die richtige Sache einsetze? Das kommt euch auf lange Sicht nur zugute.»

«Wie meinst du das?» Zögernd löste Friedrich den Schwitzkasten. «Und was hat das mit Karls Hochstand zu tun, bitte schön?»

Mit einem Mal war Ludwigs Stimme klar und nüchtern.

«Habt ihr schon vergessen, was im Krieg hier los war? Wollt ihr zu diesen Zuständen etwa zurückkehren? Wir müssen zusammenhalten. Das steht doch alles in unserer Verfassung. Habt ihr die überhaupt mal gelesen? Die DDR verbürgt sich für die Freiheit und Rechte des Menschen, sie will dem gesellschaftlichen Fortschritt dienen, die Freundschaft mit den Völkern fördern und den Frieden sichern.»

«So weit zur Theorie.» Christa bückte sich und begann, die zu Boden gegangenen Gläser auf ein Tablett zu stellen.

«Alle Staatsgewalt geht doch vom Volke aus, oder?», fuhr Ludwig fort. «Dass da der Einzelne zum Allgemeinwohl auch mal zurückstecken muss und nicht so zimperlich und egoistisch sein darf, das ist doch sonnenklar.»

Karl ballte die Hand zur Faust, als der Bürgermeister sich erhob und sein Hemd glatt strich.

«Dann kannst du eben nicht mehr im Wald sitzen und den Bäumen beim Wachsen zusehen, na und? Das hat für die Gesellschaft doch überhaupt keinen Mehrwert. Was ist so ein Hochstand schon im Vergleich zum großen Ganzen, im Vergleich zur gemeinsamen Sache, die uns und unser Land voranbringt?» Ludwig sah Karl abschätzig an. «Meinst du nicht, du übertreibst ein wenig? Das ist ja schon fast ein Verhalten, was man sonst nur von Frauen an gewissen Tagen im Monat kennt ...»

Karl spürte, wie ihm das Blut in den Kopf stieg. Er war kurz davor, endgültig die Beherrschung zu verlieren. Blitzschnell holte er aus, schlug mit der Faust auf den Tisch und rannte aus dem Kastanienhof.

Er sah sich in seinem Zimmer um und entschied, aufzuräumen. Damit ihm das leichter von der Hand ging, machte er sich Musik an. Zu den Klängen von Vivaldis *Vier Jahreszeiten* war er eine gute Weile damit beschäftigt, Ordnung zu schaffen. Er brachte die leeren Flaschen in den Container, wischte Staub, bezog sein Bett neu, steckte die dreckige Bettwäsche in die Waschmaschine und räumte den Tisch ab. Am Schluss lag nur noch ein Stapel Bücher darauf, die ins Regal sortiert werden mussten.

Er besah sich die Buchreihen. Thomas Mann, Anna Seghers, Christa Wolf, Tschingis Aitmatow, der Fotoband *Alltag in der DDR* von Manfred Baier, ein Buch über die Arbeit der Staatssicherheit und eins zum Leben in der Sperrzone. Hier war kein Platz mehr. Als er die Schublade der Schrankwand aufzog, fiel sein Blick auf eine vergilbte, prallgefüllte Mappe. Zögerlich nahm er sie heraus. Unter Zeitungsartikeln zum Thema Flucht über die Ostsee und losen Blättern, auf denen er begonnen hatte, seine Geschichte aufzuschreiben, lag der Anfang eines von ihm getippten Berichts. Eigentlich hätte er den nicht aufbewahren dürfen, er hätte ihn vernichten müssen. Aber aus irgendeinem Grund hatte er diesen ersten Versuch, bei dem er sich ständig vertippt hatte, aufbewahrt.

Er setzte sich auf das frisch bezogene Bett und begann zu lesen.

```
Angaben zur Person:
WAIGEL, Heinz, geb. am:
28. Otoberre 1937
Wohnsitz: Dorfstraße 7, Peleroch
beschäftig: VEB Verkehrs- und
Tiefbaukombinat Spreveldrich
```

Sachverhalt:

Am Morgen des 4. May 1979 beobachtete ich, wie sich sich die oben genannte Person gegen 23:15 Urh mit einem SChlauchbot der Sperrzone nähertte.

Inzwischen war es dunkel geworden. Er faltete den Bericht zusammen und legte ihn beiseite. Wenn er nicht endlich erzählte, was damals wirklich passiert war, würde er niemals zur Ruhe kommen. Es war Zeit, sich den Geistern der Vergangenheit zu stellen.

Kapitel 9
Peleroich, 1966

Nachdem alle Gäste gegangen waren, wischte Friedrich ein letztes Mal über den Tresen. Es war ein geschäftiger Abend gewesen. Seit die Sowjetunion ins Achtelfinale der Fußballweltmeisterschaft eingezogen war, war die Aufregung unter den Gästen im Kastanienhof groß. Friedrichs Blick fiel auf den Glasrahmen hinter dem Tresen, der einen Artikel aus dem *Sprevelsricher Landboten* enthielt. *Von der Sowjetunion lernen, heißt siegen lernen* lautete die Überschrift. Als er das Licht ausgemacht und den Fuß bereits auf die erste Treppenstufe gesetzt hatte, hörte er ein Klacken am Hinterausgang bei der Küche.

Er wandte sich um und ging zur Tür. Alles war ruhig. Doch dann war das Klacken erneut zu hören, es kam von draußen, irgendjemand schien Steinchen gegen die Tür zu werfen. Konnte es sein, dass er sich im Tag geirrt hatte? Eigentlich war die Übergabe erst für übermorgen geplant. Er lauschte konzentriert und wagte kaum, Luft zu holen.

Als auch nach zwei Minuten alles ruhig blieb, öffnete er die Tür. Laue Abendluft schlug ihm entgegen, über dem Hof standen unzählige Sterne, die Mondsichel war so hell, dass sie ihn blendete wie ein überdimensionaler Scheinwerfer. Friedrich blickte sich um. Er war allein. Langsam drehte er sich zur Wand. Auf Brusthöhe gab es einen Ziegel, der sich herausnehmen ließ. Vorsichtig zog er ihn heraus, griff in die Öffnung im Mauerwerk und tastete darin herum. Tatsächlich. Seine Fingerspitzen stießen gegen ein zusammengerolltes Stück Papier. Er schob den Ziegel zurück, sah sich noch einmal um und schloss eilig die Tür. Die Hand um den Zettel zur Faust geballt, schlich er hinauf in die Wohnung.

Im Wohnzimmer fiel der Schein des Mondes durch einen Spalt zwischen den nachlässig zugezogenen Vorhängen. Friedrich setzte sich auf die Sofalehne und rollte den Zettel auseinander: *dritter samstag, zwei personen, eine nacht.* Er prägte sich die Zeilen ein, zerriss den Zettel und warf die Schnipsel in den noch schwach brennenden Kachelofen.

Zum Krähen der Hähne schlug Friedrich am nächsten Morgen die Augen auf. Er schaute zu Dora, beugte sich hinüber und gab ihr einen Kuss auf das Nachthemd, genau auf die Stelle, an der sich ihr nach außen gestülpter Bauchnabel unter dem hellen Leinenstoff abzeichnete. Nachdem er sich angezogen hatte, stellte er in der Küche einen Topf mit Wasser auf die Arbeitsfläche und hing einen Tauchsieder hinein. Ein paar Minuten später kam er, mit der Zahnbürste im Mund, wieder in die Küche, gab zwei gehäufte Löffel Kaffee in seine Lieblingstasse und goss sie mit Wasser auf.

Es klopfte.

Karl stand vor der Tür. «Ausgeschlafen?»

«Na ja, geht so.»

«Wie viel Geld ist zusammengekommen?»

Gähnend stellte Friedrich seine Kaffeetasse auf den Tresen, holte eine Kassette aus dem Schrank unter dem Spülbecken hervor, zog ein paar Scheine heraus und hielt sie hoch. Beinahe alle Peleroicher hatten Geld gespendet, damit Friedrich einen Fernseher kaufen konnte und sie alle gemeinsam im Kastanienhof die WM-Spiele anschauen konnten. Gerade als Friedrich beginnen wollte, das Geld zu zählen, hörte er hinter sich ein verschlafenes Guten Morgen.

Henning stand in seinem blauen Schlafanzug in der Tür und rieb sich über die müden Augen. «Darf ich mit?»

«Von mir aus. Aber beeil dich. Und vor allem müssen wir der Mutti einen Zettel dalassen, nicht dass sie sich noch Sorgen macht und denkt, dir ist etwas passiert.»

Die ersten Sonnenstrahlen brachen durch die Wolken, und ein sanfter Wind wiegte die Ähren hin und her. Henning saß zwischen seinem Vater und Karl und blätterte in einer Frösi.

Kurz blickte Friedrich zu Karl. «So schweigsam heute?»

Mit zusammengepressten Lippen murmelte Karl etwas Unverständliches.

«Wegen der Sache mit dem Hochstand? Und dem …, was danach kam?»

«Was ist damit, Onkel Karl?» Henning sah von seiner Zeitschrift auf, während sich Karl mit dem Handrücken über das Gesicht fuhr.

«Ach, Henning. Ich musste ihn abbauen. Er ist weg, er stand an der falschen Stelle.» Fahrig klappte Karl das Handschuhfach auf und fand eine zerdrückte Schachtel F6.

«Dann machen Elise und ich keine Ausflüge mehr mit dir dorthin? Nie wieder Tiere und Bäume beobachten? Ist es wegen den Türmen zu unserer Sicherheit?»

Karl zog eine Zigarette aus der Schachtel.

«Aber im Forst spazieren gehen, das können wir doch noch?»

«Henning, jetzt hör auf mit deiner Fragerei, du siehst doch, dass Karl nicht darüber reden will.»

«Lass ihn, er kann ja nichts dafür.» Karl zündete sich die Zigarette an und kurbelte das Fenster herunter. «Wie soll ich es dir erklären. Spazieren gehen können wir immer, aber ich bin kein Förster mehr, ich darf nicht mehr in meinem Beruf arbeiten.»

Henning sah Karl an. «Bist du traurig deswegen?»

Friedrich betrachtete Karl aus dem Augenwinkel. Sein Gesicht war bleich und eingefallen, und auch sonst war er nicht mehr der Alte, das hatten alle in Peleroich bemerkt. Nicht nur Friedrich machte sich Sorgen um seinen Freund. Der einstige Glanz in seinen Augen, wenn er von seinen geliebten Bäumen sprach, war verschwunden. Doch wann immer Friedrich das Gespräch gesucht hatte, um Karl aufzumuntern, hatte dieser abgeblockt. Stattdessen trank er zu viel.

«Ja. Ich bin sogar sehr traurig deswegen.» Tief inhalierte Karl den Rauch, blickte an Henning vorbei, zog noch einmal an der Zigarette und warf sie aus dem Fenster. «Aber man muss ja arbeiten, und so habe ich jetzt einen neuen Beruf.»

«Und was machst du da?»

«Ich bin Kanalarbeiter.»

«Aha, bei einem Fernsehkanal? Und jetzt kaufen wir in Sprevelsrich einen Fernseher, in dem ein Kanal von dir läuft?»

«Es reicht, Henning, lass Karl in Ruhe, bitte.» Friedrich setzte den Blinker, um einen Traktor mit einem streusandbeladenen Anhänger zu überholen. Durch die Beschleunigung zog frischer Wind durch das Seitenfenster in den Fahrgastraum. Als der Traktor nur noch ein Punkt am Horizont hinter ihnen war, kam ein Wartburg aus einem Waldweg, der Fahrer gab Gas, bog auf die Straße, verlangsamte sein Tempo wieder und blieb stehen.

Friedrich musste scharf bremsen. «Verdammt, Ludwig. Was will der schon wieder?»

Behäbig stieg der Bürgermeister aus seinem neuen Wagen, den er vor kurzem gekauft hatte, und nahm seine Mütze vom Kopf. «Friedrich, ganz schon zackig unterwegs.»

«Was geht dich das an?»

«Nun, eigentlich nichts. Aber was denkst du, was passiert, wenn sich bei uns niemand mehr an die Regeln hält? Wo kommen wir denn da hin?»

Karl stöhnte. «Komm schon, Ludwig, spiel dich nicht so auf.»

«Wieso aufspielen, ich spiele mich doch nicht auf. Ich zeige Verantwortung. Und darum werde ich es auch melden, wenn ich dich noch einmal mit überhöhter Geschwindigkeit erwischen sollte.»

«Vati, ist der Bürgermeister jetzt bei der Polizei?»

«Das hätte er wohl gerne.»

Ludwig Lehmann setzte seine Mütze wieder auf. «Ich

gebe nur genau acht, Henning, dafür muss man nicht bei der Polizei sein. Leider muss ich jetzt weiter. Aber Friedrich», er tippte sich gegen seine Stirn, «wir müssen uns alle an die Regeln halten, nicht nur im Straßenverkehr.»

«Er hat *was*?» Christa legte das Gemüsemesser auf die Ausgabe des *Sprevelsricher Landboten* vom Vortag.

«Er hat Friedrich gedroht, ihn wegen überhöhter Geschwindigkeit anzuzeigen.»

«Unglaublich. In letzter Zeit wird es immer schlimmer mit ihm. Er hat immer noch im Kopf, aus Peleroich ein sozialistisches Vorzeigedorf zu machen. Wir scheinen ihm dabei nur Mittel zum Zweck zu sein.» Verärgert holte Christa ein Bund Karotten aus dem Regal neben dem Küchentisch. «Meinst du, er arbeitet auch mit der Staatssicherheit zusammen?»

Ohne etwas zu erwidern, begann Karl, die Karotten zu putzen.

«Ich bin froh, dass du nicht so bist, dich nicht so anbiederst», sagte Christa. «Ich weiß, dass dir der Forst fehlt, aber du hast dich richtig entschieden.»

Karl wusste, was seine Frau meinte. Nur zu gut hatte er die Worte des Vorsitzenden des Rates des Kreises im Kopf. «Herr Petersen», hatte dieser Alwin Kabel gemeint, «liegt Ihnen denn das Wohl unseres Landes nicht am Herzen? Wollen Sie nicht auch Ihren Beitrag dazu leisten, dass wir feige Konterrevolutionäre überführen? Das kommt Ihnen doch auch entgegen. Wenn Sie sich allerdings gegen eine Zusammenarbeit entscheiden, bezweifle ich, dass wir Ihnen weiter die Verantwortung für Ihr Revier überlassen können.»

Karl war auf seinem Stuhl zusammengesunken und

hatte den Blick nicht von dem Foto von Walter Ulbricht hinter dem Schreibtisch abwenden können. Er hatte den Eindruck gehabt, das leicht schiefe Lächeln des Ersten Sekretärs würde allein ihm gelten. «Nun, Herr Petersen, wir müssen eine Entscheidung treffen. Nächste Woche erwarte ich Ihre Rückmeldung.»

Nach dem Treffen war Karl in den Forst gefahren, barfuß über den gefrorenen Waldboden bis zum Strand gelaufen und hatte sich verabschiedet. Er hatte sich verabschiedet vom harzigen Tannennadelgeruch, vom raschelnden Wiegen der Blätter im Wind, vom Knacken des Hochstandes. Karl hatte sich von allem, was ihm einmal zum Glücklichsein genügte, verabschiedet. Danach war er krank geworden, zwei Wochen hatte er fiebernd im Bett gelegen, sich kaum bewegen können und fünf Kilo verloren. Eine Rückmeldung war er Alwin Kabel schuldig geblieben.

«Vati.» Elise hatte ein Bettlaken und eine Schere in der Hand, als sie in die Küche kam. «Darf ich mir daraus ein Kleid zu meiner Einschulung nähen?»

«Aber die ist doch erst nächstes Jahr», lachte Karl.

«Ich weiß. Aber darf ich?»

Karl lächelte seine Tochter an. Ich tue es für sie, dachte er. Diese Bevormundungen, diese Entscheidungen, die keine eigenen sind, das alles nehme ich hin, solange ich meine Familie habe.

Der neue Fernseher stand vor dem Tresen, hinter dem Dora Wannemaker Bier zapfte. Sie trug ein riesiges, braunes Kleid und hatte Mühe, an den Zapfhahn zu kommen, so viel an Gewicht hatte sie durch ihre Schwangerschaft in den letzten Wochen zugelegt.

«Weiß Friedrich eigentlich, dass du arbeitest?» Karl stellte sein leeres Bierglas auf den Tresen.

«Der würde mir den Kopf abreißen. Immerhin war der errechnete Entbindungstermin schon letzte Woche. Du kennst ihn doch. In ungefähr einer halben Stunde ist er zurück, dann lege ich die Füße wieder hoch.»

Karl unterdrückte den Impuls, Dora in Friedrichs Namen ins Bett zu schicken, aber der Kastanienhof war heute so gut besucht wie selten, da konnte jede Hilfe gebraucht werden.

Die Tür wurde geöffnet, Otto Jaworski trat ein. An der Hand hielt der Pfarrer einen Jungen, der ihm mit seinen weit auseinanderstehenden, braunen Augen sehr ähnelte. Seine Haare waren lockig und hatten dieselbe Farbe wie seine Augen. Den schmalen Mund umspielte ein verschmitztes Lächeln.

«Na, komm schon. Ich weiß doch, dass du ein echter Fußballfan bist», sagte Otto.

Der Junge nickte und schaute zu Elise und Henning, die auf dem Boden saßen, vor sich zwei Flaschen dunkelrote Limonade. Er ließ Ottos Hand los und ging auf die beiden zu. «Ich bin Jakob, ich bleibe ein paar Wochen bei meinem Opa. Darf ich mich zu euch setzen?»

Henning nickte und strich sich eine blonde Strähne aus der Stirn, ohne den Blick vom Fernseher, in dem das Halbfinal-Spiel BRD gegen Sowjetunion lief, abzuwenden.

«Wo kommst du her?» Lächelnd schob Elise Jakob ihre Limonade hin.

«Aus Berlin.»

«Und warum bist du in Peleroich?»

«Meine Mutti hat eine neue Arbeit, sie macht Schichtdienst. An den Wochenenden besucht sie mich.»

«Und dein Vati?»

Jakob zuckte mit den Schultern und fragte: «Hast du Papier? Kann ich ein bisschen malen?»

Elise stand auf, kam nach kurzer Zeit mit einem Block und einem Bleistift zurück und gab beides Jakob. Er bedankte sich und begann, gedankenverloren zu zeichnen.

Als Otto zu seinem Enkel sah, nickte er zufrieden. Nach dem Tod seiner Frau Alma im letzten Kriegsjahr war er viel allein gewesen und nun froh darüber, seinen Enkel um sich zu haben. Als Otto 1947 nach Peleroich kam, war seine Tochter Magdalena in Dresden geblieben und später nach Berlin gezogen. Seitdem sahen sich kaum. Das Verhältnis war immer schwierig gewesen, seit Almas Tod fehlte Otto endgültig der Zugang zu seiner Tochter. Er wusste kaum etwas über ihr Leben. Eigentlich meldete sie sich nur, wenn sie eine Betreuung für Jakob brauchte. Otto brachte es nicht übers Herz, diese auszuschlagen, war doch sein Enkel die letzte ihm verbliebene Verbindung zu seiner Familie. Lächelnd ging er zum Stammtisch, an dem Ludwig Lehmann, Franz Ossenbeck und Willi Minkler missmutig das Fußballspiel verfolgten. Ab und an hoben sie die Biergläser an ihre Lippen. Die BRD führte kurz vor dem Ende der ersten Halbzeit mit eins zu null. Plötzlich, der Bürgermeister war gerade aufgestanden und in Richtung Toilette gelaufen, eine Hand schon an der Gürtelschnalle, gab es einen Tumult. Der italienische Schiedsrichter zog eine rote Karte aus seiner Gesäßtasche und hielt sie hoch.

Verärgert nahm Ludwig die Hand vom Gürtel. «Auch das noch, jetzt haben wir nicht nur ein Tor zu viel, sondern auch noch einen Spieler zu wenig. Karl, noch eine Runde, geht auf mich.»

«Schon in Arbeit.» Während Karl darauf wartete, dass Dora frisches Bier zapfte, nahm er die Flasche Melde Korn aus dem Regal, goss sich ein Glas davon ein und leerte es in einem Zug. Dann wischte er sich über den Mund und hockte sich neben Elise, Henning und Jakob.

«Wie ich sehe, habt ihr einen neuen Freund.» Er warf einen Blick auf Jakobs Zeichnung. «Und der scheint mir ja ein richtiger Künstler zu sein, so schön, wie er malen kann. Alle Achtung.»

Elise nickte. «Das ist Jakob aus Berlin, Otto ist sein Opa, seine Mutti arbeitet in Schicht, hat keine Zeit für ihn, und einen Vati hat er nicht.»

Jakob wurde rot und fixierte den Stift in seiner Hand.

Sanft strich Karl ihm über den Kopf. «Schön, dass du bei uns bist, Jakob. Du wirst dich hier wohlfühlen. Herzlich willkommen in Peleroich.»

Dora stöhnte laut auf, bleich stand sie hinter dem Tresen, ihre rechte Hand, die neben dem Zapfhahn schwebte, war gewölbt, so als würde sie immer noch ein Bierglas in der Hand halten.

Karl musste unvermittelt an seine Hochzeit denken, bei der Doras Wehen mit Henning eingesetzt hatten. «Was ist?»

«Es geht los.» Dora sah zur Uhr. «Ich glaube, wir haben keine Zeit, auf Friedrich zu warten. Kannst du mich ins Krankenhaus fahren?»

«Selbstverständlich.»

Dora griff nach ihrer Jacke und hielt dann abrupt inne. «Aber du hast getrunken.»

«Zwei Bier, ein Klarer, das krieg ich schon noch hin.»

Und während in Liverpool die zweite Halbzeit angepfiffen wurde, raste Karl in seinem Framo mit Dora auf dem Beifahrersitz in Richtung Sprevelsrich davon.

«Warum ist Karl bloß noch nicht zurück?» Friedrich lief nervös im Gastraum des Kastanienhofs auf und ab. Bei seiner Rückkehr hatte er zwei Gäste mitgebracht: ein Mann und eine Frau in Bergsteigerkleidung und mit Rucksack. Sie saßen schweigend am Tisch neben der Kellertreppe und teilten sich ein Glas von Doras Apfelwein.

«Festina lente, ganz ruhig», versuchte Franz Friedrich zu beruhigen. «So schnell geht das doch nicht. Jetzt setz dich erst einmal, trink einen Schluck und stell mir die beiden unbekannten Gäste vor.»

«Das sind die Summas aus Rhinow, ich zeige ihnen gleich ihr Zimmer. Herr Summa ist Ornithologe, und im Forst gibt es ja einiges zu sehen für ihn.» Friedrich sank auf einen Stuhl.

Die BRD hatte inzwischen das zweite Tor geschossen, Franz Beckenbauer rannte triumphierend über das Spielfeld. Der Sowjetunion blieben kaum vier Minuten Zeit, den Rückstand aufzuholen, und selbst Friedrich, der sich nicht für Fußball interessierte, wusste, dass die Weltmeisterschaft für die Sowjetunion nach dem Halbfinale zu Ende sein würde. Er schaute zu dem Bilderrahmen mit dem Zeitungsartikel und beschloss, ihn nach dem Abpfiff abzunehmen.

Ludwig stellte sich neben Friedrich. «Schreibst du mir drei Bier an, ich mache mich auf den Heimweg.»

Friedrich reagierte nicht.

«Geht es dir gut?»

«Ich weiß nicht, ich habe ein ungutes Gefühl. Vielleicht sollte ich nach Sprevelsrich ins Krankenhaus fahren und sehen, ob mit Dora und dem Kind alles in Ordnung ist.»

Unruhe machte sich im Kastanienhof breit, der Geräuschpegel vor dem Fernsehgerät schwoll an. Drei Minuten vor Abpfiff bekam Valeriy Porkuyan den Ball vor die Füße, stoppte, holte aus, setzte zum Schuss an und traf. Willi und Otto sprangen jubelnd auf, Elise, Henning und Jakob fielen einander in die Arme, Franz streckte eine Faust in Richtung Kneipendecke und rief: «In hoc signo vinces.»

Otto schlug ein Kreuz vor seiner Brust. «Geben ist seliger denn nehmen.»

Doch kurz darauf wurde das Spiel ohne einen Ausgleichstreffer abgepfiffen.

Friedrich saß noch immer nervös neben dem Tresen.

Entschlossen zog Ludwig ihn vom Stuhl. «Komm, wir gehen rüber ins Kulturhaus, und du rufst erst einmal im Krankenhaus an.»

«Danke. Augenblick noch.» Friedrich schaltete den Fernseher aus, nickte seinen Gästen aus Rhinow zu und folgte Ludwig.

Im Kulturhaus roch es nach abgestandenem Zigarettenrauch. Neben der Treppe, die zur zweiten Etage hinaufführte, wo Ludwigs Büro lag, hing ein Wandgemälde, das Bauern bei der Feldarbeit zeigte.

Die beiden Männer gingen nach oben. Friedrich wählte die Nummer des Sprevelsricher Krankenhauses. Als niemand abnahm, sah er sich ratlos um. Nach einer Weile versuchte er es erneut, diesmal hatte er Glück.

Ludwig setzte sich auf seinen Schreibtischstuhl, wischte mit dem Ärmel Staub von der Tischplatte und hörte am anderen Ende der Leitung eine gedämpfte Frauenstimme, der Friedrich schweigend lauschte.

«Beide also. Danke.» Friedrich legte mechanisch den Hörer zurück auf die Gabel.

«Junge oder Mädchen?»

«Mädchen.» Taumelnd stieß Friedrich mit dem Ellbogen gegen eine Blumenvase und stützte sich zitternd auf den Schreibtisch.

«Was ist los?», fragte Ludwig.

«Fruchtwasserembolie, nicht geschafft.» Friedrichs Mund war nur noch ein weißer Strich.

«Und das Mädchen?»

«Beide, nicht geschafft.»

Kapitel 10
Berlin, 2018

Elise öffnete die Augen. Sie blinzelte mehrmals und konnte, zu ihrer Erleichterung, ihre Umgebung deutlich erkennen: Die dunkle Schrankwand in Marinas Wohnzimmer, die breite, gemütliche Couch und die beiden Sessel, den runden Glastisch und den Fernseher, der auf einem Sideboard stand. Die Weiterfahrt nach Peleroich hatten die beiden Freundinnen um einen Tag verschoben. Sie hatten am Busbahnhof tatsächlich noch einen Kaffee getrunken und waren dann zu Marina nach Hause gefahren. Der Schreck von ihrem Schwächeanfall saß Elise noch in den Gliedern. Aber Marina hatte sich rührend um sie gekümmert und das Ausschlafen hatte Elise neue Kraft gegeben. Martin, Marinas Mann, war für ein paar Tage bei seinen Eltern in Hameln und Elise und Marina hatten am Abend noch lange im Wohnzimmer gesessen, sich als verspätetes Geburtstagsessen Pizza bestellt, Wein getrunken und über den Inhalt des Schreibens, vor allem über den

105

Absender, spekuliert. War vielleicht Jakob der große Unbekannte? Hatte er die Briefe anonym geschrieben, weil er fürchtete, Elise würde sich nicht auf ein Treffen mit ihm einlassen? Oder kam der Brief vielleicht von jemand ganz anderem? Warum sollte Elise nach Peleroich kommen? Und was für einen Zusammenhang gab es zwischen Jakobs Verschwinden und dem Tod von Karl?

Der Tag seines Unfalls hatte sich für immer in Elises Gedächtnis eingebrannt. All die Jahre war Elise davon ausgegangen, dass der Tod ihres Vaters ein Unfall gewesen war. Sie erinnerte sich allerdings an eine Sache, die alle verwundert hatte. Karl hatte nach Alkohol gerochen, obwohl er zum damaligen Zeitpunkt bereits ein Jahr lang keinen Tropfen mehr getrunken hatte.

Elises Handy klingelte, sie warf einen Blick auf das Display und sah, dass der Anruf von Tarek kam. Hoffentlich war nichts mit der Boutique.

«Tarek, ist alles in Ordnung?»

«Meine Sonne, eigentlich wollte ich dich nicht stören bei deiner Vergangenheitsbewältigung, aber du hast mich ja gebeten, deinen Briefkasten zu leeren, und ich wollte dir Bescheid sagen, dass du Post bekommen hast. Vielleicht ist es ja wichtig?»

Vorsichtig schob Elise die Bettdecke zurück und setzte sich auf. «Lass mich raten, es ist ein Brief ohne Absender.»

«Woher weißt du das?», fragte Tarek verwundert.

«Das erkläre ich dir später. Mach doch bitte den Brief auf und lies ihn mir vor.»

Am anderen Ende der Leitung war ein Rascheln zu hören, dann räusperte sich Tarek.

Liebe Elise,

viele Jahre habe ich geschwiegen, da
kann ich nicht von jetzt auf gleich
alles gestehen. Besonders momentan,
wo die Presse schon weit vor dem
Mauerfall-Jubiläum so voll von
Berichten über die DDR ist, die so
maßlos schwarz-weiß sind und in den
Täter-Opfer-Gesang einstimmen, habe
ich Skrupel.
Ich möchte mich offenbaren, aber ich
möchte auch erklären. Wo sonst, als
in Peleroich, sollte ich das können.
Einige von damals leben noch:
Christa, Willi, Friedrich, Henning,
Ludwig und du. Ich wünsche mir alle
an einem Tisch im Kastanienhof. Um
zu reden, um mir eure Sicht auf die
Dinge anzuhören und meine Geschichte
zu erzählen.
Doch was soll ich tun, was kann ich
schreiben, damit du wirklich nach
Peleroich kommst? Vielleicht denkst
du ja, ich wäre nur ein Spinner, der
sich wichtigmachen will. Aber so ist
es nicht. Ich habe dir einen Beweis
mitgeschickt, damit du mir glaubst.
Peleroich, unser Dorf, soll
verkauft werden. Wenn die Karten
offen auf dem Tisch liegen, dann

```
ist das vielleicht ein Ansatz,
nach dem Motto: Gemeinsam sind wir
stark. So wie früher, als wir eine
Gemeinschaft waren.

Alles Weitere in Peleroich.

Ein Freund
```

Elise hatte Mühe gehabt, die Zeilen zu verstehen, denn obwohl Tarek ein bisschen Deutsch sprach, machte es sein Akzent, eine Mischung aus Arabisch und Französisch, schwer, die Worte des unbekannten Briefeschreibers genau herauszuhören.

«Tarek ...» Elise erhob sich, als die Wohnzimmertür geöffnet wurde. Marinas Haare standen von ihrem Kopf ab, sie trug ein T-Shirt und gestreifte Boxershorts, die von Martin sein mussten.

«Guten Morgen.»

Elise legte ihre Hand auf das Handy und flüsterte: «Es ist ein neuer Brief gekommen, Tarek ist am Telefon.»

«Elise, bist du noch dran? Ich habe kein Wort verstanden.»

«Ja, entschuldige. Was ist das für ein Beweis?»

Wieder raschelte es am anderen Ende der Leitung. «Hier ist noch ein Bild im Umschlag. Warte, ich mache ein Foto und schicke es dir.» Tarek legte auf, ohne sich zu verabschieden.

Es kam Elise wie eine Ewigkeit vor, bis Tareks SMS eintraf. Endlich piepte ihr Handy, und sie und Marina blickten neugierig auf das Display.

«Ist das Jakob?» Marina kniff die Augen zusammen.

Elise legte die Hand auf den Mund und nickte schwach. Das Foto war ein wenig verschwommen und wellig, so als wäre es irgendwann einmal nass geworden. Neben Jakob, der auf dem Bild etwa sechs Jahre alt war, stand eine Frau, die ihn eng an sich drückte. Im Hintergrund waren ein heruntergekommener Altbau und eine Wäscheleine zu sehen, auf der Kleider und Hosen hingen.

Elise hatte das Gefühl, sie wusste nicht mehr, wie man atmet. Ihre Hände wurden erst taub, dann feucht, sie klebten an ihrem Handy, das sich zwischen ihren Fingern wie ein Fremdkörper anfühlte.

«Wer ist die Frau?», fragte Marina.

«Das ist seine Mutter.»

«Seine Mutter? Die habe ich nie gesehen.»

«Ich kenne sie auch nur von Fotos bei Otto. Sie hat sich kaum um ihn gekümmert, Jakob hat wenig von ihr gesprochen, und dann war sie plötzlich verschwunden.»

«Genau wie er.»

«Soviel ich weiß ...»

Elise wurde vom erneuten Klingeln ihres Handys unterbrochen. Es war Henning.

«Alles Gute zum Geburtstag, auch wenn ich einen Tag zu spät dran bin, ich konnte dich gestern nicht erreichen.»

«Danke, das ist lieb von dir.» Schwerfällig setzte sich Elise auf das Sofa, ihr war alles zu viel.

Sie überlegte, ob sie Henning von den beiden Schreiben des Unbekannten erzählen sollte. Noch bevor sie länger darüber nachdenken konnte, sprudelten die Worte aus ihr heraus. «Henning, hör zu, ich bin in Berlin. Genau genommen bin ich auf dem Weg nach Peleroich. Das Dorf soll verkauft werden. Warum hast du mir denn nicht Bescheid gegeben?»

«Ja. Eine schreckliche Vorstellung. Mein Vater ist ganz verzweifelt deswegen, und ich ehrlich gesagt auch.» Henning seufzte tief. «Tut mir leid, Elise, dass ich dich nicht angerufen habe. Aber irgendwie weiß ich nie, ob du überhaupt Nachrichten aus Peleroich haben willst.»

«Schon okay. Aber jetzt hör mal zu. Ich habe zwei Briefe bekommen, anonym. Es geht um den Tod meines Vaters, der gar kein Unfall gewesen sein soll.» Sie machte eine Pause. «Und um Jakob.»

«Um Jakob?» Hennings Stimme klang mit einem Mal belegt. «Der war doch damals plötzlich wie vom Erdboden verschluckt.»

«Ja, und ich dachte, er wäre tot. Aber so, wie es klingt, lebt er vielleicht noch. Ich soll nach Peleroich kommen. Dieser anonyme Briefeschreiber will sich mit uns allen treffen und erzählen, was damals passiert ist. Du sollst auch dabei sein.» Elises Hand fuhr über die zerknautschte Bettdecke auf dem Sofa. «Kannst du uns zwei Zimmer bei euch im Kastanienhof fertig machen? Ich komme heute Nachmittag mit Marina.»

Am anderen Ende der Leitung war nur Hennings Atem zu hören.

«Henning? Geht das?»

«Ja. Natürlich. Für dich würde ich alles tun, Elise, das weißt du doch.»

Als Elise Hennings Worte hörte, musste sie an Tarek denken, er hatte fast dasselbe zu ihr gesagt.

Kapitel 11
Peleroich, 1969

Otto blickte aus dem mit Eisblumen beschlagenen Fenster des Pfarrbüros auf den Friedhof: ein von einem windschiefen Zaun gesäumtes Rechteck, das kiefernumstanden unter einer dünnen Schneedecke dalag. Die Wintersonne hing eine Handspanne tief über dem wolkenlosen Horizont und warf ihr blassoranges Licht in schmalen Linien auf die Grabsteine. Der Schnee funkelte wie geschliffenes Kristall.

Von der rechten Seite her näherten sich zwei Personen. Henning und Elise, jeder einen Eimer in der Hand, öffneten die schmiedeeiserne Pforte und gingen zum Grab von Dora. Atemwölkchen stiegen vor ihren Mündern auf, während sie sich unterhielten. Am Grab angekommen, stellten sie die beiden Eimer auf den gefrorenen Boden, senkten die Köpfe und nahmen sich bei den Händen.

Otto musste den Blick abwenden, er kam sich wie ein ungebetener Zaungast einer Szene vor, die nicht für seine

Augen bestimmt war. Eine unschuldige Übereinkunft zweier Menschen, die noch so jung waren und doch schon so viel wussten. Vor allem Henning, was hatte er gelitten nach dem plötzlichen Tod seiner Mutter vor drei Jahren. Und um ein Haar hätte er gleich beide Eltern auf einen Schlag verloren, so sehr war auch Friedrich in Trauer versunken nach Doras Tod.

Der Gastwirt hatte große Schwierigkeiten gehabt, mit dem Verlust seiner Frau umzugehen, und war oft bei Otto gewesen, um Rat zu suchen. Unzählige Abende hatte Friedrich bei ihm gesessen, die Augen auf das Bücherregal an der Wand gerichtet und mit der Welt und dem Leben gehadert. Otto, selbst seit 24 Jahren Witwer, konnte Friedrichs Schmerz nur allzu gut nachempfinden, und doch kam er mit seiner Seelsorge an seine Grenzen. Er hatte alles versucht, aber die Bibelzitate, mit denen er Trost hatte spenden wollen, konnten Friedrichs Kummer nicht lindern.

Karl und Christa waren in der Zwischenzeit oft bei der Kinderbetreuung eingesprungen, Henning hatte viel Zeit bei ihnen und Elise verbracht. Bis es irgendwann wieder bergauf gegangen, Friedrich wieder zurück ins Leben gekehrt war und sich auch wieder besser um seinen Sohn hatte kümmern können. Es stimmte eben doch, nur Zeit heilt tiefe Wunden.

Langsam blickte Otto auf und richtet seine Augen erneut auf den Friedhof. Henning bückte sich gerade, strich mit der Hand Schneeflaum vom Grab seiner Mutter und legte frische Koniferenzweige darauf. Elise griff in ihren Eimer und nahm einen Blumentopf mit Christrosen heraus. Ottos Gedanken wanderten zu seiner Tochter, die ebenso wie Henning früh einen Elternteil verloren hatte. Hatte er Fehler in ihrer Erziehung gemacht? Ihrer Trauer vielleicht nicht genug Raum gegeben? Hatte sie den Tod ihrer Mutter schlechter verwunden, als er damals angenommen hatte? Als Alma starb, war Magdalena gerade einmal sechzehn Jahre alt gewesen und hatte sich entschieden, zur Ausbildung von Dresden nach Berlin zu ziehen. Hätte Otto ihr das verbieten sollen? Hätte er sie besser mit nach Peleroich mitnehmen sollen? Sie auch gegen ihren Willen bei sich behalten sollen, um in ihrer Nähe zu sein, besser auf sie achtgeben zu können? Oder musste man Kinder ab einem bestimmten Alter loslassen und sich eingestehen, dass man keinen Einfluss mehr auf sie hatte?

Nein, das konnte er nicht akzeptieren, allein schon wegen Jakob. Seit gut drei Jahren verbrachte sein Enkel nun einen Großteil seiner Zeit bei ihm, ging sogar hier zur Schule. Seine Mutter meldete sich immer seltener, inzwischen reagierte sie fast nicht mehr auf die Fotos, die Otto ihr schickte, und auch Jakobs Briefe mit all den liebevoll gemalten Bildern blieben unbeantwortet. Otto straffte sich. Er durfte diesem Konflikt mit seiner Tochter nicht aus dem Weg gehen. Was er bei Magdalena vielleicht falsch gemacht hatte, durfte er nicht bei Jakob wiederholen. Sein Enkel brauchte ein sicheres Zuhause und verlässliche Strukturen.

Es klingelte zum zweiten Mal. Otto wischte sich den Mund an der Serviette ab und schob den Stuhl zurück. Als es zum dritten Mal klingelte, öffnete er die Tür.

Karl stand davor, blass, außer Atem, seine Augen waren gerötet, er roch nach Alkohol.

«Kann ich reinkommen?», fragte er und schob sich, ohne eine Antwort abzuwarten, an Otto vorbei. Von den Sohlen seiner Schuhe lief Schmelzwasser auf den beigen Sisalteppich, mit dem der Flur ausgelegt war.

«Du siehst aus, als wäre der Teufel hinter dir her.»

Karl verschränkte die Arme vor der Brust. «Jetzt ist nicht der richtige Moment für Scherze.»

«Komm rein, wir essen gerade. Willst du auch etwas? Ich habe meine legendären Senfeier gemacht. Den Sachsen in mir versuche ich seit Jahren zu leugnen, ein sinnloses Unterfangen.»

Schlagartig verengten sich Karls Augen zu Schlitzen. «Hast du nicht verstanden, ich bin nicht in der Stimmung für Scherze. Ich muss mit dir reden, und es ist besser, wenn Jakob nicht dabei ist.»

Otto sah Karl erstaunt an, so hatte er ihn noch nie erlebt. Karl war früher stets besonnen gewesen, aber in letzter Zeit immer häufiger ungeduldig und aufbrausend. Als er sich nach dem Abbau seines Hochstands gegen eine Zusammenarbeit mit der Staatssicherheit entschieden und seine Anstellung als Revierförster verloren hatte, war etwas in ihm zerbrochen.

Und doch konnte Otto Karls Weigerung gut verstehen. Menschen zu verraten, die einem nahestanden, intime Details auszuplaudern und Schwächen weiterzutragen, das war nicht nur unmoralisch, sondern konnte, wenn es herauskam, dazu führen, von der gesamten Dorfgemeinschaft gemieden zu werden. Auch ihn hatten sie versucht anzuwerben. Schließlich kamen die Menschen seit jeher zu ihrem Pfarrer und vertrauten ihm ihre Sorgen und Ängste an, Informationen, die für die Staatssicherheit sehr nützlich sein konnten. Zunächst hatte eine Zeitlang ein Lada mit zwei Männern vor der Kirche gestanden. Irgendwann waren die Männer dann zu den Gottesdiensten gekommen und hatten sich Aufzeichnungen gemacht. Und schließlich, an einem milden Spätsommertag, hatten sie ihn angesprochen. Er wisse doch so gut Bescheid, die Peleroicher würden doch zu ihm kommen, um ihm so manches anzuvertrauen, ob er sich nicht vorstellen könne, darüber Auskunft zu erteilen, damit Notstände beseitigt werden könnten. Otto hatte abgelehnt, die Männer waren verschwunden, aber ein ungutes Gefühl war geblieben.

Noch immer standen Otto und Karl im Flur, auf dessen Teppich inzwischen schmutziggraue Schuhabdrücke zu sehen waren. «Na, komm erst einmal in die Stube, und dann erzählst du mir, warum du hier bist», sagte Otto jetzt zu Karl.

Die beiden Männer gingen ins Wohnzimmer.

Otto legte Jakob, der am Tisch saß und einen Schokoladenpudding aß, die Hand auf die Schulter. «So, mein Großer, geh doch in mein Büro und mach dir den Fernseher an. Bestimmt läuft etwas, was du gerne sehen möchtest.»

Jakob nickte begeistert und erhob sich von seinem Stuhl, während Otto eine Flasche Goldbrand holte. Er schob Karl ein Glas hin und goss ihm einen Schluck ein.

«Wahrscheinlich hältst du mich für verrückt, und ich habe auch keine Beweise.» Karl leerte das Glas in einem Zug.

«Ich bin ja nicht die Polizei. Erzähl, was dich bedrückt.»

«Ich habe zwei Leichen gesehen, es war ganz früh am Morgen.» Karl sprach hastig und war sichtlich aufgewühlt. «Ich war im Auftrag der Brigade in Sprevelsrich, wir sollten einen Kanal für ein Regenrückhaltebecken ausheben. Ich war zu früh dran, habe auf einer Bank eine Zigarette geraucht und Tee getrunken, und plötzlich kamen zwei Leichenwagen vorgefahren, flankiert von mehreren Autos.»

Regungslos hörte Otto zu.

«Die haben mich nicht gesehen, und ich habe auch kaum etwas gesehen, aber der Wind stand so, dass ich ein paar Wortfetzen aufschnappen konnte.»

Otto nickte kaum merklich.

«Ein Mann sagte, die hätten versucht, über die Ostsee zu fliehen.»

«Bist du sicher, dass du dich nicht verhört hast?»

«Absolut.»

Otto schaute kurz zum Fenster und stand dann auf. «Warte einen Moment.»

Er ging zum Fenster, schloss die Vorhänge, legte die Hand an sein Ohr und den Zeigefinger gegen die Lippen. Seit die beiden Männer von der Staatssicherheit bei ihm gewesen waren, hatte er das Gefühl, dass alles, was man in seinem Haus sprach, abgehört wurde. Er ging ins Pfarrbüro, aus dem die gedämpften Geräusche des Fernsehers drangen, und kam mit einer Zeitschrift zurück. Otto begann, darin zu blättern. Dann nahm er einen Zettel vom Tisch, schrieb etwas darauf und drückte ihn Karl in die Hand. *Christliche Zeitschrift* BRD, *nicht weitersagen, Flucht, Zeugenberichte* stand darauf. Anschließend reichte Otto Karl auch die Zeitschrift. Über dem Bild eines Mannes in Taucherausrüstung stand: *Fluch und Segen – übers Meer in die Freiheit.*

Schnell klappte Otto die Zeitschrift zu und bedeutete Karl, aufzustehen. Er beugte sich über den Wohnzimmertisch, nahm den Stift und schrieb: *Lass uns draußen weiterreden.*

«Du denkst, es ist jemand, den wir kennen?» Christa nahm eine Packung Makkaroni aus dem Regal.

«Ob wir ihn direkt kennen, weiß ich nicht, er muss ja nicht zwingend aus Peleroich sein, aber möglich wäre es schon.» Karl hob das Einkaufsnetz vom Boden und bereute, dass er Christa von seinem gestrigen Treffen mit Otto erzählt hatte. Zwar konnte er seiner Frau alles anvertrauen, aber er hatte sie damit der Gefahr ausgesetzt, den falschen Leuten das Falsche zu erzählen. «Wahrscheinlich habe ich mir das alles nur eingebildet», versuchte er einzulenken und wusste im selben Moment, dass Christa das nicht beruhigen würde.

Als sein Schwiegervater aus dem Lager kam, wechselte Karl schnell das Thema. «Aber mal etwas anderes. Elise will doch so gerne nach Berlin. Am Tag der Republik wird der Fernsehturm eröffnet, da bietet sich ein Besuch doch an. Was meinst du?»

«Oh ja», sagte Christa. «Warum nicht. Wir waren selbst schon ewig nicht mehr in der Hauptstadt. Aber wie sollen wir das bezahlen?»

Willi räusperte sich. «Lasst mich mal mit Agathe reden, ich bin ziemlich sicher, wir können etwas beisteuern.»

Plötzlich stürmte Ludwig Lehmann in den Konsum und wedelte mit einem Zettel vor Willis Nase herum.

«Minkler, was ist das?»

Willi sah auf das Schreiben, das der Bürgermeister auf die Theke neben die Kasse knallte.

«Das ist eine Eingabe, Ludwig, das wirst du doch wohl erkannt haben. Gerade du solltest doch wissen, dass mir sowas zusteht.»

«Von dir hätte ich so eine Ungeheuerlichkeit nun wirklich nicht erwartet.»

Christa wollte nach dem Blatt greifen, doch Ludwig kam ihr zuvor, rückte seine Brille gerade, räusperte sich und las laut vor.

Sehr geehrter Genosse Ulbricht,

als Leiter der Konsumverkaufsstelle in Peleroich wende ich mich heute vertrauensvoll an Sie. Leider musste ich in den vergangenen Jahren feststellen, dass sich die Versorgungslage mit Konsumgütern, vor allem in kleineren Dorfgemeinschaften wie der unsrigen, in einem Maße verschlechtert hat, die für mich nicht mehr hinnehmbar ist. Bei uns herrscht besonderer Mangel an: Einweckgläsern, Bettwäsche, Luftpumpen, Kinderschuhen und Glühbirnen.

Aus eigener Erfahrung weiß ich, dass die Bevölkerung in größeren Orten und in der Hauptstadt unseres Landes unverhältnismäßig besser mit ebenjenen Gütern versorgt wird.

Wie ist das möglich? Wie ist es möglich, dass nun, im zwanzigsten Jahr des Bestehens der Deutschen Demokratischen Republik, des Arbeiter- und Bauernstaates, an dessen Grundwerte ich immer geglaubt habe und weiter glauben werde, gerade

die Bauern und die Landbevölkerung schlechter
und schlechter versorgt werden?
Sehr geehrter Genosse Ulbricht, ich bitte Sie,
sich meine Sorgen zu Herzen zu nehmen und
schnellstmöglich Abhilfe zu schaffen. Andere Länder
haben es in diesem Jahr sogar geschafft, auf den
Mond zu fliegen! Wir hingegen schaffen es nicht
einmal mehr, Obst einzukochen, und die Löcher
in unseren Bettlaken lassen sich auch nicht mehr
stopfen. Wir tappen im wahrsten Sinne des Wortes
im Dunkeln, und auch Glühbirnen könnten da keine
Abhilfe schaffen.

In der Hoffnung, dass Sie dieses Schreiben an die
zuständigen Organe weiterleiten, verbleibe ich mit
sozialistischen Grüßen,

Wilhelm Minkler

Ludwigs Brille war beschlagen, er nahm sie von der Nase
und sah rotwangig in die Runde. Schweigen lag über dem
Verkaufsraum, bis sich schließlich Karl zu Wort meldete.
«Woher hast du das? Die Eingabe ist ja offensichtlich an
den Ersten Sekretär gerichtet.»

Die Röte wich aus Ludwigs Wangen, er wurde blass.
«Nun, der Brief wurde mir ... zugetragen. Ich habe eine
Vereinbarung mit unserem Postboten.»

Wütend stemmte Karl die Arme in die Hüften.

Willi schien etwas entgegnen zu wollen, drehte sich
aber nur zur Seite und begann, die Spee-Schachteln im
Regal neu auszurichten.

«Vati, willst du ihn so davonkommen lassen?», fragte Christa ungläubig. «Er hat einfach deine Post geöffnet!»

Ludwig hatte die Fassung wiedergewonnen, nahm das Schreiben von der Theke und schob es in die Tasche seiner Jacke. «Tut ihr nur so oder seid ihr wirklich so naiv? Ich habe euch gerettet, ich habe Peleroich gerettet, so sieht es doch aus. In einer gerechten Welt, mit gleichen ...»

«Bei der Versorgungslage kann von Rettung keine Rede sein», fiel Willi dem Bürgermeister ins Wort. «Schau dir doch mal an, was es in Berlin alles gibt, wo siehst du denn da Gerechtigkeit und Gleichheit?»

«Wir sind auf dem Weg, da muss man manchmal zurückstecken.» Ludwig verschränkte die Arme vor der Brust.

«Warum lässt du die Leute nicht allein entscheiden, was sie für gut und richtig halten? Warum mischst du dich überall ein?» Entschlossen verschränkte Willi die Finger ineinander. «Nur weil du der Bürgermeister bist, kannst du nicht über das Leben von allen Peleroichern entscheiden.»

«Sehe ich genauso.» Karl stellte sich neben seinen Schwiegervater.

«Jetzt seid mal nicht so zimperlich. Hier kann ja nicht jeder machen, was er will. Wir müssen alle Verantwortung übernehmen. Ich möchte einfach mit gutem Beispiel vorangehen.» Ludwig drehte sich zur Tür. «Das Schreiben lasse ich mal großzügig verschwinden, aber beim nächsten Mal kann ich leider keine Ausnahme mehr machen.»

Betreten strich Willi seinen Kittel glatt und verschwand gesenkten Kopfes durch die Tür in Richtung Lagerraum.

Elise, Henning und Jakob pressten die Nasen gegen das Zugfenster. Die rußigen Schmutzinseln auf der Scheibe dämpften vereinzelt die Strahlen der zartgelben Oktobersonne. Die Kinder mussten die Augen zusammenkneifen, doch das tat ihrer Freude keinen Abbruch. Während der gesamten Fahrt war Henning so ausgelassen wie schon lange nicht mehr.

Kurz bevor der Zug in den Ostbahnhof einfuhr, räumte Christa die Brotbüchse, die Thermoskanne und die *Sibylle* in ihre kunstlederne Reisetasche und weckte Karl, der, den Kopf gegen das Fenster gelehnt, leise schnarchte.

«Sind wir schon da?» Karl streckte beide Arme nach oben, um seinen Nacken zu entspannen.

«Ja, Vati, du hast den Fernsehturm verschlafen.» Elise stand auf und piekte Karl in die Seite. «Wir haben ihn schon kurz gesehen.»

«Na, das hole ich aber nach.»

«Ich freu mich so. Danke, dass Henning und Jakob mitdurften.»

Elise strich ihren aus einem weißen Bettlaken selbstgenähten und mit kleinen Schmucksteinchen verzierten Rock glatt und setzte sich zurück auf die Bank neben Jakob. Der griff in seinen Rucksack, holte ein Päckchen Brausepulver heraus und reichte es ihr. «Hier, für dich, hat mir mein Opa mitgegeben.»

«Danke, und auch noch meine Lieblingssorte.»

«Das weiß ich doch.» Jakob lächelte verstohlen, wobei sich auf seinen Wangen zwei Grübchen bildeten. «Ist auch meine Lieblingssorte.»

Henning runzelte die Stirn. «Ich habe noch ein Brot mit Pflaumenmus, Elise. Willst du das?»

Nachdem sie ausgestiegen waren, fiel Karls Blick auf ein Plakat neben dem Gleisbett. Darauf war ein Mädchen abgebildet, ungefähr in Elises Alter, mit einem kinnlangen Bob. Es lächelte. An seinem weißen Pullover war eine Brosche befestigt. Ein rechteckiges Schild mit einer römischen Zwanzig, daran hing ein Emblem mit Hammer und Zirkel. Unter dem Mädchen stand: *Ich bin zwanzig.*

Karl wendete den Blick ab und hatte plötzlich Sehnsucht nach Peleroich. Sogar das stinkende Austauschen einer Abwasserleitung kam ihm in diesem Moment reizvoller vor als der Anblick des Plakates, das an das zwanzigjährige Bestehen der DDR erinnern sollte, und er suchte nach dem Gleis, auf dem die Bahn in Richtung Alexanderplatz fuhr.

Christa legte den Kopf in den Nacken und wusste nicht, wo sie zuerst hinsehen sollte. Auf der Baustelle vor ihr entstand gerade ein enormes HO-Warenhaus. Der massige Kubus, beschirmt mit weißen Aluminiumwaben, sollte nach seiner Fertigstellung das größte Kaufhaus des Landes beherbergen. Rechterhand ragten riesige Baugerüste in den Himmel. Im nächsten Jahr würde hier ein Hotel mit neununddreißig Etagen stehen. Linkerhand leuchtete die Kugel des Fernsehturms, in deren Fenstern sich das Licht brach. Übermorgen sollte das Gebäude eröffnet werden.

«Mutti, darf ich mit Henning und Jakob noch ein Stück näher zum Turm gehen?»

«Oh ja, dürfen wir?», fragte Henning.

Christas Augen waren noch immer auf die glänzende Kugel gerichtet, sie nickte abwesend.

«Ich komme mit. Und du», Karl strich seiner Frau über

den Rücken, «kannst ja schon mal zu der Palatschinkenbar da hinten gehen. Wir treffen uns dann in einer halben
Stunde dort.» Er nahm Christas Hand, deutete einen Kuss
an und lief mit den Kindern in Richtung Fernsehturm.

Christa sah zur Weltzeituhr und versuchte, die Zeit
abzulesen, wurde aber durch das sich über dem Zylinder
drehende Sonnensystem abgelenkt und gab den Versuch
schließlich auf.

Vor der Palatschinkenbar stand eine Gruppe Jugendlicher, die sich aufgeregt unterhielt. Die jungen Männer, mit langen Haaren und in abgewetzten Lederjacken,
hatten ein Kofferradio dabei, aus dem laute Gitarrenmu-
sik dröhnte. Im Vorbeigehen schnappte Christa ein paar
Wortfetzen auf. *Hochhaus, Dach, Westen, Konzert, Rolling Stones.*

Sie setzte sich an einen Tisch neben dem breiten Fens-
ter, bestellte einen Palatschinken mit Apfelmus und süßer
Sahne, dazu eine Tasse Kaffee, und während sie auf ihre
Bestellung wartete, schaute sie nach draußen. Der Kon-
trast zwischen Berlin und Peleroich hätte größer nicht sein
können. Christa vermisste den unverstellten Blick auf den
Horizont, die unbegrenzte Weite der Felder, die salzige
Ostseeluft, die Überschaubarkeit. Aber zugleich war es
auch aufregend, in der Großstadt zu sein und all die vielen
Menschen zu beobachten.

Christa hob die Kaffeetasse an den Mund und konnte
den Blick nicht von dem Schauspiel auf dem Platz vor dem
Fenster abwenden. Auf der Straße drängten sich die Pas-
santen dicht an dicht, am Baugerüst des HO-Kaufhauses
entrollten vier Männer ein Banner mit der Aufschrift: *Die
DDR erringt weiterhin Erfolge gegen die Feinde des Friedens und des
Sozialismus.* Eine Rentnerkolonne stellte sich halbkreisför-

mig um die Weltzeituhr auf und ließ sich Pinsel und Farb-
eimer zuteilen, wahrscheinlich, um irgendetwas anzustrei-
chen. Vor einem hellgrünen Barkas, auf dessen Heck mit
weißer Farbe *Erster Farbfernseher – Color 20* stand, hatte sich
eine Warteschlange gebildet. Ein LKW fuhr auf den Platz,
Bauarbeiter entluden Kanthölzer, Pfosten, Platten und
Stahlträger, aus denen, so vermutete Christa, eine Tribüne
für die Parade zum zwanzigsten Jahrestag der Republik gebaut werden sollte.

Die Hauptstädter, die den festlichen Vorbereitungen
nachgingen, folgten einer Choreographie, die Christa fas-
zinierte und zugleich abschreckte. Sie seufzte leise und
spießte ein Stück Palatschinken auf die Gabel. Plötzlich
geriet die Szene vor dem Fenster durcheinander. Die lang-
haarigen Jugendlichen mit dem Kofferradio sahen kurz
ängstlich in alle Richtungen und versuchten dann wegzu-
laufen, aber sie wurden umringt von einer Gruppe älterer
Männer. Einer der Jugendlichen holte aus, woraufhin ein
Mann mit Schnauzbart und Brille ihm den Arm umdrehte.
Beide gingen zu Boden und gaben Christa den Blick frei auf
die glücklichen Gesichter von Elise, Henning und Jakob.
Karl folgte in einigem Abstand. Die Kinder rannten auf die
Palatschinkenbar zu, drückten die Tür auf und ließen sich
neben Christa auf die Stühle fallen. Vor dem Fenster löste
sich ein Jugendlicher aus der Gruppe, riss das Kofferradio
in die Luft und wollte es einem der älteren Männer auf
den Kopf schlagen. Ein Robur kam angerast, hielt auf dem
Platz, Polizisten sprangen heraus und stürzten sich auf die
Jugendlichen.

Christa hielt die Luft an und versuchte, Elise, Henning
und Jakob, die das Treiben mit offen stehenden Mündern

verfolgten, abzulenken. «Kinder, wie wäre es mit einem Palatschinken mit Apfelmus. Den habe ich schon probiert, sehr köstlich. Elise, es gibt auch welche mit Pflaumenmus.» Unruhig hob Christa den Blick und sah, wie der Robur vom Platz fuhr. Die Jugendlichen waren verschwunden, und die anderen Männer klopften sich den Staub von den Hosen. Das Treiben auf dem Platz ging weiter, als wäre nichts geschehen.

«Wo bleibt eigentlich Vati?», fragte Elise.

Christa stieß einen spitzen Schrei aus und schlug sich die Hand vor den Mund, als ihr klar wurde, dass auch Karl verschwunden war.

Kapitel 12
Peleroich, 1970

Drei Jahre nach Elises Einschulung war das alte Gebäude, in dem die Peleroicher Kinder Schreiben, Lesen und Rechnen gelernt hatten, zu klein geworden. Da anlässlich Lenins hundertstem Geburtstag die Kreisstädte des Landes mit großzügigen Finanzmitteln bedacht worden waren, hatte man entschieden, in Sprevelsrich ein neues Schulgebäude zu errichten. Alle Schüler aus Peleroich, den umliegenden Dörfern und aus der Kreisstadt selbst sollten nun gemeinsam hier unterrichtet werden. Die Polytechnische Oberschule Julius Fučik war ein Atriumkomplex in Kleinplattenbauweise, funktional, modern, mit Tischtennisplatte, Tartanrennbahn und Weitsprunggrube neben der Turnhalle. Die POS wurde zum 1. September, an dem Elise in die vierte Klasse kam, feierlich eröffnet.

Elise, Henning, Jakob und etwa zweihundert weitere Schüler waren zum Appell angetreten. Sie trugen weiße Blusen, blaue Halstücher und FDJ-Hemden und schauten die Stufen vor dem Haupteingang empor, auf deren oberstem Absatz der Direktor gegen das Mikrophon klopfte. Über den Köpfen der Anwesenden hing die DDR-Fahne schlaff wie ein Nylonwindsack am Mast. Ein Reporter vom *Sprevelsricher Landboten* hantierte an seiner Praktika, während ein mokkabraunes Handgelenktäschchen an seinem linken Arm pendelte und er einer Kollegin in Schlaghosen Anweisungen zuraunte.

«Achtung.» Die Bassstimme des Direktors hallte über den Schulhof. «Stillgestanden, Augen geradeaus.»

Die Schüler nahmen Haltung an, der Reporter drückte auf den Auslöser, und Elise musste niesen.

Der Direktor sah sie scharf an, wobei er seine Stirn in Falten legte.

«Rührt euch», befahl er nach kurzem Zögern.

Elise nickte Henning, der neben ihr stand, erleichtert zu, drehte den Kopf nach links und fing Jakobs Blick auf. Er winkte ihr mit einer lässigen Handbewegung zu. Seine Pilzkopffrisur erinnerte Elise an die Jugendlichen damals bei ihrem Berlinbesuch. Wenn sie an diesen Ausflug in die Hauptstadt zurückdachte, hatte Elise stets ein beklommenes Gefühl. Ihr Vater war vor der Palatschinkenbar versehentlich verhaftet worden, weil die Polizei dachte, er würde zu den jugendlichen Rowdys gehören. Am Abend desselben Tages hatte man ihn zwar wieder auf freien Fuß gesetzt, aber ein schaler Beigeschmack war geblieben.

«Liebe Lehrer, liebe Schüler. Heute ist ein fantastischer Tag. Unser neues Schulgebäude, benannt nach dem kommunistischen Helden Julius Fučik, wird eröffnet. Die Arbeiter unseres Landes haben mit beispielhafter Leistung dieses schöne Haus errichtet. So wie im Jahre 1948 der verdiente Aktivist und vorbildliche Parteigenosse Adolf Hennecke die Arbeitsnorm um sage und schreibe vierhundert Prozent übererfüllt hat, haben auch die Arbeiter an dem Komplex hinter mir Großes vollbracht. Großes? Ach was, seien wir nicht zu bescheiden und würdigen im rechten Maße ihre Anstrengungen, sagen wir also, sie haben Größtes, Übermenschliches vollbracht. Liebe Schüler, wir bauen auf euch, so wie einst dieses Land aus Trümmern erbaut wurde, aus Ruinen auferstanden ist. Wir brauchen jeden einzelnen von euch für die weitere Entwicklung des Sozialismus. Und ich weiß», der Direktor machte eine Pause und ließ den Blick über den Halbkreis seiner Zuhörer schweifen, «ich weiß, ihr könnt das. Ich freue mich auf das Kommende und bin sicher, dass ich am Ende des Schuljahres zahlreiche Abzeichen an eure weißen und blauen Hemden heften werde. Zu nennen wären an dieser Stelle zum Beispiel die Goldene Eins, das Abzeichen Junger Tourist, das Abzeichen Für gute Arbeit in der Schule, das Thälmannabzeichen, das Abzeichen Für gutes Wissen der Freien Deutschen Jugend, das Fünfkampfabzeichen oder das Wintersportabzeichen Goldener Schneemann.»

«Wenn es so viele Abzeichen gibt, dann sind sie ja nichts Besonderes mehr.»

Die Gesichter aller Anwesenden wandten sich in die Richtung, aus der der Einwand gekommen war. Elise erschrak und senkte schnell den Kopf, da sie dachte, die Blicke würden ihr gelten. Sie hatte schon eine Weile die Wolken beobachtet und versucht, Feen und Fabelwesen in wallenden Kleidern zu entdecken.

Henning flüsterte: «Die meinen nicht dich. Das Mädchen hinter uns hat laut gedacht.»

Elises Puls beruhigte sich, sie drehte sich um und sah in der letzten Reihe, ohne Pionierbluse und Halstuch, ein Mädchen mit blassem Gesicht stehen. Elises neue Klassenlehrerin, Frau Mrotzek, trat neben das Mädchen und hob mahnend den Zeigefinger. «Marina Herz, das wird ein Nachspiel haben.»

In diesem Moment frischte der Wind auf, die Fahne blähte sich, und es schien, als würde sie den Worten der Lehrerin dadurch Nachdruck verleihen.

«Ihr seht», fuhr der Direktor fort, «leider ist auch heute noch an vielen Stellen das Wissen über die objektiven Gesetzmäßigkeiten der gesellschaftlichen Entwicklung nicht bei allen Menschen vollständig ausgebildet. Dafür seid ihr hier, dafür geht ihr in die Schule, und so wird auch der letzte Zweifler bald einsehen, dass der Sozialismus der einzig gangbare Weg im Zusammenleben der Menschen ist, der einzige Weg für Frieden und Verständigung der Völker. Ich hoffe, dass ihr alle hier an dem Hort des Lernens viele wertvolle Erfahrungen sammeln könnt.»

Aus der Gruppe der FDJler waren Kussgeräusche zu vernehmen, woraufhin der Direktor verstummte und versuchte auszumachen, wo genau die Störer standen. Doch die FDJler verzogen keine Miene. Auch Elise suchte die Reihen der Schüler ab, bis ihre Augen schließlich an Jakob hängenblieben, der, umringt von drei Mädchen, den Zwischenfall gar nicht bemerkt zu haben schien. Eines der Mädchen flüsterte ihm gerade etwas ins Ohr. Er nahm ihre Hand, deutete einen Handkuss an, und sie fuhr ihm durch die Haare. Empört sah Elise wieder weg.

«Nun», donnerte der Direktor. «In diesem Sinne: Für Frieden und Sozialismus, seid bereit.»

«Immer bereit!», riefen die Pioniere.

«Freundschaft», brummten die FDJler.

«Und jetzt wollen wir singen, und zwar: *Ich trage eine Fahne*». Der Direktor zog einen Kugelschreiber aus der Hosentasche, hob beide Hände, zählte ein und malte die erste Schlagfigur in den Septemberhimmel. Atonaler Gesang setzte ein.

Elise drehte sich noch einmal vorsichtig um, und während die soeben gemaßregelte Marina ihr ganz freundlich und selbstbewusst zulächelte, sang die Schülerschaft der POS Julius Fučik «die Fahne ist niemals gefallen, so oft auch ihr Träger fiel».

«Mein Gott, bist du dünn. Soll ich dir etwas kochen? Buchteln und Vanillesuppe vielleicht? Die isst du doch so gerne.» Otto musterte seine Tochter, dann widmete er sich wieder seinem Talar, den er gerade zu bügeln begonnen hatte, als Magdalena überraschend zu Besuch gekommen war.

«Ich sehe aus wie immer. Mach dir keine Sorgen.» Magdalena ließ sich auf das Sofa fallen und streckte träge ihre Beine aus.

Als Otto fertig war, trat er hinter dem Bügelbrett hervor und nahm zögernd seiner Tochter gegenüber Platz. Nach langer Funkstille hatte sie plötzlich einfach so vor seiner Tür gestanden. Seit er Magdalena vor drei Monaten das letzte Mal gesehen hatte, hatte sie stark abgenommen. Otto überlegte, auf welchen Umwegen er wohl am besten heraus bekommen könnte, warum sie sich so verändert, warum sie Jakob so lange nicht besucht und warum sie nicht mehr auf seine Briefe reagiert hatte. Schon früher hatte Magdalena, wenn man sie direkt auf Probleme ansprach oder kritisierte, türenschlagend das Zimmer verlassen.

«Wie läuft es in Berlin? Was macht die Buchbinderei? Wie geht es im Betrieb?», fragte er so sacht wie möglich.

«Ach so, das weißt du ja noch gar nicht, ich arbeite da nicht mehr.»

«Wie bitte?»

«Das war nicht so meins. Ich bin Künstlerin. Dieser Schichtdienst, das ist einfach nicht meine Welt. Da kommt mir jegliche Kreativität abhanden.»

«Wie bitte?», wiederholte Otto.

«Jetzt tu doch nicht erstaunt. Ich bin doch nur so, weil ihr mich so erzogen habt. Das achte Gebot: Du sollst nicht falsch Zeugnis reden wider deinen Nächsten. Ich habe mich im Betrieb nicht wohlgefühlt. Hätte ich lügen sollen, hätte ich so tun sollen, als ob alles dufte gewesen wäre? Hätte ich damit nicht Gott verraten?»

Obwohl er sonst um Worte nicht verlegen war, wusste Otto nicht, was er darauf antworten sollte. Er stellte sich mit hinter dem Rücken verschränkten Händen ans Fenster.

«Aber Magdalena, du hast doch ein Kind und ...»

Magdalena rümpfte die Nase. «Sag mal, riecht es hier komisch?»

Mit einer halben Drehung fuhr Otto herum, Magdalena streckte ihren Zeigefinger in Richtung Bügeleisen aus. «Du hast ein Loch in deinen Talar gebrannt.»

Otto hob das Bügeleisen an und zog das Kabel aus der Steckdose. Er öffnete das Fenster, um frische Luft hereinzulassen, schloss es aber gleich wieder und setzte sich zu seiner Tochter.

«Wie soll es denn weitergehen mit Jakob?»

«Ja, darüber müssen wir mal reden. Ich habe eine neue Arbeit. Ich bin jetzt bei einem Zirkus. Das erfüllt mich, das ist unheimlich kreativ. Wir fahren in der ganzen DDR herum, manchmal sogar ins Ausland. Und da wollte ich dich fragen, ob Jakob bei dir bleiben kann. Für länger, meine ich.»

«Wie lange?»

«Weiß ich nicht.»

Otto faltete die Hände im Schoß und sah seine Tochter an. «Gut. Wie … was sollen wir Jakob sagen?»

Entschlossen stand Magdalena auf. «Überleg du dir das, ja? Du kannst doch gut reden.»

«Ich, Magdalena …»

«Mutti!» Jakob betrat das Wohnzimmer und stellte eilig seinen Ranzen auf den Teppich, als er seine Mutter sah. Er fiel ihr wortlos um den Hals. Eine Weile standen sie so da. Magdalena strich Jakob zaghaft über den Kopf.

«Hast du meine Bilder bekommen?», fragte Jakob mit freudig geröteten Wangen. «Ich habe dir auch geschrieben.»

Magdalena biss sich auf die Unterlippe.

«Vielleicht hat die Post sie verloren?» Otto flüsterte.

Magdalena nickte stumm.

«Warte kurz.» Jakob rannte in sein Zimmer und kam gleich darauf mit einem Bild zurück, das er seiner Mutter in die Hand drückte. Es war eine Kohlezeichnung des Sprevelsricher Forstes. Lange betrachtete Magdalena das Bild und legte es dann auf den Wohnzimmertisch.

«Danke, mein Großer. Das ist wunderschön, ganz klasse. Setz dich doch mal kurz.»

Zögernd nahm Jakob im Sessel Platz und sah seine Mutter fragend an.

«Also, ich bin für längere Zeit nicht da, und du bleibst erst mal hier bei Opa, ja?»

Jakob sank in sich zusammen. «Wie lange denn?»

«Das weiß ich noch nicht. Aber ich melde mich, wenn ich zurück bin. Einverstanden? Ich schreibe dir einen Brief, und dann kommst du wieder zu mir.»

«Versprochen?» Jakob stand auf.

«Hoch und heilig.» Magdalena streichelte ihm über seine Haare. «Dein Opa passt gut auf dich auf.»

Otto trat neben die beiden. «Das mache ich. Wir werden es schön haben zusammen in unserem Männerhaushalt.»

«Danke. So, ich muss wieder, sonst verpasse ich den Bus.» Magdalena drückte Jakob noch einmal fest an sich, klopfte auf den Tisch und verließ das Wohnzimmer.

«Mutti! Dein Bild!» Jakob schnappte seine Zeichnung und rannte seiner Mutter hinterher.

«Ich melde: Die 4b ist vollständig zum Unterricht angetreten.»

«Danke, Elise.» Frau Mrotzek, eine resolute Frau mit rot gefärbter Kurzhaarfrisur, ließ ihren Blick im Klassenzimmer umherwandern. «Für Frieden und Sozialismus: Seid bereit!»

«Immer bereit!»

Die Lehrerin nickte und bedeutete den Schülern, sich

zu setzen. Sie nahm ein Stück Kreide aus der Ablage und schrieb das Datum an die Tafel. «Heute werden wir unseren Gruppenrat wählen, das ist in diesem Schuljahr etwas ganz Besonderes, denn ihr werdet in den Kreis der Thälmannpioniere aufgenommen.»

Verstohlen beugte sich Marina zu Elise. Seit dem ersten Schultag waren sie unzertrennlich, saßen nebeneinander in der letzten Reihe am Fenster und verbrachten auch die Nachmittage sooft wie möglich gemeinsam. Marina lebte in Sprevelsrich, sie und ihre Eltern waren vor kurzem aus Berlin gekommen.

«Die Mrotzek war schon bei meinen Eltern, um sie zu überreden, dass ich da mitmache», flüsterte Marina, deren Eltern sich nicht damit anfreunden konnten, dass ihre Tochter sich einer staatlich verordneten Organisation anschloss. Elise war das egal. Marina war eine gute Freundin, mit der man über alles reden konnte, alles andere war für sie unwichtig.

«Und?» Elise musste husten. Vor zwei Tagen war sie mit ihrem Vater und ihrer Oma Isolde beim Fest der Freiwilligen Feuerwehr gewesen, hatte eine viel zu dünne Jacke angehabt und sich erkältet.

«Pah. Auf keinen Fall.» Marina rückte näher an Elise heran. «Obwohl ich die Arbeitsgemeinschaften schon gut finde. Besonders den Zeichenkurs.»

«Marina Herz.» Frau Mrotzeks Stimme war scharf. «Hier wird nicht geflüstert. Wenn du etwas zu sagen hast, dann laut und für alle.»

Marina lief rot an, strich sich eine Strähne aus der Stirn und murmelte eine Entschuldigung.

«So, Kinder», die Stimme von Frau Mrotzek wurde

versöhnlicher, «nun zur Wahl des Gruppenrates. Welche Ämter brauchen wir?»

Elises meldete sich, und als die Lehrerin ihr das Wort erteilte, zählte sie auf: «Wir brauchen einen Vorsitzenden, einen Stellvertreter, einen Schriftführer, einen Kassierer, einen Agitator und einen Wandzeitungsredakteur.»

«Sehr gut.» Frau Mrotzek schrieb die Funktionen an die Tafel. «Gibt es irgendwelche Vorschläge?»

Zögerlich meldeten sich einige Schüler. Gerade als die Lehrerin einen Jungen aus der ersten Reihe aufrief, heulte die Sirene im Flur los. Die Kinder der 4b zuckten zusammen, Frau Mrotzek straffte den Oberkörper und klemmte sich das Klassenbuch unter den Arm. «Feueralarm. Fenster zu, die Schulsachen bleiben hier, in Zweierreihen antreten und auf den Hof an unseren Sammelpunkt, aber nicht rennen, immer schön in Reih und Glied.»

Elise nahm Marina an die Hand, und als sie in den Flur kamen, wurde das Heulen der Sirene unerträglich, es war, als würde eine Kreissäge in ihren Ohren lärmen. Elise presste sich die freie Hand auf das Ohr.

Im Schulhaus herrschte großes Durcheinander. Die unteren Klassen liefen zügig und geordnet die Treppe hinunter, die höheren Klassen schien der Alarm wenig zu interessieren. Das ist doch sowieso nur eine Übung, war vereinzelt zu hören. Einige schlenderten durch die Flure, als würden sie einen Spaziergang machen, andere blieben stehen und unterhielten sich über ihren letzten Discobesuch.

In der ersten Etage traf Elise auf Henning, dessen Klassenraum neben dem Sekretariat lag. Hinter ihm kam weinend ein Mädchen aus dem Zimmer. Fürsorglich legte

Henning seine Hand auf ihren Rücken. «Renate hat im Kindergarten mal einen Brand miterlebt. Ich kümmere mich ein bisschen um sie», sagte er und hakte seine Klassenkameradin unter.

Der Ausgang glich einem Nadelöhr, vor dem sich die Schüler stauten. Der Direktor stand mit einer Stoppuhr auf dem Hof und hob kritisch eine Augenbraue. Elise ließ Marina los und reihte sich hinter ihr und Henning ein. Renate war ebenfalls vor der Tür angekommen und drängelte sich, ohne auf die anderen zu achten, nach draußen, wodurch Elise stolperte und fiel. Jemand trat ihr auf die Hand, sie schrie auf. Schmerzerfüllt sah sie nach oben, Marina und Henning waren verschwunden, offenbar hatten sie in dem Gedränge nicht bemerkt, dass Elise gestürzt war. Gerade als sie aufstehen wollte, bekam sie einen Tritt in den Rücken, in ihren Ohren begann es zu rauschen, und dann wurde ihr schwarz vor Augen.

«Kannst du mich hören?»

Jakob kniete neben Elise auf dem Boden, um sie herum standen im Halbkreis einige Schüler, Frau Mrotzek und der Direktor.

«Was ist passiert?», fragte Elise schwach und fühlte sich noch immer benommen.

Frau Mrotzek beugte sich nach vorne, wodurch ihr ausladendes Dekolleté betont wurde. «Du bist umgekippt. Wahrscheinlich durch dein Asthma. Jakob Jaworski hat dich rausgetragen und mich umgehend informiert.»

«Darf ich mal durch, bitte?»

Elise erkannte Hennings Stimme und drehte den Kopf in seine Richtung. Als er sich, mit einem Glas Wasser in der

Hand, neben Elise hockte, stieß Jakob aus Versehen gegen ihn. Ein großer Schluck der Flüssigkeit schwappte aus dem Glas.

«Kannst du nicht aufpassen?» Wütend sah Henning Jakob an.

«Jetzt beruhige dich mal. Wer hat sie denn nach draußen gebracht? Du hast doch nicht aufgepasst auf Elise.»

«Willst du damit etwa sagen, ich habe ihr absichtlich nicht geholfen? Geht's noch?»

Der Direktor räusperte sich. «Also Jungs, was soll das denn jetzt? Das ist doch kein solidarisches Verhalten. Wo kommen wir denn da hin? Wir sind doch eine Gemeinschaft. Ihr habt sie beide gerettet, wenn man so will. Darauf sollten wir uns einigen.»

Zeitgleich griff Elise nach Hennings und Jakobs Hand. «Ich finde, der Direktor hat recht.»

Als Otto die Tür zum Kastanienhof öffnete, saß Friedrich am Stammtisch, eine unangezündete F6 zwischen den Lippen. Er war in die Betrachtung seines Fotoalbums versunken und streichelte versonnen über die leicht vergilbte Oberfläche, die ihn und Dora am Tag ihrer Hochzeit zeigte. Er nahm die Zigarette aus dem Mund, griff in die Hosentasche, zog ein Taschentuch heraus und wischte sich damit über die Augen.

«Hallo, Friedrich.»

Friedrich sah auf und brauchte eine Weile, um sich zu fassen. «Ich kriege es nicht hin, ich kriege sie nicht aus dem Kopf. Nun ist Dora schon sechs Jahre tot, und trotzdem denke ich immer noch, sie ist nur kurz nach Sprevelsrich gefahren und kommt gleich wieder zurück.»

«Wenn ich irgendetwas für dich tun kann, sag Bescheid.» Otto legte eine Hand auf Friedrichs Schulter. «Henning kann auch ohne Probleme für ein paar Tage bei Jakob und mir bleiben, falls du eine Auszeit brauchst. Vielleicht musst du einfach mal raus hier.»

«Nein, das ist es nicht. Ich sehe ihn ja eh kaum noch, weil er die ganze Zeit bei Elise ist.»

«Wie du meinst. Aber wenn du Hilfe brauchst, dann bin ich für dich da.»

Entschlossen klappte Friedrich das Fotoalbum zu, steckte das Taschentuch wieder ein und stand auf. «Du siehst aber auch nicht gerade aus wie das blühende Leben.»

«Magdalena war vor ein paar Tagen da.» Otto atmete tief durch. «Ich fürchte, ich habe meine Tochter endgültig verloren.»

«Oh weh. Das tut mir leid. Was ist mit Jakob?»

«Der bleibt bei mir.»

«Na, komm. Wie wäre es mit Bratkartoffeln à la Friedrich? Die lösen unsere Probleme zwar nicht, aber der Gaumen wird seine Freude haben.»

Dankbar klopfte Otto Friedrich auf den Rücken, setzte sich an den Tisch und massierte seine Schläfen. Kurz darauf drang schon der Duft von angebratenen Zwiebeln aus der Küche in die Gaststube.

Als die Tür des Kastanienhofs aufging, schreckte Otto hoch. Karl stand in der Tür, er war blass, und selbst von seinem Platz aus konnte der Pfarrer sehen, dass er getrunken hatte.

«Hallo.» Er stand auf und ging auf Karl zu.

Der Alkoholgeruch war kaum zu ertragen, und trotzdem wanderte Karls Blick direkt zur Zapfanlage hinter dem Tresen.

«Nichts da.» Otto zog Karl zum Stammtisch und setzte ihn auf einen Stuhl. «Hör mal, ich mache mir Sorgen um dich. So kann das doch nicht weitergehen.»

«Keine Ahnung, wovon du redest.»

«Karl. Du trinkst zu viel. Es ist gerade mal sechs, und du bist schon sternhagelvoll.»

«Ach, jetzt übertreib nicht gleich.»

«Keineswegs. Ich kenne dich schon ewig. Ich weiß noch, wie stolz du deine Försteruniform getragen hast, ich habe eure Trauung in der Kirche gehalten, ich weiß, das mit dem Kanalbau ...»

«Ist ja gut.»

Eine Weile saßen sie schweigend beieinander, nur das Zischen der Bratpfanne aus der Küche war zu hören. Otto sah aus dem Fenster. Agathe schob den Rollstuhl von Franz aus der Tür des Konsums, ging zurück in den Laden, holte ein Netz mit Einkäufen und hing es an die Griffe der Rückenlehne. Dann zeigte sie mit dem Finger in Richtung Ortseingangsschild. Ludwigs Wartburg näherte sich. Er hatte ihn vor einem Jahr zum Lieferwagen umgebaut und erledigte damit Besorgungen für Friedas Fleischerei. Ludwig hielt vor dem Konsum, stieg aus und nahm das Einkaufsnetz vom Rollstuhl.

Willi trat aus dem Laden, er und Ludwig schoben den Rollstuhl zur Beifahrertür, hoben Franz hoch und setzten ihn in das Auto. Dann klappte Willi den Rollstuhl zusammen und hievte ihn auf die Ladefläche.

Otto lächelte sanft, Karl drehte sich um und schaute dem Treiben vor dem Konsum ebenfalls eine Weile zu.

«Wenn du willst, kann ich mal mit einer Kollegin von mir reden. Sie arbeitet bei der Diakonie und sie ... sie kümmern sich dort auch um Fälle wie dich.»

Karl riss die Augen auf. «Fälle wie mich?»

«Ich weiß nicht, wie ich es anders sagen soll. Ich meine es nicht böse. Denk doch mal an Christa.»

«Was hat Christa dir erzählt?»

Otto überlegte lange, bevor er antwortete. «Sie hat sich nicht beschwert, das nicht. Aber ich kenne sie gut genug, um zu wissen, dass sie sich Sorgen macht wegen deiner Trinkerei. Genau wie ich, wie wir alle eigentlich. Und Elise kriegt das doch auch mit. Willst du ein Vater sein, der wegen dem Alkohol irgendwann sein Leben nicht mehr im Griff hat?»

Träge schloss Karl die Augen. «Vielleicht hast du recht. Na, dann hol ich mir mal einen Apfelsaft.» Er erhob sich, ging hinter den Tresen und bückte sich. «Was ist das denn?»

«Was denn?», fragte Otto.

Karl betrachtete die Kiste, die mit einem großen Vorhängeschloss gesichert war. Er rüttelte mehrmals daran, und der Bügel sprang ohne Widerstand aus dem Zylinder.

Otto war aufgestanden und an den Tresen getreten. Erwartungsvoll beugte er sich über Karls Schulter. «Also, Apfelsaft ist da nicht drin.»

«Nur alter Plunder, und zwar eine ganze Menge. Ich wusste gar nicht, dass Friedrich so unordentlich ist.»

«Vielleicht sind das Erinnerungsstücke an Dora?»

Karl begann, den Inhalt der Kiste zu durchsuchen. Auf dem Boden stieß er auf eine zusammengefaltete, abgegriffene Seekarte. Er zog sie heraus und faltete sie auseinander. «Die ist ja ganz anders als die, die man sonst so kennt.» Karl drehte die Karte herum und sah dann Otto an. «Das gibt's ja nicht. Die ist von einem West-Verlag.»

Neugierig betrachteten die beiden Männer die Zeichnungen auf dem abgegriffenen Papier.

«Was macht ihr denn da?» Friedrichs Stimme war laut. Erschrocken fuhren Karl und Otto herum. Friedrich stand in der Küchentür, zwei dampfende Teller mit Bratkartoffeln in den Händen.

«Ich ... äh», stotterte Karl. «Ich wollte eine Flasche Apfelsaft holen und habe das hier gefunden.»

Er hielt die Seekarte hoch.

«Friedrich», sagte Otto besorgt. «Warum hast du so was? Wo hast du die her? Wofür brauchst du die denn?»

«Ich, also, wenn ...» Friedrich wollte die Teller auf den Tresen stellen, schob sie allerdings nicht weit genug auf die Fläche. Beide Teller fielen krachend zu Boden und zersprangen. Scherben und Kartoffelstückchen überall. «Mist! Äh ... zum Angeln. Zum Angeln brauche ich die.» Fahrig sah Friedrich sich nach einem Besen um.

Ein Plastikweihnachtsbaum mit LED-Beleuchtung und Kunstschnee, ein Toilettensitzbezug mit Rentiermotiven, ein Außentaschenlampenscheinwerfer, der zwölf verschiedene Motive an Hausfassaden projizieren kann. Kopfschüttelnd legte er den Werbeprospekt in die Kiste mit dem Altpapier. Als er jünger war, hatte er die Alten, wenn sie erzählten, dass früher alles besser gewesen war, immer belächelt. Heute konnte er sie verstehen. Weihnachten war stets sein Lieblingsfest gewesen. Aber seit bereits Ende August Spekulatius, gebrannte Mandeln, Vanillekipferl und geschmacklose Deko-Artikel in den Geschäften angeboten wurden, hatte es seinen Reiz verloren. Als Kind hatte er jedes Jahr eine Woche vor Heiligabend mit seinem Großvater im Sprevelsricher Forst eine Fichte geschlagen. Es musste immer eine Fichte sein, da die besonders intensiv duftete. Während er die Altpapierkiste vor die Tür stellte, glaubte er, den Geruch von Zimt, Nelken und Kerzenwachs in der Nase zu haben.

Als er sich aufrichtete, wurde ihm mit einem Mal schwindelig, er musste sich am Türrahmen festhalten. Seine Hände begannen zu kribbeln, ihm wurde kalt. Im Kleiderschrank fand er einen dicken Pullover, zog ihn über und legte sich aufs Bett. Doch das Zittern wollte nicht aufhören. Erst als er unter die Bettdecke kroch, ließ es langsam nach, ihm wurde wärmer, und während er draußen in der Ferne ein Martinshorn aufheulen hörte, schlief er ein.

Als er aufwachte, ging es ihm besser. Er befühlte seine Stirn. Sie war ein wenig warm, aber Fieber hatte er nicht. Er schlug die Bettdecke zurück und ging ins Bad, um sich vorsorglich eine Analgin-Tablette aus dem Arzneischrank zu holen. Bei dem, was er vorhatte, musste er einen klaren Kopf behalten.

Doch die Schachtel war leer. Enttäuscht zerdrückte er sie, warf sie in den Müll und entschied, in die Apotheke zu fahren. Er sah sich nach seiner Brieftasche um und bemerkte dabei, dass der Anrufbeantworter blinkte. Träge nahm er das Telefon von der Basisstation und drückte auf den breiten, weißen Knopf, um die Nachricht abzuhören.

«Ich bin's. Wie geht es dir? Eigentlich wollte ich persönlich mit dir reden, aber gut, dann eben die Maschine ... Nun, die wollen mich interviewen, inkognito, mit verstellter Stimme, von hinten und so. Zum dreißigsten Jahrestag der friedlichen Revolution. Revolution, dass ich nicht lache. O. k., ist ein anderes Thema. Aber sie zahlen gut, Geld kann man ja immer gebrauchen. Also, die haben mich gefragt, ob ich noch Aktive von früher kenne. Und da habe ich an dich gedacht. Würdest du dich äußern wollen? Deine Story ist ja besonders spannend, weil du nicht freiwillig dabei warst, aber gut warst du allemal, hast uns viele hilfreiche Berichte zukommen lassen. Schluss jetzt, ruf mich zurück, ja? Meine Nummer hast du doch hoffentlich noch. Tschüssikowski.»

«Was kann ich für Sie tun?» Die Frau hinter dem Verkaufstisch trug ein weißes, kurzärmeliges Polohemd, auf dessen Brusttasche *Möwenapotheke* stand. Die Apotheke hatte es schon zu DDR-Zeiten gegeben. Sie lag gegenüber vom Bahnhof Sprevelsrich, und ihre Inneneinrichtung hatte sich mit den Jahren kaum verändert. Die beigen Möbel stammten aus den Sechzigern, die Schränke mit den Auszügen waren mit der Zeit verblasst und abgegriffen, neben der Eingangstür stand ein Drehregal mit braunen und grünen Laborflaschen in den Fächern. Sie dienten heute zur Dekoration, ebenso wie die alte Balkenpräzisionswaage und das Schild, auf dem *Dienstbereitschaft, bitte klingeln und warten* stand.

«Ich tippe, Sie haben sich eine Erkältung eingefangen, aber das ist ja bei dem Schietwetter auch kein Wunder.»

«Was? Entschuldigen Sie, ich war mit den Gedanken woanders.»

«Eine Erkältung, brauchen Sie etwas dagegen?»

«Ja, noch geht es mir zwar ganz gut, aber ich möchte vorsorgen. Ich habe einen wichtigen … Termin. Da muss ich fit sein.»

Früher war er bei Erkältungen nie in die Apotheke gegangen. Ein Strandspaziergang, eine Tasse Holunderblütentee und viel Schlaf hatten meistens geholfen. Nur in der größten Not hatte er mal ein Medikament genommen.

Die Apothekerin öffnete einen Auszug hinter sich, nahm eine Packung mit Tabletten und ein Fläschchen heraus und legte beides auf den Tisch. «Ich empfehle das hier.»

«Was ist mit Analgin? Damit habe ich immer gute Erfahrungen gemacht. Meine sind leider alle.» Er musste husten, und es dauerte eine Weile, bis der Reiz sich gelegt hatte.

«Die sind verschreibungspflichtig, da müssen Sie sich erst ein Rezept besorgen.»

«Ach so. Und was ist das?» Vorsichtig neigte er den Kopf, um lesen zu können, was auf dem Fläschchen stand.

«Umckaloabo.»

«Wie bitte?» Er begann zu schwitzen und wusste, dass er so schnell wie möglich zurück ins Bett musste.

«Das ist Umckaloabo. Ein pflanzliches Antiinfektivum aus der Wurzel der südafrikanischen Kapland-Pelargonie. Das können Sie gut zur Vorbeugung einnehmen.»

«Aha.» Er zog seine Geldbörse aus der Hosentasche. «Ich nehme die Tabletten.»

«Auch eine gute Wahl.» Die Apothekerin griff unter den

Tisch, nahm eine Papiertüte heraus und legte die Tabletten-packung hinein. «Darf ich Ihnen einen Taschenkalender für 2019 mitgeben?»

«Nein, danke.» Er bezahlte, verabschiedete sich und verließ die Apotheke.

Da Schneeregen vom Himmel fiel, klappte er seinen Mantelkragen hoch und wollte gerade losgehen, als sein Blick auf das Bahnhofsgebäude fiel. Unter dem Vordach standen Elise und Marina, vor sich auf dem Boden einen Koffer und eine Reisetasche. Dann war sie seiner Einladung also gefolgt. Und so schnell! Er hatte die beiden sofort erkannt. Elise war immer noch so schlank wie früher, ihr Haar war grau und fiel ihr auf die Schultern, sie ähnelte ihrer Mutter noch mehr als früher. Ihre Freundin Marina war mit den Jahren fülliger geworden, stark blondiert und trug eine Brille mit einem breiten, dunklen Rahmen. Trotzdem erkannte er auch sie sofort.

Er wusste nicht, was er tun sollte, und drehte sich panisch um. Noch wollte, konnte er ihnen nicht gegenübertreten. Während er die Auslagen der Apotheke betrachtete, versuchte er, seinen Atem zu beruhigen. Er musste husten. Augenblicklich presste er sich die Hand auf den Mund und versuchte, in der Schaufensterscheibe zu erkennen, ob die Frauen ihn bemerkt hatten. Aber die beiden unterhielten sich einfach weiter. In Elises Hand bemerkte er einen Brief. Der Hustenreiz ließ nach, und er überlegte. War das einer seiner Briefe? Er hatte jedenfalls erreicht, was er wollte. Wenn nur diese Erkältung nicht wäre. Sein Kopf war ganz leer, er konnte keinen klaren Gedanken fassen. Wie sollte er hier unerkannt wegkommen?

«Huhu, hier sind wir.»

Das war Elises Stimme. Hatte sie etwa ihn gemeint? Wieder begann er zu schwitzen, das Hemd unter seinem Mantel klebte an seinem Rücken, während der Schneeregen seine Haare durchnässte. Wie in Zeitlupe drehte er vorsichtig den Kopf zur Seite und nahm ein Auto wahr, das vor dem Bahnhofsgebäude hielt. Verdammt, das war der VW von Henning. Die Gefahr, entdeckt zu werden, war jetzt eindeutig zu hoch.

Er drückte die Tür der Apotheke auf. Niemand da. In einem Nebenraum konnte er die Apothekerin telefonieren hören, und ihm fiel die Nachricht auf seinem Anrufbeantworter wieder ein, während seine Schläfen pochten, als wollten sie ihn antreiben, schnell von hier zu verschwinden. Hatte er sich zu viel zugemutet? War es eine gute Idee gewesen, alte Wunden aufzubrechen, vergangene Geschichten auszugraben? Würde Peleroich nicht zum Verkauf stehen und hätte er nicht diese schreckliche Angst vor der Diagnose, dann hätte er niemals den Kontakt zu Elise gesucht. Plötzlich wusste er nicht mehr weiter, obwohl ihm vor ein paar Tagen doch alles noch ganz logisch erschienen war.

Lautlos stellte er sich hinter das Drehregal mit den Laborflaschen und beobachtete aus seiner Deckung heraus das Geschehen am Bahnhof. Elise und Marina stiegen in den VW, der Wagen fuhr los, und durch die Heckscheibe sah er Henning wild gestikulieren.

«Nanu, haben Sie etwas vergessen?» Die Apothekerin war aus dem Nebenraum getreten.

Leider nicht, dachte er. Leider habe ich gar nichts vergessen. Er lächelte tapfer. «Ich würde doch gerne noch das Kuala-Lumpur-Medikament mitnehmen.»

Kapitel 13
Peleroich, 1973

Franz Ossenbeck saß im Garten hinter dem Haus, Isolde war in der Bäckerei und würde in zwei Stunden zurückkommen. Es war leicht bewölkt, und der Rasen glänzte feucht vom Regenschauer in der Nacht. Elise schlief noch. Seit einer Woche plagte sie ein grippaler Infekt, sie war krankgeschrieben und sollte sich bei ihrer Großmutter auskurieren.

Vor Franz auf dem Tisch standen eine Tasse Kaffee, ein Teller mit einem halben Brötchen, eine Thermoskanne und ein Kofferradio, in dem die Nachrichten liefen. Der Sprecher berichtete von der Kranzniederlegung am sowjetischen Ehrenmal in Berlin-Treptow anlässlich des Jahrestages der Befreiung vom Faschismus. Franz strich sich über seinen kahlen Kopf. Achtundzwanzig Jahre war das jetzt her, wie die Zeit raste. Er hatte den Eindruck, dass sie mit fortschreitendem Alter immer schneller verging. 1888 war er geboren worden, am Todestag von Kaiser Wilhelm I., und es war für ihn kaum mehr vorstellbar, im vergangenen Jahrhundert das Licht der Welt erblickt und seine Kindheit verbracht zu haben. Und die DDR? Die Ideale, die ihn wie so viele Menschen motiviert hatten, sich beim Aufbau zu engagieren, teilte Franz auch heute noch. Gleichheit, Gerechtigkeit, Solidarität, an diese Grundwerte glaubte er. Aber was war im Laufe der Jahre daraus gemacht worden? Gab es nicht Menschen, die dachten, sie wären gleicher als andere? Gab es nicht Menschen, die sich höherstellten und den anderen vorschreiben wollten, was richtig und was falsch war?

Nach den Nachrichten kündigte der Sprecher eine Arie aus Mozarts *Zauberflöte* an. Es erklangen die ersten Takte, eine Frauenstimme sang: *Ach, ich fühl's, es ist verschwunden.* Franz seufzte zustimmend und trank einen Schluck Kaffee.

Dann kam Elise durch die Hintertür in den Garten. Sie war blass und trug ein geblümtes Nachthemd von Isolde, das ihr viel zu groß war und über den Boden schleifte. In der einen Hand hielt sie eine *Sibylle*, in der anderen eine leere Tasse.

«Hallo, mein Kind.» Franz drehte das Radio leiser. «Geht es dir ein bisschen besser?»

Müde nickte Elise, setzte sich, legte die Zeitschrift auf den Tisch und stellte die Tasse daneben.

«Willst du einen Tee? Deine Oma hat ihn heute Morgen für dich vorbereitet. Schließlich sollst du schnell wieder gesund werden.»

Elise nickte wieder, rieb sich mit dem Handrücken über die Augen und hielt Franz ihre Tasse hin.

«Ich sehe eine Modezeitschrift auf dem Tisch.» Franz

griff nach der Thermoskanne. «Habe ich dir eigentlich schon mal von der Mode nach dem Krieg erzählt?»

«Nein. Hattet ihr damals überhaupt etwas zum Anziehen?»

Franz konnte ein Grinsen nicht unterdrücken. «Ein wenig schon. Viel gab es ja nicht, man trug, was da war, und das, bis es auseinanderfiel. Aus Pferdedecken wurden Mäntel genäht, die karierte Bettwäsche aus den Kasernen eignete sich wunderbar für Röcke, Schürzen und Nachthemden. Bei uns im Dorf gab es eine Frau, die hat sogar aus Zuckersäcken gestrickt.»

«Wie soll das denn gehen?»

Franz stellte die Thermoskanne ab und begann gedankenverloren, seine Brötchenhälfte zu zerkrümeln. Ein Spatz ließ sich auf der Wiese nieder, legte den Kopf schief und schaute zum Tisch. Elise schob behutsam ein paar Krümel in seine Richtung.

«Die Zuckersäcke bestanden aus einem speziellen Gewebe», erzählte Franz. «Jute oder Baumwolle, so genau weiß ich das nicht mehr. Auf jeden Fall musste man die Säcke auftrennen und konnte dann mit den gewonnenen Fäden stricken.»

«Die waren ja richtig kreativ früher. Wie sagt man: Not macht erfinderisch.»

«So ist es, meine kleine Elise. Ich bin sehr froh, dass ich dich habe, weißt du das eigentlich? Seit deiner Geburt bist du wie eine Enkelin für mich. Und nun bist du schon zwölf Jahre alt. Wie die Zeit vergeht ...»

Eine Fahrradklingel war zu hören, der Spatz flog davon.

«Ist jemand zu Hause?»

«Wir sind im Garten», rief Elise und sprang auf.

Henning kam um das Haus herum, er schob sein blaues Fahrrad auf die Wiese, lehnte es gegen die Hauswand und nahm einen Topf vom Gepäckträger. Um seinen Hals hing ein Fotoapparat.

«Nanu! Musst du nicht in der Schule sein?» Skeptisch sah Franz auf seine Armbanduhr.

Hennings Ohren wurden rot, was noch mehr betonte, wie weit sie von seinem Kopf abstanden. Der Topf in seiner Hand kippelte, ein wenig Flüssigkeit schwappte auf die Wiese. «Ich … ich habe geschwänzt. Ich wollte doch sehen, wie es Elise geht. Bitte verpetz mich nicht, Franz!»

«In diesem Fall würde ich sagen, der Zweck heiligt die Mittel. Also, keine Sorge. Was hast du denn da Feines mitgebracht?»

Henning stellte den Topf auf den Tisch und hob den Deckel an. Seine Ohren hatten in der Zwischenzeit wieder ihre normale Farbe angenommen. «Vati hat für Elise eine Hühnersuppe gemacht, ganz frisch. Frieda meinte, das Huhn ist gestern Abend noch fröhlich auf den Beinen gewesen.»

«Das ist genau das Richtige, ich habe riesigen Kohldampf.» Elise legte die Hände an den Topf. «Die ist ja sogar noch warm. Bist du geflogen mit deinem Fahrrad?»

Verlegen strich Henning eine blonde Strähne hinters Ohr.

«Omnia vincit amor.» Franz wendete geübt seinen Rollstuhl. «Ich hole euch mal zwei Teller. Ist die Suppe nach Doras altem Rezept zubereitet?» Noch bevor er den Satz beendet hatte, ärgerte er sich darüber, den Namen erwähnt zu haben.

Henning senkte die Augen. «Ja, die hat sie immer gemacht, wenn ich krank war.»

«Sie würde sich freuen, wenn sie sehen könnte, dass ihre Suppe weiterlebt. Und vielleicht», Elise zeigte zum Himmel, «vielleicht sieht sie es sogar gerade.»

Henning nickte, nahm Elises Gesicht in seine Hände und küsste sie unbeholfen auf die Wange.

Auf den Feldern blühte der Gelbsenf, am linken Straßenrand tuckerte ein mit Silomais beladener LKW. Rechts zeichnete sich am Horizont die Ostsee ab, und zwei blassgraue Beobachtungstürme in unmittelbarer Nähe erhoben sich wie gewaltige Stalagmiten in den Septemberhimmel. An einer Gabelung bremste Karl scharf ab, bog in einen schmalen Weg und beschleunigte gleich wieder. Der Framo rumpelte über den unebenen Waldboden.

Friedrich krallte sich am Polster seines Sitzes fest. «Jetzt schalt mal einen Gang runter und sag endlich, was du auf dem Herzen hast. Warum fährst du wie ein Henker?»

Karl drosselte die Geschwindigkeit.

«Ach, ich kann einfach nicht fassen, was man in diesem Land für eine Quittung bekommt, wenn man seine Kinder schützen will.»

«Meinst du die Sache mit der Mrotzek?»

«Woher ...?»

«Also hör mal, wir leben auf dem Dorf.»

Eva Mrotzek war drei Jahre lang Elises Klassenlehrerin gewesen, sie war zuverlässig und streng, aber freundlich, nie war sie negativ aufgefallen. Bis zu jenem Tag Ende Juli, als ihr Sohn dabei erwischt wurde, wie er mit einem Pinsel *Die Gedanken sind frei, jeder kann sie erraten* an die Wand der Schule geschrieben hatte.

Was danach genau passiert war, wusste Karl nicht, aber Eva Mrotzek war seither nicht mehr zur Arbeit erschienen, und Elise hatte eine neue Klassenlehrerin bekommen.

Karl parkte den Wagen hinter der Düne, auf der die sommergrünen Sanddornbüsche wuchsen, aus deren Früchten Christa so gerne Marmelade kochte. Eine starke Brise wehte den Männern ins Gesicht, als sie ausstiegen. Sie trug den Geruch nach Fisch und Salz mit sich und zerzauste ihnen die Haare. Die Wolken, die über dem Wasser vorbeizogen, waren dick und schwer. Es würde bald anfangen zu regnen. Das Tosen des Meeres war so stark, dass Karl schreien musste, damit Friedrich ihn verstand.

«Das ist doch unfassbar, Friedrich, so kann man doch mit den Menschen nicht umgehen. Die Frau hat so gute Arbeit geleistet.»

«Vielleicht solltest du nicht immer alles so persönlich nehmen», sagte Friedrich. «Ist jedenfalls kein Grund, dich gleich wieder volllaufen zu lassen.»

«Wie bitte?» Karl blieb mit offenem Mund stehen.

«Du hast eine Fahne, Karl, die rieche ich drei Meilen gegen den Wind. Das macht keinen Spaß, so zu dir ins Auto zu steigen.»

Betreten sah Karl in die Ferne.

«Komm schon, wie lange kennen wir uns?» Friedrich klopfte ihn sanft auf die Schulter. «Ich weiß, das Schicksal hat dir übel mitgespielt. Aber du hast Christa und Elise. Was würde ich dafür geben, Dora auch nur einen Tag wieder an meiner Seite zu haben und unser Mädchen aufwachsen zu sehen.»

Als er Friedrichs Worte hörte, wagte Karl nicht, seinem Freund in die Augen sehen. Er hatte recht. Aber Karl konnte nicht aus seiner Haut, zu viel hatte sich in ihm angestaut. Schon lange hatte er darüber nachgedacht, etwas tun zu wollen, etwas tun zu müssen. Der Umgang mit Elises Lehrerin war nur ein kleiner Tropfen in das Fass der Ungerechtigkeiten, aber es war der Tropfen, der es zum Überlaufen brachte. Unter solchen Bedingungen zu leben, in einem System, das seine Bürger ständig schikanierte und maßregelte, das war würdelos.

Eine Weile blickten die Männer schweigend auf das Meer, nur das Rauschen der Wellen, das Kreischen der Möwen und das Knacken der Sanddornzweige waren zu hören.

Irgendwann hob Karl den Kopf, stellte sich neben seinen Freund und rief ihm ins Ohr: «Ich will mitmachen.»

Friedrich blickte ihn irritiert an. «Was meinst du?»

«Na, bei euch oder bei dir, was weiß ich. Ich will helfen, wenigstens im Verborgenen.»

«Keine Ahnung, wovon du redest.»

Karl lachte. «Ach, komm. Im Schauspielern warst du noch nie besonders gut. Glaubst du etwa, ich habe dir abgenommen, dass du die Seekarten aus dem Westen zum Angeln benutzt?»

Unwirsch fuhr sich Friedrich durch die Haare und wandte sich schließlich um. «Was auch immer du heute Morgen gefrühstückt hast, es hat dich zum Phantasieren gebracht.»

«Ich will mitmachen. Lass mich helfen», rief Karl, und

seine Stimme vermischte sich mit dem Tosen der Ostsee, das immer stärker wurde. «Bitte.»

«Verflixt.» Friedrich drehte sich abrupt um. «Ich muss zurück. Mir fällt gerade ein, dass Hennings AG heute ausfällt. Er wird sich bestimmt schon wundern, wo ich so lange bleibe.»

Gegen Abend kündigten dichte Kumuluswolken über Peleroich einen Wetterwechsel an. Die meisten Bäume hatten ihre Blätter verloren, am Gehwegrand lagen Laubhaufen. Nur die Thomas-Mann-Kastanie stand noch in vollem Grün und strahlte in der Oktobersonne. Elise und Marina saßen auf der Bank vor der Bäckerei. Sie waren mit Henning und Jakob verabredet, um nach Sprevelsrich ins Lichtspielhaus zu fahren und *Die Legende von Paul und Paula* zu sehen. Elise war ein großer Fan von Winfried Glatzeder. Seit sie mit ihrer Mutter *Der Mann, der nach der Oma kam* gesehen hatte, sammelte sie alle Zeitungsartikel, Interviews und Bilder, die sie von dem Schauspieler bekommen konnte.

«Meinst du, die Mrotzek kommt nach den Herbstferien zurück?» Herzhaft biss Elise in einen Krapfen mit Pflaumenmus.

«Glaube ich nicht. Meine Eltern fanden sie ja doof, besonders, als sie bei uns war, um zu fragen, ob ich bei den Pionieren mitmachen will. Aber seit sie entschieden hat, zu ihrem Sohn zu halten, finde ich sie gar nicht mehr so verkehrt. Schade, dass sie weg ist.»

«Ja, das denke ich auch.» Elise hielt Marina den Rest ihres Krapfens hin. «Willst du? Ich bin satt.»

«Gerne.» Als Marina aufgekaut hatte, fuhr sie mit der Hand in ihre Tasche und zog eine aus einer Zeitung herausgerissene Seite heraus. Es war ein Interview mit Winfried Glatzeder aus dem *Filmspiegel*.

«Danke!» Strahlend nahm Elise Marina den Artikel aus der Hand. «Ist er nicht ein Traummann?»

«Ich finde, mit seinen dunklen Haaren und den braunen Augen hat er Ähnlichkeit mit Jakob. Die Ohren sind allerdings eher Henning.»

Elise hielt den Artikel mit ausgestrecktem Arm vor ihr Gesicht. «Stimmt, das ist mir noch gar nicht aufgefallen.»

«Interessant, wie du dir deine Lieblingsschauspieler so aussuchst», sagte Marina augenzwinkernd. «Das kann doch kein Zufall sein.»

Jakob trat aus dem Pfarrhaus. Als er Elise und Marina sah, kam er lächelnd auf die beiden zu. «Hallo, die Damen, schick seht ihr aus.»

Marina winkte ab, aber Elise konnte ein Grinsen nicht unterdrücken. Sie kannte die Meinung ihrer Freundin. Jakob war ein Charmeur, er flirtete mit jedem Mädchen, dem er begegnete, und auch Elise war sich nicht sicher, ob sein Interesse an ihr wirklich ernst gemeint war. Er hatte schließlich die große Auswahl, die Mädchen an der Schule lagen ihm reihenweise zu Füßen, sogar die älteren.

Jakob trat näher an Elise heran. «Du hast da noch einen Rest Puderzucker auf der Lippe.» Er streckte seine Hand aus und wischte ihn langsam weg.

Die Berührung fühlte sich an wie ein kleiner Stromschlag, der ein sanftes Kribbeln verursachte. Unwillkürlich schloss Elise die Augen. Doch dann hörte sie hinter sich die quietschenden Bremsen von Hennings Fahrrad.

Sie schob Jakobs Hand beiseite und drehte sich um. Als sie in Hennings Augen blickte, sah sie eine Mischung aus Verärgerung und Enttäuschung und bereute, dass sie sich von ihrer Großmutter einen Krapfen hatte aufschwatzen lassen.

Kapitel 14
Peleroich, 1975

Im Hintergrund lief leise Radiomusik, durch das angelehnte Fenster zog der Geruch von verbrannten Gartenabfällen ins Zimmer und vermischte sich mit dem nach Terpentin. Elise schaute hinaus. Hinter der Bäckerei stieg kräuselnd eine Rauchsäule in den Himmel. Am Haus lehnte eine Leiter, die ihr Vater letzte Woche gekauft hatte, unter der Thomas-Mann-Kastanie saß Franz in seinem Rollstuhl und las in einem Buch.

Lächelnd schloss Elise das Fenster, setzte sich auf den Fußboden und begann, mit einer Nagelschere die Nähte eines Kleides aufzutrennen. Im Radio lief DT64.

«Gehst du zur Mai-Kundgebung in Sprevelsrich?»

«Weiß nicht, wahrscheinlich spare ich mir das in diesem Jahr. Das ist eh immer das Gleiche. Ich hätte eher Lust, wegzufahren. Nach Berlin vielleicht.» Jakob tupfte seinen Pinsel an dem terpentingetränkten Lappen ab, stand auf und hockte sich neben Elise auf den Boden. «In der Alten

Nationalgalerie gibt es gerade eine Ausstellung von Hübchen.»

«Henry Hübchen, der Schauspieler?»

Jakob lachte und zwickte Elise in die Seite. Als sie seine Hand wegschob, hielt er sie fest und zog sie zu sich heran. Ihre Gesichter waren sich plötzlich ganz nah, und Elise konnte Jakobs Atem auf ihrer Wange spüren. Eine Weile sahen sie sich regungslos an. Dann hob Elise vorsichtig die Hand und legte sie an Jakobs Wange. In diesem Moment erklangen im Radio die ersten Takte von *Du hast den Farbfilm vergessen*, und Elise musste an Henning denken, der inzwischen nicht mehr ohne seinen Fotoapparat vor die Tür ging. Sie zog ihre Hand weg, als hätte sie sich verbrannt, und rückte ein Stück von Jakob ab. «Wer ist denn nun dieser Hübchen mit der Ausstellung in Berlin?»

«Ein Künstler aus Magdeburg. Er malt ein bisschen so wie Harald Palendinger, aber er bricht mit der plastischen Darstellung, ist aufmüpfiger. Wenn ich in Berlin bin, könnte ich auch meine Mutter besuchen. Ich habe sie ewig nicht gesehen. Vielleicht begleitet sie mich ja auch zu der Ausstellung.»

Elise stand der Beziehung zwischen Jakob und seiner Mutter skeptisch gegenüber. Sie wusste, wie sehr er als Kind darunter gelitten hatte, dass sie kaum für ihn da gewesen war, und auch jetzt sahen die beiden sich nur selten. Die Sache mit dem Zirkus war längst vorbei, und Magdalena hatte Jakob trotzdem nicht wieder zu sich geholt. Darüber war Elise zwar eigentlich heilfroh, aber Jakob gegenüber fand sie es so gemein. Seine Mutter war einfach unzuverlässig. Wiederholt hatte Magdalena Verabredungen mit ihm nicht eingehalten. Doch Jakob ließ sich nicht davon abbringen, stets neue Hoffnungen in ihre Treffen zu setzen. Er liebte seine Mutter bedingungslos, auch wenn sie ihn immer wieder enttäuschte. Ständig erfand er Ausreden, um ihr ignorantes Verhalten zu rechtfertigen. Am liebsten hätte Elise Jakob offen gesagt, was sie von Magdalena hielt, wagte es aber nicht, weil sie wusste, das würde ihm das Herz brechen. Nach außen hin gab Jakob den Frauenhelden, aber tief in seinem Inneren verbarg sich eine verletzte Künstlerseele, die sich nach Liebe sehnte. Und genau das war es wahrscheinlich, was ihn für Elise so anziehend machte. Sie konnte nachfühlen, wie er für seine Kunst brannte. Was für Jakob die Malerei und seit neuestem die Skulpturen waren, war für Elise die Mode. Nichts erfüllte sie mehr, nichts machte sie glücklicher, als sich neue Schnitte auszudenken und sie umzusetzen.

Jakob stand auf, nahm die Leinwand und hielt sie Elise hin. «Wie findest du das?»

«Darf ich ehrlich sein?» Elise griff nach der Nagelschere.

«Da bestehe ich sogar drauf.»

«Ich kann nichts erkennen. Was soll das sein? Wenn ich es nicht besser wüsste, würde ich denken, da ist ein verrücktes Huhn mit Farbe an den Füßen drübergelaufen.»

Enttäuscht ließ Jakob die Leinwand sinken. «Und du zerschneidest ein Kleid. Soll das etwa Kunst sein?»

«War doch nur Spaß, jetzt sei nicht beleidigt. Ich will ja hier keine Kunst machen, sondern ein Kleid nähen. Ich brauche etwas Vernünftiges zum Anziehen für die Jugendweihe. Letzte Woche war ich mit Marina in der Jugendmode in Sprevelsrich. Das kannst du vergessen, das kann ich selber besser.»

Jakob blickte zum Regal, das ihm als Kleiderschrank

diente. «Für Mädchen gibt es immerhin eine Auswahl. Sind jetzt nicht gerade diese französischen Baskenmützen en vogue?»

«Voilà. Die Franzosen haben eben einfach Geschmack. Den sucht man hier vergebens.» Elise seufzte. «Paris, das wäre es doch. Da soll es die schönsten Boutiquen geben, mit so viel Auswahl, dass man sich gar nicht entscheiden kann. Schon Victor Hugo hat gesagt: Respirer Paris, conserve l'âme.»

Seit der siebenten Klasse lernte Elise Französisch in der Schule. Der Unterricht war freiwillig und fand montags in der nullten Stunde und freitagnachmittags statt. Marina hatte Elise dazu überredet, und auch wenn es Tage gab, an denen Elise keine Lust auf zusätzliches Lernen hatte, konnte sie sich dem Reiz der französischen Sprache nicht entziehen. Von Beginn an war sie von den nasalen Lauten, der weichen Aussprache und den schönen Sprachbildern verzaubert.

«Was hat dein Hugo gesagt?»

Gespielt theatralisch legte Elise die Hand an ihren Hals. «Paris zu atmen ... erhält die Seele.»

«Das ist schön. Wenn ich könnte, ich würde sofort mit dir hinfahren. Vielleicht machen wir das ja eines Tages. Du und ich in der Stadt der Liebe ...» Jakobs Gesicht wurde weich. Er machte einen Schritt auf sie zu, und Elise wurde schwindelig. Sie wünschte, er würde noch einmal seine Hand auf ihre Lippen legen, sie vielleicht sogar küssen.

Die beiden fuhren auseinander, als es klopfte. Ohne eine Antwort abzuwarten, trat Otto ein. «Jakob, kommst du mal bitte? Ich muss mit dir reden.»

«Und Elise?»

«Sie kann mitkommen, ihr erzählt euch ja sowieso alles.»

Elise und Jakob folgten Otto nach unten ins Wohnzimmer, wo der Pfarrer sich in den Sessel neben dem Sofa setzte, nach seiner Bibel griff und den Kopf senkte. Sein Mund begann, sich stumm zu bewegen, während er ein Gebet sprach. Schließlich räusperte er sich.

«Und ob ich schon wanderte im finstern Tal, fürchte ich kein Unglück, denn du bist bei mir, dein Stecken und Stab trösten mich.» Behutsam, so als könnte sie zerfallen, klappte Otto die Bibel zu und schlug ein Kreuz vor seiner Brust.

«Was ist passiert?», fragte Jakob.

«Ich habe gerade einen Anruf erhalten. Es geht um deine Mutter.»

«Was ist mit ihr?»

«Sie ist verschwunden.»

Jakob begann, sich mit der Hand über den Arm zu reiben. «Wie, verschwunden?»

«Sie ist weg.»

«Das kann nicht sein. Vielleicht ist sie wieder unterwegs?» Immer schneller kratzte er sich.

Otto trat neben Jakob und legte seine Hand auf die seines Enkels. «Setz dich, mein Junge.»

«Ich will mich nicht setzen. Das ist doch bestimmt ein Missverständnis!»

Otto räusperte sich. «Nein, Jakob. Leider. Eine Freundin deiner Mutter hat mir geschrieben. Magdalena ist weg. Die Polizei sucht sie seit vier Wochen, sie ist unauffindbar.»

Ungläubig schüttelte Jakob den Kopf und starrte seinen Großvater an.

«Das tut mir leid», sagte Elise.

«Unmöglich», beharrte Jakob. «Vielleicht ist sie in den Urlaub gefahren und hat bloß niemandem Bescheid gegeben.»

Otto fuhr mit zitternden Fingern über den Buchrücken der Bibel. «Ich weiß, das ist sehr schwer zu verstehen. Ich kann es ja selbst kaum begreifen. Aber Magdalenas Sachen sind alle noch da, sie ist nicht im Urlaub.»

Jakob sah sich verstört um, so als würde er überlegen, wie er aus dem Wohnzimmer fliehen sollte. «Aber ich wollte sie doch in Berlin besuchen! Warum lässt sie mich denn schon wieder im Stich?»

«Es liegt nicht an dir. Deine Mutter taucht bestimmt wieder auf.» Elise griff nach Jakobs Arm, aber er schob sie weg.

«Ja, und dann haut sie wieder ab. Wie immer.» Verzweifelt griff Jakob nach einem Glas auf dem Tisch, holte weit aus, warf es gegen die Wand und rannte aus dem Haus.

Friedrich fielen beinahe die Augen zu, als er seinen Wagen vor dem Kastanienhof parkte. Die Fahrt nach Berlin war anstrengend gewesen, aber sie hatte sich gelohnt. Er hatte Glück gehabt und nach langem Suchen, kurz bevor er die Hoffnung schon fast aufgegeben hatte, in einem Sportgeschäft zwei Nassanzüge, Schnorchel und Flossen gefunden. Für ihn selbst war es unvorstellbar, seine Heimat zu verlassen. Er liebte Peleroich, das nahe Meer und seinen Kastanienhof. Ganz abgesehen davon, dass er Henning hatte und ihn keiner Gefahr aussetzen durfte. Aber

Friedrich wusste, dass viele Menschen gute Gründe hatten, die DDR zu verlassen. Und er war zufrieden, dass er seinen kleinen Beitrag leisten konnte, um anderen ein glücklicheres Leben zu ermöglichen. Um Fragen zu vermeiden, hatte er sich dagegen entschieden, die Nacht in Berlin zu verbringen, und war noch am Abend zurück nach Peleroich gefahren. Müde und mit schweren Gliedern ging er um das Auto herum zum Kofferraum. Da hörte er das Schleifen einer Fahrradbremse hinter sich auf der Straße und erstarrte.

«Guten Abend, so spät noch unterwegs?» Ludwig Lehmann stieg vom Sattel. Der Bürgermeister trug eine grüne Cordhose und eine Windjacke, um seinen Hals hing ein Feldstecher, dessen Farbe am Gehäuse abgegriffen war.

«Ich habe ein paar Erledigungen gemacht.» Unter Aufbringung seiner letzten Kraft versuchte Friedrich, das Beben in seiner Stimme zu unterdrücken. Er warf einen nervösen Blick in Ludwigs Fahrradkorb auf dem Gepäckträger, in dem ein aufgeblasenes Sitzkissen lag, und schob seine zitternden Hände in die Hosentaschen.

«Aha. Wir haben uns schon mächtig gewundert, dass der Kastanienhof heute geschlossen war. Das ist ja, wenn ich mich recht erinnere, überhaupt noch nie vorgekommen. Was hattest du denn so Wichtiges zu tun?»

«Ach, dies und das. Ein paar neue Gläser habe ich besorgt und einen neuen Aufsatz für die Zapfanlage.»

Ludwig setzte sich wieder auf sein Fahrrad, ohne den Blick von Friedrich abzuwenden. «Da bin ich ja froh, dass ich auch weiterhin mein Feierabendbierchen bei dir trinken kann.»

«Aber sicher, wo denkst du hin!»

Ludwig stellte einen Fuß auf die Pedale. «Also dann, man sieht sich», sagte er und fuhr los.

Erleichtert schaute Friedrich dem Bürgermeister hinterher und atmete auf, als die Rückleuchte des Fahrrads beständig kleiner wurde und schließlich ganz vom Dunkel der Nacht verschluckt wurde. Nicht auszudenken, was passiert wäre, wenn Ludwig gesehen hätte, was wirklich im Kofferraum lag.

Vielleicht war es an der Zeit aufzuhören, dachte Friedrich. Akribisch hatte er in den letzten Jahren darauf geachtet, keinen Fehler zu machen, und bisher war ihm das auch gut gelungen. Es kam regelmäßig vor, dass Fluchtversuche scheiterten oder sogar mit dem Tod endeten. Er selbst war mit diesen tragischen Ereignissen nicht in Berührung gekommen. Aber irgendwann machte jeder einen Fehler. Wie lange würde seine Arbeit im Verborgenen noch gutgehen? Vor allem, wenn er sich gleichzeitig um den Gasthof kümmern musste und keinen Verdacht erregen durfte? Manchmal war ihm das alles zu viel.

Nachdenklich blickte er an der Fassade des Kastanienhofs empor zu dem Fenster, hinter dem Hennings Zimmer lag. Was sollte aus dem Jungen werden, wenn ihm, seinem Vater, etwas zustieße und er ganz allein bliebe? Das konnte Friedrich auf keinen Fall zulassen, wo sein Sohn sich doch so gut entwickelte. Er machte wunderbare Fotos, war gut in der Schule, verbrachte seine Zeit am liebsten mit Elise und wollte nach der zehnten Klasse eine Ausbildung zum Fotolaboranten beginnen.

Friedrich sah sich noch einmal um, nahm dann die Kiste mit den Nassanzügen, den Schnorcheln und den Flossen aus dem Kofferraum und ging in den Keller. Dort rollte er ein Bierfass beiseite, steckte den Finger in ein Astloch im Dielenboden und löste einen breiten Holzbalken, unter dem ein Hohlraum verborgen war. So leise wie möglich stopfte er alles hinein, legte die Diele zurück an ihren Platz und stellte das Fass wieder darauf.

Bevor er sich ins Bett legte, überprüfte Friedrich, ob beide Türen des Kastanienhofs abgeschlossen waren. Als er durch das Fensterchen am Hintereingang schaute, stutzte er, denn der lose Ziegel stand hervor. Er ging nach draußen, blickte sich um, zog ihn heraus und beförderte einen kleinen Zettel zutage. Dann schob er den Stein wieder zurück an seinen Platz, ging in die Küche und öffnete den Kühlschrank. Im Schein der Lampe faltete er den Zettel auseinander und las ihn aufmerksam.

Obwohl er nur fünf Stunden geschlafen hatte, hatte Friedrich es nicht übers Herz gebracht, Karl abzusagen. Müde und abgespannt schaute er auf die spiegelglatte Oberfläche des Wassers, die in der aufgehenden Sonne glitzerte, als würden tausend kleine Perlen auf ihr treiben. Er nahm einen Tauwurm aus der zerbeulten Cremedose, schob ihn routiniert auf den Haken und warf die Angel aus.

Karl sah von seinem Rätselheft auf. «Ein Fremdwort für Platzangst?»

«Klaustrophobie. Ich habe mal in einem Artikel gelesen, dass es sogar eine Phobie vor Freitag dem Dreizehnten gibt.»

«Und wie heißt die?»

«Weiß ich nicht mehr, aber sie war mit Sicherheit zu lang für dein Kreuzworträtsel und ...»

Die Pose tauchte wiederholt auf und ab, Friedrich

hob erschrocken den Kopf, stemmte mit aller Kraft beide Füße gegen den Boden des Ruderbootes und drehte an der Kurbel. «Jetzt hilf mir mal, sonst krieg ich gleich Karlophobie.»

Sofort ärgerte Friedrich sich, dass seine Worte so mürrisch klangen, und bereute nun doch, den Angelausflug nicht abgesagt zu haben. Karl konnte wirklich nichts dafür, dass er unausgeschlafen war.

Karl legte das Kreuzworträtselheft beiseite und zog an der Angelroute, die sich wie ein umgedrehtes U nach unten bog. Gemeinsam zerrten sie immer stärker und bekamen schließlich die Pose aus dem Wasser. Am Haken hing ein zappelnder Aal.

«Beim nächsten Mal kannst du aber netter fragen. Hast du schlechte Laune?»

Friedrich zog dem Aal den Haken aus dem Maul und legte ihn behutsam in einen Eimer. «Entschuldige. Ich bin ein bisschen durcheinander, die Nacht war kurz.»

«Dann lass uns nach Hause fahren, leg dich noch mal aufs Ohr. Es ist gerade erst acht, ich kümmere mich so lange um den Kastanienhof.»

Dankbar lächelte Friedrich. «Willst du den Aal haben?»

«Gern. Christa könnte eine grüne Soße dazu machen. Die mag Elise so gern. Komm doch heute Abend mit Henning zum Essen zu uns.»

Friedrich blickte seinen Freund an. «Karl, ich würde gerne mal mit dir reden.»

«Ist etwas passiert? Bist du deshalb so schlecht drauf?»

Unsicher, ob er Karl wirklich in die Sache mit hereinziehen sollte oder nicht, betrachtete Friedrich den Aal, der sich im Eimer schlängelte. Dann sagte er: «Erinnerst du dich an unser Gespräch auf den Dünen, als du mir deine Hilfe angeboten hast?»

«Klar.» Karl setzte sich aufrecht hin.

«Du hattest schon recht. Ich bringe Leute rüber. Und … ich könnte Unterstützung gebrauchen, die Sache wächst mir langsam über den Kopf.»

Der Aal blieb reglos auf dem Boden des Eimers liegen, nur die Bewegung seiner Kiemen verriet, dass er noch lebte.

«Wusste ich's doch. Warum fragst du mich ausgerechnet jetzt?»

«Ich schaffe es nicht mehr. Vor allem habe ich Angst, dass Ludwig etwas mitbekommt. Gestern wäre ich fast aufgeflogen, als er seine nächtliche Kontrollfahrt gemacht hat.»

Gedankenverloren ließ Karl die Angelschnur durch seine Hände gleiten. «Wie läuft denn so eine Aktion ab?»

«Ich kenne auch kaum Details. Das ist sicherer so. Wir sind eine Handvoll Leute, jeder hat seine spezielle Aufgabe, von den anderen wissen wir so gut wie nichts.» Friedrich flüsterte jetzt, obwohl sie hier draußen auf dem Wasser ganz sicher niemand hören konnte. «Ich bin Läufer. Die Fluchtwilligen kommen in den Kastanienhof, das kriege ich vorher über Kassiber mitgeteilt. Und dann bringe ich sie zum Ufer. Manchmal versorge ich sie mit Nassanzügen oder helfe, versteckte Schlauchboote aufzubauen.»

«So einfach ist das?»

Friedrich nickte. «Einfach, aber gefährlich.»

«Ich helfe dir.»

Friedrich fühlte sich erleichtert, das erste Mal über sein Geheimnis sprechen zu können, zu lange schon hatte er diese schwere Last mit sich herumgetragen. «Eine Bedingung habe ich aber.»

Karl sah ihn erwartungsvoll an.

«Das Trinken muss ein Ende haben. Ich brauche dich mit klarem Kopf und höchster Konzentration. Bei einer solchen Aktion kann auch ohne Alkohol im Blut schon jede Menge schiefgehen.»

«Einverstanden. Indianerehrenwort. Verlass dich auf mich.»

Friedrich lachte erleichtert, griff in den Eimer und warf den Aal über Bord. Über seine Freude hatte er ganz vergessen, dass Karl den schon zum Abendessen eingeplant hatte.

Franz beugte sich zu Christa und schüttelte den Kopf. «Elise hätte das gefühlvoller umgesetzt.»

Über dem roten Vorhang auf der Bühne hing ein Banner. *Sozialismus, Deine Welt* war darauf zu lesen. Darunter stand ein Klavier, an dem ein Mann im schwarzen Frack den zweiten Satz aus Chopins *Klavierkonzert Nr. 1* in e-Moll spielte.

«Das heute ist ihr Tag, sie wird in den Kreis der Erwachsenen aufgenommen, da kann sie ja nicht selbst spielen», gab Christa zu bedenken, ohne den Blick von der Bühne abzuwenden.

Als das Klavierstück zu Ende war, trat der Direktor, dem der Stolz ins Gesicht geschrieben stand, ans Rednerpult. «Liebe Eltern, liebe Gäste, liebe junge Freunde. Ich freue mich außerordentlich, dass ihr so zahlreich erschienen seid und euch so hübsch gemacht habt, was ja dem Anlass durchaus angemessen ist.» Er drehte sich um und straffte die Schultern. «Hinter mir steht es, und treffender hätte ich es auch nicht formulieren können. Der Sozialismus ist weit vorangeschritten, und, da bin ich sicher, er wird irgendwann in der ganzen Welt seinen Zuspruch finden. Aber ein kleines bisschen Wegstrecke liegt bis dahin noch vor uns, und ich freue mich, dass ihr entschieden habt, es mit uns zu gehen.»

Christa griff nach Karls Hand, sie war warm und weich. In den letzten Wochen hatte er sich verändert, von einem Tag auf den anderen trank er nicht mehr und wirkte viel ausgeglichener, geradezu glücklich. Christa konnte sich nicht erklären, was passiert war, aber sie genoss die Zeit mit ihrem neuen Karl. Seit er dem Alkohol entsagt hatte, hatte sich viel in ihrer Beziehung verändert, sie fühlte sich ihm näher, es war fast so wie früher. Letzte Woche waren sie zusammen im Theater in Sprevelsrich gewesen und anschließend am Strand spazieren gegangen. Wenn es nach ihr ging, könnte es ewig so weitergehen.

«Und nun bitte ich die folgenden angehenden Erwachsenen auf die Bühne: Annika Bergmann, Ulrich Granitz, Eva Haller, Karin Langewohl, Andreas und Dieter Lockner ...»

Christa wandte sich um. Die Jugendlichen standen hintereinander zwischen den Stuhlreihen, Elise zupfte an ihrem Kleid, das unter den anderen deutlich hervorstach. Von ihrer Großmutter Agathe hatte sie einen roten Tellerrock aus den 50er Jahren bekommen. Auf dessen Saum hatte sie einen Spitzenbesatz appliziert und den Hüftbund aufgetrennt. An den Rock hatte sie aus einem Stück plissierter Gardine ein Oberteil genäht. Das Ergebnis konnte sich sehen lassen. Ihre Haare trug sie offen, der Pony war zu einer Rolle aufgedreht, und Christa musste lächeln, als sie daran dachte, wie verzaubert ihr Vater gewesen war, als er seine Enkelin vorhin gesehen hatte.

Henning stand ein wenig hinter Elise in der Reihe, seine Ohren glühten. Er trug wie alle anderen Jungen einen dunklen Anzug aus der Jugendmode, der ihm ein bisschen zu lang war.

«... Dagmar Oschatz, Elise Petersen, Uwe Voigt, Henning Wannemaker und Rainer Zeisig.»

Die Schülerinnen und Schüler betraten nacheinander die Bühne, während der Pianist die Nationalhymne spielte.

Als alle auf der Bühne standen, räusperte sich der Direktor. «Liebe Freunde, seid ihr bereit, als junge Bürger unserer Deutschen Demokratischen Republik mit uns gemeinsam, getreu der Verfassung, für die große und edle Sache des Sozialismus zu arbeiten und zu kämpfen und das revolutionäre Erbe des Volkes in Ehren zu halten, so antwortet: Ja, das geloben wir.»

«Ja, das geloben wir», wiederholten die Jugendlichen im Chor.

Christa hatte allerdings den Eindruck, dass einige nur ihre Lippen bewegten.

Der Direktor sprach weiter von Söhnen und Töchtern des Arbeiter- und Bauernstaates, von humanistischen Idealen, kameradschaftlicher Zusammenarbeit, Patriotismus und der Freundschaft zur Sowjetunion. Nachdem die Jugendlichen zum vierten Mal «Ja, das geloben wir» gesagt hatten, rückte der Direktor seinen roten Krawattenknoten gerade und wechselte feierlich zum Sie: «Wir haben Ihr Gelöbnis verstanden.»

Der Pianist stand auf und machte eine tiefe Verbeugung.

Bewegt drückte Christa Karls Hand. «Jetzt ist sie kein kleines Mädchen mehr, jetzt ist sie eine junge Dame. Das haben wir gut hinbekommen.»

Karl nickte und führte Christas Hand an seine Lippen.

Der Pianist warf die Frackschöße nach hinten und setzte sich zurück auf den Klavierhocker. Von rechts kamen Pioniere auf die Bühne, überreichten den jungen Erwachsenen je eine Blume und ein Buch, und als die ersten Töne von *Freude, schöner Götterfunken* in der Aula zu hören waren, legte Franz die Hände an die Brust und sagte hingerissen: «Das ist doch mal eine gute Wahl. Cui honorem, honorem.»

Es war stickig und beinahe Mitternacht, an der Decke drehte sich eine Discokugel, deren Licht sich in den verspiegelten Wänden des Tanzsaals brach. Neben dem Pult des Schallplattenunterhalters war ein langer Tisch aufgebaut, auf dem Flaschen, Gläser und Knabbereien standen. Eine Handvoll Tänzer bewegte sich im Takt zu einem Lied der Puhdys, einige Jugendliche, noch in ihrer festlichen Kleidung vom Vormittag, standen abseits und unterhielten sich miteinander. Elise und Marina saßen neben der Tür an einem Tisch, auf dem gerade einmal ihre beiden Bierflaschen Platz fanden.

«Sieh mal da.» Marina zeigte auf ein Mädchen aus der Parallelklasse, das gerade dabei war, eine Jeans aus ihrem Rucksack zu ziehen. «Die hat sie inzwischen schon jedem gezeigt und gibt damit an wie eine Tüte Mücken.»

Elise kniff die Augen zusammen, um die Jeans besser

erkennen zu können. «Eine Levi's, wie es aussieht. Meinst du, die ist echt?»

«Und wenn schon. Ich muss so was nicht haben.»

Elise erwiderte nichts. Sie hätte allerdings gerne so eine gehabt. Wie oft hatte sie sich über die Mode, die es in den Läden zu kaufen gab, geärgert. Vor kurzem waren zum ersten Mal Jeans aus der DDR auf den Markt gekommen. Allerdings waren diese aus braunem Cord, hießen Doppelkappnahthosen und konnten mit denen aus dem Westen nun überhaupt nicht mithalten. Erfolglos versuchte Elise, den Blick von der Levi's abzuwenden.

«Dein Kleid ist übrigens ein Traum.» Marina wiegte im Takt der Musik mit dem Kopf. «Viel toller als jede Jeans. Wenn ich ein Kerl wäre, ich wäre total in dich verschossen.»

«Du nun wieder. Weißt du was? Dagmar hat mich vorhin gefragt, ob ich ihr auch so eins machen würde.»

«Und, würdest du?»

Noch bevor Elise antworten konnte, kam Henning auf die beiden Mädchen zu. Er legte Elise eine Hand auf die Schulter und flüsterte: «Du bist wunderschön.»

Elise spürte, wie sie rot wurde, und fuhr sich verlegen durch die Haare.

Als das Lied zu Ende war, griff der Schallplattenunterhalter zum Mikrophon. «Und jetzt für alle, die es ein bisschen ruhiger angehen lassen wollen, *Alles geht einmal zu Ende* von Manne Krug.»

Geschwind zog Henning Elise auf die Tanzfläche. Sie schlang ihre Arme um seinen Hals und stellte fest, wie gut er roch. Er musste zur Jugendweihe ein neues Rasierwasser bekommen haben. Sie legte ihren Kopf an seine breiten

Schultern. Henning war ihr Fels in der Brandung, zuverlässig und liebevoll und immer für sie da. Sie wusste schon lange, dass Henning mehr für sie empfand als Freundschaft, aber er war schüchtern und zurückhaltend, und so waren sie sich noch nicht körperlich nahegekommen. In diesem Moment, bei dieser schönen Musik, fühlte Elise sich so zu Henning hingezogen, dass sie ihn noch enger an sich drückte.

Langsam drehten sie sich auf der Tanzfläche, fanden sofort einen gemeinsamen Rhythmus, das Licht der Discokugel wanderte über ihre Körper, und Elise vergaß alles um sich herum. Sie war in den Kreis der Erwachsenen aufgenommen worden, Henning war bei ihr, und sie wollte in diesem Moment an keinem anderen Ort sein, mit keinem anderen Menschen.

Als das Lied zu Ende war, griff sie nach Hennings Hand. «Lass uns vor die Tür gehen, ich brauche ein bisschen frische Luft.»

Draußen setzten sie sich auf eine Bank. Der Mond hielt sich hinter einer Wolke verborgen, die Temperaturen waren mild, und in der Luft lag der leichte Salzgeruch der nahen Ostsee.

«Ein schöner Tag, findest du nicht?» Henning rückte näher an Elise.

«Ja, kaum vorstellbar, dass uns die Lehrer jetzt mit Sie anreden müssen.»

«Ich möchte dir etwas schenken.»

«Aber heute ist doch gar nicht mein Geburtstag.»

Unsicher schob Henning seine Hand in die Sakkotasche und holte eine Schachtel hervor. «Trotzdem. Hier.»

Elise betrachtete das kleine Schmucketui und klappte

den Deckel auf. Mit klammen Fingern nahm sie eine goldene Kette mit einem ovalen Medaillon heraus.

«Mach es auf.»

Erstaunt betrachtete Elise das daumennagelgroße Foto im Inneren des Medaillons. Es zeigte sie und Henning, ihre Köpfe dicht beieinander, in die Kamera lächelnd.

Elises Herz klopfte schneller.

«Warum? Ich meine, danke.»

«Kein Warum, einfach nur so. Die Kette hat meiner Mutter gehört, mein Vater hat sie ihr zur Verlobung geschenkt. Sie hätte sich sicher gefreut, wenn sie wüsste, dass ich sie dir schenke. Darf ich sie dir umhängen?»

Elise gab Henning die Kette und drehte ihm ihren Rücken zu. Er legte ihr mit zitternden Händen die Kette um. Dann küsste er Elise vorsichtig in den Nacken. Sie zuckte zusammen, drehte sich um und legte ihre Lippen auf seine.

Elise wusste nicht, wie lange sie schon dasaßen, als sie ein Fluchen hinter sich hörte.

«Verdammt.»

Vor ihnen stand Jakob, der sich kaum auf den Beinen halten konnte. In der linken Hand hielt er eine zerbrochene Bierflasche, seine rechte Hand blutete. Als er Elise und Henning gesehen hatte, lachte er bitter auf.

«Schau an, schau an. Romeo und Julia von Peleroich», lallte er und blieb vor der Bank stehen. «Der Osten ist's und Julia ist die Sonne.»

Stumm senkte Elise den Kopf.

«Kein Hindernis aus Stein hält Liebe auf, was Liebe kann, das wagt sie auch», rezitierte Jakob und schaute dabei weiter auf die Kette.

Instinktiv legte Elise ihre Hand über das Medaillon. «Jakob, du bist betrunken, geh nach Hause.»

Elise ahnte, was mit Jakob los war. Er hatte noch immer nicht verkraftet, dass seine Mutter verschwunden war. Die Suche nach ihr war erfolglos geblieben, und die Polizei hatte sie schließlich eingestellt. Seitdem hatte Jakob sich zurückgezogen und kaum noch etwas mit seinen Freunden unternommen. Auch Elise kam nicht an ihn heran, er war unnahbar, manchmal sogar zurückweisend. Es war schwer für sie, mit seinen Stimmungsschwankungen umzugehen. Aber heute war sie in den Kreis der Erwachsenen aufgenommen worden. Sie wollte den Abend genießen, glücklich sein und unbeschwert. Das war mit Jakob in der letzten Zeit nicht mehr möglich gewesen.

«Betrunken, ach was, ich habe nur an der Flasche genippt, jetzt ist sie eh kaputt. Ich wollte doch mal nach den frischerwachsenen, proletarischen Antifaschisten sehen. Das habt ihr gut gemacht. Ist die Kette von dir, Henning?»

In Hennings Kiefer zuckte ein Muskel. «Ja.»

«Gut gemacht, das klappt jedes Mal bei den Damen, mit Speck fängt man Mäuse.»

Wütend stürzte sich Henning auf Jakob, der die Bierflasche wegwarf und sich mit vollem Einsatz in die Rangelei begab.

Elise sprang entsetzt auf, wobei sie mit ihrem Kleid an der Bank hängen blieb. Es ratschte laut. Erschrocken legte sie ihre Hand auf das Loch im Stoff und setzte sich wieder hin. «Jakob! Henning! Ihr spinnt ja. Hört sofort auf damit!»

Jakob ließ von Henning ab, der schnaubend dastand, und ging zu Elise. Er ließ sich neben sie auf die Bank fallen und saß eine Weile so da. Dann fuhr er sich über das Gesicht und begann zu weinen.

«Tut mir leid, Elise, ich habe mich total danebenbenommen. Ich bin einfach so verzweifelt, wegen meiner Mutter und allem.» Er streckte seine Hand in ihre Richtung aus.

Elise griff danach und nahm ihn in den Arm.

Kapitel 15
Sprevelsrich, 2018

Kühler Wind strich über ihre Gesichter, als Elise, Marina und Henning über den Besucherparkplatz des Möwengrund liefen. Elise zog den Mantel enger um ihre Schultern und verschränkte die Arme vor dem Oberkörper, während sie auf den Haupteingang zugingen. Der Möwengrund war eine Anlage für altersgerechtes Wohnen am Stadtrand von Sprevelsrich, in der Elises Mutter und deren inzwischen schon 95-jähriger Vater Willi lebten. Elise legte den Kopf in den Nacken und blieb stehen. Sie konnte das Meer rauschen hören, die Luft schmeckte salzig und mischte sich mit dem weihnachtlichen Duft nach Zimt und Nelken. Wenn doch nur der Grund für meinen Besuch nicht so traurig wäre, dachte sie.

In der Empfangshalle war es angenehm warm, es lief leise Klaviermusik vom Band. Neben dem Eingang saßen zwei alte Damen und unterhielten sich miteinander, gegenüber brachte eine Frau in einem weißen Kittel eine

Lichterkette und Tannenzweige über den Fahrstuhltüren an. Elise knöpfte ihren Mantel auf, während Henning zum Empfangsschalter ging, um ihren Besuch anzumelden.

Marina stieß einen leisen Pfiff aus. «Alle Achtung, wenn man bedenkt, wie das früher hier aussah.»

«Das kannst du laut sagen, es hat sich wirklich einiges getan.»

Früher hieß der Möwengrund Kurhaus August Bebel und war eines der größten seiner Art in der DDR gewesen. In den siebziger Jahren hatte man das alte Gebäude abgerissen und den rechtwinkligen Neubau mit Glasfront, großem Restaurant und einer Bar errichtet. Nach der Wende wurde die Anlage von der Treuhand abgewickelt und verfiel, bis sich zur Jahrtausendwende ein Investor fand, der die alten Gebäude erneut abreißen und neue bauen ließ. Seitdem war der Möwengrund eine beliebte Altersresidenz.

Henning kam zurück. «Ich würde vorschlagen, Marina und ich gehen im Aufenthaltsraum einen Kaffee trinken und du», er wandte sich an Elise, «schaust nach deiner Mutter und erzählst ihr, warum wir hier sind.»

«Einverstanden.»

Das Zimmer lag im zweiten Stock. Elise klopfte an die Tür und trat ein. Erstaunt schaute Christa von ihrer Zeitschrift auf.

«Elise!»

«Hallo, Mutti! Liest du immer noch *Das Magazin?*» Lächelnd ging Elise auf ihre Mutter zu, umarmte sie lange und ärgerte sich, dass sie sich so selten sahen, seit sie in Paris lebte.

«Na so was, das ist ja eine Überraschung. Warum hast

du denn nicht Bescheid gesagt, dass du kommst?» Christa legte die Zeitschrift auf den Tisch und fuhr sich über ihre grauen, im Nacken zu einem Knoten gebundenen Haare. Ihre Augen, die mit den Jahren kleiner geworden zu sein schienen, musterten ihre Tochter gespannt. «Erst noch mal alles Gute nachträglich! Hast du meine Karte bekommen?»

«Ja. Danke schön. Darf ich mich setzen?»

«Selbstverständlich.» Christa legte ihrer Tochter sanft die Hand auf den Rücken und schob sie zum Sessel neben dem großen Fenster, in dem sich ein Stück Himmel spiegelte. «Und dann raus mit der Sprache, mein Kind. Was ist los?»

«Ich weiß gar nicht, wo ich anfangen soll.»

«Am Anfang oder mittendrin, ganz egal.» Zwinkernd zog Christa die Schublade der Kommode auf, nahm eine Tüte mit Pulsnitzer Lebkuchen heraus und hielt sie ihrer Tochter hin. «Die helfen vielleicht.»

Dankbar griff Elise zu. Wie gut es tat, bei ihrer Mutter zu sein. Schon früher war sie stets eine nützliche Beraterin in allen Lebenslagen gewesen, nichts hatte sie aus der Ruhe bringen können, für jedes Problem hatte sie eine Lösung gefunden.

Christa nahm sich ebenfalls einen Lebkuchen, biss hinein und setzte sich auf das kleine Sofa, das gegenüber vom Sessel stand.

«Die sind wirklich gut, fast so gut wie die von Isolde damals», sagte sie. «Und jetzt hast du mich lange genug auf die Folter gespannt. Ich bin achtundsiebzig, ewig kann ich nicht warten.»

Elise stützte die Arme auf die Sessellehne. «Also, ich bin nicht allein gekommen. Marina und Henning sind unten.»

Christa hörte auf zu kauen, schwieg aber.

«Es geht um Peleroich, es soll ...»

«Verkauft oder abgerissen werden, ich weiß, ich weiß, eine Schande.» Christa legte den Lebkuchen auf ihrer Zeitschrift ab, als wäre ihr plötzlich der Appetit vergangen.

«Du weißt davon? Seit wann? Warum hast du mir das denn nicht erzählt?»

«Ich wollte dich nicht beunruhigen. Und du bist ja auch nicht hier, es betrifft dich ja kaum noch.»

Elise schlug die Beine übereinander.

«Das soll kein Vorwurf sein, Elise. Du hast dein Leben, du hast deinen Traum wahr gemacht. Das ist toll. Aber hier ... na ja, hier hat man eben andere Sorgen als in Paris. Das mit Peleroich macht schon länger die Runde. Mit den Frauen hier habe ich viel spekuliert, auch mit deinem Opa, wir haben schon die schlimmsten Befürchtungen gehabt.» Christa stand auf, stellte sich vor das Fenster und strich mit dem Zeigefinger über die filigrane Spitzengardine. «Was in der Zeitung steht, Investor oder Abrissbirne, das scheint alles zu stimmen.»

Elise musste husten.

Besorgt klopfte Christa ihr auf den Rücken. «Ich konnte mir lange Zeit zwar nicht vorstellen, dass sich für ein Dorf, das so nah an der Ostsee liegt, kein Investor findet. Aber inzwischen ist so viel Zeit vergangen, ohne dass sich etwas getan hätte, da werden zwei Wochen auch nichts mehr ausrichten.»

Elise konnte sich das auch nicht erklären. Mit den Ostsee-Touristen ließ sich tatsächlich Geld machen, das zeigten genügend Beispiele von Orten, die nach der Wende saniert wurden und zu beliebten und hochpreisigen Reisezielen geworden waren. Warum also fand sich niemand, der in Peleroich Ferienhäuser oder ein Hotel bauen wollte?

Resigniert zuckte Christa mit den Schultern. «Es gibt verschiedene Theorien, was hinter den Abrissplänen steckt, alle sind vage. Die einen sagen, sie wollen einen Autobahnzubringer durch Peleroich bauen. Die Verschwörungstheoretiker sagen, dass die Besitzverhältnisse unklar sind, nach der Wende sei da viel gemauschelt worden. Dann gibt es noch die Spinner, die behaupten, der Boden wäre verseucht und ...»

«Mutti. Ich bin nicht nur wegen Peleroich hier.» Elise tat es leid, ihrer Mutter ins Wort zu fallen, aber der eigentliche Grund ihres Besuchs brannte ihr unter den Nägeln.

«Ach so?»

«Ich habe einen anonymen Brief bekommen. Er muss von jemandem sein, den wir kennen. Es geht um Jakob. Und um Vati.»

Christa erstarrte. «Um Karl?»

«Er schreibt, dass sein Tod kein Unfall war und dass Jakob noch lebt und ...» Elise versagte die Stimme.

Als ihre Mutter sah, wie ihr die Tränen in die Augen stiegen, setzte sie sich neben sie und streichelte ihr zärtlich über den Kopf.

«Mein Karl.» Christas Stimme klang, als wäre sie durch eine plötzliche Erkältung heiser geworden.

«In dem Brief stand, dass ich so schnell wie möglich nach Peleroich kommen soll und dass es einen Zusammenhang gibt zwischen Vatis Tod und Jakobs Verschwinden. Dieser Unbekannte will erzählen, was damals wirklich passiert ist. Alle, die noch leben, sollen zusammenkommen, und dann werden wir die Wahrheit erfahren.»

Die Strahlen der Dezembersonne fielen kraftlos durch die Scheiben hinter der Spitzengardine und malten ein blasses, zieliertes Muster auf den Boden, während die beiden Frauen stumm nebeneinandersaßen.

«Ludwig», flüsterte Christa in die Stille hinein. «Er ist der Einzige, dem ich das zutraue.»

Ihre Mutter hatte recht. Ludwig Lehmann war so einiges zuzutrauen.

«Ist der denn überhaupt noch am Leben?»

Christas Blick war starr. «Soweit ich weiß, schon. Der müsste aber inzwischen über neunzig Jahre alt sein. Nach der Wende wollte niemand mehr etwas mit ihm zu tun haben, verständlicherweise, bei der ganzen Zwietracht, die er gesät hatte. Bestimmt hat er damals für die Stasi gearbeitet. Das Letzte, was ich gehört habe, ist, dass er nach Dürrhöhe gezogen ist.»

«In dieses Mini-Nest im Wald?»

Alle Kraft war aus Christas Körper gewichen. «Ja. Wenn er schreibt, Karls Tod sei kein Unfall gewesen … soll das etwa heißen, dass Ludwig ein Mörder ist? Dass er meinen Karl auf dem Gewissen hat? Ich habe ihm ja viel zugetraut, aber dass er so weit gehen würde, hätte ich nie für möglich gehalten.»

Elise stand auf. «Wir fahren da jetzt hin und stellen ihn zur Rede. Gut, dass Henning dabei ist. Falls sich der Verdacht bestätigt, kann er als Polizist gleich die notwendigen Schritte veranlassen. Danke. Du hast mir sehr geholfen. Ich melde mich.»

«Nix da. Ich komme mit.»

Christa nahm mit bebenden Händen ihren Mantel von der Garderobe. Die Behauptung, dass der Tod ihres

Mannes kein Unfall gewesen war, hatte sie merklich aufgewühlt. Elise drückte kurz ihre Schultern, dann half sie ihrer Mutter in den Mantel.

Henning bog in einen unscheinbaren Waldweg ein. Nachdem Elise ihm und Marina von Christas Verdacht erzählt hatte, hatten sie die dreißigminütige Fahrt von Sprevelsrich nach Dürrhöhe schweigend verbracht. Nur Christa, die neben Henning saß, entfuhr hin und wieder ein Seufzer.

Am Ende des Waldweges bremste Henning ab und sah skeptisch auf die scharfe Linkskurve, an der wucherndes Gestrüpp den schmalen Weg fast unbefahrbar machte. «Ich glaube, hier ist seit Ewigkeiten niemand mehr langgekommen. Ich habe nicht einmal mehr GPS-Empfang. Christa, bist du sicher, dass Ludwig hier wohnt?»

«Seit Elise mir das von Karl erzählt hat, scheint mir gar nichts sicher. Ich weiß nicht einmal mehr, ob es eine gute Idee war, herzukommen.» Entmutig schob Christa ihre Hände in die Manteltaschen.

Henning legte den ersten Gang ein und fuhr langsam weiter. «Mach dir keine Sorgen, ich regle das schon.»

Nach vier Kilometern mündete der Weg in eine Lichtung, die so groß wie ein halbes Fußballfeld war. Drei Häuser hatten hier einmal gestanden, damals von der LPG erbaut, damit die Genossenschaftsbauern sich ausruhen oder die Nacht hier verbringen konnten.

Als Henning den Wagen anhielt, löste Elise ihren Sicherheitsgurt und blickte sich betreten um. Gegen eine Kiefer lehnte eine rostige Schubkarre, an einem der beiden Griffe hing ein zerbeulter Blecheimer, neben dem gemauerten Brunnen lag ein aufgeschlitzter Traktorreifen, zwei Häuser waren eingestürzt. Das dritte war so heruntergekommen, dass sie sich kaum vorstellen konnte, dass hier noch jemand wohnte. Der Eingang war mit morschen Brettern zugenagelt.

Es war kühl, die Sonne stand tief am Horizont, und nachdem die vier ausgestiegen waren, überlegten sie eine Weile ratlos, was sie machen sollten.

In Gedanken versunken spielte Henning mit dem Autoschlüssel in seiner Hand. «Ich kann mich nicht daran erinnern, wann ich das letzte Mal hier war. Wahrscheinlich sollte da noch Egon Krenz die DDR retten.»

«Ich wusste überhaupt nicht, dass es diesen Ort hier gibt.» Marina rieb ihre Hände gegeneinander, um die Kälte zu vertreiben.

«Doch, doch, Dürrhöhe hat seinen Ruf. Es war nach der Wende sogar mal eine kleine Hippie-Kommune. Mitte der neunziger Jahre hat sich hier eine Gruppe Aussteiger aus Berlin niedergelassen. Sie wollten mit der Natur in Einklang leben, ohne Strom, ohne fließendes Wasser. Doch als die Behörden die illegale Besetzung bemerkten, wurde die Siedlung geräumt.»

«Und die Natur hat sich schließlich ihr Territorium zurückerobert.» Marina schüttelte den Kopf. «Elise, du bist ja so schweigsam.»

«Ich glaube kaum, dass Ludwig hier wohnt», antwortete sie enttäuscht.

Henning steckte den Autoschlüssel in seine Jackentasche. «Das finden wir heraus. Ich sehe mir das intakte Haus mal genauer an. Vielleicht gibt es einen Hintereingang. Ihr wartet lieber beim Wagen.»

«Ich komme mit.» Elise drehte den Kopf in Marinas Richtung. «Bleibst du bei meiner Mutter?»

Langsam gingen sie um das kleine Haus herum. Efeu rankte an der schlammbraunen Fassade empor, auf der Rückseite des Gebäudes ragten Wurzeln aus dem Fundament, die Mülltonne quoll über und verbreitete einen bestialischen Gestank.

«Es tut gut, dich zu sehen, Elise, auch wenn diese Gruselfilmkulisse nicht der richtige Ort ist, um dir das zu sagen.»

«Ich wünschte nur, es würde einen schöneren Grund geben. Ich kann mir einfach keinen Reim auf das alles machen.»

Hinter der Mülltonne befand sich eine Pergola, über der zwei alte Bettlaken hingen. Henning und Elise schoben den dreckigen Stoff beiseite. Vor ihnen tat sich ein ausgedehnter Innenhof auf, der von außen nicht zu erkennen gewesen war. An einer Hecke lehnte ein Fahrrad, und neben einem Holzklotz, in dem eine Axt steckte, entdeckten sie einen Wartburg. Er war stark verschmutzt und halb unter einer Plane verborgen. Henning ging auf das Auto zu und zog die Plane zurück. Es war der zum Lieferwagen umgebaute Wagen von Ludwig.

«Bingo.» Henning pfiff durch die Zähne. «Wenn das mal keine heiße Spur ist.»

«Und sieh dir das da drüben an.» Elise zeigte auf den Hintereingang, über dem eine DDR-Fahne hing. «Ich stelle ihn jetzt zur Rede. Warum sollten wir das länger als nötig hinauszögern?»

Noch ehe Henning etwas erwidern konnte, war Elise bei

der Tür. Es gab kein Klingelschild, also klopfte sie. Nichts passierte. Sie klopfte erneut, diesmal stärker, und befürchtete, die brüchige Tür würde unter ihren Fingerknöcheln nachgeben. Wieder nichts.

«Lass mich mal machen.» Henning hämmerte mit der Faust gegen das Holz. «Ludwig, hier ist Henning Wannemaker. Mach auf, wir haben ein paar Fragen.»

Im Haus blieb es ruhig.

«Vielleicht ist er nicht da?» Ein pulsierender Schmerz breitete sich hinter Elises linkem Auge aus, und sie war schlagartig so müde, als hätte sie tagelang nicht geschlafen.

«Hier seid ihr.» Mit geröteten Wangen kam Marina auf Henning und Elise zugelaufen, in der Hand hielt sie ein Handy. «Und?»

«Es sieht ganz danach aus, als würde Ludwig tatsächlich hier wohnen, aber anscheinend ist er gerade nicht zu Hause.»

Marina sah sich fassungslos im Garten um. «Alle Achtung. Hier könnte man ohne Probleme einen zweiten Teil von *Das Leben der Anderen* drehen.»

Henning grinste. «Aber nicht jetzt. Lasst uns morgen wiederkommen. Christa ist völlig fertig mit den Nerven.»

Elise schaute auf Marinas Hand. «Ist das mein Handy?»

«Ach so, ja, es hat geklingelt, ich dachte, vielleicht ist es etwas Wichtiges.»

Elises Kopf fühlte sich an, als würde er gleich zerspringen. Als sie auf das Display schaute, konnte sie nichts erkennen, sie hatte einen nebligen Schleier vor dem linken Auge und hoffte inständig, dass nur ihre Müdigkeit daran schuld war.

Henning nahm die Autoschlüssel aus seiner Jacke. «Wir

brechen jetzt hier ab und fahren in den Kastanienhof. Mein Vater hat für uns alle gekocht. Aber ich muss euch vorwarnen. Unser Dorf sieht zwar nicht ganz so schlimm aus wie Dürrhöhe, aber mit Sicherheit anders, als ihr es in Erinnerung habt.»

Während Henning und Marina zurück zum Auto liefen, blieb Elise zurück. Sie starrte immer noch auf ihr Handy und versuchte zu erkennen, wer sie gerade angerufen hatte. Sie blinzelte mehrmals und konnte schließlich die Worte *numéro masqué* entziffern. Rufnummer unterdrückt. Als sie den Kopf hob, nahm sie am Fenster des Hauses einen Schatten wahr. Verunsichert rieb sie sich über die Lider. Aber als sie erneut zum Fenster schaute, war nichts mehr zu sehen, und Elise sich sicher, dass ihre Wahrnehmung ihr einen Streich gespielt hatte.

Kapitel 16
Peleroich, 1977

Seit Tagen regnete es ununterbrochen, die Wege waren aufgeweicht, zwischen den Rillen des buckligen Kopfsteinpflasters hatte sich Wasser gesammelt. Behutsam, jeder Pfütze ausweichend, überquerte Karl den Dorfplatz.

Die Tür des Konsums stand sperrangelweit offen. «Hallo, jemand zu Hause?», rief er beim Eintreten.

Seine Frage blieb ohne Antwort, aber vom Lager her kam ein lautes Stöhnen, und sein Schwiegervater trat heraus. Seine Frisur war aus der Form geraten. «Das lasse ich nicht mit mir machen. Das Maß ist voll, und zwar endgültig. Jetzt nehmen sie uns auch das noch weg. Ich schreibe eine Eingabe.»

«Was ist denn los?» Karl wischte Wassertropfen von seiner Jacke.

Aus dem Regal neben der Kasse nahm Willi einen Block und einen Stift und begann aufgeregt zu schreiben.

Sehr geehrter Genosse Honecker,

während Sie sich anlässlich Ihres 65. Geburtstages feiern und hochleben lassen und zweifelsfrei ein wundervolles Buffet mit den edelsten Speisen und Getränken haben, müssen wir normalen Bürger darben, wenn ich mir, bei allem Respekt, diese Bemerkung erlauben darf.
Sicher fragen Sie sich, was der Grund für meinen Missmut ist. Das ist leicht zu beantworten: Ich bin heute in den «Genuss» des neuen «Kaffees» gekommen.
Ganz unumwunden, das können Sie nicht mit uns machen. Der «Kaffee» schmeckt wie halb und halb, halb Sommer-, halb Wintergerste. Bloß nach Kaffee schmeckt er nicht, es sei denn, er soll das Bouquet von eingeschlafenen Füßen haben. Steht dieser verwegene Mix denn auch auf Ihrem Buffettisch? Mit Verlaub, das stelle ich in Zweifel. Soll «Erichs Krönung» vielleicht ein sozialistisches Propagandamittel sein, mit dem der Klassenfeind ...

Entsetzt riss Karl Willi den Stift aus der Hand. «Ich bin ja auch kritisch, aber tu nichts Unüberlegtes. Hast du schon vergessen, was bei deiner letzten Eingabe passiert ist?»

«Na, nichts.»

«Eben, aber nur, weil unser Bürgermeister das verhindert hat.»

Willi überlegte kurz.

«Außerdem ändert so ein Schreiben eh nichts, die Briefmarke kannst du dir also sparen», setzte Karl nach.

Willi zog seinen Stielkamm aus der Hosentasche, hielt inne und steckte ihn wieder ein. Ohne ein weiteres Wort ließ er Karl stehen und rannte durch den strömenden Regen in Richtung Kastanienhof. Dabei stieß er beinahe mit Ludwig zusammen, der mit bleichem Gesicht aus dem Kulturhaus kam und Willi nachdenklich hinterherschaute. Auf dem Platz trat der Bürgermeister in eine tiefe Pfütze, bückte sich und zog kurzentschlossen Schuhe und Strümpfe aus und lief barfuß zum Konsum.

«Was ist passiert?», fragte Karl.

Ludwig nahm seine Brille ab. «Franz hatte einen Herzinfarkt. Man hat ihn nach Sprevelsrich ins Krankenhaus gebracht. Es sieht nicht gut aus.»

In Elises Zimmer herrschte großes Durcheinander. Die Türen des mit Schnitzereien verzierten Kleiderschranks waren weit geöffnet. Auf dem Boden lagen Blusen, Röcke und Hosen verstreut, auf dem Nähmaschinentisch leere Garnrollen, Stoffe und eine Schere. Der Plattenspieler unter dem Fenster spielte ein melancholisches Lied von Edith Piaf.

Elise drehte sich auf den Bauch und blätterte eine Seite um.

> *Über das Atlaskleid huschten Reflexe; es war weiß wie Mondschein. Emma verschwand darunter, und es schien ihm, als gehe die Tote in alle die Dinge ringsumher über, als lebe sie nur in der Stille, in der Nacht, im leisen Winde, in dem wirbelnden Kräuterdufte.*

Nachdenklich legte Elise das Buch beiseite. Sie wusste nicht, wie oft sie *Madame Bovary* bereits gelesen hatte, doch schon beim ersten Mal hatte sie eine tiefe Verbundenheit zu Flauberts Romanheldin empfunden. Und das lag nicht allein daran, dass Emma, wie Elise, aus der Provinz kam und von Paris träumte. Emma konnte sich nicht zwischen Charles, Léon und Rodolphe entscheiden, Elise sich nicht zwischen Henning und Jakob.

Henning war immer da, aufrichtig, zurückhaltend, zärtlich, las Elise jeden Wunsch von den Augen ab. Seit dem Tag der Jugendweihefeier waren sie ein Paar. Elise fühlte sich geborgen in seiner Nähe und wusste, dass sie mit ihm sehr glücklich werden konnte. Trotzdem ging Jakob ihr nicht aus dem Kopf. Er hatte einen Reiz, dem sie sich nicht entziehen konnte. Henning war es nur recht, dass Jakob inzwischen nach Berlin gezogen war, aber ihr fehlte er, und sie schrieb ihm regelmäßig. Er war so anders als Henning. Er war wilder, unberechenbarer und verstand ihre Liebe zur Kunst. An ihm gemessen wirkte Henning manchmal ein bisschen ... langweilig.

Elise wusste, dass Jakob kein Kind von Traurigkeit war. Er war sich seiner Wirkung auf Frauen bewusst und hatte das schon häufig ausgenutzt, das war in ganz Peleroich und Sprevelsrich bekannt. In Berlin war das mit Sicherheit nicht anders. Und trotzdem konnte Elise nicht aufhören, an ihn zu denken.

Aus den Lautsprechern klangen Edith Piafs Zeilen, die von Verliebten erzählten, die in den Straßen von Paris spazieren gingen. Jakob hatte oft zusammen mit Elise von Paris geträumt. Aber Paris war unerreichbar. Nie würde Elise diese Stadt sehen, von der sie im Französischunterricht so viel gehört hatte. Der Eiffelturm, die Kathedrale von Notre-Dame, die Sacré-Cœur, der Louvre, das Moulin Rouge und die kleinen Cafés und Modeboutiquen im Marais ... das alles war für sie so weit weg wie ein ferner Planet und würde es ewig bleiben. Aber lesen über die Stadt ihrer Träume, das konnte ihr niemand nehmen.

Gerade als sie sich wieder in ihre Lektüre vertiefen wollte, hupte es auf dem Dorfplatz vor ihrem Fenster. Das musste Marina sein. Sie wollten zum Baden an den Strand fahren.

Als Elise aus der Haustür trat, fand sie einen Brief im Postkasten. Neugierig drehte sie den Umschlag um, doch auf der Rückseite war kein Absender vermerkt. Weil sie in Eile war, schob sie den Brief in ihren Rucksack und setzte sich hinter Marina auf die Sitzbank der Schwalbe.

Marina stellte ihre Tasche in den Sand. Die Sonne stand im Zenit, vor dem Himmel zeichneten sich die Wachtürme der Grenzbrigade ab. In der Ferne patrouillierten zwei Soldaten. Am Strand herrschte reger Betrieb. Dichtgedrängt saßen die Badegäste auf ihren Handtüchern, lasen, sonnten sich, einige schwammen, vereinzelt hockten Kinder in Wassernähe, bauten Kleckerburgen und verzierten sie mit Muscheln.

Vor Elise und Marina unterhielt sich ein älteres Ehepaar.

Der Mann pellte ein gekochtes Ei und schob es sich in den Mund. «Das verstehe ich nicht. Der hatte es doch gut bei uns. Und singen konnte der, alle Achtung. Aber diese Künstler, na ja. Die sind halt unberechenbar und kriegen den Hals nicht voll.»

Die Frau reichte dem Mann ein zweites Ei.

«Eine Villa, ein Fuhrpark, eine Hauptrolle nach der anderen. Was will er denn noch?»

«Na, wenn er sich nicht mehr wohlfühlt bei uns. Bestimmt wird er auch im Westen ein Großer. Nur schade, dass jetzt nichts mehr von ihm bei uns kommt. Ich fand ihn ja in *Wege übers Land* am besten.»

Träge nickte der Mann, schob sich das zweite Ei in den Mund und wischte sich die Hände an seiner Badehose ab.

Elise ließ Sand durch ihre Finger rieseln. Sie selbst konnte mit Manfred Krug nicht viel anfangen, obwohl sie sich gerne an den Tanz zu seinem Lied bei der Jugendweihefeier erinnerte. Ihre Mutter allerdings mochte den Sänger und Schauspieler sehr. Sonntags, nach dem Frühstück, legte sie oft seine Schallplatten auf und sang lauthals mit. Christa war auch völlig entsetzt gewesen, als sie gehört hatte, dass er in den Westen gegangen war.

Elise blickte auf die Wolken, die am Himmel vorüberzogen. Warum verließen die Leute die DDR? Welcher Mangel, welche Entsagung konnte so groß sein, dass man seine Zelte komplett abbrechen und in einem fremden Land neu anfangen wollte? Sicher, man durfte nicht frei seine Meinung äußern, es gab nicht alles zu kaufen, man konnte nicht überall hinreisen, wo man wollte. Aber es gab Sicherheit, niemand war ohne Arbeit, niemand lebte auf der Straße, und obwohl Elise viel dafür gegeben hätte, einmal auf dem Eiffelturm zu stehen und ihren Blick über Paris schweifen zu lassen, war es für sie unvorstellbar, ihrer Heimat den Rücken zu kehren.

«Wo ist eigentlich Henning?», fragte Marina.

«Der ist mit Lutz zum Boofen in der Sächsischen Schweiz.»

«Was soll das denn sein?» Marina nahm den Windschutz aus ihrer Tasche und begann, ihn aufzubauen. «Und wer ist Lutz?»

«Ein Kollege aus der Ausbildung. Und Boofen ist klettern und übernachten im Elbsandsteingebirge.»

«Aha. Seit wann macht Henning denn so was?» Schwungvoll rammte Marina einen Holzstab in den warmen Sand.

«Bisher noch nie. Lutz hat ihn angebettelt, weil sein Cousin, mit dem er eigentlich fahren wollte, sich den Fuß gebrochen hat, und da hat Henning zugesagt.»

«So ist er, kann keiner Fliege etwas zuleide tun und niemandem einen Wunsch abschlagen. Aber er wird sich freuen, im Gebirge kann man sicherlich schöne Fotos machen.»

Als Elise ihren Rucksack öffnete, um eine Seltersflasche herauszuholen, fiel ihr Blick auf den Brief, der vorhin angekommen war.

«Sieh mal, ich habe Post gekriegt.»

«Von wem denn?»

«Keine Ahnung, aber das wissen wir gleich.»

Die beiden Freudinnen beugten sich neugierig über das Schreiben.

Elise,

das ist dein Sommer. Du hast dein Abschlusszeugnis in der Tasche, und auch, wenn dir die Berufswelt nicht offensteht, so bin ich sicher, dass du das Beste aus den Umständen

machen wirst. Ich weiß, du hast immer von einer Karriere
als Modedesignerin geträumt. Aber eine Ausbildung zur
Schneiderin im VEB Obertrikotagen Sprevelsrich muss nicht
das Ende bedeuten, sieh es als Anfang. Du kannst jederzeit
deinen Meister machen und später ans Theater gehen, so,
wie du dir das gewünscht hast. Verliere nicht den Mut.
Berlin ist dufte, viele Theater gibt es hier, das würde dir
gefallen. Meine Ausbildung zum Schrift- und Graphikmaler
habe ich geschafft. Auch wenn die, wie bei dir, nicht meine erste
Wahl war. Aber den Enkel eines Pfarrers lassen sie nun mal
nicht Graphik und Buchkunst in Leipzig studieren.
Als Graphikmaler müssen wir aus Mangel an Werkstoffen
und Materialien viel improvisieren, da heißt es kreativ sein,
das finde ich spannend, damit komme ich gut zurecht. Schon
schwerer fällt mir das, was wir machen: Werbetafeln für
den Sozialismus, Plakate für den 1. Mai ... Die Schilder für
Geschäfte hingegen, die mache ich gerne. Wenn alles gutgeht,
bekommen wir demnächst einen Auftrag für die Gestaltung des
Weihnachtsmarktes am Alex. Drück mir die Daumen!
Ich weiß noch nicht, wie es mit mir weitergehen soll, ich
könnte hierbleiben oder zurückkommen. Mal sehen. Berlin ist
eine andere Welt, so groß und weit, wie es eben möglich ist in
unserer kleinen DDR. Aber oft sehne ich mich zurück in die
Überschaubarkeit von Peleroich und zurück zu dir.
Aber du bist glücklich mit Henning, und auch ich habe ein
Mädchen kennengelernt. Sie heißt Ulrike. Das mit uns ist ganz
frisch, mal sehen, wie sich das entwickelt. Ins Dorf will Uli
jedoch nicht, da geht sie ein wie eine Primel, hat sie gesagt.
Eine Sache noch, bevor ich aufhöre, das habe ich nicht mal Uli
erzählt. Halt mich aber nicht für verrückt.
Also: Ich glaube, ich habe meine Mutter gesehen. Wir haben

Schilder für ein Delikat geliefert, und als ich das Auto am Straßenrand geparkt habe, habe ich im Rückspiegel eine Frau gesehen, die Magdalena wie aus dem Gesicht geschnitten war. Wie versteinert saß ich hinterm Lenkrad, konnte mich nicht bewegen. Als der erste Schock vorbei war, bin ich ausgestiegen, aber sie war schon weg.

Elise, du warst doch dabei, als mein Opa mir vom Verschwinden meiner Mutter erzählt hat. Erinnerst du dich? Ich will es nicht wahrhaben. Es ist, als wäre sie gestorben, zumindest irgendwie, und vielleicht stimmt das ja sogar ...

Mensch, Entschuldige. Wie soll ich jetzt mit einem positiven Gedanken zum Abschluss gelangen? Vielleicht der: Kommst du mal nach Berlin? Ich freue mich immer über deine Briefe, aber du hast mich hier noch nie besucht. Acht Jahre ist es her, dass wir zusammen das letzte und einzige Mal in der Hauptstadt waren. Damals, 1969, zum zwanzigsten Jahrestag in der Palatschinkenbar. Das soll nicht so bleiben, das müssen wir wiederholen.

Sei lieb gegrüßt von deinem
Jakob

«Der traut sich was.» Marinas Blick war abweisend.

Elise wusste nicht, was sie erwidern sollte. Auf der einen Seite hatte Marina recht. Von einem Mädchen zu erzählen und gleichzeitig zu schreiben, dass er Elise vermisste, das war nicht gerade die feine englische Art. Ulrike. Elise fühlte einen Stich. Auf der anderen Seite hatte sie Mitleid mit Jakob. Es war für sie unvorstellbar, ohne Eltern aufzuwachsen und nicht zu wissen, ob ein Mensch, den man liebte, lebte oder nicht.

Nachdenklich blickte Elise aufs Meer. Sie sah eine Frau, die auf einer Luftmatratze lag und sich von den Wellen schaukeln ließ.

Plötzlich brach Tumult aus. Zwei Soldaten kamen angerannt und nahmen die Gewehre von der Schulter. Einer richtete die Mündung auf die Frau und brüllte: «Bürgerin, sofort runter von dem Schwimmgerät. Das ist nicht erlaubt, sie machen sich strafbar.»

Erschrocken sprang die Frau von der Luftmatratze, und die Kinder am Ufer begannen ängstlich zu weinen.

«Otto! Franz will dich sehen.» Christa kam zur Thomas-Mann-Kastanie gelaufen, sie hatte ein Einkaufsnetz in der Hand, in dem ein riesiger Kürbis lag. «Er hat mich gebeten, dir Bescheid zu sagen.»

Otto stand auf der Leiter, die gegen den Baum gelehnt war, und ließ die Astschere sinken. Unwillkürlich sah er zum Himmel und musste an die Wettervorhersage denken. Nachts hatte es vereinzelt schon Bodenfrost gegeben, aber tagsüber stiegen die Temperaturen noch in den zweistelligen Bereich. Der Pfarrer wunderte sich, dass er angesichts der Nachricht von Christa an das Wetter denken musste und kletterte langsam von der Leiter. Sein alter Freund Franz war nach seinem Herzinfarkt im Frühling nicht wieder auf die Beine gekommen. Wieder sah es so aus, als würde ein lieber Mensch aus seinem Leben scheiden. Erst Alma, dann Magdalena und schließlich Jakob, der nun in Berlin lebte. An das Alleinsein hatte sich Otto in all den Jahren nicht gewöhnt. Nun stand ein weiterer Abschied bevor.

«Es geht zu Ende mit ihm», sagte er.

«Ja, leider. Aber er hat sein Leben gelebt. Er scheidet im Guten.»

«Du hast recht. Er ist neunundachtzig. Das ist im Grunde ein biblisches Alter.»

Otto war die Leiter fast herabgestiegen, als die letzte Sprosse unter seinen Schuhen zerbrach. Stöhnend stürzte er zu Boden. Christa ließ das Einkaufnetz fallen, der Kürbis glitt heraus, rollte die leicht abschüssige Straße hinunter, holperte über das Kopfsteinpflaster und blieb neben der Bushaltestelle liegen.

«Was machst du denn für Sachen.»

Mit zusammengekniffenen Augenbrauen zog Otto seine Hose ein wenig nach oben, um seinen Knöchel zu begutachten.

«Kannst du ihn bewegen?», fragte Christa.

Der Pfarrer versuchte, sich den Schmerz nicht anmerken zu lassen, es gab jetzt Wichtigeres zu tun.

«Mach dir keine Sorgen. Der Schreck war am schlimmsten.» Vorsichtig richtete er sich auf und machte ein paar Gehversuche.

«Sicher, dass alles in Ordnung ist?»

«Ja, ja. Ich fahre gleich nach Sprevelsrich ins Krankenhaus. Soll ich Elise im Betrieb abholen und sie mitnehmen? Sie wird sich auch von Franz verabschieden wollen.»

«Ach, Otto, es wird ihr das Herz brechen.»

Das Krankenhaus lag eine Viertelstunde vom VEB Obertrikotagen entfernt. Schweigend liefen Elise und Otto nebeneinanderher. Als sie die Paul-Heine-Straße überquert hatten und nach links abgebogen waren, erreichten sie den Leninplatz. Hier war Elise während ihrer Schulzeit täglich vorbeigekommen. Das schien ihr plötzlich ewig zurückzuliegen. Hatte sie es damals kaum erwarten können, die Schule endlich abzuschließen, dachte sie inzwischen mit Wehmut an diese Zeit zurück. Die anfängliche Begeisterung, mit der sie ihre Ausbildung aufgenommen hatte, war schnell Ernüchterung gewichen, da es im Betrieb keine Möglichkeiten gab, kreativ zu sein und eigene Ideen einzubringen. Stattdessen sollte sie Maße abnehmen, Schnittmuster anpassen und auf Stoff übertragen, auf dem Lehrplan standen die verschiedenen Arten von Nähten und die unterschiedlichen Eigenschaften von Stoffen. Das alles war nicht neu für sie, schnell hatte sich Langeweile eingestellt, denn sie musste auch an der Nähmaschine im Schichtbetrieb die immer gleichen Arbeitsschritte ausführen. Nur eine Sache gefiel ihr. Manchmal erlaubte es ihre Vorgesetzte, B-Ware mit nach Hause zu nehmen. Elise freute sich über den Stoff, den es sonst nur schwer oder gar nicht zu kaufen gab. Sie trennte die Nähte auf, entwarf neue Schnittmuster und hatte sogar schon zwei Kleider an eine Freundin von Marina verkauft.

Auf dem Leninplatz wurde an einer Laterne gerade ein Plakat zu den diesjährigen Feierlichkeiten zum Tag der Republik aufgehängt, und Elise musste an Jakob denken. Noch immer war sie seiner Einladung, nach Berlin zu kommen, nicht gefolgt. Dabei war sein letzter Brief schon vor zwei Monaten angekommen. Irgendetwas hielt sie davon ab, zu ihm zu fahren. War es die Eifersucht auf Ulrike oder hatte sie Angst vor der eigenen Courage?

«Wir müssen hier rechts.»

Elise griff schutzsuchend nach Ottos Hand, als vor ihr der längliche Betonkubus des Krankenhauses auftauchte, der ihr noch trister als sonst erschien.

Otto wartete im Flur, nachdem er bei Franz im Zimmer gewesen war. Elise klopfte vorsichtig an die Tür. Als sie eintrat, schlug ihr der muffige Geruch von Wofasept entgegen. Ihr Magen zog sich zusammen, sie ging zum Fenster und öffnete es. Kreischend zog ein Vogelschwarm am Himmel vorüber, als hätte das Quietschen der Angeln ihn aufgeschreckt. Franz hatte die Augen geschlossen. Er sah aus, als wäre er in den letzten Wochen kleiner geworden, die Bettwäsche hatte dieselbe undefinierbare matte Farbe wie sein Gesicht.

Elise setzte sich behutsam auf die Bettkante. Unschlüssig, ob sie ihn wecken sollte oder nicht, sah sie sich im Zimmer um. Die drei anderen Betten waren leer, unter dem Fenster standen zwei Hocker, Franz' Rollstuhl lehnte zusammengeklappt an dem breiten weißen Schrank mit Lamellentüren, auf dem Nachttisch lag eine aufgeschlagene, zerlesene Ausgabe von Phaedrus' Fabeln.

«Mein Beethovenmädchen.» Schwach rieb Franz sich über die Augen.

Elise deutete ein Lächeln an. «Franz. Wie geht es dir?»

«Ich dachte, ich schaffe noch neunzig Kerzen auf dem Kuchen. Aber das wird wohl nichts.»

Mit Tränen in den Augen wich Elise seinem Blick aus.

«Wir beide wissen, wie das hier ausgehen wird, doch eine Sache wünsche ich mir.»

«Welche?»

«Ich wünsche mir, dass du auf meinem letzten Weg

Beethovens *Für Elise* spielst. Das Stück lief, als du das Licht der Welt erblickt hast, und es soll auch meine Begleitmusik sein, wenn ich gehe.»

Elises Herz verkrampfte sich, und sie hatte das Gefühl, dass sie keine Luft mehr bekam.

«Da, gib mir doch mal das Buch.»

Franz richtete sich im Bett auf und schlug die letzte Seite auf, auf der etwas mit Bleistift geschrieben stand. Mühsam räusperte er sich. «Quod sumus, hoc eritis. Fuimos quandoque, quod estis.»

«Was bedeutet das?»

«Das ist ein lateinischer Grabspruch. Was wir sind, werdet ihr sein, was ihr seid, waren wir einst.»

Die ersten Tränen liefen Elise über das Gesicht.

Franz legte das Buch auf die Bettdecke und streckte die Hand nach ihrer aus. «Sei nicht traurig, kleine Elise. Das ist nun mal der ewige Kreislauf von Leben und Tod. Mir wurde ein langes Leben geschenkt, das bestimmt nicht nur einfach war, aber ich bin immer meinen Weg gegangen. Versprich mir, dass du es auch so halten wirst. Und pass mir auf deine Großmutter auf.»

«Das mache ich. Versprochen.»

Franz blickte Elise müde an. «Le cœur a ses raisons que la raison ne connaît point.» Er sprach jetzt leise und verwaschen, Elise hatte Mühe, ihn überhaupt zu verstehen. «Das ist von Blaise Pascal, die Franzosen magst du doch so, und es bedeutet ...»

«Das Herz hat Gründe, die der Verstand nicht kennt. Ich weiß.»

Franz lächelte. «Sei immer mutig genug, deinem Herzen zu folgen.»

Elise nickte, wischte sich die Tränen von der Wange und drückte seine Hand.

«So, ich muss mich jetzt ein wenig ausruhen.»

Und dann schloss Franz Ossenbeck die Augen.

Kapitel 17
Berlin/Peleroich, 1978/1979

Obwohl schon Ende Dezember war, waren die Temperaturen so mild, dass Elise glaubte, im Frühling nach Berlin gereist zu sein. Als sie die Treppe des U-Bahnhofes hinunterlief, spürte sie einen schalen Geschmack in der Kehle. Sie musste sich am Geländer festhalten, um nicht umzufallen, alles vor ihren Augen drehte sich.

An der Schönhauser Allee angekommen, lehnte sie sich leise stöhnend gegen das Geländer neben Konnopke's Imbiß und erbrach sich auf dem Bürgersteig. Eine alte Frau, die gerade von ihrer Currywurst abgebissen hatte, hielt angeekelt beim Kauen inne. Entschuldigend lächelte Elise ihr zu, nahm ein Taschentuch aus ihrem Rucksack, tupfte sich die Mundwinkel ab und atmete vorsichtig ein und aus. Langsam fühlte sie sich besser. Es war nicht mehr weit, Jakob wohnte gleich um die Ecke, bei ihm würde sie sich ausruhen können.

Schon seit dem ersten Weihnachtsfeiertag plagte Elise

eine Magen-Darm-Infektion, für die ihr Vater die Gans seiner Schwiegermutter verantwortlich gemacht hatte. Von ihrem Vorhaben, den Jahreswechsel in Berlin zu verbringen, hatte sich Elise, entgegen aller Ratschläge, trotzdem nicht abbringen lassen. Henning würde Silvester in Wernigerode im Harz verbringen. Er hatte Gefallen an den Ausflügen mit Lutz gefunden, diesmal wollten die beiden Winterwandern gehen. Elise freute sich für Henning, dass er in seinem Kollegen aus dem Labor einen so guten Freund gefunden hatte, und bedauerte, dass sie selbst nie mitfahren konnte, da sie aufgrund ihrer Asthmaerkrankung körperliche Anstrengungen vermeiden musste. Davon, dass sie nun den Jahreswechsel nutzte, um zu Jakob nach Berlin zu fahren, hatte Elise Henning allerdings nichts gesagt. Zwar hatte sie deswegen ein schlechtes Gewissen, aber Jakob und sie waren Freunde, nichts weiter, und außerdem war er ja mit Ulrike zusammen. Es gab also nichts, was ihre Beziehung zu Henning bedrohte, warum sollte er sich unnötig Sorgen machen.

«Kannste glooben, Atze», meinte ein Mann neben Elise an der Ampel zu seinem Freund. «Richtich kalt sollet werden. Dit hamse inner Aktuellen Kamera jebracht.»

Die Ampel schaltete auf Grün. Elise freute sich über den Berliner Dialekt, blieb auf der anderen Straßenseite stehen und schaute sich um. Im Vergleich zu Peleroich, wo sie beinahe jeden Grashalm und jeden einzelnen Pflasterstein kannte, kam ihr der Prenzlauer Berg wie eine Filmkulisse vor, an der sie sich nicht sattsehen konnte. Es war exakt so, wie Jakob es in seinen Briefen geschildert hatte: die rußverschmierten Gesichter der Kohlehändler, die kräftigen Arme der Fleischträger, die müden Augen der Lumpensammler, die verwaisten Geschäfte, die eingefallenen Häuser, die hohlwangigen Trinker, die spielenden Kinder mit verzottelten Haaren, das alles kannte Elise bereits aus seinen Beschreibungen.

Ihr Blick fiel auf einen winzigen Laden im Parterre eines Eckhauses, und sie kam nicht umhin, sich vorzustellen, wie es wäre, dort eine eigene Modeboutique zu eröffnen. Ihre Ausbildung hatte sie inzwischen beendet, und es fiel ihr zusehends schwerer, jeden Morgen in den Betrieb zu fahren. Stoffe zuschneiden, zusammennähen, auf ein Förderband legen, in einem Korb sammeln, in das Regal legen. Es gab keinerlei Abwechslung. Das einzig Schöne waren die Pausen und die Reststoffe, aus denen sie zu Hause ihre eigenen Modelle nähen konnte. Inzwischen hatte sie sogar den Wunsch begraben, ihren Meister zu machen, denn dadurch würde sich der Alltag kaum abwechslungsreicher gestalten. Im Gegenteil, sie hätte die meiste Zeit in der Verwaltung zu tun, das wäre noch langweiliger.

Seufzend zog sie die Skizze des Viertels, die Jakob seinem letzten Brief beigelegt hatte, aus der Hosentasche, suchte ihren Standort, lief die Schönhauser Allee in Richtung Fernsehturm entlang und bog schließlich in die Kastanienallee ein.

«Aufwachen!», flüsterte eine Stimme.

Dann spürte Elise Fingerkuppen an ihrer Stirn, die ihr das Haar zur Seite strichen. Sie öffnete die Augen und blickte in Jakobs strahlendes Gesicht.

«Du hast geschlafen wie ein Murmeltier», lachte er. «Und das fast vier Stunden. Bist du krank? Ich habe Tee gekocht.»

Er zeigte auf ein Tablett neben dem Bett.

«Danke.» Gähnend drückte Elise sich von der Matratze hoch, die auf dem Fußboden lag, und blickte sich im Zimmer um.

Ihr gegenüber befand sich ein breites Fenster. Es war inzwischen dunkel geworden, im Schein einer Straßenlaterne konnte sie sehen, dass es zu schneien begonnen hatte. Erstaunt fiel ihr ein, dass sich die Temperaturen noch vor ein paar Stunden fast frühlingshaft angefühlt hatten. Unter dem Fenster standen zwei Böcke, eine alte Schranktür darauf diente als Tischplatte. Auf dem Tisch lagen Bücher, Zeitschriften, Farbtöpfe, Pinsel, eine Maurerkelle, Tonklumpen und Drahtrollen. Im Hals einer Weinflasche flackerte eine Kerze. Das Bücherregal neben dem Fenster hatte Jakob zum Kleiderschrank umfunktioniert, Pullover, Hosen, Socken, Unterwäsche und Nickis lagen darin kreuz und quer, ohne dass Elise ein System erkennen konnte.

Sie nippte an ihrem Tee. In einer Ecke stand eine Skulptur, die Ähnlichkeit mit einer Giraffe hatte. Ihr langer Hals war gebogen wie ein Fragezeichen, ihre Augen zur Tür gerichtet, an der, mit Reißzwecken befestigt, ein Filmplakat von Der geteilte Himmel angebracht war.

Jakob fing ihren Blick auf. «Ich weiß, was du fragen willst.»

«Ach so?» Elise stellte die Tasse auf den Dielenboden neben die Matratze und sah ihn herausfordernd an. «Bist du seit neuestem auch Hellseher?»

«Du willst wissen, woher ich das Plakat habe.»

Elise nickte. Der Film war mehrfach verboten worden, weil er das Thema Republikflucht behandelte.

Ohne die Frage zu beantworten, trat Jakob ans Fenster.

«Die Temperaturen sind in den letzten Stunden extrem gefallen. Da kommt etwas Gewaltiges auf uns zu.»

«Dann bist du wohl nicht nur Hellseher, sondern auch Wetterfrosch.» Elise legte sich langsam zurück auf die Matratze und sah sich weiter im Zimmer um. «Schön hast du es hier.»

«Gefällt es dir?»

Jakob hatte die Wohnung vor sechs Monaten gefunden, sie hatte leergestanden, und da er auf der Suche nach einer Bleibe gewesen war, hatte er sie aufgebrochen, notdürftig hergerichtet, war dann zur kommunalen Wohnungsverwaltung gefahren und hatte einen Mietvertrag bekommen.

«War dein Großvater schon hier?»

«Ja. Er war zu diplomatisch, um offen zu sagen, dass es nicht so ganz seinen Vorstellungen entspricht.» Jakob begann, das Durcheinander auf seinem Tisch in Ordnung zu bringen.

«Ich finde die Wohnung nicht schlecht. Mir gefällt das kreativ Provisorische, aber die Toilette auf dem Treppenabsatz, na ja, ich weiß nicht.» Elise stellte sich vor, was sie machen würde, wenn ihr wieder schlecht werden und sie sich würde übergeben müssen. Schon allein bei dem Gedanken daran, mitten in der Nacht durch den kalten, nur von einer schwachen Glühbirne beleuchteten Hausflur zu laufen, bekam sie eine Gänsehaut.

«Es gibt übrigens noch eine andere Sache, die nicht so ganz Ottos Vorstellungen entspricht.» Jakobs Blick wurde trüb. «Ich werde einen Ausreiseantrag stellen.»

Elise wickelte sich fester in die Decke ein. «Was?»

«Ich will nicht mehr. Du weißt doch, dass es immer mein Traum war, Kunst zu studieren. Sie lassen mich aber nicht. Keine Jugendweihe zu machen, ist das eine, was kümmern mich diese Formalien, aber diese Graphik-malereisache macht mich auf Dauer nicht glücklich. Ich will nicht irgendwelche Auftragsarbeiten absolvieren, ich will kreativ sein. Etwas gestalten. Mein Leben genießen.»

Vergeblich versuchte Elise, ihr Entsetzen zu verbergen. Sie rang um Worte, fand aber keine. Wenn sein Antrag genehmigt werden würde, würden sie sich nie wiedersehen. «Hast du dir das gut überlegt?»

Jakob sah sie an. «Ich denke schon. Irgendwann im Leben muss man sich entscheiden, man hat schließlich nur eins.»

Elise kamen die Tränen.

«Nein.» Jakob strich dort, wo ihr rechter Arm lag, sanft über die Decke. «Nicht weinen. Komm her.»

Er breitete die Arme aus. Elise setzte sich auf und ließ sich in seine Umarmung sinken.

«Was ist denn mit dem Wetter los?», fragte sie, um ihre Gedanken in eine andere Richtung zu zwingen.

Jakob lachte und strich mehrmals sanft über ihre Haare, bevor er ihr antwortete. «In den Nachrichten haben sie mitgeteilt, dass es im Norden durch Glatteis, meterhohe Schneeverwehungen und Hochwasser zu einem Verkehrs-chaos gekommen ist. Zerstörte Versorgungsleitungen haben für Stromausfälle gesorgt. Beim Nord-Ostsee-Kanal ist der Verkehr zusammengebrochen, es gibt Dörfer, die eingeschneit und komplett von der Außenwelt abgeschnitten sind.»

Elise drückte sich enger an Jakob, so als könnte sie die Kälte schon spüren. «Ist Peleroich betroffen?»

Er zuckte mit den Schultern.

«Und der Harz?»

«Seit wann interessierst du dich für den Harz?»

«Henning ist über Silvester dort.» Elise sah auf die unverputzte Wand neben der Matratze. An einigen Stellen war das Mauerwerk porös, und durch die Feuchtigkeit hatten sich dunkle Flecken gebildet.

Jakob streichelte jetzt ihren Rücken. «Das wird schon nicht so schlimm werden.»

«Wahrscheinlich», murmelte Elise und schloss die Augen. Sie grub ihr Gesicht in seinen Pullover. Wie gut er roch. Eine Mischung aus Seife, Tabak und Erde.

«Seid ihr glücklich?», fragte Jakob unvermittelt.

«Was?» Elise wusste nicht, was sie dazu sagen sollte. Warum fragte er sie das? Und warum ausgerechnet jetzt? Würde er in der DDR bleiben, wenn sie ihn darum bat? Was war eigentlich mit Ulrike?

«Henning hat jedenfalls ein Riesenglück. Weiß der das eigentlich?» Jakob fasste ihre Schultern, richtete sie sanft auf und blickte sie so durchdringend an, dass Elise ganz schwindelig wurde. Seine dunklen Augen schienen direkt in ihr Herz zu blicken. *Le cœur a ses raisons que la raison ne connaît point*, erinnerte sie sich. Das Herz hat Gründe, die der Verstand nicht kennt.

Während sie noch überlegte, was sie erwidern sollte, ließ Jakob sie los, stand auf und hielt ihr die Hand hin. «Na, los. Jetzt wird aufgestanden. Berlin erwartet dich.»

Jakob hatte sich trotz des Schneechaos nicht davon abbringen lassen, mit Elise zum Alexanderplatz zu laufen. Wenn sie schon bei ihrer Ankunft den Eindruck gehabt hatte, der Prenzlauer Berg würde aussehen wie eine Filmkulisse, dann tat er das jetzt ganz ohne Zweifel. Die Welt um sie herum erinnerte Elise an den Film *Drei Haselnüsse für Aschenbrödel*. Dick und schwer lag der Schnee über der Stadt, die Fensterscheiben der parkenden Autos waren mit Eiskrusten überzogen, auf der Schönhauser Allee kam ihnen ein Räumfahrzeug entgegen. Fröstelnd zog sich Elise die Kapuze von Jakobs Parka über den Kopf und rutschte in seinen ihr viel zu großen Stiefeln hin und her. Auch wenn sie ihr nicht passte, war sie froh über die warme Kleidung, denn in ihrem Rucksack war außer einem von Isolde gestrickten Pullover nichts Passendes für diese Witterungsverhältnisse. Eisregen setzte ein.

«Wir sind gleich da. Schon seit meinem ersten Tag in Berlin habe ich vor, mit dir in die Palatschinkenbar zu gehen. Als Erinnerung an damals.»

«Warst du mit Uli auch da?» Elise wurde rot, als sie das fragte.

«Ach Uli, das ist schon lange ...» Jakob spreizte die Finger und zählte. «Egal. Die Palatschinkenbar, das ist jetzt neun Jahre her. Erinnerst du dich?»

Elise nickte. «Natürlich. Wie könnte ich vergessen, wie mein Vater plötzlich weg war!»

Jakob griff nach ihrer Hand. «Ja, stimmt, das war kein Spaß. Hat sich eigentlich jemals geklärt, warum sie ihn damals festgenommen haben?»

«So ein bisschen. Das muss aus Versehen passiert sein. Man hat ihn wohl für einen der Rowdys gehalten, die da Stunk gemacht haben. Eine Ungeheuerlichkeit. Denkst du, es hätte sich mal jemand dafür entschuldigt? Pustekuchen. Aber Gott sei Dank hatte sich das Missverständnis ja schnell aufgeklärt. Guck mal!» Elise blieb stehen, um einem Mann nachzusehen, der auf Langlaufskiern von der Torstraße in Richtung Volksbühne abbog.

«Wie geht es deinem Vater denn?», fragte Jakob.

«Ganz gut! Eine Zeitlang haben wir uns ja alle ziemlich große Sorgen gemacht. Er hat viel zu viel getrunken. Aber wie durch ein Wunder ist er weg vom Alkohol. Einmal in der Woche geht er zu so einer Gruppe in Sprevelsrich, sie reden dort über ihre Probleme.»

«Das hört sich gut an.»

«Außerdem verbringt er viel Zeit mit Friedrich, der scheint ihm gutzutun und ...»

«Deinem Schwiegervater», fiel Jakob Elise ins Wort, woraufhin sie seine Hand losließ.

«Was heißt schon Schwiegervater.»

«Aber ihr seid doch zusammen, du und Henning, und das schon seit einer Ewigkeit. Das ist doch fast so, als wärt ihr verheiratet.»

«Sind wir aber nicht.»

Elise schob den Teller von sich, auf dem noch ein Stück Palatschinken lag. «Ich bin so satt, ich mag kein Blatt.» Sie hatte viel zu schnell gegessen und hoffte, ihr Körper würde ihr das nicht übelnehmen. Aber seit sie sich bei ihrer Ankunft hatte übergeben müssen, gab ihr Magen Ruhe, und sie war froh, dass die Krankheit ausgestanden schien.

Jakob und Elise waren die einzigen Gäste.

Die Bedienung, in einem engen schwarzen Kleid und mit weißer Schürze, kam an den Tisch, um die Teller abzuräumen. «Darf es noch etwas sein?»

«Ich nehme noch einen Kakao.» Jakob rückte näher zu Elise und griff nach ihrer Hand. «Für dich auch?»

«Gern.» Ihre Stimme zitterte. Jakobs Haut war warm und ein wenig rau.

«Deine Finger sind ja ganz kalt.» Vorsichtig begann er, ihre Hand zu massieren. «Elise, hör mal. Du hattest ja gefragt, ob ich mir das mit dem Ausreiseantrag gut überlegt habe. Bis du herkamst, war ich mir ganz sicher. Aber jetzt, weißt du, es ist so schön, dich zu sehen, und ich würde gerne, also, wenn du ... Der Antrag, ich würde ihn zurück...»

In diesem Augenblick presste Elise sich die Hand vor den Mund und rannte in Richtung Toiletten.

Jakob sah ihr erstaunt hinterher. Die Bedienung kam mit den beiden Tassen Kakao zu Jakob an den Tisch. «Herzlichen Glückwunsch!»

«Hä?», sagte Jakob verdattert.

«Na, deine Freundin, sie ist doch schwanger, oder? Ganz frisch? Diese Übelkeit, ich weiß noch genau, was das für eine Qual war.» Sie räumte die Teller ab und wischte einmal über den Tisch. «Aber das geht bald vorbei, mach dir keine Sorgen. Und dann kommt ja die Zauberzeit, die lässt einen alles vergessen.»

Als Elise zurückkam, war der Kakao kalt geworden.

Henning legte den Schraubenschlüssel beiseite und trat zurück, um die Wiege besser betrachten zu können. Sie war aus naturbelassenem Kiefernholz, hatte an den Seiten Blumenschnitzereien und ein robustes Schaukelgestell. Über der Himmelstange hing ein Vorhang mit Monogrammstickereien, an denen Isolde wochenlang gearbeitet hatte.

«Fertig. In jeder Schraube, in jeder Holzleiste, in jedem Fitzelchen Kleber steckt mein ganzes Herzblut.»

Elise nahm den Fuß vom Pedal ihrer Nähmaschine, ging zu Henning und küsste ihn. «Danke. Wunderschön ist sie geworden. Ich habe gar nicht gewusst, dass du so etwas kannst.»

«Ein bisschen Hilfe habe ich von meinem Vater bekommen, aber das meiste», er streckte seine Hände nach vorn, «haben die hier allein gemacht.»

Elise wurde warm ums Herz, als sie Henning so stolz sah. Die letzten acht Monate waren wie im Flug vergangen. Elises Bauch war so rund geworden, dass sie sich nicht einmal mehr ohne fremde Hilfe die Schuhe zubinden konnte. Körperlich ging es ihr prächtig. Die Übelkeit der ersten Wochen hatte sich schnell gelegt, nur Palatschinken konnte sie nicht mehr essen, was sie sehr bedauerte. Noch oft dachte sie an das Treffen mit Jakob in Berlin zurück. Der Schnee, die Kälte, sein Geruch, seine Hand in ihrer. Wie es ihm wohl ging? Seit ihrem Besuch hatte er sich kein einziges Mal bei ihr gemeldet. Ob es schon Neuigkeiten zu seinem Ausreiseantrag gab? Gerne hätte sie ihn wiedergesehen, aber die letzten Monate waren schnell vergangen und es gab viel zu tun. Ihre Gefühle für Jakob hatten sie gehörig durcheinandergebracht, aber jetzt, als werdende Mutter, war es an der Zeit, sich auf ihre kleine Familie zu konzentrieren.

Watschelnd ging sie zurück zur Nähmaschine, nahm das Umstandskleid, das sie gerade genäht hatte, und hielt es sich vor den Oberkörper. «Was sagst du? Da kann nicht mal Coco Chanel mithalten, oder?»

«Sehr elegant.»

«Findest du?», fragte Elise.

«Und wie! Aber kann es sein, dass das gestern noch eine von Christas Tischdecken war?»

Elise grinste.

Bei dem Kleid hatte sie sich für ein einfaches Schnittmuster entschieden. Es bestand aus zwei Rechtecken, die sie an den Seiten zusammengenäht hatte. Nur Aussparungen für die Arme hatte sie offen gelassen. «Jetzt muss ich noch die untere Kante säumen, den Halsausschnitt einfassen, und fertig ist das Zelt.»

«Zelt?»

«Na, die Schmalste bin ich ja nicht gerade im Moment. Ich finde, es hat schon etwas Zeltähnliches.»

«Also, ich finde, schwanger steht dir. Und selbst wenn du nach der Entbindung alle Kilos behalten solltest, mir soll es recht sein, so habe ich mehr von dir.»

Bei Hennings Worten merkte Elise wieder einmal, wie glücklich sie mit ihm war. Nachdem sie Neujahr aus Berlin zurückgekommen war und die Gynäkologin ihre Schwangerschaft bestätigt hatte, wurde die Vorfreude mit jedem Tag größer, und auch wenn das Wichtigste die Gesundheit des Kindes war, wünschte sich Elise einen Jungen. Sie hängte das Kleid an den Schrank und legte sich schwerfällig auf das Bett. «Du. Wegen des Namens, ich habe da so eine Idee. Du weißt ja, wie viel mir Franz bedeutet hat, ich bin in seinem Wohnzimmer zur Welt gekommen, und ich vermisse ihn und ...»

«Du willst unser Kind Franz nennen? Das finde ich großartig.» Henning setzte sich neben Elise und begann, ihre Füße, die in den letzten Wochen stark angeschwollen waren, zu massieren. Elise seufzte wohlig.

«Wir sind übrigens zum Abendbrot bei meinem Vater eingeladen, er möchte etwas mit uns besprechen. Passt das?» Als Henning aufblickte, waren Elises Augen geschlossen, sie schnarchte leise. Behutsam nahm er seine Praktika aus der Tasche und machte ein paar Fotos von ihr.

«Frau Petersen.»

Elise hatte kaum Kraft, ihren Kopf zu drehen. Es roch nach Desinfektionsmittel, Blut und Urin. Sie hörte Stimmen, die sie nicht einordnen konnte, und fühlte sich, als wäre sie einen Marathon gelaufen.

«Frau Petersen.»

Matt öffnete sie die Augen. Die Schwester schaute sie besorgt an.

«Wir müssen einen Kaiserschnitt veranlassen, zur Sicherheit. Sie liegen jetzt seit zwei Tagen in den Wehen, und es geht nicht voran.»

Elise nickte und blickte sich um. Der Saal, in dem sie lag, war grün gefliest. Neben ihrem Bett hing ein zur Seite gezogener Vorhang, hinter dem ein weiteres Bett stand, das leer war. Plötzlich ertönte der schrille Schrei einer Frau. Elise kniff die Augen zusammen.

«Ich gebe Ihnen jetzt etwas zur Beruhigung. In einer halben Stunde ist der OP frei.» Die Schwester reichte Elise eine Tablette und ein Glas Wasser. «Sie werden sehen, spätestens morgen ist es ausgestanden.»

Elises Lider wurden schwer. Während die Stimmen um sie herum leiser wurden, so als würde jemand den Lautstärkeknopf eines Radios langsam nach links drehen, versuchte sie, sich zu erinnern, was vor ihrer Einlieferung ins Krankenhaus geschehen war.

Sie wusste noch, dass sie mit Henning auf dem Weg in den Kastanienhof gewesen war, sie hatte ihr neues Zeltkleid angezogen, die Haare hochgesteckt und sich die ganze Zeit gefragt, was Friedrich wohl Wichtiges mit ihnen zu besprechen hatte. Auf Höhe der Bushaltestelle hatte sie gemerkt, wie eine warme Flüssigkeit ihr die Beine hinablief. Auch an Friedrich konnte sie sich noch erinnern. Sein Auto hatte neben der Bushaltestelle gestanden. Er hatte einen Brief in der Hand gehabt und besorgt ausgesehen, und als Elise ihm gesagt hatte, ihre Fruchtblase sei geplatzt, hatte er sie und Henning nach Sprevelsrich gefahren.

Elise merkte, wie das Beruhigungsmittel sich immer weiter ausbreitete und nicht nur ihren Körper, sondern auch ihre Gedanken lähmte. Der kleine Franz kommt drei Wochen zu früh, dachte sie noch, bevor sie einschlief.

Es klopfte. Ein Arzt betrat das Zimmer. Er hatte schmale Augen und vorstehende Zähne und erinnerte Elise an einen Affen. Hinter ihm reihten sich drei Lehrschwestern auf.

Ohne Elise auch nur eines Blickes zu würdigen, begann der Arzt zu dozieren. «Hier finden wir den Fall siebzehn, auf den ich Sie vorhin bereits hingewiesen habe. Die Patientin hat bei der Sectio Caesarea ungewöhnlich viel Blut verloren, weil der Mutterkuchen in die Gebärmutter eingewachsen war, eine sogenannte ...»

«Placenta Accreta?», fragte eine der jungen Schwestern.

«Richtig. Wir sind auf Nummer sicher gegangen und haben die Gebärmutter komplett entfernt. Die Patientin kann folgerichtig keine Kinder mehr bekommen, aber so ist das nun mal mit der Natur, ihre Wege sind unvorhersehbar, und wir sind da, um helfend einzugreifen.»

Eine andere Lehrschwester meldete sich, der Arzt ignorierte sie. «Sie sollten sich diesen Fall gut einprägen, die Chancen stehen hoch, dass ich Sie nächste Woche zu dem Thema abfrage.»

Elise war den Tränen nahe und hatte Mühe, nicht die Beherrschung zu verlieren.

Der Arzt machte auf dem Absatz kehrt, im selben Moment erschien die Schwester, die Elise vor ihrer Operation die Beruhigungstablette gegeben hatte, im Türrahmen. Auf dem Arm hatte sie ein Handtuch, aus dem ein Köpfchen hervorschaute. Sofort musste Elise lächeln, streckte die Arme aus, richtete sich im Bett auf und wimmerte, als durch ihren Unterleib ein heftiger Schmerz fuhr.

Der Arzt, der noch vor der Tür stand, schüttelte den Kopf. «Hat man Ihnen nicht gesagt, dass Sie sich möglichst wenig bewegen und die Kaiserschnittnarbe keinerlei Belastung aussetzen dürfen?»

Die Schwester schob sich am Arzt vorbei. «Frau Petersen, schauen Sie mal, wen ich mitgebracht habe.»

Der Arzt runzelte die Stirn. «Was sind denn das für moderne Methoden, einen Säugling zur Mutter bringen? Seit wann ist das bei uns Usus? Zum Stillen, meinetwegen, aber im Anschluss kommt das Kind zurück auf die Station.»

«Ja, Herr Doktor», flüsterte die Schwester, während der Arzt kopfschüttelnd das Zimmer verließ.

«Franz, endlich.»

Die Schwester stellte sich neben Elises Bett, ihre braunen Augen blickten sanft auf das Bündel. «Ich glaube, wenn, dann habe ich hier eine Franziska für Sie.» Behutsam legte sie Elise das Baby in die Arme. «Ihr Mann ist auch hier, soll ich ihn holen?»

Elise nickte und betrachtete gerührt das Gesicht ihrer Tochter.

«Sie können jetzt, Herr Petersen», rief die Schwester.

Henning betrat das Zimmer, unter seinem Arm klemmte ein Plüschelefant, der eine blaue Schleife um den Rüssel gebunden hatte.

«Sie haben zehn Minuten, danach muss Ihr Mann wieder gehen. Wenn der Doktor mitkriegt, dass ich Väter zu ihren Kindern lasse, kann ich mir wieder stundenlang Vorträge anhören.»

«Wie hübsch sie ist, unsere kleine Franziska. Bist du mit dem Namen einverstanden?»

Henning nickte und schaute gedankenverloren auf den Plüschelefanten, den er auf den Nachttisch gestellt hatte. «Mein Vater wollte uns übrigens anbieten, drei Zimmer im Kastanienhof zusammenzulegen, damit wir dort wohnen können.»

«Aber das ist doch perfekt.»

Henning verschränkte die Hände auf seinem Schoß ineinander, senkte den Kopf, seine Ohren glühten.

So ernst hatte Elise ihn noch nie erlebt. «Henning, was ist denn? Hier, halt du sie mal.»

Henning nahm die kleine Franziska und wiegte sie sanft. Dann sah er auf. Er hatte feuchte Augen.

«Ich muss dir etwas sagen, was dir nicht gefallen wird. Ausgerechnet jetzt, ich … es hätte keinen unpassenderen Zeitpunkt geben können.»

«Jetzt sag schon, raus mit der Sprache.»

Franziska fing an zu weinen, Elise strich ihr sanft über die Wangen, was sie schnell beruhigte.

«Erinnerst du dich an den Brief, den ich bekommen habe, bevor wir ins Krankenhaus gefahren sind?»

Elise hatte auf einmal einen Kloß im Hals. «Dunkel. Was war das?»

Henning schluckte schwer. «Das war mein Einberufungsbefehl. In drei Wochen muss ich nach Zittau.»

In der Küche kochte er sich einen Tee und überlegte, wie es weitergehen sollte. War es richtig, Elise nach Peleroich geholt zu haben? Oder wäre es besser gewesen, die Vergangenheit ruhen zu lassen? Hatte wirklich der drohende Verkauf von Peleroich sein Bedürfnis, die Wahrheit zu erzählen, ausgelöst? Oder war es die jahrzehntelange Last, das schlechte Gewissen, für Karls Tod verantwortlich zu sein? Oder lag es am bevorstehenden dreißigjährigen Jubiläum des Mauerfalls? Waren es am Ende nur die zahlreichen frühen Fernsehberichte und Zeitungsartikel, die ihn in die Vergangenheit zurückgeschleudert hatten?

Nachdenklich ging er zurück in sein Zimmer, führte die Teetasse an den Mund und verbrannte sich die Lippen. Sein Blick fiel auf den Anrufbeantworter. Als er daran dachte, dass es immer noch Leute gab, die über seine Tätigkeit von früher Bescheid wussten, bekam er schlechte Laune und auch ein wenig Angst. Am Ende, wenn alles, was er getan hatte, ans Tageslicht kommen würde, wäre es egal, aus welchen Gründen er Menschen verraten hatte. Dass seine Situation nicht leicht gewesen war und sie ihm die Pistole auf die Brust gesetzt hatten, zählte da wenig. Er hatte sich schuldig gemacht, daran gab es nichts schönzureden.

Er trank einen weiteren Schluck, stellte die Tasse ab, ging zur Schrankwand und nahm die Mappe mit den Dokumenten aus der Schublade. Er schob die Artikel zum Thema Flucht über die Ostsee und seine handgeschriebene Verpflichtungserklärung beiseite und nahm das Heft heraus, in dem er begonnen hatte, seine Geschichte aufzuschreiben. Auf dem Tisch fand er einen Stift. Er zündete sich eine Zigarette an und begann zu schreiben.

Peleroich war ein kleiner Ort, jeder kannte jeden. Das Dorf liegt gut zehn Kilometer von der Kreisstadt Sprevelsrich entfernt, die seit jeher ein beliebter Urlaubsort gewesen ist.
Da Sprevelsrich an der Ostsee liegt, war es unvermeidbar, dass sich unzufriedene DDR-Bürger hier einfanden, um unserem Land für immer den Rücken zu kehren. Viele sind gescheitert, weil sie naiv und leichtsinnig über die unsichtbare Grenze fliehen wollten und die todbringende Kraft des Meeres unterschätzt hatten. Einige haben es dennoch geschafft.

Schon seit längerem hatte ich Kenntnis von einem professionell organisierten Fluchthelfer-Ring, dessen Fäden in Peleroich zusammenliefen. Das wurde mir zum Verhängnis. Eines Tages wurde ich vorgeladen, ich sollte nach Sprevelsrich kommen. Drei Männer saßen vor mir und baten mich, mit ihnen zusammenzuarbeiten. Und obwohl sie so taten, als sei alles freiwillig und zum Wohle unseres Landes, hatte ich keine Wahl, denn ...

Plötzlich wurde er müde. Nur eine Stunde wollte er sich hinlegen, dann musste er schleunigst darüber nachdenken, wie es mit Elise weitergehen sollte. An seinem Bericht könnte er auch noch weiterschreiben, wenn alles ausgestanden war. Ermattet trank er den Rest Tee aus und legte sich zurück ins Bett.

Kapitel 18
Peleroich, 1981

Franziska hielt ihren Mittagsschlaf in der Wiege, ihr kleiner Daumen steckte im Mund. Elise griff in die Schale mit den Sternchennudeln, neben der eine Rolle feiner Draht und eine Dose mit Goldlack lagen. Im Radio lief ihr Lieblingslied von City. *Manchmal wäre ich gern wie Sterne, ganz weit oben allein, glitzern würd ich aus der Ferne, nur ein Wegweiser sein.*

Leise sang sie mit und dachte an Henning. Die achtzehn Monate, die er bei der NVA dienen musste, waren bald um. *La, la, lei, la, la, lei, bis ans Ende der Welt.*

Das Lied hieß *Aus der Ferne*. Weit entfernt, so war Henning Elise bei seinen Besuchen auch vorgekommen. Zwar hatte er sich immer entzückend um Franziska gekümmert, aber er schien mit seinen Gedanken woanders gewesen zu sein. Und als er im vergangenen Sommer an die Grenze nach Lauchröden in Thüringen versetzt worden war, war es noch schlimmer geworden. Er wirkte sehr bedrückt, aber er erzählte nichts vom dem, was er erlebte.

Mitten in ihre Gedanken hinein hupte es auf dem Dorfplatz. Elise sah aus dem Fenster. Unten stand Ludwig neben seinem Wartburg. Er schwenkte einen Brief in der Hand.

«Ich habe gerade den Postboten getroffen, ein Brief für dich, dem Anschein nach aus Ungarn.»

Als Elise nach unten kam, zögerte der Bürgermeister, bevor er Elise den Brief gab. «Der ist von deiner Freundin Marina, nehme ich an.»

«Das steht doch auf dem Absender, oder nicht?»

«Nun mal nicht so schnippisch, junge Dame.»

Elise betrachtete die fremde Briefmarke auf dem Umschlag. Marina hatte beim Jugendtourist eine Reise an den Balaton ergattert, und Elise fühlte einen Anflug von Schwermut, weil sie wegen Franziska nicht hatte mitfahren können. Neben Paris, ihrem unerreichbaren Sehnsuchtsort, träumte Elise schon lange von Ungarn. Das Land war für sie faszinierend: international, bunt, anders. Es gab Südfrüchte, Coca-Cola, Schallplatten und, das war das Reizvollste für Elise, Pullover, Kleider, Röcke und Schuhe, die man in der DDR niemals bekam. In ein paar Jahren, das schwor sie sich in diesem Moment, würde sie mit Henning und Franziska auch nach Ungarn fahren.

«Was hast du da eigentlich für eine Hose an? Sieht mir nicht nach dem aus, was man bei uns in den Läden kaufen kann.»

Elise erschrak, sie hatte Ludwigs Anwesenheit vollkommen vergessen. Ihre Hose war rot, mit hohem Bund und sich nach unten verjüngenden Beinen, durch die Gürtelschlaufen war eine Kette aus Schlüsselringen gezogen. «Die habe ich mir selbst genäht.»

«So, so. Und was ist das für ein Stoff?» Ludwig putzte seine Brille.

«Malimo.»

«Wo hast du den her?»

«Das sind Reste aus dem Betrieb.» Noch bevor sie den Satz beendet hatte, beschlich Elise ein ungutes Gefühl.

«Aha! Das ist ja interessant.»

«Wieso interessant?»

«Ach, nichts weiter.» Ludwigs Blick fiel auf Elises Dekolleté. «Sind das Sternchennudeln, die du da um den Hals trägst?»

Elise nickte. «Der Mangel macht kreativ, das weißt du doch.»

«Ganz schön keck, junge Dame, ganz schön keck.» Der Bürgermeister hob eine Hand zum Gruß und ging gemächlich über den Platz. Das ungute Gefühl, das in Elise aufgestiegen war, verstärkte sich noch, nachdem er im Kulturhaus verschwunden war.

Elise sah auf Marinas Brief und drückte die Tür zum Kastanienhof auf. In der Gaststube traf sie auf Friedrich, der gerade die Stühle von den Tischen nahm.

«Alles gut bei dir?»

Elise nickte nur beiläufig. Sie wollte endlich lesen, was Marina ihr geschrieben hatte.

In ihrem Zimmer angekommen, vergewisserte sie sich, dass Franziska noch schlief, und riss den Umschlag auf.

Liebste Elise,

du fehlst hier, und wie! Ungarn ist dein Schlaraffenland, dein greifbares Paris, deine Wunscherfüllung. Was es hier nicht alles gibt! Ein bisschen zögere ich, dir den Mund wässrig zu machen, ich weiß ja, wie gerne du mitgekommen wärst. Aber Franziska geht vor, und Ungarn läuft nicht weg.

Damit du nicht gar zu traurig bist und da ich ja Geheimnisse nicht für mich behalten kann, verrate ich es dir schon auf diesem Weg: Ich habe eine Levi's für dich, eine echte, keine von diesen Boxer-, Wisent- oder Shanty-Substituten und wie sie nicht alle heißen. Freu dich ruhig schon.

Das Einzige, was mich hier stört, sind die Wessis. Die führen sich so gönnerhaft auf, da wird einem ganz übel. Die denken, mit ihrem Geld können sie sich alles erlauben, und behandeln uns, als wären wir Menschen zweiter Klasse. Ehrlich. Diese Arroganz ist unglaublich, zum Kotzen.

Wie geht es dir? Und Franziska? Hat Henning von der NVA erzählt? Hast du etwas Schönes genäht? Rennen sie dir immer noch die Bude ein, um deine Klamotten zu ergattern?

Fragen über Fragen und ein csók (das heißt Kuss) von deiner braungebrannten Freundin

Marina

«Sechs Minuten, dreiundzwanzig Sekunden.» Friedrich schüttelte den Kopf und zündete sich eine Zigarette an. «Das müssen wir schneller hinbekommen, viel schneller, oder wir lassen es ganz. Ich denke eh schon länger darüber nach aufzuhören.»

Karl griff nach der Flasche Saft, die auf dem Boden

stand. «Quatsch, jetzt sind wir so weit gekommen, da gibt es kein Zurück mehr.»

Friedrich hob schweigend den Kopf. Karl hatte, nur um bei der Vorbereitung für die Fluchten zu helfen, dem Alkohol komplett abgeschworen. Auf seinen Freund war Verlass, aber es gab eine andere Sache, die Friedrich nachdenklich stimmte. Seit man Henning zum Dienst an die Grenze versetzt hatte, hatte sich Friedrichs Sicht auf die Fluchthilfe geändert. Es war einfach zu befremdlich, dass er selbst Menschen über die Grenze schleuste, die Henning mit einer Waffe bewachen musste. Henning hatte so mitgenommen gewirkt, wann immer er zu Hause war, Friedrich machte sich Sorgen um seinen Jungen und war froh, dass sein Dienst bald abgeleistet war.

«Nur Nassanzüge, Schnorchel und Flossen, das schränkt uns zu sehr ein», redete Karl weiter. «Wir konnten bisher nur gute Schwimmer nehmen. Ich finde die Idee mit dem Boot gut, da sind wir viel flexibler. Lass es mich noch einmal versuchen.»

«Also gut.» Friedrich warf seine Zigarette auf den Boden, zerlegte mit geübten Handgriffen das Schlauchboot in seine Einzelteile und schaltete seine Stirnlampe aus. Jetzt im Dunkeln, so hatte er den Eindruck, verstärkte sich der faulige Geruch, der aus dem glitschigen Morast auf dem Boden kam. Während Friedrich sich aufrichtete und die Stoppuhr zurückstellte, quietschten die Sohlen seiner Gummistiefel.

Bei einem seiner Aufträge war Karl mit der Kanalbaubrigade an der verlassenen Waldsiedlung in Dürrhöhe vorbeigekommen. Inzwischen wurde sie von der LPG nicht mehr genutzt, moderte vor sich hin, und die Kellerräume der Häuser eigneten sich hervorragend zum heimlichen Üben, auch wenn sie feucht und ungemütlich waren. Plötzlich bemerkte Friedrich, wie ein Tier an seinen Gummistiefeln entlangstreifte, und versuchte, nicht weiter darüber nachzudenken.

«Bist du so weit?», fragte er.

«Ja, kann losgehen.»

Friedrich drückte auf die Stoppuhr. Er hörte, wie Karl mit dem Aufbau begann, und obwohl er ihn nicht sehen konnte, wusste er genau, was er tat. Zuerst schob er das vordere, dann das hintere Spantengerüst in die Gummihaut. Danach spannte er das Ganze mit Hilfe eines Kiels, und zum Schluss blies er das Boot so weit auf, bis sich die Hautfältchen geglättet hatten und das Gerüst festsaß.

«Fertig.» Karl atmete schwer. «Und?»

Friedrich schaltete seine Stirnlampe an und sah auf das Zifferblatt der Stoppuhr. «Auf die Sekunde genau sechs Minuten.»

Erfreut klatschte Karl in die Hände. «Wenn das mal kein gutes Omen ist.»

Otto tauchte den Scheuerlappen in den Wassereimer. Abrupt hielt er inne und fixierte das schmutzige Wischwasser, als würde er so etwas zum ersten Mal in seinem Leben sehen. «Weißt du, worüber ich in letzter Zeit viel nachdenke?»

Ludwig ließ das Neue Deutschland sinken und schüttelte den Kopf.

«Über die Natur.»

«Was meinst du damit?»

Otto setzte sich neben den Bürgermeister auf eine Bank in der Mitte der Kirche und sah durch das Fenster nach draußen. «Hast du bemerkt, dass die Thomas-Mann-Kastanie von Jahr zu Jahr kümmerlicher aussieht? Hast du bemerkt, dass es in der Sprevel in letzter Zeit immer mehr tote Fische gibt und der Fluss inzwischen die Farbe von Muckefuck hat?»

«Da ist wahrscheinlich der Lauf der Zeit.» Ludwig faltete abwesend die Zeitung zusammen und legte sie auf die Ablage vor sich.

«In der ganzen DDR ist das inzwischen Alltag, die Tagebaue, Chemiebetriebe und Kohlekraftwerke verpesten die Luft, und es scheint niemanden zu interessieren», fuhr Otto fort.

«Moment, Moment, das hat ja nichts mit der DDR zu tun. Das liegt doch an den Giften, die vom Klassenfeind rüberwehen.»

Otto starrte Ludwig mit weit aufgerissenen Augen an. «Das glaubst du doch nicht im Ernst.»

«Und warum schreibt das Zentralorgan dann nichts darüber?» Ludwig tippte mit dem Zeigefinger auf die Zeitung vor sich. «Denkst du etwa, die würden uns so eine Ungeheuerlichkeit verschweigen?»

Otto biss sich auf die Lippen. «Wie dem auch sei. Ich würde gerne auf das Problem aufmerksam machen. Als Christ bin ich verpflichtet, die Natur, die Schöpfung Gottes, zu beschützen. Wir haben nur eine Umwelt, es muss etwas passieren. Ich könnte neue Bäume pflanzen oder einen Fahrradkorso zur Sprevel organisieren oder ...»

Das langgezogene, tiefe Knarren des Kirchenportals ließ

Otto und Ludwig herumfahren. Erschrocken blickten sie auf die Person, die dort stand. Es war Jakob. Mit schwerfälligen Schritten durchmaß er das Mittelschiff und blieb vor den beiden Männern stehen.

Er massierte sein rechtes Ohrläppchen und trat unsicher von einem Fuß auf den anderen.

Otto eilte auf seinen Enkel zu. «Jakob, was machst du denn hier? Wie schön, dich zu sehen! Geht es dir gut? Warum hast du nicht Bescheid gesagt, dass du kommst?»

«Bevor du mich weiter ausfragst, sage ich es direkt. Ich habe einen neuen Ausreiseantrag gestellt, daraufhin bin ich in der Firma rausgeflogen, und die Wohnung habe ich auch nicht mehr.» Müde ließ er sich neben Ludwig auf die Bank sinken. «Ich wusste einfach nicht, wo ich hin sollte.»

Die Silhouette von Peleroich zeichnete sich schon von weitem wie ein Scherenschnitt gegen den Himmel ab. Elise saß im Bus. Vor ihr stand der rote Kinderwagen, in dem Franziska lächelnd mit dem Plastikteddy an der Kinderwagenkette spielte. Elise erwiderte das Lächeln, denn auf ihrem Schoß lag ein Schatz. Durch Zufall hatte sie heute, an ihrem Haushaltstag, im HO-Kaufhaus einen Stapel Stoffwindeln bekommen.

«Mutti, Winde.» Franziska zeigte auf die Windeln im Netz, als Elise den Kinderwagen in Peleroich aus dem Bus hob.

«Ja, das sind Windeln. Die sind aber nicht für dich, Mäuschen. Daraus werde ich ein paar hübsche Sommerkleider nähen.» Elise schob den Kinderwagen zum Kastanienhof.

Die Tür stand offen, hinter der Fenstereinlassung hing ein handgeschriebenes Schild, auf dem *Heute geschlossen* stand. Verwundert drückte Elise die Tür auf und betrat die Gaststube. Ihre Eltern saßen zusammen mit ihrem Schwiegervater am Stammtisch. Alle drei hatten starre Gesichter.

«Nanu.» Zögernd nahm Elise Franziska aus dem Wagen und stellte sie auf den Boden neben den Tresen.

«Opi.» Mit tapsigen Schritten lief Franziska zu Friedrich und kletterte auf seinen Schoß.

«Ihr macht ja ein Gesicht wie sieben Tage Regenwetter.»

«Wenn es nur das wäre.» Zitternd presste sich Christa die Hand gegen die Stirn. «Setz dich zu uns.»

Elise schluckte trocken. «Was ist los?»

Karl räusperte sich. «Offenbar weißt du noch nichts. Du wurdest angezeigt, anonym. Wir brauchen es nicht auszusprechen, wir haben alle dieselbe Vermutung. So eine Ungeheuerlichkeit ist hier nur einer Person zuzutrauen.»

«Was?» Elise sank auf einen Stuhl.

Christa schluchzte auf, Friedrich drückte Franziska an sich, die mit großen Augen die Szene betrachtete.

«Du sollst Volkseigentum entwendet und daraus Kapital geschlagen haben. Das sei Unterschlagung.» Karl ging zum Tresen, holte eine Flasche Melde Korn und goss Elise ein Glas ein.

Sie leerte es in einem Zug.

«Elise, das stimmt doch nicht, oder?», fragte Christa.

Ohne zu antworten, goss Elise sich ein neues Glas ein und stürzte es hinunter.

«Das reicht jetzt aber.» Besorgt sah Karl seine Tochter an. «Bitte, bitte, fang damit gar nicht erst an.»

Eine Weile sagte niemand etwas.

«Ziska, Hunger.»

Friedrich stand auf und ging mit seiner Enkelin in die Küche.

Elises Blick wanderte vom vergoldeten Hirschgeweih zum Abreißkalender. «Ich hatte die ausdrückliche Erlaubnis, die B-Ware mitzunehmen. Die habe ich für meine Kleider und Blusen verwendet.»

«Hast du das schriftlich?» Christa musterte ihre Tochter verzweifelt.

«Nein.»

«Hast du Geld für die Kleider genommen?»

«Manchmal. Die meisten Klamotten habe ich getauscht, gegen eine Schallplatte oder ein Buch, Nagellack oder Schokolade aus dem Intershop.»

«Oh weh, das war keine gute Idee.» Christa schloss die Augen.

Ihre Mutter so zu sehen, machte Elise fast noch trauriger als die Tatsache, dass Ludwig sie angezeigt hatte. Dass er es gewesen war, stand für sie außer Frage. Sie ärgerte sich maßlos, ihm von den Stoffen aus dem Betrieb erzählt zu haben.

«Hör mal, da ist noch etwas.» Nervös spielte Karl mit einem Bierdeckel. «Du darfst nicht mehr nähen. Ab morgen sollst du in der Färberei arbeiten.»

Elise fühlte sich wie vor den Kopf gestoßen, ihr Unterkiefer bebte. Am liebsten hätte sie laut geschrien. Die Färberei lag im fensterlosen Keller des Betriebs, die Hitze dort war unerträglich, aus den Kesseln stank es widerwärtig, und während sie sich noch einen Schnaps eingoss, glaubte Elise, den beißenden Chemiegeruch bereits in der Nase zu haben.

«Ich muss mal an die frische Luft», flüsterte sie und konnte ihre Tränen nicht mehr zurückhalten, als sie durch den Gastraum hastete.

An der Tür stieß sie mit jemandem zusammen.

Jakob stand vor ihr. «Warum weinst du denn?», fragte er und nahm sie in den Arm, so vertraut, als hätten sie sich eben erst am Alexanderplatz verabschiedet.

Elise war gerade dabei, das Geschirr vom Abendessen zu spülen, als es zaghaft klopfte. Sie wischte sich die Hände an ihrer Schürze ab und öffnete die Tür. Gedämpft drangen die Stimmen aus der Gaststube nach oben.

Am Türrahmen lehnte Jakob mit einer Flasche Stierblut in der Hand.

«Hallo.» Er lächelte sie an. «Ich habe extra leise geklopft, um Franziska nicht zu wecken. Hast du Lust auf ein Glas Wein?»

Eilig fuhr Elise sich durch die Haare und band ihre Schürze ab. «Komm rein.»

Sie standen kaum in der Küche, als Henning aus Franziskas Zimmer kam. «Sie schläft endlich. Nanu, Besuch zu so später Stunde?», setzte er hinzu, als er Jakob sah.

«Henning! Ich wusste ja gar nicht ... Willkommen zurück!»

«Danke. Ich bin gestern entlassen worden.»

«Wie schön. War sicher eine harte Zeit an der Grenze?»

Hennings Blick verhärtete sich. «Ja, das war nicht einfach.»

«Ja, äh ... Ich wollte nach Elise schauen und fragen, wie

es ihr geht. Diese Sache mit der Zwangsversetzung in der Färberei hat sie ja ganz schön mitgenommen. War heute nicht dein erster Arbeitstag in diesem Verlies?»

Elise nickte und nahm Jakob die Flasche Wein aus der Hand. «Das ist genau das Richtige gerade, ich hole uns drei Gläser. Jetzt setzt euch doch mal.»

«Ich kann mir vorstellen, wie schlimm es für dich sein muss, in einem nach Chemikalien stinkenden Keller zu arbeiten», sagte Jakob.

Elise nippte an ihrem Glas. «Es ist die Hölle. Hätte ich nur die Stoffe nicht mitgenommen. Ich könnte mich schwarzärgern. Zwar war die Arbeit vorher auch nicht gerade das Gelbe vom Ei, aber immer noch besser als jetzt.»

«Das Problem war, dass du Ludwig davon erzählt hast. Dass der dich anschwärzt, war fast zu erwarten.» Behutsam legte Henning seine Hand auf Elises Knie. Sie legte ihre Hand auf seine.

«Wenn man über den Tellerrand hinausschaut, ein bisschen kreativer sein will als der Einheitsbrei, kriegt man eben Ärger», sagte Jakob. «Mir ging es ja ganz ähnlich.»

«Also ehrlich, ich finde, das kannst du nicht vergleichen.» Henning griff nach der Weinflasche.

«Warum nicht?»

«Na, weil Elise mehr Verantwortung hat.» Henning stellte die Flasche zurück auf den Tisch und wies mit dem Kopf in Richtung Franziskas Zimmer.

«Und deshalb soll man immer mit dem Strom schwimmen? Was bitte ist so staatsfeindlich an Mode? Und die Anfeindung wegen angeblicher Unterschlagung ist ja wohl blanker Hohn.»

«Es geht doch nicht um Mode.» Energisch stellte Henning sein Glas auf den Tisch. «Es geht ums Prinzip und um Verantwortung.»

Jakob lachte bitter auf.

«Warum machst du dich über mich lustig?», brauste Henning auf. «Du hast dich ja immer schon gut aus der Verantwortung stehlen können. Was meinst du, was hier los wäre, wenn jeder den Dienst an der Waffe verweigern würde, so wie du und deine Spati-Kumpanen?»

«Henning!», rief Elise empört.

«Ich mache mich nicht über dich lustig», entgegnete Jakob kühl. «Aber ums Prinzip geht es schon lange nicht mehr. Wenn man unseren Bürgermeister reden hört, geht es um Gleichheit und Gerechtigkeit, aber das sind nichts als hohle Phrasen. Einige sind gleicher als andere, stellen sich über die Gemeinschaft und denken, sie hätten die Weisheit mit Löffeln gefressen.»

«Nun mach aber mal halb...»

«Schluss jetzt.» Elise ließ den Blick zwischen Henning und Jakob hin- und herwandern. «Hört auf. Das bringt doch nichts. Als wäre mein Tag nicht schon schlimm genug gewesen. Ich habe Mist gebaut, das steht fest.»

Henning und Jakob griffen zeitgleich nach ihren Gläsern. In diesem Moment schlug die Kirchturmuhr zehn Mal.

Elise stand auf. «Ich muss morgen früh raus. Gute Nacht.»

Kapitel 19

Peleroich, 2018

Auch wenn Elise wusste, dass es unmöglich war, hatte sie den Eindruck, gleich hinter dem Ortsschild würde sich die Luft verändern. Trotz der geschlossenen Autofenster kam es ihr vor, als könnte sie das frischgebackene Brot ihrer Großmutter Isolde, Friedas würziges Gulasch und Friedrichs knusprige Bratkartoffeln riechen.

Am Abendhimmel hatten sich die Wolken verdichtet, sie waren grau und undurchdringlich geworden. Elise gähnte, ihre Augenlider fühlten sich schwer an.

Henning drosselte die Geschwindigkeit, bog ab und parkte den VW an der Bushaltestelle am Dorfplatz. Beim Anblick des Platzes war Elise mit einem Schlag hellwach. Entgeistert betrachtete sie die Thomas-Mann-Kastanie. Sie war der Länge nach gespalten und streckte wie ein Skelett die wenigen Zweige, die ihr geblieben waren, in den Himmel.

«Was ist denn da passiert?»

Langsamer als notwendig zog Henning den Zünd-
schlüssel ab, sagte: «Blitzeinschlag», und stieg ohne eine
weitere Erklärung aus.

Der Anblick der Kastanie war für Elise kaum zu ertragen. Der Baum im Zentrum des Dorfes gehörte unverrück-
bar zu ihrem Peleroich. Er war jahrelang ein Anker für sie
gewesen, einer, der Freud und Leid zugleich verkörperte.
Hier hatte sie viele Stunden mit Marina und Henning verbracht, Franziska ihre ersten Gehversuche unternommen,
hier war ihr Vater gestorben. Die kläglichen Reste des einst
prächtigen Baumes zu sehen, kam ihr wie ein Abbild der
letzten drei Tage vor. Elise legte sich beide Hände über die
Augen, so als könnte die Welt um sie herum dadurch verschwinden.

«Geht es?», fragte Marina.

Schweigend nahm Elise die Hände vom Gesicht. «Nicht
wirklich, das ist gerade ein bisschen viel auf einmal.»

Marina zeigte auf das ehemalige Kulturhaus. Es fehlten
die Fenster in den Rahmen, eine Spitzengardine hing zer-
rissen herunter und blähte sich im Wind.

«Das sieht tatsächlich schlimmer aus, als ich es erwartet
hatte.»

Christa nickte seufzend und blickte auf die Kirche, deren Portal mit Holzlatten verbarrikadiert war. Vor einer
zerbrochenen Scheibe hing ein verblichenes Schild, auf
dem *Stoppelfest – 12./13. August 1999* stand. Schwerfällig, so,
als würde jeder Schritt eine große Anstrengung bedeuten,
stieg Christa aus. Elise und Marina folgten ihr.

Vor der Eingangstür des Kastanienhofs stand ein Mann
in ausgebeulter beiger Cordhose und Norwegerpullover.

Elise musste zwei Mal hinsehen, bevor sie Friedrich erkannte. Sein Kopf war kahl und sein Gesicht eingefallen, wodurch seine abstehenden Ohren noch deutlicher hervortraten.

Weit breitete er die Arme aus, als Elise auf ihn zuging. «Willkommen zu Hause. Peleroich ist, wie du siehst, ganz schön in die Jahre gekommen.»

Elise erwiderte seine feste Umarmung. Während Christa und Marina ins Haus gingen, warf sie, über Friedrichs Schulter hinweg, einen nachdenklichen Blick auf den Kastanienhof. Neben der Tür hing die alte Speisekarte, und ohne genau erkennen zu können, was darauf stand, befürchtete Elise, dass die Preise noch in D-Mark aufgeführt waren.

«Ja, ja, der Kastanienhof ist das einzige Gebäude hier, das nicht so aussieht wie aus einem Hitchcock-Film. Im Grunde haben wir geschlossen. Manchmal gibt es noch Anfragen für private Gesellschaften, ein, zwei runde Geburtstage im Jahr ... aber leider viel zu selten. Und das wird ja nun offenbar auch bald der Vergangenheit angehören», sagte Friedrich traurig. «So, nun aber rein in die gute Gaststube, ich habe Bratkartoffeln à la Friedrich für alle gemacht, in Erinnerung an die guten, alten Zeiten.»

Elise lächelte. Dann hatte sie sich also doch nicht getäuscht. Aber war es tatsächlich möglich, dass man Friedrichs Bratkartoffeln bis zum Ortseingang riechen konnte? Was für eine alberne Vorstellung, dachte sie, und obwohl sie so erschöpft war, dass sie auf der Stelle hätte einschlafen können, lief ihr das Wasser im Mund zusammen.

Der Duft von gedünsteten Zwiebeln lag noch immer über der Gaststube, als Henning eine Flasche Bordeaux auf den Tisch stellte, während Christa und Marina sich in der Küche um den Abwasch kümmerten. Die Inneneinrichtung des Kastanienhofs war seit DDR-Zeiten nicht verändert worden: Das vergoldete Hirschgeweih thronte über der Tür, gegenüber, auf dem Kaminsims, standen die beiden ausgestopften Feldhamster, an den Wänden hingen die historischen Aufnahmen von Peleroich und Friedrichs alte Angel. Die braune Farbe des Tresens war mit der Zeit abgeblättert, die Schuldentafel für die Gäste aber so sauber gewischt, dass Elise ahnte, wie lange darauf keine Zahlen mehr gestanden hatten. Das alte Klavier, auf dem sie früher so gerne gespielt hatte, war verschwunden. Elises Blick fiel auf den Kalender, er zeigte den 17. August.

«Den hast du aber lange nicht mehr aktualisiert, wir haben immerhin schon Dezember.»

«Nicht nur das.» Friedrich ging zum Kalender und riss das oberste Blatt ab. «Der Kalender ist von 1990, ein Relikt von früher.»

«Warum hast du ihn noch?»

«Weil alles gleich ist. Ich konnte mich einfach nicht überwinden, irgendetwas wegzuwerfen. Hier verändert sich ja auch nichts mehr.» Friedrich drehte das Blatt um und las: «Bunte Wäsche hängt man zum Trocknen nicht in die Sonne, weil sonst die Farben ausbleichen. Strickkleider hängt man nicht auf einen Bügel, sondern bewahrt sie liegend im Schrank, da sie sonst ihre Form verlieren.»

Sie mussten alle drei lachen, und die plötzliche Ausgeglichenheit nahm dem Grund für ihre Zusammenkunft für einen Moment die Schwere.

Christa und Marina kamen aus der Küche zurück und setzten sich zu ihnen.

«Ich würde gerne mal einen Blick auf diesen anonymen Brief werfen», sagte Christa. «Friedrich und Henning sicherlich auch, oder?»

Elise griff in ihre Tasche und zog das Buch heraus, zwischen dessen Seiten sie den Brief geschoben hatte. *Vom Ende einer Geschichte* von Julian Barnes. Neugierig rückten alle zusammen und neigten ihre Köpfe über das Papier.

«In seinem zweiten Brief hat er alle erwähnt, die noch leben. Friedrich, Ludwig, Willi, Jakob, Elise, Henning und Christa. Das finde ich ungewöhnlich, denn es muss ja eigentlich einer von ihnen sein», gab Marina nach einer Weile zu bedenken.

«Außer uns bleiben nur Jakob und Ludwig. Und mein Vater, aber gut, der ...» Christa rieb sich über die Stirn, während Henning auf sein Handy sah, als es piepste.

«Entschuldigt, ich habe Bereitschaft.» Er stand auf und entfernte sich vom Tisch.

Friedrich goss sich ein Glas Wein ein. «Ihr geht also davon aus, dass es Ludwig ist?»

«Es würde zu ihm passen. Aber es könnte auch Jakob sein.» Elise blickte in die Runde und erzählte dann von dem Foto, das dem zweiten Brief beigelegen hatte.

«Das spricht tatsächlich für Jakob», pflichtete Christa ihrer Tochter bei. «Woher sollte Ludwig ein Foto von ihm und Magdalena haben?»

«Kannst du diesen Brief nicht auf Fingerabdrücke überprüfen, Henning?» Marina streifte sich die Turnschuhe ab und streckte ihre Füße unter dem Tisch aus. «Immerhin sitzt du an der Quelle.»

«Theoretisch schon, aber inzwischen haben ihn zu viele Leute in der Hand gehabt. Außerdem bräuchten wir eine Gegenprobe von Ludwig, und die haben wir nicht.»

Matt schloss Christa die Augen. «Ich gehe jetzt schlafen, morgen sehen wir weiter.»

Alle nickten und entschieden, ins Bett zu gehen.

Nachdem der Tisch abgeräumt war, stieg Elise die Treppen nach oben und dachte an ihre erste Begegnung mit Jakob im Kastanienhof. Wie er damals das WM-Halbfinale ignoriert und in all dem Trubel so konzentriert gezeichnet hatte ... Was, wenn er wirklich noch am Leben war? Wenn er hier auftauchen würde, nach all den Jahren plötzlich vor ihr stünde? Elise legte sich aufs Bett, und ohne auch nur daran zu denken, sich auszuziehen und die Zähne zu putzen, schlief sie ein.

Es war dunkel, als sie bemerkte, wie ihr jemand über den Arm strich. Verschlafen öffnete sie die Augen und erkannte Hennings Silhouette. Mit der linken Hand tastete sie nach der Nachttischlampe, schaltete sie ein und erschrak. Henning trug seine Uniform und machte ein bekümmertes Gesicht.

«Wie spät ist es?» Elise schaute auf ihr Handy, es war halb drei. In der Statusleiste wurde ein verpasster Anruf angezeigt. Wieder war die Nummer unterdrückt.

«Ich muss dir etwas sagen. Entschuldige die Störung, aber es ist zu wichtig, um bis morgen früh zu warten, du sollst es gleich erfahren.»

Durch das gekippte Fenster war der Regen zu hören, der leise auf das Fensterblech fiel.

«Die Kollegen haben mich vorhin nach Dürrhöhe bestellt. Es gab einen Brand in Ludwigs Haus. Die Feuerwehr kam zu spät, sie konnten nicht mehr viel tun, das Haus ist bis auf die Grundmauern abgebrannt, und sie haben eine männliche Leiche geborgen.»

«Was? Ist es ...»

«Das wissen wir noch nicht. Der Tote liegt in der Rechtsmedizin. Die Indizien sprechen aber dafür, dass es Ludwig ist.»

Kapitel 20
Peleroich, 1982

Weil heute dein Geburtstag ist, da habe ich gedacht ...» Die Augen seines Großvaters leuchteten im Schein der Kerze auf dem Marmorkuchen, den er in seiner Hand balancierte.

Jakob winkte lächelnd ab, legte den Spachtel auf die Werkbank und strich sich über den dunklen Bart, in dem sich Tonkrümel verfangen hatten. Nach seiner Rückkehr ins Dorf hatte er sich in den Kellerräumen der Kirche eine kleine Werkstatt eingerichtet, in der er an seinen Skulpturen arbeiten konnte. Die meiste Zeit des Tages verbrachte er hier, manchmal kam er nicht einmal zum Essen nach oben.

Otto hielt ihm den Geburtstagskuchen entgegen. «Na los, auspusten. Und nicht vergessen, du musst dir dabei etwas wünschen.»

Jakob dachte kurz nach und blies die Kerze aus.

«Mein Junge, jetzt bist du schon vierundzwanzig, ich

kann es kaum glauben.» Behutsam stellte Otto den Kuchen auf die Werkbank und sah sich nach einem Messer um. «Verrätst du mir, was du dir gewünscht hast?»

Jakob lachte. «Nein, ich will ja, dass es in Erfüllung geht.»

«Das stimmt auch wieder.» Otto wusste ohnehin genau, was sein Enkel sich gewünscht hatte. Zum dritten Mal war sein Ausreiseantrag abgelehnt worden, und Otto musste sich eingestehen, dass er darüber nicht unglücklich war. Jakob bei sich zu haben, war wie eine letzte Verbindung zu seiner Tochter Magdalena, von der noch immer jede Spur fehlte. Jakob war das letzte Stück Familie, das ihm noch blieb.

Vorsichtig nahm Jakob ein Schnitzmesser von der Werkbank und schnitt den Kuchen an. «Hast du von der Aktion in Dresden gehört, Opa?»

Otto nickte begeistert und nahm sich ein Stück Kuchen.

Im Februar hatte es in Dresden rund um die Gruppe Wolfspelz vor der Ruine der Frauenkirche eine Gedenkfeier gegeben. Nach der offiziellen Veranstaltung zur Erinnerung an die Bombenangriffe auf die Stadt im letzten Jahr des Zweiten Weltkrieges hatte sich eine Gruppe mit Kerzen und Blumen versammelt, *We Shall Overcome* gesungen und gegen die zunehmende Militarisierung der Gesellschaft protestiert.

«Ich würde eigentlich gerne mitmachen bei den Aktionen, aber ich fürchte, dass das mit meinem Ausreiseantrag dann nie etwas wird.» Traurig sah Jakob auf das Schnitzmesser.

«Willst du dir das Ganze nicht noch einmal überlegen, anstatt immer wieder neue Anträge zu stellen?»

«Wie bitte?» Jakobs Stimme klang eine Nuance tiefer als sonst.

«Versteh mich nicht falsch. Ich kann nachvollziehen, dass du dich nicht einengen lassen willst. So seid ihr Künstler nun mal. Da kommst du ganz nach deiner Mutter. Aber ich will dich nicht auch noch verlieren. Erst meine liebe Alma, dann Magdalena ...» Otto wischte sich eine Träne von der Wange.

«Ach, Opa.» Jakob umarmte ihn. «Ich würde dich auch schrecklich vermissen, aber ich bleibe bei meiner Entscheidung. Was steht denn in der Bibel zum Thema Freiheit?»

Nachdenklich strich sich Otto übers Kinn. «Wo der Geist des Herrn ist, ist auch die Freiheit.»

«Das tröstet mich nicht.»

«Vielleicht wird es hier bald besser? Du siehst doch, was gerade passiert. Umweltgruppen, Diskussionen zu Friedens- und Menschenrechtsfragen, die Aktion Schwerter zu Pflugscharen. Da ist etwas in Bewegung gekommen.»

Jakob setzte sich auf den wackeligen Holzstuhl, der vor der Werkbank stand. «Ich glaube nicht, dass das etwas bringt.» Unruhig rutschte er auf der Sitzfläche hin und her. «Es ist wie mit diesem Stuhl. Man kann darauf sitzen, aber er wackelt immerzu, und bequem ist er auch nicht gerade.»

«Und Elise?»

Irritiert hielt Jakob inne und schaute seinen Großvater an.

«Du liebst sie, das weiß ich. Willst du für immer ohne sie leben? Es würde ihr das Herz brechen, wenn du gehst.»

«Sie ist mit Henning zusammen. Die beiden haben eine Tochter. Elise und ich sind Freunde, mehr nicht.» Jakob legte sein Kuchenstück zurück auf den Teller. «Sie hat ihre

Entscheidung getroffen. Ich habe nicht das Recht, mich dazwischenzudrängen.»

Otto schwieg, aber er erinnerte sich an ein Gespräch mit Elises Mutter Christa. Sie hatte ihm kürzlich anvertraut, dass sich zwischen Elise und Henning etwas verändert hatte, seit er von der Armee zurück war. Die beiden gingen, so hatte Christa traurig erzählt, nicht mehr so liebevoll wie früher miteinander um, und sie unternahmen kaum mehr etwas gemeinsam. Ihre Tochter Franziska schien die einzige Verbindung zwischen ihnen geblieben zu sein. Christa hoffte allerdings, dass das nur eine Phase war und bald wieder alles so wie früher sein würde.

«Opa?»

«Niemandem bleibt etwas schuldig, außer der gegenseitigen Liebe. Wer den anderen liebt, der hat das Gesetz erfüllt.» Dieser Vers war Ottos und Almas Trauspruch gewesen, und noch heute wurde ihm warm ums Herz, wenn er ihn hörte. Aber bei Jakob, das spürte er in diesem Moment, verfehlte er seine Wirkung.

«Wenn du meinst. Ich muss noch mal weg, Elise vom Bahnhof abholen. Sie war in Berlin bei Rock für den Frieden, und Henning ist bei einer Schulung an der Müritz.»

Gemeinsam stiegen sie die Kellertreppe hinauf und traten auf den Dorfplatz. Die Temperaturen lagen knapp unter null Grad, neben der kahlen Thomas-Mann-Kastanie stand Ottos Motorrad, eine Simson, für die er sich inzwischen zu alt fühlte. Er hatte die Maschine Jakob zum Geburtstag geschenkt.

«Sag mal, hast du dich eigentlich mit Willi abgesprochen?» Jakob zog den Reißverschluss seiner Lederjacke zu und drückte auf den Choke.

«Worüber?»

«Er hat letzte Woche auch versucht, mich zu überreden, keinen neuen Ausreiseantrag zu stellen.»

Während Otto verwundert den Kopf schüttelte, fuhr Jakob los. Und als Otto sah, dass sein Enkelsohn mit viel zu hoher Geschwindigkeit auf der überfrorenen Straße davonraste, fragte er sich, ob es eine kluge Idee gewesen war, ihm sein Motorrad zu überlassen.

Seit April hielten sich die Temperaturen im rekordverdächtigen Bereich, und der *Sprevelsricher Landbote* hatte bereits von einem Jahrhundertsommer gesprochen. Auch heute versprach der wolkenlose Himmel wieder die Aussicht auf einen heißen Tag, was Karl besorgt zur Kenntnis nahm. Erst der Katastrophenwinter vor drei Jahren, nun dieser Sommer. Dem Anschein nach wurde auch beim Wetter alles immer extremer.

Die sattgrüne Baumkrone der Kastanie spendete Karl den Schatten, den er brauchte, um ein wenig auszuruhen, denn er war bereits seit sechs Uhr auf den Beinen. Er schaute zur Fleischerei, aus deren Tür gerade Frieda trat. Sie sah müde aus, und Karl wusste, warum. In letzter Zeit kamen immer häufiger Kunden von weit her: Schweriner, Neubrandenburger und Rostocker kauften bei Frieda ein. In den Städten war die Versorgungslage mit Fleisch und Wurst inzwischen katastrophal, und die Menschen versuchten ihr Glück in den Dörfern. Doch sogar hier wurden die Vorräte langsam knapp.

Frieda kam zu Karl herüber. Sie schwitzte, ihre Haare

kräuselten sich im Nacken. Ihr Blick wies auf das Leberwurstbrötchen, das auf einem Stück Butterbrotpapier neben Karl lag. «Lass es dir schmecken.»

Karl nickte und biss in das Brötchen.

«Ich werde mir etwas einfallen lassen müssen.» Frieda gähnte.

«Was meinst du?»

«Ich muss verhindern, dass die Peleroicher bald ohne Schinken, Hackepeter und Leberwurst dastehen. Deine Mutter hat neulich schon vorgeschlagen, Wurst mit geriebenen Brötchen zu strecken.»

«Ist das nicht Betrug?» Karl schob den Rest seines Brötchens in den Mund.

«Mir gefällt das auch nicht», antwortete Frieda seufzend. «Aber bei dem mageren Warenangebot bleibt mir wohl oder übel bald nichts anderes übrig.»

Die quietschenden Bremsen des Busses aus Sprevelsrich ließen Karl und Frieda aufblicken. Eine Handvoll Fahrgäste stieg aus. Frieda erhob sich und ging zurück in ihr Geschäft. In diesem Moment hielt Willi Minklers Pritschenwagen vor dem Konsum. Schwungvoll öffnete er die Fahrertür, sprang mit einem Satz heraus und begann, die Melodie von *Heute ist ein wunderschöner Tag* zu pfeifen. Als er Karl sah, winkte er ihm. «Komm mal rüber, das musst du dir ansehen.»

Stolz zog Willi die Plane von der Pritsche. Zwei Stiegen Kaffeesahne, drei Kästen Bier und vier Kästen Himbeerbrause, mehrere Dosen Kakaopulver, etliche Päckchen Makkaroni, zahlreiche Strumpfhosen, fünf Infrarotlampen und sogar Damenbinden kamen zum Vorschein.

«Da staunst du, was?»

«Das kannst du laut sagen. Das sind ja Vorräte für eine ganze Kleinstadt. Wo hast du die denn her?»

«Das war eine Sonderlieferung.» Willi überprüfte den Sitz seines Scheitels in der Schaufensterscheibe und begann, die Getränke in den Laden zu schaffen.

Karl folgte ihm. «Nicht schlecht.»

«Das Geheimnis des Erfolgs ist, den Standpunkt des anderen zu verstehen.»

«Ist das ein Honecker-Zitat?» Karl griff nach einer Flasche Himbeerbrause.

«Honecker? Nein. Henry Ford hat das gesagt. Das war der, der die schönen Autos gebaut hat.»

«Dann haben deine Eingaben also doch etwas bewirkt?»

Willi nickte überschwänglich. «Müssen sie wohl.» Beherzt griff Willi nach der Kaffeesahne und fing erneut an zu pfeifen.

Vom Meer her wehte eine leichte, angenehme Brise. Franziska und Marina suchten am Ufer nach Muscheln für ihre Sandburg, Henning und Elise saßen auf einer Decke und beobachteten die beiden.

«Es ist wirklich schade, dass du von dem ersten Jahr so wenig mitbekommen hast.»

«Hmm.»

«Du bist so einsilbig. Bedrückt dich etwas?»

«Nein.» Henning legte sich auf die Seite und schloss die Augen. «Bin nur müde.»

Seit er von der NVA zurückgekommen war, hatte er

sich verändert. Sehr sogar. Es war, als wäre er ein anderer Mensch geworden. Er war schweigsam, verbrachte viel Zeit allein, fotografierte nicht mehr, und wenn Elise ihm vorschlug, etwas zu unternehmen, winkte er ab und entschuldigte sich damit, dass er noch lernen müsse. Er hatte sich für eine Ausbildung bei der Schutzpolizei beworben und absolvierte gerade seinen Dienstanfängerlehrgang. Vollkommen erstaunt hatte Elise diese Entscheidung aufgenommen. Dabei war die größte Verwunderung eigentlich die gewesen, dass Henning seinen Wunsch, Polizist zu werden, nicht mit ihr besprochen hatte. Als sie zum ersten Mal davon gehört hatte, hatte er bereits alles in die Wege geleitet.

«Henning», sagte Elise jetzt. «Du redest überhaupt nicht mehr mit mir.»

Träge richtete er sich auf und blinzelte in die Sonne. «Was meinst du?»

«Na, diese Polizeisache zum Beispiel.»

«Ach komm, das haben wir doch jetzt oft genug besprochen. Ich möchte Menschen helfen, anstatt sie einfach nur zu fotografieren.»

«Das verstehe ich ja, nur kam dieser Wunsch recht plötzlich.» Nervös spielte Elise am Reißverschluss ihres Rucksacks.

«Und was stört dich so daran, das hat doch mit uns nichts zu tun.»

Ein bisschen schon, dachte Elise, sprach diesen Gedanken aber nicht laut aus.

Als ein Bellen vom Ufer zu vernehmen war, hob sie den Kopf und sah einen schwarz-weißen Schnauzer an der Wasserkante entlanglaufen. Franziska rannte auf ihn zu.

«Was denkst du?» Henning blickte Elise fragend von der Seite an. «Franziska würde sich freuen.»

«Du willst einen Hund?»

«Warum nicht?»

«Das ist eine schöne Idee.» Der Gedanke stimmte Elise ein wenig zuversichtlicher. Vielleicht war es gar nicht so sehr die Aussicht auf einen Hund, sondern die Tatsache, dass Henning sie gefragt und die Entscheidung nicht schon wieder allein getroffen hatte. Dunkel erinnerte sie sich an eine Serie, die sie früher im Fernsehen mit ihrem Vater gesehen hatte. *Vier Panzersoldaten und ein Hund.*

«Wie hieß noch mal der Vierbeiner bei den Panzersoldaten?»

Henning wurde blass. «Szarik. Aber das kannst du vergessen, ich nenne unseren Hund ganz sicher nicht nach einer Serie, die im Krieg spielt. Ich musste achtzehn Monate lang Krieg spielen und möchte nicht ständig daran erinnert werden.»

Elise erschrak. So aufgebracht hatte sie Henning noch nie erlebt.

«Wann willst du mir eigentlich endlich von der NVA erzählen?»

«Weiß ich noch nicht. Wenn ich alles verarbeitet habe.»

«Was genau, was musst du denn verarbeiten?»

Henning schwieg und legte sich wieder auf die Decke. «Emma», sagte er nach einer Weile. «Wir nennen den Hund Emma, so wie deine Romanheldin von Flaubert. Einverstanden?»

Elise nickte und gab ihm einen Kuss auf die Wange. Es hatte keinen Zweck, ihn weiter auszufragen. Wenn er nicht reden wollte, war nichts zu machen, das hatte sie inzwischen begriffen. Dann drehte sie sich auf den Bauch und holte ihre Zeitschrift aus dem Rucksack. *Pramo. Praktische Mode.* Dieser Name für eine Zeitschrift, die Kreatives zum Inhalt hatte, kam ihr vor wie blanker Hohn. Warum sollte Mode praktisch sein, kam es bei Kleidung nicht viel mehr auf Phantasie an? Wozu sollte es gut sein, dass alle Menschen die gleichen Sachen trugen?

Sie blätterte die Zeitung auf und stellte überrascht fest, dass das Kleid auf Seite fünf gar nicht mal schlecht war.

Karl fuhr sich mit dem Handrücken übers Gesicht und hinterließ dabei Kohlestaub auf seiner Stirn. Schwer atmend krempelte er die Hemdsärmel hoch, lehnte die Schaufel an die Hauswand und griff nach dem Henkel des rußverschmierten Eimers.

«Wenn ich dich nicht hätte.» Isolde knöpfte ihre Strickjacke zu, als sie vor die Tür trat, und sah ihren Sohn an. Seine Arme waren in der letzten Zeit muskulöser geworden, er war meistens guter Stimmung, und offenbar hatte er wieder begonnen, an gute Omen zu glauben. Obgleich sie nicht wusste, was der Auslöser dafür gewesen war, war sie heilfroh, dass er den Absprung geschafft hatte. Penibel achtete Karl nun darauf, keinen Tropfen mehr anzurühren, und selbst wenn er krank war, nahm er nur alkoholfreie Medikamente.

«Junge, du siehst aus wie ein Schornsteinfeger.» Mit einem warmen Lächeln strich sie ihm über die Wangen.

«Das ist aber auch ärgerlich, dass sie dir die Kohlen

einfach vor das Haus gekippt haben, jedes Jahr dasselbe Trauerspiel.»

«Ich bin froh, überhaupt welche bekommen zu haben.»

«Das stimmt nun auch wieder.» Während Karl mit dem Eimer die Treppe runter in den Keller lief, griff Isolde durch das offen stehende Küchenfenster, nahm ein kleines, braunes Radio vom Tisch und schaltete es ein. Die Nachrichten begannen gerade, und es wurde ein Gratulationsschreiben verlesen. Erich Honecker und Willi Stoph sprachen dem Ministerrat der Union der Sozialistischen Sowjetrepubliken ihre Glückwünsche zum sechzigsten Jahrestag ihres Bestehens aus. Gelangweilt suchte Isolde einen neuen Sender. Als sie «und sehen mich die Leute entrüstet an und streng, dann sag' ich meine Lieben, ihr seht das viel zu eng» hörte, erschien ein Grinsen auf ihrem Gesicht. Das war ihr Lieblingslied von Udo Jürgens. Auch sie würde im nächsten Jahr sechsundsechzig Jahre alt werden.

«Bist du da unten eingeschlafen?», rief sie in Richtung Kellertreppe.

«Moment noch, ich habe gerade etwas gefunden», kam Karls dumpf klingende Antwort.

Kurze Zeit später stand er auf dem obersten Treppenabsatz. Sein Gesicht war noch schwärzer als vorher, an seinem Hemd klebten Spinnweben, und in der Hand hielt er eine Fußluftpumpe und ein Paar Wathosen, die ebenfalls von Spinnweben überzogen waren. «Könnte ich das Zeug haben?»

Erstaunt schaute Isolde ihren Sohn an und drehte das Radio leiser. «Wozu brauchst du das denn?»

Karls Blick ging unruhig hin und her. «Zum Angeln, für Friedrich.»

«Angelt ihr von einer Luftmatratze aus?»

«Nein, dafür ist die Hose. Die Pumpe, also ..., also die ist vielleicht für Franziska, man weiß ja nie.»

Verwundert kratzte sich Isolde am Kopf. Karls Worte ergaben überhaupt keinen Sinn, und an seinen Augen, die sich in der Schwärze seines Gesichts unnatürlich hell abzeichneten, konnte sie ablesen, dass er log.

«Was soll's, nimm den Plunder einfach mit», erwiderte sie und ging ins Haus, um das Mittagessen vorzubereiten.

Sehnsüchtig lauschte Elise den ausgelassenen Stimmen und der Musik in der Gaststube, in der die Silvesterfeier in vollem Gange war. Nachdem sie vor ein paar Wochen einen schlimmen Asthmaanfall gehabt hatte, war sie krankgeschrieben worden. Der Arzt hatte ihr eindrücklich davon abgeraten, weiter in der Färberei zu arbeiten, da die giftigen Dämpfe ihre gesundheitlichen Probleme weiter verschlimmern würden. Aber was sollte sie tun? Wo sollte sie stattdessen arbeiten?

Doch ihre Krankschreibung war nicht der einzige Grund dafür, warum sie sich in ihrer Wohnung verkrochen hatte, anstatt mit den anderen Silvester zu feiern. Henning hatte nicht hingehen wollen und Elise gebeten, bei ihm zu bleiben, weil er etwas mit ihr besprechen wollte. Sein Dienstanfängerlehrgang nahm ihn zeitlich so sehr in Beschlag, dass sie sich in den letzten Wochen kaum gesehen hatten.

«Sie schläft endlich.» Henning kam aus Franziskas Zimmer, setzte sich neben Elise auf das Sofa und streichelte den

Kopf von Emma, dem Schäferhundwelpen, der träge ein Auge öffnete und sogleich wieder schloss.

Elise war froh, dass er offensichtlich endlich über das sprechen wollte, was er seit Monaten mit sich herumtrug. und wartete einfach ab, bis er so weit war.

«Ich weiß nicht, wie ich anfangen soll.» Behutsam nahm Henning seine Hand von Emmas Kopf. «Zwischen uns ist es nicht mehr so wie früher, das tut mir leid. Und ich schulde dir eine Erklärung.»

Langsam richtete Elise sich auf.

«Ich habe nie über meine Zeit bei der Armee gesprochen. Ich konnte es nicht, und ich wollte dich nicht damit belasten. Als ich erfahren habe, dass ich an die Grenze versetzt werden sollte, war mein erster Gedanke, einfach abzuhauen von der Fahne. Ich hätte das nicht gekonnt, im Fall der Fälle hätte ich nicht auf einen Menschen schießen können.»

«Aber du hättest es tun müssen, oder?»

Henning presste nickend seine Lippen aufeinander. «Aber da ist noch eine andere Sache, die ich nicht hätte tun müssen, nicht hätte tun dürfen.»

«Zehn, neun, acht, sieben, sechs ...» Die Peleroicher hatten sich auf dem Dorfplatz versammelt und klatschten bei jeder Zahl, die sie riefen, in die Hände.

Henning schlug die Beine übereinander, und als Elise sah, dass er zitterte, griff sie nach seiner Hand.

«Fünf, vier, drei ...»

«Ich habe einen Kameraden verraten.»

Die erste Rakete flog in die Luft, zerbarst krachend am Nachthimmel, und die Kirchturmuhr begann zu schlagen. Emma sprang auf und versteckte sich unter dem Sofa.

«Was?», fragte Elise.

«Ich habe einen Kameraden verraten», flüsterte Henning.

Henning stellte sich ans Fenster, mit dem Rücken zu Elise sprach er weiter. «Er hieß Dirk. Wir waren oft zusammen auf Posten. Das war die Hölle, rollende Schicht, nicht selten acht Stunden. Ich war so müde, dass ich im Stehen hätte einschlafen können. Eines Tages hat er mir anvertraut, dass er fliehen will.»

Elises Blick war starr auf die Tischplatte gerichtet.

«Ich musste an das denken, was mein Vater mir immer gesagt hat. Nur nicht auffallen, nur nicht anecken. Tagelang habe ich Dirks Geheimnis mit mir herumgetragen. Es wäre möglich gewesen, dass ich auf ihn hätte schießen müssen, da wir häufig zusammen unterwegs waren.»

Elise schlug die Hand vor den Mund.

«Was denkst du denn? Ich und auf einen Menschen schießen? Aber es hätte ja auch eine Finte sein können, um meinen Gehorsam zu testen.»

«Und dann?»

«Dann habe ich ihn verraten.»

Henning und Elise schwiegen, nur das Johlen der Dorfbewohner und das Krachen weiterer Raketen vor dem Fenster waren zu hören.

«Am Tag nach meiner Meldung war Dirk weg. Ich habe nie erfahren, was mit ihm passiert ist.» Verstohlen wischte Henning sich über die Augen und drehte sich zu Elise um.

«Das ist ja schrecklich.»

Henning ließ sich in den Sessel fallen, der gegenüber vom Sofa stand. «Da ist noch etwas. In der Woche darauf hatte ich am Abend Ausgang. Ich war in einer Kneipe und habe mich volllaufen lassen. Es ist passiert, ohne dass ich etwas dagegen tun konnte.»

Plötzlich stand Franziska in der Tür. Sie hatte den Plüschelefanten, den Henning ihr zur Geburt gekauft hatte, unter dem Arm.

«Mäuschen, kannst du nicht schlafen?», fragte Elise mechanisch.

Franziska schüttelte den Kopf.

«Ich bin gleich bei dir, leg dich wieder hin.»

Langsam schlurfte Franziska zurück in ihr Zimmer, Emma kam unter dem Sofa hervor und folgte ihr.

«Was, was ist passiert?» Elise hatte einen Kloß im Hals, als sie Hennings undurchdringlichen Gesichtsausdruck sah.

Eine weitere Rakete explodierte vor dem Fenster, unzählige gelbe Sterne fielen vom Himmel.

«Es tut mir so leid. Ich weiß nicht einmal mehr, wie sie hieß.»

Kapitel 21
Peleroich, 1984

Ich dachte, wenn ich zur Polizei gehe und Menschen beschütze, kann das mein schlechtes Gewissen beruhigen. Aber das war Irrglaube, es klappt nicht.» Henning starrte in sein leeres Glas, zu seinen Füßen lag Emma und knabberte an einem Knochen.

Nachdem er den letzten Stuhl im Gasthof hochgestellt hatte, musterte Friedrich seinen Sohn nachdenklich. «Weißt du, was heute für ein Tag ist?»

Henning blickte zum Kalender neben der Küche und nickte.

«Heute ist der Geburtstag deiner Mutter, ihr zweiundfünfzigster. Sie wäre sehr stolz auf dich.»

«Auf meinen Verrat wäre sie stolz?»

Friedrich überlegte. «Na ja, stolz ist vielleicht das falsche Wort, aber sie hätte dich verstanden. Du konntest schließlich nicht wissen, ob Dirk nur so getan hat, als wolle er fliehen. Wenn es ein Test gewesen wäre, wärst du in

Schwierigkeiten gekommen, falls du das Fluchtvorhaben nicht gemeldet hättest.»

«Du hast ja recht.» Henning fuhr mit der Hand über den Schutzpolizei-Aufnäher am Ärmel seiner Uniformjacke. «Aber nach all der Zeit fühlt es sich trotzdem noch immer schrecklich an.»

Friedrich ging zum Kalender, riss das oberste Blatt ab und drehte es um. «Ah, Goethe. Wahrheitsliebe zeigt sich darin, dass man überall das Gute zu finden und zu schätzen weiß.»

Emma trottete zur Tür.

«Wahrheitsliebe.» Henning schnaubte. «Damit habe ich mir jedenfalls keinen Gefallen getan. Elise hat mir nie verzeihen können. Lange Zeit dachte ich, es würde an diesem Ausrutscher mit der anderen Frau liegen, aber das ist nicht der einzige Grund.»

«Was denn noch?», fragte Friedrich.

«Seit der Armee haben wir uns voneinander entfernt. Ihr kann ich nichts vorwerfen, ich weiß, dass ich mich verändert habe. Wir leben noch zusammen, aber zwischen uns ist es, als wären wir Bruder und Schwester.» Henning wischte mit den Fingern über die Tischplatte, als würde er Krümel wegfegen.

«Für Franziska ist es das Beste so, ihr müsst an sie denken. Sie soll ihre beiden Eltern um sich haben. Du bist selbst als Halbwaise aufgewachsen.»

Nachdem Henning Elise seinen Seitensprung gestanden hatte, war lange nicht klar gewesen, wie es weitergehen sollte. Elise hatte versucht, alles zu vergessen und so weiterzumachen wie vorher. Aber zwischenzeitlich hatte sie auch überlegt, zu ihren Eltern zurückzuziehen, sich dann aber dafür entschieden, mit Henning in der gemeinsamen Wohnung zu bleiben. Im Grunde seines Herzens wusste Friedrich, wie sehr sein Sohn litt, denn unter anderen Umständen hätte sich Elise längst eine eigene Wohnung genommen.

«Ich weiß, und wir wollen beide nur das Beste für Franziska. Aber Elise ist ständig bei Jakob. Das ist kaum auszuhalten.»

«Glaubst du, da ist mehr zwischen den beiden?», fragte Friedrich.

Entschieden schüttelte Henning den Kopf, stand auf und hakte die Leine an Emmas Halsband ein. «Angeblich sind sie nur Freunde, und vielleicht stimmt das auch. Dennoch», Henning strich der Schäferhündin über den Kopf, «zwischen ihnen ist so eine Nähe ...»

«... auf die du neidisch bist?»

«Ständig reden sie über Kunst und Mode.» Henning sah auf das Kalenderblatt. «Was dein Goethe sagt, das hört sich so leicht an, dass man überall das Gute finden soll, meine ich. Ich weiß nicht, ob ich dazu in der Lage bin.»

«Du schaffst das, da bin ich ganz sicher.»

Mit einem Seufzer drückte Henning die Tür auf, und Emma schlüpfte durch seine Beine hindurch ins Freie.

Nachdem die beiden außer Sichtweite, waren, rieb sich Friedrich seine Hände an der Hose trocken und ging durch die Küche zum Hintereingang. Die Sorgen um Henning ließen ihm keine Ruhe, dabei brauchte er seine ganze Konzentration eigentlich für eine andere Angelegenheit. Schon seit Tagen hatte er vergeblich auf eine neue Nachricht gewartet. Die Aufträge waren in der letzten Zeit merklich zurückgegangen. Im Januar hatten sechs DDR-Bürger nach der Besetzung der amerikanischen Botschaft ihre Ausreise erzwungen, kurz darauf waren weitere Menschen diesem Vorbild über die Ständige Vertretung der BRD in Berlin gefolgt. Friedrich streckte den Rücken durch und versuchte, sich zu konzentrieren, er wusste, dass die Fluchtmöglichkeiten begrenzter und die Kontrollen penibler geworden waren, sodass sie sich nicht den kleinsten Fehler erlauben durften.

Als er in den Hof trat, hörte er aus der Ferne Gebell und ein Geräusch, das er nicht gleich zuordnen konnte. Gespannt lauschte er in die Dunkelheit hinein.

Das Geräusch kam allmählich näher, Friedrich erkannte das Quietschen der Pedale von Ludwig Lehmanns Fahrrad. Er war für gewöhnlich der Einzige, der um diese Zeit noch unterwegs war, um seine Kontrollrunde zu machen. Bewegungslos stand Friedrich da. Es kam ihm wie eine Ewigkeit vor, bis sich Ludwigs Rad entfernt hatte und nichts mehr zu hören war. Jetzt musste er sich beeilen, Henning würde gleich zurück sein.

Mit zitternden Fingern fuhr er die Fassade entlang, ertastete den losen Ziegel und zog ihn hinaus. Dann ging er zurück in die Küche und faltete den kleinen Zettel auseinander, den er aus dem Versteck geholt hatte. Er traute seinen Augen kaum. Das Treffen mit dem Mann, der im Schlauchboot über die Bucht nach Dänemark fliehen wollte, war für die Nacht vom 1. auf den 2. Mai festgelegt worden. Friedrich spürte einen Anflug von Verzweiflung. Am Abend des 1. Mai fand traditionell die große Stammtischrunde statt. Wie sollte er bei vollem Gasthof eine Flucht vorbereiten? Besonders Ludwig bereitete ihm Sorgen, war er doch beim Mai-Stammtisch stets der erste und der letzte Gast. Aber Friedrich hatte keine Wahl, denn der nächste Termin war der wichtigste.

Mutlos ging Friedrich zur Spüle, legte den Zettel hinein und zündete ihn an.

Den ganzen Tag hatte sie sich auf das Treffen gefreut, sogar die Arbeit in der Färberei war ihr leicht von der Hand gegangen. Elise hatte noch eine Stunde Zeit, bevor sie mit Jakob verabredet war. Sie war in der Möwenapotheke gewesen, um das Rezept für ihr Asthma-Spray einzulösen, das ihr seit ein paar Jahren gute Dienste erwies.

Die Apotheke lag direkt gegenüber vom Sprevelsricher Bahnhof, einem schmucklosen Bau mit einer Eisenbogenkonstruktion, über die sich ein Spanndach zog. Auf der rechten Seite daneben war der Kopernikus-Platz. Elises Blick fiel auf einen Friseursalon, in dessen Schaufenster ein Bild von einem Mannequin hing, das große Ähnlichkeit mit der französischen Chansonsängerin Juliette Gréco hatte. Gebannt stellte sich Elise vor die Scheibe und versank in der Betrachtung des Fotos. Gréco in ihren schwarzen Etuikleidern, die Muse des Paris der Nachkriegszeit, die Sängerin mit der dunkel timbrierten Stimme, dem breiten Lidstrich und dem schwarzen, kinnlangen Pagenschnitt. *Parlez-moi d'amour, redites-moi des choses tendres* – erzähl mir von der Liebe, sag mir noch einmal diese zärtlichen Worte.

Elise schaute auf ihre Armbanduhr und drückte kurzentschlossen die Tür des Friseurgeschäfts auf.

Der Laden war leer, eine Frau, die Elise an Agnes Kraus erinnerte, fegte lustlos den Boden.

Ohne aufzusehen, fragte sie: «Ja bitte?»

«Ich hätte gerne den Gréco-Pagenschnitt.»

Die Friseurin hob den Kopf, runzelte die zu schmalen Bögen gezupften Augenbrauen und stellte den Besen beiseite. «Sie wollen was?»

Elise errötete. «Entschuldigen Sie, ich meine, ich möchte den Schnitt, den die Frau auf dem Bild im Schaufenster hat.»

«So etwas Altbackenes? Die jungen Damen wollen doch heute alle eine gebleichte Kaltwelle oder diese Vorne-kurz-hinten-lang-Schnitte.»

«Ich nicht, ich will das Altbackene.» Ohne Aufforderung setzte sich Elise auf einen der Drehstühle vor der breiten Spiegelwand.

Kopfschüttelnd stellte sich die Friseuse hinter Elise und fuhr mit der Hand durch ihre Haare. «Da muss aber ganz schön was weg. Und die Farbe, soll die auch so dunkel werden wie auf dem Bild?»

Elise nickte ihrem Spiegelbild zu.

«Was sagt denn Ihr Mann dazu?»

Elises wusste nicht, was sie antworten sollte.

Schwungvoll breitete die Friseuse einen Umhang aus und legte ihn Elise um. «Sind Sie sicher?»

«Sicher», antwortete Elise und schloss die Augen, denn sie wollte sich von dem Ergebnis überraschen lassen.

Als sie den Salon verlassen hatte, fror sie, aber die Kälte konnte ihr nichts anhaben. Sie war mehr als glücklich mit ihrer neuen Frisur und fragte sich, was Jakob dazu sagen würde. Ihr Nacken, den ihre Haare vorher schützend bedeckt hatten, war nun frei und der Wind auf ihrer Haut kühl. Sie zog die Jacke enger um ihre Schultern, lief die Paul-Heine-Straße hinunter und sah Jakob, gegen sein Motorrad gelehnt, mit einer Zigarette im Mundwinkel, auf sie warten.

Elise blieb stehen und betrachtete aus einiger Entfernung, wie er mit der Hand über die grün-braune Karosserie der Maschine fuhr. Sie prüfte den Sitz ihrer Frisur in der Scheibe eines Delikatgeschäfts, und während sie ihren Scheitel glatt strich, musste sie belustigt an ihren Opa Willi und seinen Stielkamm denken.

Lächelnd ging sie auf Jakob zu, der erstaunt seine Stirn in Falten legte. «Kennen wir uns, Mademoiselle? Sie sind doch sicherlich aus Frankreich.»

«Ah, mein 'err! Wie 'aben Sie das nur erkahnt?»

«Nun, Ihre Eleganz, Ihr Esprit, das findet man selten im Land der Arbeiter und Bauern.»

Er schnippte seine Zigarette auf den Boden und küsste sie auf die Wange.

«Ich hätte dich wirklich fast nicht erkannt. Sieht fantastisch aus, ein bisschen ungewohnt, aber erste Sahne. Sartre hätte dich auf der Stelle unter seine akademischen Fittiche genommen, und Aznavour würde glatt um deine Hand anhalten. Zum Glück ist er nicht hier.»

Elise lachte. «Wie war's in Leipzig?»

«Ich sage dir, die Stadt ist aufregend. Die kann es locker mit Berlin aufnehmen.»

«Und die Ausstellung?»

«Pass auf.» Jakob klappte die Seitentasche, die neben der Sitzbank hing, auf und zog ein Päckchen heraus. Als er erfahren hatte, dass in einer illegalen Hinterhofgalerie Werke seines Lieblingsmalers Harald Palendinger ausgestellt werden sollten, war er kurzentschlossen nach Leipzig gefahren. Er hatte Elise gefragt, ob sie mitkommen wollte, aber sie musste arbeiten.

«Seine Bilder haben sich verändert. Kein Wunder, dass sie ihn aus dem Künstlerverband ausgeschlossen haben. Ein wenig musste ich an die Werke von Juan Gris und den Kubismus denken. Die Auflösung der Formen, die Mehrschichtigkeit bei der Betrachtung, da kann der sozialistische Realismus nicht mithalten.» Jakobs Gesicht war gerötet, so sehr war er beim Gespräch über Kunst in seinem Element.

«Vielleicht sollten wir so eine Unterhaltung lieber nicht auf der Straße führen.»

«Du hast recht. Hier, für dich.» Jakob reichte Elise das Päckchen.

«Was ist das?»

«Finde es heraus.»

Ungeduldig riss Elise das Papier ab, ein Aquarellbild kam zum Vorschein. Auf der etwa 40x40 Zentimeter großen Leinwand war in Pastellfarben eine Frau zu sehen. Sie hatte einen traurigen Blick, im verschwommenen Hintergrund war ein Klavier ohne Tasten angedeutet. Als Elise das Bild betrachtete, fühlte sie schlagartig eine tiefe Verbundenheit zu dieser Frau, ohne sich erklären zu können, warum.

«Ist das von dir?»

«Nein, von Harald Palendinger. Auf der Rückseite hat er es signiert. Ich habe es gekauft, weil mich die Frau an dich erinnert hat.»

Elises Herz begann, schneller zu schlagen. Wieder einmal wurde ihr klar, wie wohl sie sich in Jakobs Nähe fühlte und wie sehr sie sich danach sehnte, mehr als nur Freundschaft mit ihm zu teilen. Doch noch immer war da diese Angst. Jakob schien ruhiger geworden zu sein, seit er nach Peleroich zurückgekehrt war, aber im Herzen war er ein Lebemann, der nichts anbrennen ließ. Vielleicht war es besser, die Dinge so zu lassen, wie sie waren. Und eine gute Freundschaft war doch eigentlich viel mehr wert als eine kurze, heftige Liebe, die nur Leid nach sich zog.

Außerdem war da ja noch Henning. Sein Seitensprung hatte sie schwer getroffen und den Graben zwischen ihnen vertieft. Körperliche Nähe wollte Elise seitdem nicht mehr zulassen. Aber obgleich er sie verletzt und sie sich auseinandergelebt hatten, bedeutete er ihr immer noch sehr viel. Er war der Vater ihrer Tochter und kümmerte sich hinreißend um sie. Warum nur, ging es ihr durch den Kopf, war das Leben so kompliziert?

Jakob machte einen Schritt auf Elise zu, jetzt stand er ganz dicht neben ihr, und ihr Herzschlag beschleunigte sich noch einmal.

«Wir müssen langsam los, sonst fängt der Film ohne uns an.» Elise versuchte, das Zittern in ihrer Stimme zu unterdrücken.

Das Lichtspieltheater Sprevelsrich war ein Kino, dessen futuristischer, zweistöckiger Zylinder aus Aluminiumelementen und Stahlbeton wie ein Ufo in der untergehenden Sonne funkelte. Jakob und Elise betraten das Foyer, durch dessen Panoramafenster man im Hintergrund die Ostsee sehen konnte. Jakob ging zur Kasse und kaufte zwei Karten für *Zille und ick.*

Die Vorführung hatte bereits begonnen, als sie in der letzten Reihe Platz nahmen. Eine Weile saßen sie regungslos nebeneinander, dann bemerkte Elise, wie Jakob seinen Kopf in ihre Richtung drehte.

«Schön, dass es dich gibt.» Er griff nach ihrer Hand.

«Warum kommst du ausgerechnet jetzt darauf?» Elises Hand kribbelte wohlig. «Sag nicht, dass es an meiner neuen Frisur liegt.»

Zärtlich strich Jakob über ihre Finger. «Es ist wohl dieses Bild. Irgendwas hat das mit mir gemacht.»

Elise wagte nicht zu atmen, so als fürchtete sie, dadurch den Zauber des Augenblicks zu zerstören.

«Das Bild heißt übrigens *Verpasste Chancen*. Schon seit Jahren will …»

Der Mann, der vor ihnen saß, drehte sich ruckartig um. «Jetzt ist aber mal Ruhe im Karton, ihr Turteltauben.»

«Entschuldigung.» Jakob wollte Elises Hand loslassen, aber sie hielt sie fest umklammert.

«Ich habe Angst, dass du mir weh tust», flüsterte sie in sein Ohr.

Jakob zögerte einen Moment, führte schließlich Elises Hand an seinen Mund und küsste sie. «Das wäre, als würde ich mir selbst weh tun.»

Elise beugte sich zu ihm und küsste ihn.

Als Jakob die Tür aufschloss, war es weit nach Mitternacht. Um seinen Großvater nicht zu wecken, zog er sich leise die Schuhe aus und ging auf Zehenspitzen in die Küche, um einen Schluck Wasser zu trinken.

Was für ein Abend. Dieser Kuss, dieser langersehnte Kuss! Ein wunderbares Ende für einen Tag, der für ihn scheußlich begonnen hatte. Ende letzter Woche war er beim Rat des Kreises gewesen, und man hatte ihm mitgeteilt, dass auch sein jüngster Ausreiseantrag abgelehnt worden war. Zudem hatte man ihm gesagt, es sei aussichtslos, immer wieder neue Anträge zu schreiben. Jakob war vor Wut und Enttäuschung richtig schlecht geworden. Und bisher hatte er niemandem von der Ablehnung erzählt, auch Elise nicht. Er nahm ein Glas aus dem Regal und füllte es mit Leitungswasser. Der Schein des Mondes, der durch das Fenster fiel, verlieh den Konturen der Küchenmöbel etwas Unheimliches. Langsam ließ er sich auf einem Stuhl nieder. Mit jedem neuen Antrag, den er in den letzten Jahren gestellt hatte, war die Hoffnung auf Bewilligung gesunken, dennoch hatte er es immer wieder versucht. Fröstelnd zog er seine Jacke enger um die Schultern. Sie würden ihn niemals ausreisen lassen. Paradoxerweise wurde sein Verlangen nach einem freien Leben mit jedem ablehnenden Bescheid nur größer. Künstlerisch konnte er sich hier nicht weiterentwickeln. Und da draußen gab es so viel zu sehen, so viel Inspiration. Vielleicht war es an der Zeit, neue Wege zu suchen, das Land zu verlassen.

Doch Elises Kuss ließ ihn zweifeln. An diesem Abend war sie ihm besonders schön und verführerisch vorgekommen. Dass zwischen ihnen schon seit Jahren eine Vertrautheit herrschte, die über ein freundschaftliches Verhältnis hinausging, war nicht zu leugnen. Aber Elise hatte sich für Henning entschieden, und auch wenn die beiden sich offenbar nicht mehr so nahestanden wie früher, lebten sie noch zusammen.

Bleiben oder Gehen? Die Frage drehte sich in Jakobs Kopf, der die Augen vor Müdigkeit und Verzweiflung kaum noch offen halten konnte. Ausreisen hieße Freiheit und Abenteuer, Bleiben hieße ... Gab es denn eine Chance, dass Elise und er ein Paar würden? Wenn er das nur wüsste, dann stünde für Jakob außer Frage, dass er bleiben würde. Aber durfte er Elise vor diese Wahl stellen? Würde er ihr ein Leben lang treu sein können, so wie sie es verdient hatte? Was würden die Peleroicher, was würde sein Großvater denken? Von Jakobs Mutter gab es nach wie vor kein Lebenszeichen, und auch wenn er nach wie vor hoffte, dass sie sich eines Tages meldete, so wurde es doch immer unwahrscheinlicher.

Der Mond vor dem Fenster verschwand hinter einer Wolke. Jakob stand auf. Eine Entscheidung würde er heute nicht mehr treffen.

«Ist Otto gar nicht da?», fragte Elise und sah auf den Kalender, der neben dem Kühlschrank hing. Es war der achte März.

Jakob schüttelte den Kopf. «Der ist wieder auf irgendeiner Demo.» Er schlug drei Eier in eine große Schüssel, verquirlte sie mit einem Schneebesen und schaute sich um. «Da muss Mehl rein, oder?»

«Das ist nicht dein Ernst. Du lädst mich zum Palatschinkenessen ein und weißt nicht, wie man die macht?»

«Jetzt sei doch nicht so kritisch. Ein Mann am Herd, das ist doch an sich schon sehr progressiv. Alles Gute zum Frauentag übrigens.»

«Danke.» Elise ging in die Speisekammer, um ein Päckchen Mehl zu holen. «Aber ich hätte mich auch mit Rührei zufriedengegeben.»

«Ich weiß doch, dass es dein Lieblingsgericht ist», rief Jakob ihr hinterher. «Es erinnert mich immer an unser Treffen in Berlin. Weißt du noch, dieser verschneite Winter?»

Elises Fingerspitzen kribbelten. Die Einladung zum Abendessen war das erste Treffen nach ihrem Kuss im Kino vor zwei Wochen. Seitdem hatte Elise ständig an Jakob denken müssen. Sie atmete tief durch, ging zurück in die Küche und stellte das Mehl auf den Tisch.

«Natürlich erinnere ich mich an Berlin. Es war eine wunderschöne Zeit, aber danach hast du dich so lange nicht bei mir gemeldet, dass ich schon dachte, du hättest mich vergessen.»

«Ich wollte mich nicht zwischen dich und Henning drängen. Ich hatte selbst nie eine richtige Familie. Woher sollte ich mir das Recht nehmen, eine, die gerade entsteht, kaputt zu machen?»

«Aber das ist doch alles so lange her, Jakob. In der Zwischenzeit ist viel passiert. Du bist nach Peleroich zurückgekommen, und zwischen Henning und mir ...» Elise begann, das Päckchen mit dem Mehl zu öffnen.

«Egal, wie lange es her ist, wenn du mir ein Zeichen gibst, dann bin ich da. Keine Ahnung, wie es zwischen dir und Henning gerade läuft; aber ich würde sofort ...» Jakob sah sie an. Dann kratzte er sich am Kopf, wobei seine dunklen Haare durcheinandergerieten. «So, jetzt brauche ich wohl das Mehl, sonst wird das nichts mit den Palatschinken, und am Ende haben wir doch nur Rührei.» Er nahm einen Messbecher aus dem Regal.

«Wie viel Mehl brauchen wir? Die Hälfte, so fünfhundert Gramm etwa?»

«So viel doch nicht!» Elise musste losprusten. Ihr Atem ließ das Mehl auffliegen, das sich über ihr Gesicht legte.

Lachend hob Jakob seine Hand. «Jetzt siehst du aus wie ein Schneemann, das passt zu dem Winter in Berlin damals.» Zärtlich wischte er Elise das Mehl aus dem Gesicht.

Wie in Zeitlupe hob auch sie ihre Hand und hielt seine fest. Einen Moment lang sahen sie sich schweigend in die Augen. Als Elise meinte, ihr Herz würde zerspringen, beugte sie sich zu Jakob und küsste ihn. Schließlich stand sie auf und zog ihn über den Flur in sein Zimmer.

Karl balancierte das Tablett mit den Gläsern durch den Gastraum. Neben dem gemauerten Kamin saßen Christa und Franziska, sie bastelten. Ihre konzentrierten Gesichter waren auf die Tischplatte gerichtet. Nachdem Christa ihr das Buch *Wir bauen einen Drachen* gekauft hatte, hatte Franziska tagelang gedrängelt, auch einen haben zu wollen. Den Einwand, dass Frühling nicht die richtige Jahreszeit zum Drachensteigenlassen war, hatte seine vierjährige Enkelin nicht gelten lassen, und so lagen auf dem Tisch Holzleisten, braunes Packpapier, Paketschnüre, alte Ausgaben des *Sprevelsricher Landboten* und Leim.

Im Vorbeigehen gab Karl seiner Frau einen sanften Kuss auf die Wange. «Wo steckt eigentlich Elise?»

Christa zuckte mit den Schultern. «Das wüsste ich auch gerne. Sie wollte noch mal nach Sprevelsrich fahren, um etwas zu besorgen. Eigentlich komisch, wo heute doch alle Geschäfte geschlossen sind.»

«Mach dir keine Sorgen, sie kommt sicherlich gleich zurück.» Karl lief weiter zum Stammtisch, an dem Bürgermeister Ludwig, Frieda, die Fleischerin, und der Pfarrer Otto mit Henning saßen und sich angeregt unterhielten. Ludwig trug zur Feier des Tages einen Anzug, sogar eine Krawatte hatte er sich umgebunden. Frieda hatte, wie jeden Tag, ihre Schürze an.

Kurz steckte Friedrich seinen Kopf aus der Küche. «Die Bratkartoffeln sind fast fertig. Zumindest die erste Fuhre.»

Als er das Wort Bratkartoffeln hörte, merkte Karl, wie hungrig er war. Heute Morgen hatte er keinen Bissen herunterbekommen und, nach einer schlaflosen Nacht, nur unzählige Tassen Kaffee getrunken. Friedrich hatte ihm vor einer Woche erzählt, dass der nächste Auftrag ausgerechnet auf den 1. Mai festgesetzt wurde, und es stand für Karl außer Frage, ihm gerade heute im Kastanienhof besonders tatkräftig unter die Arme zu greifen.

«Karl, für dich habe ich eine Extra-Portion vorbereitet. Helfer dürfen nicht hungrig sein. Dein Teller steht in der Küche.»

«Danke, ich komme gleich.» Karl stellte das Tablett mit den Getränken auf dem Stammtisch ab. «Jeder nimmt sich, was er bestellt hat.»

Friedrich verschwand wieder in der Küche, Karl folgte ihm und Willi und Agathe erschienen in der Tür unter dem goldenen Hirschgeweih und setzten sich an den Stammtisch. Kurz darauf kehrte auch Karl in den Gastraum zurück.

«Opi, kriege ich was zu trinken? Basteln macht Durst.»

«Aber sicher.» Lächelnd goss Karl Franziska eine Brause ein und stellte sie vor sie auf den Tisch. «Sieh an, der Drachen ist ja fertig. Du willst ihn bestimmt gleich ausprobieren.»

Franziska setzte das Glas an die Lippen und nickte mit weit aufgerissenen Augen.

«Schau mal», Karl zeigte zum Fenster in Richtung Thomas-Mann-Kastanie, deren junge Blätter sich tänzelnd hin und her bewegten. «Ich habe sogar ein bisschen Wind für dich bestellt.»

Franziska sprang auf, griff nach dem Drachen und rannte auf den Dorfplatz.

Karl sah ihr lächelnd nach und zuckte zusammen als er eine Hand auf seiner Schulter spürte.

«So schreckhaft heute?», fragte Ludwig.

Karl überlegte, was er sagen sollte. Er merkte, wie trocken seine Zunge war und wusste, dass das von dem vielen Kaffee kam.

«Oje, deine Augenringe sprechen Bände. Machst du trotzdem eine frische Runde Kurze für uns?»

«Kommt sofort.»

Karl folgte Ludwig zum Stammtisch, stellte die leeren Gläser auf das Tablett und brachte sie zum Tresen.

In diesem Moment kam Franziska in die Gaststube gestürmt. Sie schluchzte. «Vati, mein Drachen hat sich in der Kastanie verheddert.»

«Das haben wir gleich.» Henning strich ihr über den Kopf. «Ich bin Polizist. Drachenretten gehört zu meinem Beruf.»

Karl wurde ein wenig schwindelig, er brauchte dringend frische Luft. «Ich komme auch mit.» Ohne hinzusehen griff er nach einem Glas, leerte es in einem Zug und zuckte zusammen. Statt Wasser hatte er versehentlich ein

Glas Wodka erwischt. Doch jetzt war keine Zeit zum Nachdenken, und rückgängig machen konnte er seinen Fauxpas auch nicht mehr. Beschwichtigend dachte er bei sich, dass ein kleiner Schluck ihm schon nichts anhaben würde. «Christa, kannst du hier kurz die Stellung halten?»

Während seine Frau nickte, gingen Karl, Henning und Franziska hinaus. Vor der Tür klapperte der Aufsteller, auf den Friedrich immer die Tagesgerichte schrieb, im Wind. Heute war: *1.-Mai-Stammtisch, geschlossene Gesellschaft* darauf zu lesen.

Die frische Luft tat Karl gut. Er legte den Kopf in den Nacken und sah den Drachen, der sich weit oben in den Zweigen der Kastanie verfangen hatte. «Wir werden etwas zum Hochklettern brauchen.» Suchend sah er sich um und entdeckte seine Leiter, die an der Fassade des Konsums lehnte. Er hatte sie Willi ausgeliehen, damit er anlässlich des Feiertages ein Banner über dem Schaufenster anbringen konnte. *Es lebe der 1. Mai* stand in weißen Buchstaben über der DDR-Fahne, die sich im immer stärker werdenden Wind blähte.

«Lass mich doch raufsteigen», schlug Henning vor, als Karl mit der Leiter bei der Kastanie ankam.

«Ich mach das schon, ist doch Ehrensache.»

«Mein Opi ist ein Held!», rief Franziska begeistert.

Der Wind wurde stärker.

«Komm, Mäuschen, wir gehen kurz rein und holen dir eine Jacke.» Henning nahm Franziska an die Hand und ging mit ihr zurück in den Kastanienhof. «Du wirst sehen, wenn wir zurück sind, hat Opi den Drachen schon unten.»

Karl lehnte die Leiter gegen den Stamm. Sie war in den vergangenen Jahren mehrfach repariert worden, die vorletzte der sieben Sprossen hatte Willi erst in dieser Woche durch eine neue ersetzt. Bedächtig wischte er sich mit beiden Händen über das Gesicht und begann, nach oben zu klettern. Als er auf der Hälfte der Kastanie war, streckte er die Hand aus, aber er kam nicht an den Drachen heran. Kurz schaute er nach unten, alles drehte sich. Er atmete tief ein und aus, stieg zwei weitere Sprossen nach oben, und als er die Hand erneut nach dem Drachen ausstreckte, merkte er, dass der Alkohol ihm mehr als erwartet zusetzte. Noch zwei Sprossen, und er würde den Drachen aus den Zweigen ziehen können. Er umklammerte die Leiter so fest er konnte, hob den rechten Fuß und setzte ihn auf die nächste Sprosse. Knackend zerbrach das Holz unter seinen Schuhen. Karls Fuß hing in der Luft und suchte vergeblich nach Halt. In diesem Augenblick wurde der Aufsteller vor dem Kastanienhof vom Wind umgestoßen. Mit einem metallischen Scheppern fiel er zu Boden, Karl zuckte zusammen, die Hände lösten sich von der Leiter, und er verlor das Gleichgewicht.

Kapitel 22
Peleroich, 2018

Nachdem Elise von dem Feuer und der Leiche in Dürrhöhe erfahren hatte, konnte sie nicht wieder einschlafen.
Über eine Stunde hatte sie sich im Bett umhergewälzt und
keine Ruhe mehr gefunden. Henning war noch einmal auf
die Wache gefahren, um Genaueres über die Ereignisse in
Erfahrung zu bringen, und wollte gegen Mittag zurück
sein. Wenn Ludwig der unbekannte Briefeschreiber gewesen war, würde sie nach Paris zurückfahren müssen, ohne
jemals hinter das Geheimnis um Jakobs Verschwinden und
den Unfall ihres Vaters gekommen zu sein. Ludwig hätte
die Wahrheit mit ins Grab genommen.

Enttäuscht blickte Elise sich um. Das Zimmer, in dem
sie lag, war früher ihr Schlafzimmer gewesen. Seit bald
zwanzig Jahren lebte Henning jetzt allein hier und hatte
an der Inneneinrichtung kaum etwas verändert. Das breite
Doppelbett, der dreitürige Kleiderschrank, das hohe, hell
furnierte Bücherregal, die elegante Stehlampe mit dem

Milchglasschirm und der dreibeinige Nierentisch waren noch von damals. Nur ihr weiß lackierter Frisiertisch neben dem Fenster fehlte.

Durch die dünnen Vorhänge konnte Elise den Tag anbrechen sehen. Sie ließ sich noch einmal in ihr Kissen sinken. Und wenn nun doch Jakob der Verfasser der Briefe war? Welche Verbindung konnte es denn geben zwischen dem Tod ihres Vaters und Jakobs Verschwinden? Vielleicht hatte er sich all die Jahre absichtlich versteckt gehalten, aus Scham darüber, den Unfall mit der Leiter verursacht, vielleicht sogar absichtlich herbeigeführt zu haben? Aber war das tatsächlich möglich? Dass Franziskas Drachen sich in der Kastanie verfangen würde, hatte er nicht planen können. Einzig die Leiter, deren Sprosse unter Karls Füßen zusammengebrochen war, hätte er manipuliert haben können. Aber hatte er wissen können, dass Karl die Leiter benutzte und nicht jemand anderes? Und was für ein Motiv sollte Jakob gehabt haben, Karl schaden oder gar umbringen zu wollen? Es fiel ihr allerdings auch kein schlüssiges Motiv ein, das Ludwig Lehmann eine Leiter hätte manipulieren lassen sollen. Und der Alkohol, nach dem ihr Vater gerochen hatte? Je länger Elise darüber nachdachte, umso abwegiger kamen ihr ihre Verdächtigungen vor.

Was war damals wirklich geschehen? Jemand kannte die Wahrheit, das stand fest. Jemand, der sich bestens in Peleroich auskannte. Großvater Willi war durch seine Arbeit im Konsum immer bestens über alles unterrichtet gewesen, was im Dorf vor sich ging. Ihm musste sie von den Briefen erzählen. Vielleicht fiel ihm etwas ein, was sie weiterbringen würde.

Als Elise geduscht und angezogen aus dem Bad kam, ging sie die Treppe nach unten und stellte fest, dass die anderen noch schliefen. Es war ganz still im Gastraum. Sie ging durch die Küche zur Hintertür und trat ins Freie. Die Luft war angenehm kühl und vertrieb ihre Müdigkeit. Nachdenklich blickte sie sich um. Über ihre Suche nach dem Briefeschreiber hatte sie den anstehenden Verkauf von Peleroich vollkommen aus den Augen verloren. Was würde dann aus dem Kastanienhof werden? Wo würden Friedrich und Henning hingehen?

Elise stützte sich mit dem Rücken gegen die Hausmauer. Dabei bewegte sich ein Stein im Mauerwerk. Verwundert drehte sie sich um und rüttelte daran. Der Ziegel war lose, er ließ sich einfach so aus der Mauer ziehen. Wenn Friedrich wach war, würde sie ihm sagen, dass die Stelle repariert werden musste.

Elise fröstelte, ging zurück in die Küche und gab Kaffeepulver in den Filter. Während das Wasser durch die Maschine lief, begann sie, den Frühstückstisch in der Gaststube zu decken.

«Schon auf den Beinen?» Marina kam die Treppe herunter.

«Mehr oder weniger freiwillig. Halt dich fest, heute Nacht hat es einen Brand in Dürrhöhe gegeben. Die Polizei hat eine männliche Leiche gefunden. Sie liegt in der Rechtsmedizin.»

«Was? Ist es Ludwig?»

«Davon ist auszugehen, aber bisher haben sie noch keine Ergebnisse.»

Marina ließ sich auf einen der Stühle fallen. «Ich bin zwar noch nicht richtig wach, aber ich finde das alles ein bisschen sehr viel Zufall. Du wirst von einem Unbekannten nach Peleroich beordert, und kurz darauf gibt es einen Toten. Da geht doch etwas nicht mit rechten Dingen zu.»

Friedrich kam die Stufen herunter. «Guten Morgen. Was ist passiert?»

«Ludwig ist tot. Sein Haus ist heute Nacht abgebrannt», sagte Marina.

«Wie bitte?» Friedrich hielt sich am Treppengeländer fest und sah mitgenommen aus.

«Oh weh.» Marina eilte zu ihm und stützte ihn. «Komm, setz dich erst mal.»

«Sie wissen noch nicht, ob wirklich Ludwig der Tote ist.» Elise nahm drei Tassen aus dem Schrank und goss Kaffee ein. «Übrigens, Friedrich. Die Mauer am Hintereingang ist kaputt. Ist dir das noch gar nicht aufgefallen?»

Friedrich sah in die Tasse in seiner Hand und rührte sich nicht. «Ach das, das ist schon seit Jahrzehnten so. Aber du hast recht, ich müsste mich gelegentlich mal darum kümmern.»

Christa war bei Friedrich im Kastanienhof geblieben, um ihm beim Aufräumen zu helfen. Sie hatte Elise, Marina und Henning gebeten, im Möwengrund Bescheid zu sagen, dass sie erst am nächsten Tag zurückkommen würde.

Als sie auf dem Besucherparkplatz ausstiegen, sah Henning Elise besorgt an. «Ist alles in Ordnung? Du bist heute so schweigsam.»

«Ich bin nur müde, mach dir keine Sorgen.» Elise betrachtete die geschwungenen Buchstaben auf dem Giebel der Hauswand. Mit einem Schlag wurde ihr so schwindelig, dass sie sich am Autodach abstützen musste, um nicht umzufallen.

«Gütiger Himmel, was ist denn los?» Henning eilte zu ihr.

«Ich sehe Ringe und auf der einen Seite gar nichts mehr, mein Auge tut höllisch weh, als würde jemand von innen dagegendrücken.»

«Das kommt doch nicht nur von der Müdigkeit.» Marina, die jetzt ebenfalls um das Auto herumgekommen war, legte ihrer Freundin eine Hand auf den Rücken.

Elise schüttelte schwach den Kopf. «Ich dachte, es wäre nicht so schlimm, ich hatte gehofft, das würde sich wieder geben.»

«Wovon sprichst du?»

«Das mit dem Auge ist schon öfter passiert, dazu sind immer wieder schreckliche Kopfschmerzen gekommen. An dem Tag, als du nach Paris gekommen bist, war ich beim Arzt. Er meint, ich muss mich untersuchen lassen. Vielleicht sind es nur besonders heftige Migräneattacken, aber es besteht der Verdacht auf grünen Star.»

«Und das sagst du erst jetzt? Hätte ich das gewusst, wäre ich überhaupt nicht mir dir hierhergekommen, sondern hätte dich unverzüglich ins Krankenhaus gebracht.»

Die Schmerzen im Auge ließen langsam nach. Elise wollte sich umdrehen und in den Möwengrund gehen, aber ihr wurde gleich wieder schummrig.

Henning hielt ihren Arm. «Wir fahren jetzt in die Notaufnahme, Elise. An grünem Star kann man erblinden. Das hat dir dein Arzt hoffentlich mitgeteilt.»

Er hatte recht. Aber sie wollte unbedingt mit ihrem Großvater sprechen. Wenn er auch nur das Geringste über den Tod ihres Vaters und Jakobs Verschwinden wusste, war das wichtiger als die Sorgen um ihre Gesundheit. «Bitte, lass uns erst mit meinem Opa reden, anschließend gehe ich ins Krankenhaus.»

Henning und Marina wechselten einen Blick.

Marina seufzte laut, und Henning deutete ein Nicken an.

«Aber ganz egal, was hier rauskommt, danach lässt du dich untersuchen.»

«Versprochen.»

«Gibt es eigentlich schon Neuigkeiten wegen der Leiche aus Dürrhöhe?», fragte Marina Henning.

«Bisher nicht. Die in der Rechtsmedizin haben unheimlich viel zu tun und sind gnadenlos unterbesetzt.»

300 stand an der Zimmertür, die nur angelehnt war. Henning drückte sie vorsichtig auf, nachdem niemand auf sein Klopfen reagiert hatte.

Elise staunte: Obwohl sie Willi seit fünf Jahren nicht gesehen hatte, sah er aus wie immer. Er trug eine braune Flanellhose, ein rot kariertes Hemd und darüber eine gelbe Weste. Zwar hatten sich mit den Jahren unzählige Falten in sein Gesicht gegraben, aber seine Haare waren noch voll und von derselben dunklen Farbe wie eh und je. Über ein riesiges Puzzle mit Elvis Presley gebeugt, saß er am Tisch und bemerkte gar nicht, dass er Besuch bekommen hatte.

Als Elise sanft hustete, hob ihr Großvater den Kopf. «Elise! Also, das ist ja eine Überraschung. Mit Gästen habe ich gar nicht gerechnet, und dann auch noch meine Enkelin.» Willi stand auf, zog den Stielkamm aus seiner Hosentasche und fuhr sich durch die Haare. «Wie schön, dass du mich besuchst. Und Henning und Marina! Na, das ist mir aber eine Ehre. Kommt alle herein.»

Er machte eine ausholende Geste in das Apartment mit integrierter Küchenzeile, das er seit dem Tod seiner Frau Agathe bewohnte. Das Zimmer war in hellen Farben eingerichtet. Am Fenster stand ein Gummibaum und an der Wand über dem Bett war ein überdimensioniertes Hochglanzposter befestigt, auf dem, wie auf dem Puzzle, Elvis Presley abgebildet war. An der hölzernen Garderobe neben dem schmalen Kleiderschrank hingen ein Mantel, ein Stockschirm und eine Tüte mit dem Logo der Möwenapotheke.

Elise trat zu ihrem Großvater und drückte ihn an sich, löste sich aber gleich wieder aus der Umarmung.

«Wir müssen mit dir reden, Opa.»

Sofort ärgerte sie sich, dass ihre Stimme so vorwurfsvoll klang. Sie hatte Mühe, sich zu konzentrieren. Ihr linkes Auge tat zwar nicht mehr so weh wie auf dem Parkplatz und der Druck hatte nachgelassen, aber hinter ihrer Stirn kribbelte es. Sie wusste, gleich würde sie Kopfschmerzen bekommen.

«Na, dann.» Willi nahm einen Stapel Zettel und Zeitungen vom Sofa und legte sie in die Schublade seiner Schrankwand. «Nehmt Platz. Ich könnte euch Kaffee machen, ist jedoch leider nur Instant. Aber der ist trotzdem um Längen besser als das Zeug, was sie uns siebenundsiebzig als Kaffee vorgesetzt haben. Erichs Krönung, wie man so schön sagte.»

Elise schüttelte den Kopf.

«Willi, hast du uns vielleicht irgendetwas zu erzählen?», fragte Henning.

«Aber sicher. Ich freue mich, euch zu sehen. Ich musste in letzter Zeit viel an früher denken. Und der Umstand, dass Peleroich verkauft werden soll, bricht mir das Herz. Seit ich davon weiß, habe ich sogar angefangen, Lotto zu spielen. Aber ihr wisst ja, die Chancen stehen eins zu hundertvierzig Millionen. Henning, wie geht es Friedrich? Was wird denn jetzt aus dem Kastanienhof?»

Elise betrachtete ihren Großvater. Er war schon immer eloquent gewesen und hatte sich nicht so schnell aus der Ruhe bringen lassen. Oder spielte er ihnen nur etwas vor?

Henning hatte jedenfalls keine Geduld mit ihm.

«Willi. Jemand hat Elise einen Brief geschickt. Darin geht es um … Geheimnisse aus Peleroich. Weißt du etwas darüber?»

Willi wurde blass. «Ich wusste, ihr würdet es herausfinden. Schauspielern war noch nie meine große Stärke.»

Langsam ging Henning auf Willi zu, dicht vor ihm blieb er stehen. «Soll das heißen, du hast uns all die Jahre belogen? Was ist damals geschehen?»

«Ich wollte nicht …» Den Kopf auf seine Pantoffeln gerichtet, rang Willi um Worte.

«Was?», fragte Henning vorsichtig.

Elise begann zu zittern, dann platzte es aus ihr heraus: «Was weißt du über Jakobs Verschwinden, Opa?»

«Jakob? Was soll ich denn mit Ottos Enkel zu tun haben?»

Willi setzte sich an den Tisch, nahm ein Puzzleteil aus dem Karton und versuchte, es anzulegen. Als er merkte, dass es nicht passte, stand er wieder auf und warf es in den Papierkorb.

«Du hast geschrieben, du wüsstest, was es mit seinem Verschwinden auf sich hat», flüsterte Elise mit einem Anflug von Verzweiflung in der Stimme.

Willi setzte sich zurück an den Tisch und starrte auf das Poster an der Wand. Dann ging er zum Papierkorb, nahm das Puzzleteil wieder heraus und drehte es nachdenklich in der Hand.

«Das war wegen meines Auftritts», sagte er schließlich. «Nach Jahren des Suchens hatten sie mich endlich gefunden. Ich denke, es gab eine konspirative Kooperation zwischen MfS und CIA, vielleicht hatte sogar der KGB seine Finger im Spiel.»

Elise, Marina und Henning sahen sich verdutzt an.

«Es war am 1. Mai. Ich sollte ins Kulturhaus gehen und Ludwigs Brille holen, die hatte er nämlich dort vergessen. Da kam der Anruf. Ich war so aufgeregt, dass ich Durchfall gekriegt habe und nicht mehr von der Toilette gekommen bin.»

Elise stieß einen verzweifelten Seufzer aus. «Was für ein Auftritt, Opa? Wovon sprichst du?»

«Aber Elise, das musst du doch wissen!» Eilig lief Willi zum Poster über seinem Bett und tippte mit dem Zeigefinger auf Elvis. «Erkennt ihr mich denn nicht? Ich bin der King. In meinem Lied *If I can dream*, da geht es um einen Vogel. *Got to be birds flying higher.* Die Vögel, von denen ich singe, das sind Möwen. Ich bin hier im Möwengrund, das ist meine Tarnung.»

Elise wusste nicht, ob sie lachen oder weinen sollte.

«Alle denken, ich sei tot, aber ich habe mich nach Sprevelsrich zurückgezogen, um hier in Ruhe meinen Lebensabend zu verbringen. Das Konzert 1984 habe ich abgesagt, mit Durchfall singen, das hätte selbst ich nicht hinbekommen.»

«Wusstest du, dass er dement ist?», flüsterte Henning.

Elise schüttelte den Kopf. Ihre Mutter hatte ihr nichts dergleichen erzählt. Sie kannte die Symptome dieser Krankheit nicht im Detail, wusste aber, dass Zustände von Verwirrtheit dazugehörten.

«Schön, dass ihr hier wart. Ich bin auf einmal so müde und würde mich gerne ein bisschen ausruhen. Doch vorher sollte ich noch eure Frage zu diesem Brief beantworten. Wie lautete die noch mal genau?»

«Ist schon gut, Opa. Es war schön, dich zu sehen. Wir müssen jetzt weiter.» Elise spürte, dass die Kopfschmerzen sich hinter ihren Schläfen ausbreiteten.

Henning und Marina verließen den Möwengrund, Elise blieb zurück, weil sie zur Toilette musste. Als sie in die große Empfangshalle kam, kam ihr eine Frau in einem weißen Kittel entgegen.

«Entschuldigung, sind Sie Pflegerin hier?» Elise war vor der Frau stehen geblieben, die nickend von der Patientenakte aufblickte, in die sie gerade etwas geschrieben hatte.

«Wir waren eben bei Wilhelm Minkler. Kann es sein, dass er dement ist?»

«Sind Sie eine Angehörige?»

«Ja, er ist mein Großvater. Mein Name ist Elise Petersen. Wollen Sie meinen Ausweis sehen?»

«Ist schon gut. Nun, das mit Herrn Minkler ist ein bisschen seltsam, wir sind uns bei der Diagnose noch nicht sicher. Er hat Momente, da ist er so klar, als wäre nichts.

Das ist schon erstaunlich in seinem Alter. Und dann, ganz unvermittelt, redet er wirr und gibt vor, Elvis zu sein.»

«Was ist daran so seltsam?»

Die Pflegerin schaute auf den Kugelschreiber in ihrer Hand. «Manchmal denke ich, er tut das bewusst, um sich das Leben leichter zu machen. Wenn ich ihn zum Beispiel bitte, sein Zimmer aufzuräumen, fängt er plötzlich an, Elvis-Lieder zu singen, obwohl er gerade noch vollkommen klar im Kopf war.»

«Ist das so ungewöhnlich?», fragte Elise.

«Eine Demenz verläuft bei jedem Patienten anders, und ich will ihm nichts unterstellen. Es ist mir nur aufgefallen und Sie sollten das wissen. Aber wie gesagt, für eine gesicherte Diagnose müssten weitere Untersuchungen gemacht werden.»

«Danke.»

Nachdenklich durchquerte Elise die Empfangshalle und trat vor die Tür, wo Henning und Marina auf sie warteten. Die Sonne hatte sich hinter einer Wolke verborgen, ihr diffuses Licht legte sich sanft auf die Baumkronen vor dem Eingang und verlieh ihnen etwas Beruhigendes.

«Und nun?» Marina wickelte sich ihren Schal um.

Elise zuckte mit den Schultern. «Frag mich etwas Leichteres. Was sagt denn der Herr Kommissar zu der ganzen Angelegenheit?»

Ehe Henning antworten konnte, klingelte Elises Handy. Wieder stand *numéro masqué* auf dem Display.

«Ja, bitte?»

«Meine Sonne, endlich erreiche ich dich, ich habe es schon mehrmals versucht. Habt ihr in Deutschland Probleme mit dem Netz?»

«Tarek. Warum ist deine Nummer denn unterdrückt, hast du ein neues Handy?»

Am anderen Ende waren ein leises Schnaufen und die gedämpften Hintergrundgeräusche des Phénix zu hören, die Elise in all den Jahren so ans Herz gewachsen waren. Augenblicklich vermisste sie Paris.

«Mein altes Handy ist mir ins Abwaschwasser gefallen. Und ich und Technik, das passt nicht zusammen. Wahrscheinlich muss ich bei den Einstellungen etwas falsch gemacht haben.»

Elise setzte sich auf die Treppenstufen vor dem Eingang zum Möwengrund und erinnerte sich daran, dass sie sich schon lange eine Mailbox hatte einrichten wollen. Sie gab Henning ein Zeichen, dass sie gleich nachkommen würde.

Er nickte und ging mit Marina zum Auto.

«Ist alles gut bei dir?», fragte Tarek. «Wie läuft es mit der Vergangenheitsbewältigung?»

Elise lächelte. Es tat gut, Tareks Stimme zu hören. «Wir drehen uns im Kreis. Das erzähle ich dir in Ruhe, wenn ich zurück bin. Aber sag mal, ist mit der Boutique alles in Ordnung?»

«Alles in Ordnung. Du hast bloß schon wieder Post bekommen. Dieses Mal mit Absender. Soll ich den Brief aufmachen? Er ist von Barne Immo.»

Die Immobilienagentur hatte im letzten Monat das Haus, in dem sich Elises Boutique und ihre Wohnung befanden, gekauft. «Das wird wahrscheinlich eine Betriebskostenabrechnung sein. Mach ruhig auf.»

Es raschelte am anderen Ende der Leitung, dann war es still.

«Bist du noch dran?»

«Ja. Elise, das will ich eigentlich nicht vorlesen.»

«Wieso? Lies vor.»

Tarek atmete tief durch. «Sehr geehrte Frau Petersen, hiermit teilen wir Ihnen mit, dass wir zum Beginn des nächsten Jahres, unter Einhaltung der Kündigungsfrist, den Mietvertrag für Ihre Geschäftsräume nicht mehr verlängern können. Aus diesem Grund bitten wir Sie ...» Tareks Stimme erstarb, und in der Leitung piepte es.

«Wie bitte?» Elises Kopf begann zu dröhnen, ihre Kopfschmerzen wurden mit einem Mal so stark, dass ihr regelrecht übel wurde. Ungläubig starrte sie auf das Telefon in ihrer Hand, während der unangenehme Geschmack in ihrem Mund zunahm. «Was mache ich denn jetzt?»

«Du solltest so schnell wie möglich zurückkommen», sagte Tarek. «Hoffentlich stellt sich das alles als ein großes Missverständnis heraus.»

Von Elise unbemerkt war Henning neben sie getreten. «Zeit, ins Krankenhaus zu fahren.»

«Tarek, ich rufe dich später zurück. Ich muss zum Arzt.»

Das Gespräch erstarb. Elise nahm das Handy vom Ohr und sah, dass der Akku leer war. Mit zittrigen Knien stand sie auf und folgte Henning zum Wagen. Ihr war alles zu viel. Wie sollte man bei all dem Chaos auch nur einen klaren Gedanken fassen? Seit dem ersten Brief des Unbekannten schien es ihr, als sei ihr Leben komplett aus den Fugen geraten.

Kapitel 23
Peleroich, 1985/1986

Franziska drückte ihren Schlafsack an sich. Elise stand neben ihrer Tochter und trug einen Campingbeutel, in dem sich alles befand, was sie für eine Übernachtung brauchte. Nur mit Mühe konnte Elise den Blick von der Kastanie neben der Kirche abwenden, unter der ihr Vater vor einem Jahr verunglückt war. Sie war froh, als sich der Bus über das Kopfsteinpflaster holpernd näherte.

Hinter dem Fahrer saßen bereits zwei Mädchen aus Franziskas Kindergartengruppe mit ihren Müttern und sprachen aufgeregt von der bevorstehenden Übernachtungsfeier.

«Darf ich zu Nadine und Steffi gehen?» Zwischen Franziskas oberen Schneidezähnen kam eine Lücke zum Vorschein, als sie lächelte.

«Sicher.» Elise war überrascht, wie groß ihr ihre Tochter in diesem Moment vorkam. Die Zeit war wie im Flug vergangen. Vor allem das letzte Jahr, in dem sich ihr Körper gestreckt hatte, kam Elise vor, als wäre sie nicht dabei gewesen, als hätte sie etwas Wichtiges verpasst. Und wenn sie ehrlich zu sich selbst war, stimmte das sogar, denn seit dem Tod ihres Vaters und Jakobs Verschwinden am selben Tag hatte sie in einem Dämmerzustand gelebt, sich schwermütig von einem Tag zum nächsten gehangelt und alles um sich herum nur noch wie unter einer Dunstglocke wahrgenommen.

Jakobs Verschwinden glich einem traurigen Rätsel, für das es keine Lösung gab. Nachdem sie sich bei ihm zu Hause nähergekommen waren, hatte Elise am Morgen des 1. Mai eine Nachricht von ihm gefunden, nachlässig auf ein Stück Papier geschrieben. *Treffen um sechs vor dem Lichtspielhaus, muss dich was Wichtiges fragen* hatte darauf gestanden. Aber Jakob war nie zu dem Treffen erschienen. Stattdessen hatte plötzlich Henning vor Elise gestanden. Mit bebender Stimme, um jedes Wort ringend, hatte er erzählt, dass Karl von der Leiter gestürzt, mit dem Kopf auf die Bank unter der Kastanie gefallen und gestorben war. Zitternd hatte Elise dagestanden und gedacht, die Welt um sie herum würde zerfallen.

Während der Bus losfuhr, spürte Elise, wie ihr die Tränen in die Augen stiegen, aber sie versuchte, sich zusammenzureißen. Heute war Franziskas großer Tag, den durfte sie ihr nicht verderben. Sie nahm den Campingbeutel von der Schulter und ließ sich im Fond auf einen Sitz fallen. Als der Bus am Friedhof vorbeifuhr, konnte sie ihre Tränen nicht mehr zurückhalten. Dass Franz dort lag, war der natürliche Lauf der Dinge, er hatte sein Leben gelebt. Aber ihr Vater war mit gerade mal achtundvierzig Jahren mitten aus dem Leben gerissen worden. Er hätte noch viele

Jahre vor sich gehabt. Jeden Tag versuchte Elise zu begreifen, dass er nie wiederkommen würde, nie mehr von guten Omen sprechen, nie mehr mit ihr in den Sprevelsricher Forst, nie mehr zum Strand fahren und sie nie mehr in seine Arme nehmen würde. Ihre Mutter machte sich bittere Vorwürfe, dass sie den Unfall nicht hatte verhindern können. Sie verfluchte den Tag, an dem sie Franziska das Buch zum Drachenbauen gekauft hatte. Die Freude war aus Christas Leben gewichen, es war, als wäre sie mit ihrem Mann gestorben. Elise hatte nicht die Kraft, sie zu trösten, da sie selbst trauerte und außerdem mit Jakobs Verschwinden zu kämpfen hatte. Nur mit Marina konnte sie darüber sprechen.

Über ihre Gedanken hatte Elise gar nicht bemerkt, dass der Bus in Sprevelsrich eingefahren war und schon die letzte Kurve an der Haltestelle vor dem Kindergarten nahm.

«Mutti, komm, wir müssen aussteigen. Das Zuckertütenfest fängt gleich an.» Franziska sah auf die Armbanduhr, die ihre Urgroßmutter Isolde ihr zum Geburtstag geschenkt hatte. Stolz darauf, bereits vor der Schuleinführung die Uhr lesen zu können, verkündete sie: «Es ist schon halb nach vier.»

Der Kindergarten lag in einem blockartigen Gebäude aus Waschbeton mit ziegelgedecktem Steildach. An den Zweigen der Buche im Hof hingen kleine Zuckertüten. Franziska nahm den Campingbeutel und rannte damit ins Haus. Henning, der von der Wache direkt zum Kindergarten gefahren war, stand am Grill und versuchte, mit einem Blasebalg das Feuer anzufachen. Er war umringt von einer Traube Kinder. Vermutlich war er extra in Uniform gekommen, da er wusste, wie sehr die Kinder sich darüber freuten. Seine Jacke hatte er ausgezogen und über einen Stuhl gelegt, seine Ohren waren vor Anstrengung gerötet.

Als er Elise sah, legte er den Blasebalg beiseite und kam auf sie zu.

«Hallo.» Er gab ihr einen Kuss auf die Wange. «Ich bin der Hit des Tages und übrigens auch der einzige Vater weit und breit.»

Elise strich sich eine Strähne aus der Stirn. Im letzten Jahr war Henning ihr eine große Stütze gewesen. Sie hatte ihm nie erzählt, was sich zwischen Jakob und ihr entwickelt hatte, aber er ahnte wohl trotzdem, wie sehr ihr sein wortloses Verschwinden zusetzte.

Ob Jakob im Westen war? Vielleicht war er über die Grenze geflüchtet? Aber warum hatte er niemandem Bescheid gesagt? Nach seinem Verschwinden sah Elise keinen Grund mehr, Franziskas heile Welt zu zerstören und Henning zu verlassen. Körperlich passierte nichts mehr zwischen ihnen. Aber vielleicht war auch das in jeder Beziehung der Lauf der Liebe?

Ihr Arm begann zu jucken. «Schön, dass du hier bist. Ich gehe mal rein und schaue nach Franziska.»

«Moment noch.» Henning hielt Elise zurück. «Hast du heute schon etwas Richtiges gegessen?»

«Nein.»

«Elise, ich mache mir Sorgen, sieh nur, wie dein Kleid an dir schlackert.»

«Ich esse nachher eine Bratwurst, versprochen.»

Nach den beiden Schicksalsschlägen war es Elise zunehmend schwergefallen, vernünftig zu essen, sie hatte inzwischen so viel Gewicht verloren, dass ihr oft aus heiterem Himmel schwindelig wurde. Dennoch gelang es ihr nicht, regelmäßige Mahlzeiten zu sich zu nehmen. Sie hatte einfach keinen Appetit. Seufzend warf sie einen letzten Blick auf den Zuckertütenbaum und betrat den Kindergarten.

Franziska und die anderen Kinder hatten sich ein Bettenlager eingerichtet. Auf dem Boden lagen Matratzen, auf jeder ein Kopfkissen, ein Schlafsack und ein Kuscheltier. Vor dem Fenster stand zufrieden die Kindergärtnerin und nickte Elise zu. Als Elise erneut das Jucken ihres Arms spürte, schob sie den Ärmel nach oben und erschrak: Um ihren Ellbogen herum war die Haut schuppig und stark gerötet.

Frau Kühne trat neben Elise. «Oje, haben Sie das schon länger?»

«Nein, das sehe ich selbst zum ersten Mal.»

«Zeigen Sie mal her.» Die Kindergärtnerin schob ihre Brille, die an einer schmalen, goldenen Kette um ihren Hals hing, auf die Nase und betrachtete Elises Arm. «Das sieht nach Neurodermitis aus, hat meine Schwägerin auch. Das sollte sich ein Arzt angucken.»

Elise schwieg.

«Sie arbeiten doch in der Färberei. Es kann gut sein, dass der Ausschlag davon kommt.»

Nachdenklich schob Elise ihren Ärmel herunter, ihr Blick fiel auf die Puppenecke. Neben einer Küche und einem Kaufmannsladen stand eine Garderobe, an der winzige Kleidung hing. Wieder begann ihr Arm zu jucken, dieses Mal stärker als zuvor. «Ich muss endlich anfangen zu leben.»

«Was haben Sie gesagt, Frau Petersen?»

Elise erschrak darüber, dass sie den Gedanken laut ausgesprochen hatte.

«Ach, nichts, nichts.»

Es klopfte. Elise hatte tief und fest geschlafen und konnte nur mit Mühe die Augen öffnen.

«Herein», flüsterte sie.

«Ich bin es.» Henning hatte ein Tablett in der Hand, Emma schlüpfte zwischen seinen Beinen durch die Tür, sprang auf das Bett und legte den Kopf auf die Pfoten.

Vorsichtig blinzelte Elise durch ihre halbgeöffneten Lider. Sie hatte den ganzen Tag im Bett verbracht.

Henning stellte das Tablett auf den Nachttisch. «Sieh mal, es gibt Karpfen, eigenhändig von meinem Vater gefangen, Salat mit Kartoffeln aus dem Garten deiner Großmutter und einen Vanillepudding, den Franziska für dich gemacht hat. Ich habe dir quasi ein Peleroich-Menü organisiert.»

«Danke, das ist lieb von dir. Wenn ich dich nicht hätte.»

«Willst du nicht wenigstens für ein Stündchen nach unten kommen? Franziska würde sich freuen. Sonst verschläfst du noch Silvester.»

Elise sah ihn an. Auf der Silvesterfeier vor drei Jahren war er es gewesen, der nicht in Feierstimmung gewesen war, und sein Geständnis in jener Nacht hatte dafür gesorgt, dass das passierte, was passiert war. Hätte Henning sich nicht aus Frust über den Verrat seines Kameraden mit einer anderen Frau eingelassen, hätten er und Elise sich nicht auseinandergelebt und sie sich wahrscheinlich nicht auf Jakob eingelassen. Oder?

Behutsam setzte Henning sich auf die Matratze. «Es war die richtige Entscheidung, zu kündigen. Dir geht es langsam besser, auch wenn es noch ein weiter Weg ist, bis ich meine alte Elise zurückhabe.»

«Erst das Asthma, dann die beginnende Neurodermitis. Das war einfach zu viel, ich konnte nicht mehr. Und der Tod meines Vaters hat mir gezeigt, dass das Leben zu kurz ist, um es sinnlos verstreichen zu lassen.»

Elise richtete sich im Bett auf. Sie wusste, dass ihre Kündigung nicht alle Probleme auf einmal aus der Welt geschafft hatte. Ihre Gedanken waren noch immer jeden Tag bei Jakob, noch immer weinte sie still um ihn. Aber nicht mehr in der Färberei arbeiten zu müssen und damit ihre Gesundheit aufs Spiel zu setzen, hatte ihr Leben um einiges erträglicher gemacht.

Ein Räuspern war zu hören, Elises Großvater stand mit einem breiten Lächeln auf dem Gesicht in der Tür. «Darf ich stören?»

«Willi! Komm ruhig rein. Was führt dich zu uns?», fragte Henning.

«Ich wollte dir ein Angebot machen, Elise. Du hast ja keine Arbeit mehr, und das wird bekanntermaßen nicht gern gesehen. Bevor du dich mit Aushilfsarbeiten durchschlagen musst, möchte ich dir vorschlagen, im Keller des Konsums ein Atelier einzurichten. Vielleicht kannst du ja wieder mit dem Nähen anfangen und deine Kleidung verkaufen.»

Mit einem Satz war Elise aus dem Bett und fiel ihrem Großvater um den Hals. «Das würdest du für mich tun?»

«Ja. Ich möchte, dass das nächste Jahr hoffnungsvoll für dich startet. Ich möchte, dass es meiner Enkeltochter gutgeht. Und jetzt, wo Karl ...» Willi löste sich aus der Umarmung und fuhr sich über die Haare. «Na ja.»

«Ich kann es noch gar nicht glauben. Danke, Opa!»

«Du weißt ja, ein privates Unternehmen in der DDR, das wird kein Zuckerschlecken. Aber meinen Segen hast du.»

Der Keller war ewig nicht genutzt worden. An der linken Seite befand sich ein schmales Fenster, das auf den Dorfplatz ging. Steinchen bröckelten von den Wänden, die Stromleitungen lagen über Putz, und von der Decke hing eine nackte Glühbirne, die nicht aufleuchtete, als Elise auf den Schalter drückte. An der Wand gegenüber dem Fenster waren in einem Regal leere Gläser und Flaschen aufgereiht, dick von Staub überzogen.

«Und?»

Elise drehte sich um, ihr Großvater hatte die Hände in die Hüften gestemmt und schaute sie erwartungsvoll an.

«Ich finde es prima. Auch wenn hier noch viel zu tun ist, ich habe schon alles genau vor Augen.»

Ganz klar sah Elise den tristen Kellerboden mit beigem Nadelfilz bespannt, dazu bordeauxfarbene Wände, zwei Nähmaschinen, eine Garderobe, einen Zuschneidetisch mit Scheren, Linealen, Maßbändern, Schneiderkreide, Nadeln und Garnrollen, in einem Regal Stoffballen, daneben ein hoher Spiegel und ein Bügelbrett, vor dem Fenster eine Gardine aus hellem Tüll. Elise vermeinte das gleichmäßige

Rattern der Nähmaschine zu hören, das ihr vorkam wie ein Therapeutikum, an das sie schon längst nicht mehr geglaubt hatte. Ein Sonnenstrahl fiel durch das Fenster.

«Ich nenne den Laden *Atelier d'Elise*.»

Willi nickte anerkennend. «Das gefällt mir.»

«Huhu?» Agathe kam die Kellertreppe heruntergelaufen, eine Flasche Rotkäppchen und drei Sektkelche in der Hand. «Lasst uns erst mal anstoßen!»

Geübt entkorkte Willi die Flasche und füllte die Gläser.

«Ich stehe ewig in eurer Schuld», sagte Elise.

«Papperlapapp», Agathe reichte Elise ein Glas. «Der Keller war viel zu lange ungenutzt, und du kannst ihn gut brauchen. Aber wenn du dich unbedingt revanchieren willst, stelle ich mich gerne als Modell für deine Kollektionen zur Verfügung. Henning könnte schöne Fotos von mir machen.»

Verliebt zwinkerte Willi seiner Frau zu. «Sie wollte immer schon Mannequin werden, da musste sie erst fünfundsechzig werden, bis sich ihr Traum erfüllt.»

«Eine reife Frau hat ja auch ihre Vorteile, oder siehst du das anders?» Agathe vollführte eine elegante Drehung.

Noch bevor Willi etwas erwidern konnte, begann die Kirchenglocke zu schlagen.

«Schon so spät?» Elise schaute auf ihre Armbanduhr. Dabei bemerkte sie, dass der Ausschlag auf ihrem Arm verschwunden war. «Ich muss den Bus nach Sprevelsrich erwischen, um meinen Antrag auf Gewerbe im Schneiderhandwerk abzugeben. Danach will ich mich gleich noch für den Meisterlehrgang bei der Handwerkskammer anmelden.»

Als sie die Treppen hochging, hörte Elise ihre Großmutter sagen: «Es ist wundervoll, sie so zu sehen.»

«Das ist es», erwiderte Willi. «Macht sie eigentlich auch Männerkleidung? Ich könnte mal wieder einen Anzug gebrauchen. So einen weißen wie Elvis ihn trug, fände ich ganz schmuck.»

Die Tage waren länger geworden, auf den Beeten zeigten sich die ersten Krokusse, und die Luft war frühlingsmild.

«Otto.» Elise war mit dem Bus von ihrem Lehrgang zurückgekommen, und ihr schwirrte der Kopf. Heute hatte die Ausbilderin über Brandschutz gesprochen. Danach war es um Schnittkonstruktionen, Rückenbreiten, Schulterhöhen, Winkel und Kreisbögen gegangen.

«Hallo.» Otto hatte ein Einkaufsnetz in der Hand, das er absetzte, um Elise zu umarmen.

«Wie geht es dir? Lange nicht gesehen.»

Der Pfarrer wusste nicht, was er sagen sollte. Tatsächlich hatte er versucht, Elise nach Jakobs Verschwinden aus dem Weg zu gehen. Er hatte Angst vor ihrem Schmerz. Auch jetzt noch war er selbst verzweifelt, fragte sich, was er falsch gemacht hatte, und fühlte sich allein.

«Es geht mir ganz gut. Aber seit Jakob ...» Die Worte waren schneller aus seinem Mund gekommen, als er wollte.

Elise starrte auf das Einkaufsnetz auf dem Boden, aber Otto sah trotzdem die Tränen in ihren Augenwinkeln.

«Komm», Otto hob seine Einkäufe auf. «Lass uns ins Haus gehen, da können wir ungestört reden.»

Otto füllte einen Kessel mit Wasser und stellte ihn auf den Herd. Elise setzte sich und blickte sich um. Hier in dieser Küche hatte sie mit Jakob Palatschinken gemacht, kurz bevor er verschwunden war.

«Ich will ehrlich sein, Elise», begann Otto. «Ich bin dir absichtlich aus dem Weg gegangen. Die Leute kommen seit jeher her zu mir, um Trost zu finden. Aber Jakobs Verschwinden hat mich selbst sehr hart getroffen. Er war doch der Letzte meiner Familie, den ich noch hatte.»

«Kann ich irgendetwas für dich tun?», fragte Elise.

«Ach. Du leidest doch selbst.» Otto seufzte und holte zwei Tassen aus dem Regal über der Spüle. «Es gibt gute Tage, an denen mir mein Vertrauen in Gott hilft, und es gibt andere, da weiß ich einfach nicht mehr weiter. Jakob war wie ein Sohn für mich. Ich kann mir einfach nicht erklären, was geschehen ist. Vielleicht ist er illegal in den Westen geflohen, was denkst du?»

Elise nickte schwach.

«Aber ich kann mir nicht vorstellen, dass er das getan hätte, ohne sich zu verabschieden. Außerdem hat er sich bisher nicht gemeldet. Elise, was, wenn ihm etwas zugestoßen ist?»

«Darüber habe ich auch schon oft nachgedacht», sagte Elise kaum hörbar.

«Oder wenn seine Briefe abgefangen wurden und er denkt, wir wollen nichts mehr mit ihm zu tun haben.»

Als das Wasser im Kessel zu brodeln begann, liefen Otto Tränen über die Wangen. Er macht sich nicht einmal die Mühe, sie wegzuwischen. «Ich dachte, du könntest ihn halten.»

Elise zuckte zusammen. Wusste Otto von ihr und Jakob? Wusste er, dass sie kurz vor seinem Verschwinden ein Paar geworden waren?

«Was meinst du?»

«Du warst für Jakob mehr als nur eine Freundin, Elise, das war schon immer so.»

Nun war sie da, und er wusste nicht, was er tun sollte. Am liebsten hätte er Elise zurück nach Paris geschickt, und er verfluchte einmal mehr den Tag, an dem er auf die Idee gekommen war, sie zu kontaktieren. Fieberhaft überlegte er, was er tun sollte.

Er stand auf und schaltete das Radio ein. Wie, als wollte ihn die Musik zum Narren halten, liefen ausgerechnet die letzten Takte von *Wind of Change* von den Scorpions. Dieses Lied war wie kein zweites die Hymne der Wende gewesen. Rauf und runter war es bei den Radiostationen gelaufen.

Kurz schloss er die Augen, und sofort sah er die Bilder von damals: unbekannte Menschen, die einander in die Arme fallen und weinen, knallende Sektkorken, Trabi- und Wartburgkolonnen an den Grenzübergängen, Ost- und Westberliner, die die Mauer erklimmen, junge Mädchen, die Grenzsoldaten küssen und ihnen Blumen in die Gewehrläufe stecken.

Noch heute war er froh und traurig zugleich, wenn er an diese ereignisreichen Tage zurückdachte. Froh, endlich die Welt sehen zu können, sich nicht mehr für alles rechtfertigen zu müssen, und traurig, dass der Fall der Mauer für ihn das Ende eines Gemeinschaftsgefühls eingeleitet hatte und er sich hatte völlig neu orientieren müssen. Die Jahre nach der Wende hatten eindrücklich gezeigt, dass die Vorstellungen vom Westen die Hoffnungen vieler DDR-Bürger bitter enttäuscht hatten.

«*Und jetzt die Kurz-Nachrichten aus der Region.*» Die angenehme Stimme der Moderatorin holte ihn zurück in sein Zimmer.

«*In Dürrhöhe, einer Siedlung bei Sprevelsrich, hat es in der Nacht einen verheerenden Brand gegeben. Nach Angaben der Polizei kam dabei ein Mann ums Leben. Seine Identität sowie die*

Brandursache sind bisher noch ungeklärt. Und nun zu den Wetteraussichten für morgen.»

Mit schweißnassen Fingern schaltete er das Radio aus, zog sich seinen Mantel über und rief per Telefon ein Taxi.

«Ich möchte nicht aussteigen. Es wäre schön, wenn Sie hier einfach nur kurz anhalten könnten.»

Der Taxifahrer nickte.

«Danke.» Er sah durch das Seitenfenster nach draußen. Das Haus war bis auf die Grundmauern abgebrannt, überall lagen Trümmerteile, verkohlte Möbelreste und rußige Dachbalken. An einigen Stellen qualmte es noch, ein Tanklöschwagen stand ein wenig abseits, um Nachbrände zu vermeiden. Der beißende Geruch, der über Dürrhöhe lag, drang sogar durch die geschlossenen Taxifenster.

«Das ist wirklich übel. Die sollen ja sogar eine Leiche gefunden haben, wurde vorhin in den Nachrichten gesagt.» Der Taxifahrer beugte sich schräg nach vorne, was ihm aufgrund seines Bauchumfangs sichtlich schwerfiel. Er klappte das Handschuhfach auf und holte eine Schachtel Kekse heraus. Kauend drehte er sich um.

«Auch einen?»

«Nein danke.»

Aus einem der vielen Geräte, die an der Armatur des Wagens angebracht waren, piepste es, woraufhin der Taxifahrer sich den Keks komplett in den Mund schob, die Hände an der Hose abwischte und auf einem der Displays herumtippte.

«Wie lange wollen Sie sich dieses Trauerspiel noch ansehen?», fragte er kauend.

«Ich habe genug gesehen. Wir können zurück.»

Der Mann nahm sich noch einen Keks aus der Packung.

«Darf ich fragen, warum Sie hierherkommen wollten? Kannten Sie den Toten?»

Er wusste nicht, was er auf diese Frage antworten sollte, und erwiderte: «Wie gesagt, wir können wieder.»

«Nun denn.» Der Taxifahrer startete den Wagen, nahm sich einen dritten Keks und fuhr los.

Als er zurück war, hatte das Zittern seiner Hände ein wenig nachgelassen, dafür knurrte sein Magen. Er schaute ins Tiefkühlfach und fand eine Packung Hühnerfrikassee. *Nach traditioneller Rezeptur und im praktischen Kochbeutel* stand auf der Pappe. Früher hatte es so etwas nicht gegeben, aber diese Fertiggerichte erwiesen ihm gute Dienste, wenn es schnell gehen sollte und er keine Lust zum Kochen hatte. Er riss die Verpackung auf, legte den Plastikbeutel auf einen Teller und stellte ihn in die Mikrowelle.

Als der Teller sich zu drehen begann, ging er zur Schrankwand, wo sein Blick auf das Radio fiel. *Wind of Change*, dieses Lied ließ ihn nicht los. Das Pfeifen des Sängers hatte sich in seinem Ohr festgesetzt und auch die Zeilen: *Walking down the streets, distant memories are buried in the past forever* ließen ihm keine Ruhe. Er wünschte sich nichts mehr, als dass diese Worte auch auf ihn zutreffen würden. Ferne Erinnerungen für immer in der Vergangenheit begraben. Er hatte es versucht, jahrelang. Vergeblich.

Als er seine Mappe aus der Schublade nahm, signalisierte die Mikrowelle, dass das Essen fertig war. Er hob den Teller vorsichtig heraus, setzte sich auf das Sofa und überflog seine letzten Eintragungen.

Er hatte Fluchtversuche über die Ostsee und Peleroich beschrieben, wo die Fäden eines professionellen Fluchthelferrings zusammenliefen, seine Verpflichtungserklärung, die zwar freiwillig sein sollte, es aber nicht war.

Wo sollte er weitermachen? Er schaute sich in seinem Zimmer um, sein Blick kehrte immer wieder zum Radio zurück. Schließlich drückte er die Mine des Kugelschreibers herunter.

Nachdem Erich Honecker im Januar verkündet hatte, die Mauer werden noch in fünfzig, ja sogar einhundert Jahren stehen, wurde im Oktober seine Absetzung entschieden. Zu dieser Zeit hatte die Ausreisewelle über Ungarn längst ihren Zenit überschritten.

Mir war das unverständlich. Sicherlich ist es nicht immer einfach gewesen, aber von einem Tag auf den anderen seiner Heimat den Rücken zu kehren, wäre mir nie eingefallen. Das Positive daran war, dass mich mein Führungsoffizier vergessen zu haben schien, also keinen Kontakt mehr mit mir aufnahm. Während das ganze Land in Aufruhr war, lebte ich plötzlich in einer Ruhe, die beinahe gespenstisch war, gespenstisch schön. Nach dem Fall der Mauer habe ich dann erfahren, dass sich mein Verbindungsmann zur Staatssicherheit mit seiner Familie von Ungarn aus über Österreich nach Hamburg abgesetzt hatte, wo er bis heute unbehelligt lebt.

Auch an Peleroich gingen die Veränderungen nicht spurlos vorüber. Unser Pfarrer Otto Jaworski hielt nun, in Anlehnung an die Demonstrationen in Leipzig, Dresden, Halle, Karl-Marx-Stadt, Magdeburg, Rostock, Potsdam und Schwerin, jeden Sonntag einen Gottesdienst mit Friedensgebeten ab. Die Besucher kamen zahlreich, das letzte Mal waren im Jahr 1982 so viele Menschen in unserem Dorf gewesen, um sich mit Friedas Wurst- und Fleischwaren einzudecken. Vor dem Portal der Kirche brannten jeden Sonntag unzählige weiße Kerzen. Es ist wirklich bedauerlich, dass unser Pfarrer die Nachwendezeit nicht mehr miterlebt hat.

Jäh hielt er inne. Jetzt oder nie, worauf sollte er warten? Er nahm ein weißes Blatt und begann zu schreiben.

Kapitel 24
Peleroich, 1989

Der Konsum hatte bereits geschlossen. Willi und Agathe waren müde, sie hatten einen anstrengenden Tag gehabt. Seit dem Nachmittag war die große Jubiläumsfeier der Freiwilligen Feuerwehr im Gange, Willi hatte am Vormittag unzählige Flaschen Bier und Wodka, Frieda ein Spanferkel und Schmalzbrötchen und Isolde mehrere Bleche Zuckerkuchen auf die Wache geliefert. Abgespannt schob Willi den Vorhang neben der Ladentheke zur Seite und ging ins Lager. Auf einem niedrigen Plastiktisch stand ein Schallplattenspieler. Vorsichtig nahm Willi seine Lieblingsplatte von Elvis aus der Hülle und legte sie auf den Teller. Die ersten Takte von *Jailhouse Rock* erklangen und mischten sich mit dem gleichmäßigen Rattern der Nähmaschine im Keller, wo Elise schon seit Tagen an ihrer Frühjahrskollektion arbeitete.

Summend ging Willi zurück in den Verkaufsraum und begann, Toilettenpapierrollen im Regal zu stapeln.

Agathe sah vom *Sprevelsricher Landboten* auf. «Dass die Mauer auch noch in fünfzig, ja sogar hundert Jahren stehen wird, so wie Honecker sagt, das glaube ich gern. Aber es muss etwas passieren in unserem Land.»

«Ich denke, der Karren ist so festgefahren, da geht nichts mehr vor und auch nicht zurück.» Willi blickte auf die Spitze der Toilettenpapierpyramide. Im letzten Jahr war sein Lieblingsfußballer Jürgen Sparwasser in den Westen abgehauen, in Dresden waren Demonstranten, die die Wahrung der Menschenrechte gefordert hatten, festgenommen worden. Bei einem Konzert von Michael Jackson in Westberlin waren Jugendliche, die auf der anderen Seite der Mauer zugehört hatten, in Polizeigewahrsam genommen worden, und nicht zuletzt hatte Erich Honecker auf einer Tagung des Zentralkomitees seine Ablehnung der sowjetischen Reformpolitik erklärt.

«Kannst du dich noch daran erinnern, was Kurt Hager gesagt hat, das mit der Tapete?» Agathe legte die Zeitung neben die Kasse und begann, Lauch, Rosenkohl und Steckrüben in die Holzkisten neben dem Eingang zu sortieren.

«Und ob. Er meinte, dass man sich nicht verpflichtet fühlt zu tapezieren, nur weil der Nachbar das auch macht.»

«Das ist doch wirklich ungeheuerlich. Ich sage dir, es wird sich nie etwas ändern.»

Auf dem Dorfplatz waren laute Stimmen zu hören. Verwundert trat Willi vor die Tür, die kalte Februarluft ließ ihn frösteln. Agathe stellte sich hinter ihren Mann und schaute in die Richtung, aus der die Stimmen kamen.

Das Grölen wurde lauter.

Ludwig kam aus dem Kulturhaus zum Konsum gelaufen. «Was ist denn hier los?»

«Das sind wahrscheinlich die Jungs von der Feuerwehr. Bei den Mengen an Alkohol, die ich vorhin geliefert habe, wundert mich das nicht.»

Aus Richtung des Dorfeingangs näherten sich vier Männer. Immer wieder hielten sie an, stießen ihre Flaschen gegeneinander und sangen. Als sie den Bürgermeister sahen, blieben sie stehen.

Ein Mann löste sich aus der Gruppe und ging einen Schritt auf ihn zu. «Sieh an, sieh an, die Repräsentanz des Untergangs, der Herr Lehmann.»

Ludwig schnappte nach Luft, seine Brille beschlug.

Der Mann, der Anfang zwanzig sein mochte, spuckte dem Bürgermeister vor die Füße. «Dass Sie noch in den Spiegel schauen können.»

Willi ballte die Hand zur Faust. Agathe legte ihm sogleich den Arm um die Schultern, um ihn zu besänftigen. «Nicht aufregen.»

Ein zweiter Mann löste sich aus der Gruppe. Er trank sein Bier in einem Zug aus und warf die Flasche nachlässig auf das Kopfsteinpflaster. Sie zersprang nicht, sondern rollte nur hin und her. Der Mann wischte sich über den Mund, hob beide Arme und fing an, wie ein Dirigent in der Luft herumzuwedeln. Seine Freunde begannen zur Melodie von Ein Männlein steht im Walde zu singen. Anfangs reihten sie Worte aneinander, die keinen Sinn ergaben, doch schließlich grölten sie:

Der Erich ist ein Esel, ganz grau und dumm,
und sieht sich deshalb niemals nach vorne um,
sag, wer muss der Esel sein,
Deutschland wird vereinigt sein,
das wünschen wir uns alle, tiradummdumm.

Agathe legte sich erschrocken den Zeigefinger auf die Lippen, Willi löste die Faust und schaute zu Ludwig, der erstarrt neben ihm stand. Noch bevor dem Bürgermeister eine Erwiderung einfiel, liefen die Männer weiter und wiederholten ihr Lied. Als die Stimmen der Betrunkenen nicht mehr zu hören waren, räusperte sich Ludwig.

«Müssen wir das melden?»

Otto überflog noch einmal das Flugblatt, das vor ihm auf dem Schreibtisch lag, obwohl er dessen Wortlaut inzwischen auswendig kannte.

> <u>Der Friedenskreis Sprevelsrich lädt ein:</u> Alle, die ihre staatsbürgerlichen Rechte hinsichtlich der Kontrolle der Kommunalwahl am 7. Mai 1989 wahrnehmen wollen. Wir treffen uns um 17:30 Uhr vor dem Wahllokal in der Julius-Fučik-Schule. Wir werden die Auszählung der Stimmen beobachten. Findet euch zahlreich ein!

Es klingelte. Christa stand im Türrahmen.

«Ich dachte, du hast vielleicht Hunger. Ich habe Fischsuppe gemacht, und allein schaffe ich die nicht.»

«Wie lieb von dir! Ich habe seit heute Morgen tatsächlich nichts gegessen. Komm doch rein.»

Christa folgte Otto ins Pfarrbüro und warf einen Blick auf den Schreibtisch.

«Was ist das?», fragte sie.

«Ein Aufruf zur Wahlbeobachtung.»

«Geht das denn so einfach?» Skeptisch nahm Christa ein Flugblatt vom Tisch.

«Und ob, das ist sogar erlaubt. Im Wahlgesetz heißt es, dass die Auszählung der Stimmen öffentlich erfolgt.»

«Das wusste ich gar nicht. Wie oft hast du den Text jetzt abgetippt?»

Otto fuhr mit dem Daumen über den Stapel, der neben seiner Schreibmaschine lag. «Zwanzig Mal bestimmt, aber das Doppelte möchte ich heute noch schaffen.»

«Und du denkst, das bringt etwas?»

Otto seufzte bitter, er hatte sich diese Frage in letzter Zeit selbst häufig gestellt und keine Antwort darauf gefunden.

«Es ist doch eh jedes Jahr dasselbe», fuhr Christa fort. «Einheitsliste, Zettel falten, wer die Wahlkabine betritt, wird kritisch beäugt, Wahlhelfer, die sogar die Urnen bis vor die Haustür der Wähler tragen. Und am Ende kommt wieder irgendwas mit knapp unter einhundert Prozent für die Kandidaten der Nationalen Front heraus.»

Natürlich hatte Christa recht. Aber untätig bleiben und sich nicht an den Veränderungen zu beteiligen, die sich in der DDR gerade vollzogen, kam für Otto nicht in

Frage. «Wir müssen es versuchen. Weißt du, ich möchte nicht nur sonntags vor der Gemeinde die Bibel zitieren, ich möchte aktiv werden, etwas Greifbares beitragen. Jetzt lass uns aber erst einmal essen, sonst wird die Suppe noch kalt.»

Sie gingen in die Küche. Der Pfarrer nahm zwei Teller aus dem Schrank und füllte sie.

«Deine Predigten geben den Menschen Antworten auf ihre Fragen, das ist in diesen Tagen wichtiger denn je.»

Otto stellte die Teller auf den Tisch, legte zwei Löffel dazu und setzte sich. Er hatte ein flaues Gefühl im Magen. Er musterte Christa, die seit Karls Tod stark abgenommen hatte und ausgezehrt wirkte. Den Unfall ihres Mannes hatte sie nie verwunden. Auch Otto hatte mit Jakobs Verschwinden zu kämpfen gehabt, und der gemeinsame Verlust dazu geführt, dass sie viel Zeit zusammen verbracht hatten.

«Ich muss dir etwas sagen, Christa. Ich habe meinen Jakob und du deinen Karl verloren, und als ob das nicht schon genug wäre ...»

Christa, die sich gerade den Löffel in den Mund schieben wollte, hielt inne. «Ist etwas passiert?»

«Ich habe es zu lange vor mir hergeschoben, jetzt muss es raus. Erinnerst du dich, dass ich vor zwei Wochen beim Arzt war, weil ich immer wieder solche Schmerzen im Bauch und Verdauungsprobleme hatte?»

«Du hast gesagt, alles sei wieder in Ordnung.»

«Ich wollte warten, bis die Ergebnisse da sind. Es hat schon gereicht, dass ich mir Sorgen gemacht habe.» Otto schob seinen Teller in die Tischmitte und verschränkte die Hände ineinander.

«Nein.»

«Doch, leider.»

Christa ließ den Löffel fallen.

«Würdest du für mich am Wahlsonntag die Auszählung überwachen? Ich schaffe das im Moment nicht.»

«Natürlich, ich kümmere mich hier um alles, um die Wahl und was auch immer noch passiert. Deine Gesundheit geht jetzt vor. Das wird schon wieder.»

Starr hatte Otto den Blick auf die Tischdecke gerichtet. «Ich fürchte, da ist nichts mehr zu machen. Ich habe Bauchspeicheldrüsenkrebs im Endstadium, es gibt zu viele Metastasen auf der Lunge.»

Bereits seit einer Stunde stand der Zug auf freier Strecke. Er war vollkommen überfüllt, und die Menschen wurden langsam ungeduldig, da bisher keine Durchsage gekommen war, die die Verspätung erklärt oder die Fahrgäste informiert hätte, wann es weitergehen würde. Irgendwo weinte ein Baby.

Elise und Marina saßen im Gang in der Nähe der Toilette, die einen unerträglichen Gestank verbreitete. Neben Elise stand ein Koffer, auf dem zwei Kleiderhüllen aus Stoff lagen, in denen sich Overalls, Blousons und Röcke befanden.

«Die wollen alle zur Messe.» Elise klopfte sich gegen ihre Wade, die durch die verkrampfte Sitzhaltung eingeschlafen war. «Ich bin so froh, dass du mitgekommen bist, Marina.»

«Auch wenn ich mir weniger wegen der Messe als vielmehr wegen den Friedensgebeten in der Nikolaikirche hier den Hintern wundsitze. Aber das ist es mir allemal wert.»

Bei dem Stichwort musste Elise an Otto denken. Vehement hatte er sich geweigert, seine letzten Wochen im Krankenhaus zu verbringen. Seit ihre Mutter von seiner Krankheit wusste, sorgte Christa für ihn, unterstützt von halb Peleroich. Alle kümmerten sich rührend um ihren Pfarrer und halfen, wo sie konnten. Willi brachte jeden Tag die Einkäufe vorbei, Frieda versorgte Otto mit seiner Lieblingsleberwurst, Friedrich übernahm Erledigungen in Sprevelsrich. Elises Oma hat sich ein Rezept für Apfelkuchen ausgedacht, den sie mit Zückli anstatt mit Zucker buk, und selbst Ludwig schaute hin und wieder bei Otto vorbei. Aber trotz all der Fürsorge hatte sich eine bittere Verzweiflung über das Dorf gelegt.

Marina tippte auf die Kleidersäcke und riss Elise damit aus ihren Gedanken. «Ich bin gespannt, ob das klappt.»

«Ein bisschen waghalsig ist meine Idee schon. Aber ich versuche es. An den Ständen im Ringmessehaus werden so viele Modedesigner sein, dass ich ihnen vielleicht etwas aus meiner Kollektion zeigen kann.»

Für ihren Leipzig-Besuch hatte Elise extra kleine Zettel gezeichnet, auf denen eine stilisierte Schneiderpuppe zu sehen war. Darüber stand *Atelier d'Elise* sowie ihre Adresse. Diese Zettel wollte sie potenziellen Interessenten mitgeben. Sie hatte sich in der Zwischenzeit auf verspielte Overalls, kastenförmige Blousons und schmale Bleistiftröcke spezialisiert. In Ermangelung an Alternativen waren die Stoffe einfarbig, und sie hatte mit Textilfarbe Blumen und graphische Muster darauf gemalt. Der Stoff war aus Kunstfasern und hatte den Vorteil, dass er knitterfrei war. Der

Nachteil allerdings zeigte sich schon nach kurzer Tragezeit: Man begann, unangenehm zu riechen.

«Ich drück dir auf jeden Fall die Daumen», sagte Marina.

Plötzlich ruckelte es, der Zug fuhr schleppend an. Elise sah auf ihre Armbanduhr und freute sich, dass es endlich voranging. Wenn alles glattlief, würden sie in dreißig Minuten im Leipziger Hauptbahnhof einfahren.

Als Elise aus dem Zug stieg, fiel ihr Blick auf ein Plakat, auf dem übereinander zwei große Ms zu sehen waren, darunter das berühmte Maskottchen der Messe: ein Männchen im blauen Anzug, mit Globuskopf, einer Pfeife im Mundwinkel und einem Aktenkoffer in der Hand. Um sie herum breitete sich ein Klangteppich aus fremden Sprachen aus: Englisch, Russisch, Ungarisch, Tschechisch, sogar ein paar Brocken Arabisch konnte Elise ausmachen.

Plötzlich tippte ihr jemand von hinten auf die Schulter.

«Madame, parlez-vous français?» Die vollschlanke Frau, die das gefragt hatte, stellte einen braunen Koffer auf den Boden, auf dem Elise das Label von Yves Saint Laurent ausmachen konnte.

«Un peu.» Elises Stimme zitterte.

«Où est l'hôtel Mercure, s'il vous plaît?»

«Oh, je ne sais pas. Je suis désolée.»

«Pas de problème. Merci quand même.» Die Frau hob ihren Koffer hoch und lief in Richtung Ausgang.

Verträumt sah Elise ihr nach.

Marina schwenkte eine Kleiderhülle vor ihrer Nase herum. «Na, komm schon, du willst ja hier wohl keine Wurzeln schlagen.»

Auf dem Bahnhofsvorplatz standen zahlreiche Taxis und warteten auf Kundschaft, Straßenbahnen kamen an, nahmen Fahrgäste auf und fuhren davon. Elise und Marina gingen in Richtung Karl-Marx-Platz, wo sie sich eine kleine Stärkung kaufen wollten.

Ermattet setzte sich Elise auf den Rand des Mägdebrunnens, streckte die Beine aus und ließ ihren Blick interessiert umherschweifen. Die Gebäudefassaden strahlten, auf den Blumenrabatten blühten Stiefmütterchen, es lag kein Müll auf der Straße, überall Messebesucher in den Cafés, unter den Trabis und Wartburgs waren lauter Automarken zu sehen, die sie nicht kannte. Das Leipzig, das sich ihr hier zeigte, sah ganz anders aus als die Stadt, von der Jakob ihr so oft erzählt hatte.

«Die Stadt hat sich herausgeputzt.» Marina biss in ihre Bratwurst. «Die Preise sind allerdings locker drei bis fünf Mal so hoch wie normalerweise.»

«Die ausländischen Gäste wundern sich wahrscheinlich nicht einmal darüber. Ich bin froh, dass wir bei Hennings Freund Jens unterkommen, ein Hotelzimmer hier könnte ich mir in hundert Jahren nicht leisten.»

«Schau mal, da kommt Musik auf Rädern.» Marina wies in Richtung eines Hochhauses, dessen Form an einen Zahn erinnerte. Ein Leierkastenmann näherte sich dem Brunnen, während er an der Kurbel drehte und die Melodie von *Veronika, der Lenz ist da* spielte.

Vor dem Brunnen blieb er stehen. Er trug einen zerschlissen schwarzen Anzug und einen farblich passenden Zylinder.

Elise gab ihm ein paar Pfennige, die sie in der Jackentasche hatte.

«Vielen Dank, die Damen. Mundet die Leipziger Bratwurst?»

Elise und Marina nickten.

«Da haben Sie ja wahrscheinlich ein halbes Vermögen ausgegeben? Und für zwei dann wahrscheinlich ein ganzes.»

«Das war das Günstigste, was wir bekommen konnten.»

«Ja, ja, alle Jahre wieder, es ist nicht zum Aushalten.» Der Mann setzte sich neben die beiden Freundinnen auf den Brunnenrand und nahm seinen Zylinder vom Kopf.

«Was meinen Sie?»

«Nun, in Leipzig sieht es nicht immer so aus. Aber zwei Mal im Jahr, zur Frühjahrs- und zur Herbstmesse wird die Stadt auf Hochglanz poliert. Da sind auf einmal Gelder da und Sachen, die es sonst nicht gibt. Hauptsache, die ausländischen Gäste sind beeindruckt.»

Elise betrachtete das Brötchen in ihrer Hand.

«Welche Sachen?», fragte Marina.

«Schauen Sie zum Beispiel mal dort drüben, das ist das Gewandhaus. Nicht nur, dass der Bau viel hässlicher aussieht als seine Vorgänger, nein. Sehen Sie das Auto neben dem Gebäude?» Er deutete auf einen Mercedes mit ausladender Heckflosse. «Oder diese Frauen dort?»

Elise kniff die Augen zusammen, um besser sehen zu können. Vor der Eingangstür standen Frauen, die kurze Röcke und grelles Make-up trugen und auffällig nach Männern Ausschau hielten. «Sind das etwa ...?»

«Ja. Und dabei ist Prostitution in der DDR verboten. Rechtlich gilt das als asoziales Verhalten und kann sogar mit Freiheitsstrafe geahndet werden. Aber zu Messezeiten ist nichts normal, da lässt man fünfe gerade sein.» Der

Mann setzte seinen Zylinder wieder auf. «Wo sind die Damen untergekommen, darf ich fragen?»

«Bei einem Bekannten in Plagwitz.»

«Na, dann werden Sie ja noch einen Eindruck vom echten Leipzig bekommen. Ich empfehle mich.» Der Mann tippte sich an den Zylinder, stellte sich wieder hinter seinen Leierkasten, begann, an der Kurbel zu drehen, und ging davon.

Elise setzte sich auf den Vorplatz der Kirche. Ihr blieben noch ein paar Minuten Zeit, bis der Gottesdienst zu Ende sein sollte. Sie hatte die beiden Kleidersäcke auf ihren Schoß gelegt und war so erschöpft, dass ihr fast die Augen zufielen.

Den ganzen Tag war sie auf den Beinen gewesen. Zunächst hatten sie und Marina ihr Gepäck zu Jens in die Wohnung gebracht. Hennings Freund war zwar nicht zu Hause gewesen, aber der Schlüssel lag, wie verabredet, unter der Fußmatte. Auf den Zettelblock, der an der Tür hing, hatte Elise geschrieben, dass sie am Abend zurück sein würden. Der Leierkastenmann hatte recht behalten. Plagwitz war dem Verfall preisgegeben, es sah aus wie nach dem Krieg. Die Fassaden der Altbauten waren vom Ruß der Braunkohle dunkel verfärbt, die Dächer kaputt, teilweise sogar ganz eingefallen, und über allem lag der Geruch von Schimmel. Aus einigen Häusern wuchsen Bäume, nur an den Gardinen und Blumentöpfen vor den Fenstern konnte man erkennen, dass sie noch bewohnt waren. Fassungslos war Elise zum Ringmessehaus und Marina zur Nikolaikirche gefahren, wo die beiden Freundinnen sich im Anschluss an den Gottesdienst wiedertreffen wollten.

Immer mehr Menschen versammelten sich auf dem Vorplatz der Kirche. In den Nebenstraßen hatten Volkspolizisten Aufstellung genommen. Außerdem standen vereinzelt kleine Gruppen von Männern in der Nähe, die das Treiben mit ausdrucksloser Miene beobachteten. Stasi-Mitarbeiter, vermutete Elise.

Gespannt erhob sie sich, um besser sehen zu können. Gerade entrollte eine junge Frau neben ihr ein Transparent. *Für ein offenes Land mit freien Menschen* war darauf zu lesen. Die Polizisten hatten die Gruppe im Blick, griffen aber nicht ein. Als Marina aus der Kirche kam, wurde ein zweites Transparent entrollt, auf dem *Reisefreiheit statt Massenflucht* geschrieben stand. Bei Elise angekommen, wies Marina rotwangig auf die Polizisten. «Die trauen sich nicht einzuschreiten, schließlich sind wegen der Messe internationale Journalisten vor Ort.»

Plötzlich brach Tumult aus. Einer der Männer, die gerade noch mit ausdrucksloser Miene neben den Demonstranten gestanden hatten, stürmte auf zwei Frauen zu, die eines der Transparente hielten, und riss es herunter. Mit aller Kraft hielt eine der Frauen das Transparent fest.

«Was soll denn das, ihr Schweine», war zu hören.

Ruckartig kam Bewegung in die Menge, dabei fielen Elises Kleidersäcke zu Boden. Schnell hob sie sie auf und hoffte, dass ihre Röcke und Blusen nicht beschädigt worden waren.

«*Wir wollen raus, wir wollen raus*», skandierte die Menschenmenge erst zaghaft, dann zunehmend vehementer.

Marina hakte sich bei Elise unter. «Jetzt wird's spannend. Aber sag mal, hattest du Erfolg mit deinen Klamotten?»

«Ja, ich habe sogar eine Pariserin ...» Weiter kam sie nicht.

Erneut löste sich ein Mann aus der Gruppe und riss das Transparent, auf dem *Reisefreiheit statt Massenflucht* stand, nach unten.

Grob wurde Elise von hinten angerempelt. Langsam bekam sie Panik.

Die Menge rief inzwischen: «*Stasi raus, Stasi raus.*»

Ängstlich griff Elise nach Marinas Hand und drückte sie so fest sie konnte. «Lass uns zurück in die Wohnung fahren.»

Christa und ihre Schwiegermutter Isolde saßen am Stammtisch, vor sich zwei Gläser und eine bereits halbleere Flasche Sekt.

Isolde nippte an ihrem Glas. «Eigentlich wollte ich ja gar nicht groß feiern. Ohne meinen Karl ist es doch sowieso kein schöner Geburtstag.»

«Karl würde bestimmt wollen, dass du dich feiern lässt. Und wirklich groß ist das ja nicht. Es sind doch bloß wir», sagte Christa und deutete in Richtung Tresen, wo Friedrich, Henning, Marina und Elise saßen. «Und Willi und Agathe kommen später noch.» Sie kraulte Emma, die unter dem Tisch saß, zwischen den Ohren.

«Schade, dass Franziska nicht da ist.»

«Wenn es ihr so wichtig ist mit dem Übernachtungsbesuch bei ihrer Freundin, du weißt doch, wie es in dem Alter ist. Ihr habt ja heute früh schon ein bisschen zusammen gefeiert, oder?»

Am Tresen schaltete Friedrich den Fernseher ein. Um achtzehn Uhr wurde eine Pressekonferenz übertragen, in der der neue Entwurf für die Reiseregelungen in die Bundesrepublik verkündet werden sollte. Auf dem Podium saß Günter Schabowski, vor ihm hatten Journalisten Platz genommen.

«Muss denn die Flimmerkiste laufen?» Missmutig blickte Henning zum Fernseher. «Heute ist immerhin Isoldes Geburtstag.»

«Ich weiß, ich weiß, aber mich interessiert, was die sich ausgedacht haben, ich stelle auch den Ton leiser. Am Anfang kommen eh nur hohle Phrasen.»

«Aber pass auf, dass dir nicht die Bratkartoffeln anbrennen.» Henning lächelte.

Elise stand hinter dem Tresen und füllte Getränke auf.

«Soll ich den Kuchen für dich anschneiden?», rief Marina zu Isolde hinüber.

Isolde nickte.

Marina betrachtete den Schokoladenkuchen, in dessen Mitte aus Zuckerperlen eine dreiundsiebzig stand. «Der ist toll geworden, Elise. Hat deine Oma eigentlich schon jemanden gefunden, der in der Bäckerei weitermacht? In dem Alter noch arbeiten, das ist wirklich zu viel.»

«Bisher leider nicht. Aber nächste Woche kommt wohl ein Interessent vorbei. Wenn sich niemand finden sollte, helfe ich vorerst weiter aus. Geburtstagskuchen kann ich schon mal.» Während Elise ein leeres Bierglas unter den Zapfhahn stellte, flackerten plötzlich die Lampen an der Decke der Gaststube.

«Jetzt haben sie nicht einmal mehr genug Strom für uns.» Marina lachte laut auf, legte zwei Kuchenstücke auf den Teller und brachte sie zu Christa und Isolde an den Tisch. Als sie zurückkam, drehte sie den Ton des Fernsehers lauter.

«Wir wissen um die Tendenz in der Bevölkerung, dieses Bedürfnis der Bevölkerung zu reisen oder die DDR zu verlassen», ließ Schabowski gerade verlauten.

«Die sind immer noch beim Phrasendreschen», sagte Marina genervt und drehte den Ton wieder leiser. Im selben Augenblick flackerten die Lampen erneut.

Friedrich kam aus der Küche und schaute besorgt zur Decke. «Was ist denn da los? Henning, ist etwas mit dem Stromnetz nicht in Ordnung?»

«Ich weiß von nichts.» Henning nahm die Hundeleine von der Garderobe. «Komm, Emma, wir schnappen ein wenig frische Luft.»

Emma trottete auf Henning zu und folgte ihm hinaus auf den Dorfplatz.

Als die Tür ins Schloss fiel, wurde es im Kastanienhof mit einem Schlag dunkel, und auch in den Fenstern der anderen Häuser auf dem Dorfplatz erloschen die Lichter.

«Ach herrje», rief Friedrich. «Na, das ist sicherlich nur vorübergehend. Dann essen wir bei Kerzenlicht, ist ja auch gemütlich.»

Eine halbe Stunde später gab es immer noch keinen Strom. Die Geburtstagsgesellschaft hatte sich bemüht, Isolde trotzdem gebührend zu feiern, aber in der fast dunklen Gaststube wollte keine rechte Stimmung aufkommen, und so beschlossen sie, alle gemeinsam nach draußen zu gehen. Isolde klagte ohnehin über Müdigkeit und wollte nach Hause. Auf dem Dorfplatz hatte sich halb Peleroich versammelt, einige hatten Kerzen dabei, andere Taschenlampen. Ratlos sahen sie einander an.

Bürgermeister Ludwig Lehmann trat aus dem Kulturhaus, nahm seine Brille ab und putzte sie. «Das Telefon ist tot, ich kann euch leider nicht sagen, wann die Störung behoben sein wird.»

Henning kam gerade von seiner Runde mit Emma zurück und drückte Elise die Leine in die Hand. «Ich versuche mal, das Revier zu erreichen.» Er ging zu dem Streifenwagen, der vor dem Kastanienhof parkte. Durch die Scheibe sah man ihn nach Sprevelsrich funken. Seine Stirn war während des gesamten Gesprächs in Falten gelegt.

Als er wieder ausgestiegen war, schüttelte er bedauernd den Kopf. «Das kann wohl noch Stunden dauern. Ich schlage vor, wir machen Schluss für heute. Wir verpassen nichts, wenn wir mal einen Tag früh ins Bett gehen.»

Kapitel 25

Sprevelsrich, 2018

Als das Krankenhaus Sprevelsrich in ihr Blickfeld kam, erinnerte Elise sich daran, wie Franz ihr damals vom Sterbebett das Zitat von Blaise Pascal vorgelesen hatte. *Das Herz hat seine Gründe, die der Verstand nicht kennt.* Wahre Worte.

«Wie geht es dir?» Henning stellte seinen Wagen unter einer kahlen Baumgruppe neben dem Haupteingang ab und drehte sich zu ihr um.

Elise zuckte mit den Schultern. «Ein bisschen besser. Die Übelkeit ist weg, aber das Auge tut noch höllisch weh.»

Tröstend legte Marina einen Arm um Elise, während sie die Schnalle des Sicherheitsgurtes löste. «Alles wird gut, im Krankenhaus bist du in guten Händen.»

Die drei liefen durch die gemauerte Toreinfahrt und steuerten auf die breite Glastür der Notaufnahme zu. Vor dem Empfangsschalter standen zwei Frauen, eine hatte ein Baby auf dem Arm und schaute besorgt auf dessen hochroten Kopf, und Elise musste daran denken, dass auch sie als Baby hier einmal drei Monate hatte verbringen müssen. Während sie und Marina sich anstellten, nahm Henning Platz und zog sein Handy aus der Jackentasche.

Nach zehn Minuten war Elise endlich an der Reihe und schilderte der Schwester ihre Beschwerden.

«Sie müssen ungefähr mit einer halben Stunde Wartezeit rechnen, falls kein akuter Notfall reinkommt. Dann wird sich ein Kollege aus der Ophthalmologie um Sie kümmern.»

Elise bedankte sich und setzte sich zu Henning, während Marina aus dem Getränkeautomaten neben dem Wartebereich einen Plastikbecher mit heißer Schokolade zog.

Als sie ihr den Becher reichte, sah Elise Henning und Marina an.

«Ich muss euch etwas sagen.» Wie in Zeitlupe stellte sie ihre Tasche auf den Schoß, so als müsste sie sich daran festhalten. «Ich habe vorhin einen Anruf von Tarek aus Paris bekommen. Es geht um meine Boutique. Sie haben mir zu Beginn des nächsten Jahres gekündigt.»

«Was? Warum denn das?», fragte Marina.

«Keine Ahnung. Ich weiß auch nicht, was plötzlich los ist. Dieser anonyme Briefeschreiber, der hier alles wieder aufwühlt, der Abriss von Peleroich, mein Auge, meine Boutique, alles geht den Bach runter.» Elises Augen füllten sich mit Tränen.

Henning nahm ihre Hand in seine. «Wir finden eine Lösung, versprochen.»

Elise lehnte sich an ihn, und Henning legte einen Arm um sie.

«Danke. Ich hoffe es so sehr, aber ich sehe gerade überhaupt kein Licht am Ende des Tunnels, ich weiß einfach nicht, was ich tun soll.»

«Immer der Reihe nach», sagte Henning beruhigend. «Wir können nicht ändern, was passiert, und gerade deshalb sollten wir nichts überstürzen. Das Wichtigste ist jetzt deine Gesundheit, der Rest ist zweitrangig.»

«Frau Petersen, bitte.»

Überrascht, dass es schneller gegangen war als erwartet, erhob sich Elise und folgte dem Arzt, der ihr die Hand entgegenstreckte.

«Bitte beschreiben Sie mir Ihre Symptome.» Dr. Eggers lächelte Elise über den Schreibtisch hinweg aufmunternd zu.

«Mein linkes Auge schmerzt schrecklich. Das ging schon zu Hause los, ich lebe in Paris, wissen Sie. Mein Hausarzt hat mich an einen Spezialisten überwiesen, der Termin ist am Mittwoch.» Elise schaute sich in dem fensterlosen Behandlungszimmer um und musste an den Blick aus Dr. Paillards Praxisfenster denken. Eine geradezu schmerzhafte Sehnsucht nach Paris überfiel sie, und es kam ihr vor, als wäre sie monatelang nicht dort gewesen, so viel war in den letzten Tagen passiert. «Ich habe hin und wieder auf dem Auge nur verschwommen gucken können, hinzu kamen starke Kopfschmerzen, außerdem habe ich Ringe gesehen, und mir war auch oft übel.»

Dr. Eggers strich sich über das Kinn, auf dem ein leichter Bartschatten zu sehen war. Seine Handbewegung verursachte ein kratzendes Geräusch. «Was hat Ihr Hausarzt für eine Vermutung geäußert?»

«Grüner Star.»

«Das befürchte ich auch, aber wir müssen erst die notwendigen Untersuchungen veranlassen. Bei einem Glaukomverdacht besteht unverzüglicher Handlungsbedarf. Sie hätten gar nicht verreisen dürfen.» Der Arzt schob die Computermaus zur Seite, der Bildschirm erwachte, dann tippte er etwas auf der Tastatur.

«Ja, ich weiß. Es gab einen privaten Notfall, sonst wäre ich in Paris geblieben.» Elise fixierte die Tasche auf ihrem Schoß, die sie mit den Händen so fest umklammerte, dass ihre Fingerknöchel hervortraten.

«Auf jeden Fall ist es gut, dass Sie gleich in die Notaufnahme gekommen sind, Frau Petersen. Wir werden Sie jetzt untersuchen, und sobald wir die Ergebnisse haben, wissen wir mehr. Stellen Sie sich darauf ein, die Nacht hier zu verbringen.»

Elise presste ihre Lippen zusammen und versuchte, nicht schon wieder in Tränen auszubrechen. Am liebsten hätte sie auf dem Absatz kehrtgemacht und wäre auf der Stelle zurück nach Paris gefahren.

Als Henning das Zimmer betrat, stand Dr. Eggers an Elises Bett. Neben dem Kopfende war ein Infusionsständer aufgebaut, an dessen Bügel eine Flasche mit Flüssigkeit hing. Der Arzt hatte eine Klemmmappe mit seinen Unterlagen in der Hand und drehte sich um, als er Henning hinter sich bemerkte.

«Würden Sie bitte kurz draußen warten?»

Elise richtete sich im Bett auf und hob die Hand, um Henning heranzuwinken. «Er kann ruhig hierbleiben und zuhören, ich werde mir das sowieso nicht alles merken können.»

«Ist das Ihr Mann?»

«Ja.» Elise fiel auf, dass sie Henning schon lange nicht mehr so bezeichnet hatte.

«Ich habe Ihrer Frau gerade die Ergebnisse der Untersuchungen mitgeteilt. Wir haben den intraokularen Druck gemessen, den Augenhintergrund sowie das Gesichtsfeld untersucht. Die Ergebnisse sind eindeutig. Ihre Frau hat einen akuten Glaukomanfall, ein sogenanntes Winkelblockglaukom.»

Henning wurde bleich und setzte sich auf die Bettkante.

«Was bedeutet das?»

Dr. Eggers sah von seiner Klemmmappe auf und wandte sich an Elise. «Leider gibt es bereits erste irreversible Schäden. Um eine Operation werden wir nicht umhinkommen, wenn wir eine dauerhafte Erblindung vermeiden wollen.»

Henning griff nach Elises zitternder Hand. «Wann soll die sein?»

«Heute. Alles andere wäre zu riskant.» Dr. Eggers klappte seine Mappe zu. «Haben Sie noch Fragen?»

Elise schüttelte schwach den Kopf. Dabei hatte sie so viele Fragen. Aber keine davon hatte mit der bevorstehenden Operation zu tun.

«Zunächst versuchen wir, den Augeninnendruck zu senken.» Der Arzt deutete mit dem Kinn auf den Infusionsständer. «Heute Abend operiere ich Sie.»

«Danke», sagte Elise, und Henning nickte erleichtert.

Dr. Eggers hob kurz die Hand, seine weißen Turnschuhe quietschten, als er zur Tür ging.

Elise drehte sich zu Henning. «Warum bin ich nur auf einmal so müde? Mein Mund ist auch plötzlich ganz trocken», sagte sie.

«Das ist bestimmt von dem Zeug da. Diamox, das macht müde.» Henning nahm die Flasche vom Nachttisch, goss ein wenig Wasser in ein Glas und beugte sich zu Elise. Behutsam legte er seine linke Hand in ihren Nacken und führte mit der rechten das Glas an ihre Lippen. Sie trank in kleinen Schlucken, dann schloss sie kurz die Augen.

«Hast du Angst?», fragte Henning.

«Ja. Und noch dazu waren die letzten Tage einfach zu viel für mich.» Sie sah ihn an. «Meinst du, Opa Willi hat uns etwas vorgemacht mit dieser Elvis-Show?»

«Wie kommst du darauf?»

«Ich wollte es euch vorhin schon erzählen, aber da kam der Anruf von Tarek dazwischen. Im Möwengrund hat mir eine Pflegerin erzählt, dass sie nicht sicher ist, ob er nicht nur vorgibt, dement zu sein, und zwar genau dann, wenn er sich aus der Affäre ziehen will.»

Nachdenklich hob Henning das halbleere Wasserglas an den Mund und trank es aus. «So eine große Aktion, ich weiß nicht. Ein bisschen seltsam war dein Großvater ja schon immer. Ich erinnere mich noch, dass er früher ständig Eingaben geschrieben und sich schrecklich über die Zustände in der DDR aufgeregt hat. Aber irgendwann kam ein Wandel, wie aus heiterem Himmel war er plötzlich versöhnt. Weißt du noch?»

«Ja, stimmt. Ich weiß auch gar nicht, woran das lag. Das müssen wir Christa fragen. Apropos! Weiß sie eigentlich, wo wir sind?»

«Ja, ich habe sie informiert. Sie lässt dich herzlich grüßen und will morgen früh zu Besuch kommen. Vielleicht hat Willi dir das mit dem Atelier in seinem Keller nur aus schlechtem Gewissen angeboten, weil er für den Tod deines Vaters verantwortlich ist? Aber was hat Jakob damit zu tun? Wie hängt das alles zusammen?», überlegte Henning laut. «Psychologisch gesehen ist Reue natürlich eine mächtige Triebkraft, du glaubst gar nicht, wie oft Täter ihre Verbrechen damit begründen. Was hat die Pflegerin noch erzählt?»

Elise reagierte nicht auf Hennings Frage. Sie hatte die Augen geschlossen, ihr Brustkorb hob und senkte sich gleichmäßig. Vorsichtig stellte Henning das leere Glas auf den Nachttisch, deckte Elise zu und gab ihr einen sanften Kuss auf die Stirn.

Ein Geräusch, das Elise nicht zuordnen konnte, weckte sie. Orientierungslos sah sie sich um, bis ihr einfiel, wo sie war. Vor dem Fenster dämmerte blassgrau der Morgen, und sie konnte erkennen, wie sich auf dem Dach des Nebengebäudes ein Rettungshubschrauber, gleich einer metallischen Hummel, brummend in die Lüfte erhob. In der Nacht war eine Frau in ihr Zimmer gelegt worden, nur ihre blonden Haare schauten unter der Bettdecke hervor. Elise fragte sich, wie fest sie geschlafen haben musste, um nicht zu bemerken, wie eine Patientin hergebracht wurde. Das Letzte, woran sie sich erinnern konnte, war, dass eine Krankenschwester sie in den Operationssaal geschoben hatte. Elise tastete den Verband über ihrem linken Auge ab und stellte fest, dass sie kaum mehr Schmerzen hatte. Sie war erleichtert. Wenigstens schien die Operation gut verlaufen zu sein, wenn auch um sie herum die Welt in Stücke zu zerfallen schien.

Noch ein wenig benommen schlug Elise die Bettdecke zurück und ging auf Zehenspitzen ins Bad. In dem weiß gekachelten Raum befanden sich gegenüber der Tür eine Toilette mit Haltegriffen zu beiden Seiten, links eine Dusche und rechts ein Waschbecken mit einem Spiegel und einem Spender für Seife und einem für Desinfektionslösung. Neben dem Lichtschalter war ein roter Alarmknopf angebracht.

Sorgfältig betrachtete Elise ihr Gesicht im blank geputzten Spiegel. Das letzte Mal, dass sie so schrecklich ausgesehen hatte, war bei ihrem Besuch in der Praxis von Dr. Paillard gewesen. Die Falten um ihren Mund schienen sich noch tiefer eingegraben zu haben, das freie Auge, das sonst von einem tiefen Blau war, kam ihr beinahe farblos vor.

Vorsichtig wusch sie sich ihr Gesicht, trocknete es ab und ging zurück ins Zimmer. Sie griff nach der Wasserflasche und trank gerade einen großen Schluck, als es klopfte. Dr. Eggers trat ein. Sein Bartschatten war über Nacht um eine Nuance dunkler geworden.

«Wie geht es Ihnen, Frau Petersen?» Er deutete ein müdes Lächeln an.

«Ganz gut.»

«Ich würde gerne noch einmal Ihren Augeninnendruck messen. Kommen Sie bitte.»

Elise stellte die Flasche zurück auf den Nachttisch und folgte Dr. Eggers in den Flur, wo gerade die Tabletts mit dem Frühstück auf den Zimmern verteilt wurden.

Die Apparatur mit den Linsen, Schaltern, Stellschrauben und Schwenkgelenken, vor der Elise Platz nehmen sollte, hätte ohne weiteres zur Ausstattung eines Science-Fiction-Films gehören können.

Dr. Eggers fing Elises Blick auf. «Das Applanationstonometer kennen Sie ja schon.» Aus einem Schränkchen holte er eine Ampulle mit Tropfen heraus und nahm Elise den Verband ab. Dann träufelte er einige Tropfen in ihr linkes Auge. «Bitte setzen Sie sich so dicht wie möglich an diese Linse.»

Ängstlich legte Elise ihr Auge gegen die Spaltlampe, aus der es bläulich leuchtete, woraufhin Dr. Eggers das Messköpfchen langsam an Elises Hornhaut heranführte und in das Okular schaute.

Nach einer Weile sagte er: «Das sieht doch schon ganz gut aus. Wir behalten Sie noch bis heute Nachmittag hier, und wenn es Ihnen gutgeht, können Sie dann wieder nach Hause.»

Elises wusste nicht, was sie sagen sollte. Zu Hause, was hieß das schon? Bisher hatte sie zwei Orte gehabt, an denen sie sich zu Hause fühlte. Aber wenn Peleroich abgerissen werden sollte und sie die Boutique nicht würde halten können, hatte sie dann überhaupt noch ein Zuhause?

Am Nachmittag hatte Dr. Eggers Entwarnung gegeben, Elise durfte das Krankenhaus verlassen, sollte aber am nächsten Tag noch einmal zur Nachuntersuchung vorbeikommen. Sie hatte Henning eine SMS geschickt und er hatte geantwortet, dass er sie um fünfzehn Uhr abholen kommen würde.

Da Elise noch eine halbe Stunde Zeit blieb und sie nicht im Zimmer warten wollte, fuhr sie mit dem Fahrstuhl ins Erdgeschoss. Sie sah sich um. Ihr Blick fiel auf einen Wegweiser zur Krankenhauskapelle. Sie schrieb Henning, wo er sie abholen konnte, stellte ihr Handy auf lautlos und ging auf die schwere Holztür der Kapelle zu.

Durch das bunte Bleiglasfenster hinter dem Altar fiel diffuses Licht auf die dunklen Bänke. Elise nahm in der letzten Reihe Platz und verlor sich in der Betrachtung einer ikonographischen Darstellung, die Maria mit dem Jesuskind auf dem Arm zeigte. Sie trug einen blauen samtenen Umhang, ihr Kind war in ein weißes Laken gewickelt. Hinter beiden sah man eine goldgelbe Sonne, deren Strahlen Mutter und Kind wie eine Aurora umfluteten.

Elise schloss die Augen. Der erdige Geruch, der über der Kapelle lag, beruhigte sie. Sie wusste nicht, wie lange sie so dagesessen hatte, als ein leises Hüsteln sie aus ihren Gedanken holte.

Henning stand hinter ihr, sein Gesicht war sogar in dem Schummerlicht der Kapelle auffällig blass.

«Ist etwas passiert?»

Stumm nickend setzte Henning sich neben Elise.

«Dein Vater?»

«Nein, dem geht es gut. Aber es hat sich herausgestellt, dass der Tote in Dürrhöhe nicht Ludwig war. Der Abgleich seines Zahnprofils hat keine Übereinstimmung ergeben.»

«Dann könnte immer noch er der Unbekannte sein? Aber wo ist er dann abgeblieben?»

«Ich weiß auch nicht mehr, was ich glauben soll.» Hennings Blick wanderte unruhig zwischen dem Altar und dem Marienbild umher. «Vielleicht kommen die Briefe ja doch von Jakob?»

«Wie kommst du plötzlich darauf?»

«Ich habe mich die ganze Zeit gefragt, wieso der große Unbekannte dich hierherbestellt und sich dann nicht mehr meldet. Das hat sich nun geändert.» Henning griff in seine Jackentasche und zog einen Brief heraus. «Hier, lies selbst.»

Zitternd nahm Elise den Umschlag entgegen und hörte Hennings Worte nur noch dumpf.

«Der lag bei uns im Briefkasten. Entschuldige bitte, die Umschlaglasche war nur eingesteckt, und Marina und ich haben gemeinsam entschieden, dass wir den Brief lieber lesen, bevor wir ihn dir geben, wegen der OP, du musst dich doch noch schonen.»

```
"Tief ist der Brunnen der
Vergangenheit."

Liebe Elise,
ich weiß, dass du in Peleroich bist,
ich habe dich beobachtet, wusste die
ganze Zeit, wo du bist und was du
machst. Danke, dass du gekommen bist.
Das Zitat ist nicht von mir, sondern
von Thomas Mann, dem Namensgeber
unserer Dorf-Kastanie. "Tief ist
der Brunnen der Vergangenheit", das
stammt aus Joseph und seine Brüder,
und zwar aus dem ersten Teil, aus
"Die Geschichte Jaakobs" ...
Wahre und bedeutungsvolle Worte,
in jeder Hinsicht. Nun ahnst du
vielleicht, was dich erwartet.
Morgen werde ich euch sagen, was ich
zu sagen habe. Versammelt euch um
10 Uhr auf dem Dorfplatz.

Ein Freund
```

Eine Weile saßen sie schweigend da.

Elise versuchte erfolglos, ihre Gedanken zu ordnen. Was hatte dieser Hinweis zu bedeuten? Das konnte doch nur heißen, dass es sich bei dem Briefeschreiber um Jakob handelte. Ihr Herz raste. Hieß das, sie würde ihn morgen wiedersehen?

«Hast du ihn mehr geliebt als mich?», fragte Hennig in die Stille hinein.

«Das kann man nicht vergleichen.»

«Was kann man nicht vergleichen?»

Da Elise nicht wusste, was sie antworten sollte, ließ sie ihren Blick in der Kirche umherwandern. Ihre Augen verharrten schließlich auf dem Marienbild.

«Liebe kann man nicht vergleichen. Ich liebe meine Mutter und ich liebe Franziska, ich liebe Paris und auch Peleroich. Ich liebe dich und ...»

Henning presste seine Lippen aufeinander.

«Ja, und Jakob liebe ich auch», sagte Elise leise. «Das heißt, ich habe ihn geliebt.»

«Wärst du bei ihm geblieben und hättest mich verlassen, wenn er dich darum gebeten hätte?»

Elise überlegte, was sie erwidern sollte.

«Ach, Henning.» Sie erhob sich schließlich von der Kirchenbank. «Das ist alles so lange her. Außerdem, was spielt das jetzt noch für eine Rolle.»

Kapitel 26
Peleroich, 1990

Dünne Regentropfen tanzten in den Scheinwerferkegeln des Busses, der von der Haltestelle am Kastanienhof losfuhr und bis auf den letzten Platz besetzt war. Auf dem handbeschriebenen Pappschild über der Fahrerkabine stand *Sonderfahrt Sprevelsrich – Kleinburg*. Henning und Elise saßen im hinteren Teil auf der linken Seite, rechts von ihnen Christa und Franziska. Verschnupft sah Elise das Ortsschild von Peleroich an sich vorbeiziehen und verfolgte, wie die Tropfen an der Fensterscheibe herabrutschten. Als Kind hatte sie daraus ein Spiel gemacht und mit sich selbst gewettet, welcher Tropfen als erster an der unteren Fensterkante ankommen würde.

«Warum wollte Isolde nicht mit?», fragte Henning.

«Sie hat sich noch immer nicht von ihrer Erkältung erholt. Die schleppt sie jetzt seit drei Wochen mit sich herum. Wenn sie sich nicht schont, kriegt sie noch eine Lungenentzündung, das ist gefährlich in ihrem Alter.»

Elise musste niesen. «Wir sollen ihr etwas Schönes mitbringen.»

«Sehr geehrte DDR-Bürger oder ehemalige DDR-Bürger, wie sagt man das denn jetzt richtig? Egal, liebe Reisende, wir passieren in zwei Minuten die innerdeutsche Grenze.» Der Busfahrer drosselte die Geschwindigkeit. «Wir kommen jetzt nach Hochbruch, einen kleinen Grenzort, ehemaliges militärisches Sperrgebiet. In einer Viertelstunde erreichen wir dann Kleinburg. Dort werden Sie bereits erwartet.»

Aus ihrer Jacke zog Elise ein Taschentuch, schnäuzte sich und runzelte die Stirn. Sie konnte sich lebhaft vorstellen, was der letzte Satz des Busfahrers bedeutete. Es war ihre erste Fahrt in den Westen, sie hatte fast zwei Monate damit gewartet. Gleich am Morgen des 10. 11. 1989, nach der Nacht, in der das Unvorstellbare passiert war, die Nacht, die Peleroich wegen des Stromausfalls verschlafen hatte, hatten sich endlose Autoschlangen durch das Dorf gezogen. Alle wollten so schnell wie möglich in den Westen, waren neugierig und aufgeregt und konnten nicht glauben, was geschehen war. Die Bilder, die in den Tagen nach dem Mauerfall im Fernsehen übertragen worden waren, hatten Menschen gezeigt, die sich wie Ausgehungerte einem Kaufrausch hingaben, der Elise befremdet hatte. Was sie so abstieß, war nicht die Freude der Menschen über die neugewonnene Freiheit, sondern die bedingungslose Hingabe an den Westen und seine Versprechungen. Aber obwohl ihr noch immer alles zu schnell ging, wollte sie heute einen ersten Blick hinter die Grenze wagen. Neugierig war sie schon, wie es dort war. Dennoch, sie konnte hinter diesem «Sie werden bereits erwartet» nichts anderes vermuten, als dass windige Geschäftemacher darauf aus waren, den DDR-Besuchern ihr Begrüßungsgeld aus der Tasche zu ziehen.

«Mutti», Franziska tippte Elise von hinten auf die Schulter, «ich möchte unbedingt einen Walkman haben, bitte, bitte.»

«Ich weiß gar nicht, wie teuer so etwas ist.»

Henning legte seine Hand auf Elises Arm. «Um den ist sie beim letzten Mal schon herumgeschlichen. Notfalls bezahle ich ihn von meinem Begrüßungsgeld. Ein bisschen habe ich ja noch übrig, die kleine Kamera, die ich mir gegönnt habe, hat nur siebzig Mark gekostet.»

Henning war mit Franziska gleich am 12. November nach Kleinburg gefahren. Von langen Warteschlangen vor der Bank hatte er erzählt und von Menschen, die stundenlang in der Kälte ausharrten, um ihr Begrüßungsgeld abzuholen. Unsicher hatte Elise an jenem Abend den blauen Hundertmarkschein mit dem Konterfei von Sebastian Münster in der Hand gehalten, an ihm gerochen und ihn mehrmals von allen Seiten betrachtet.

«Meine hundert Mark kann sie auch haben.» Erneut musste Elise niesen.

«Jetzt warte erst einmal ab. Auf dem Platz am Rathaus gibt es ein Kurzwarengeschäft. Ich bin sicher, du wirst dort Dinge finden, von denen du nicht einmal zu träumen wagst.»

Elise drückte Hennings Hand und drehte den Kopf zurück zum Fenster.

Der Bus fuhr gerade in Hochbruch ein und kam zum Stehen, denn die Straße war durch Autos und Busse verstopft, die Stoßstange an Stoßstange auf die Weiterfahrt warteten. Ein Mann in einem blauen Overall war gerade dabei, ein *Halt! Hier Grenze*-Schild abzubauen. Durch die Frontscheibe erkannte Elise den früheren Kontrollpassierpunkt zur Sperrzone, einen Schlagbaum, dessen Schranke senkrecht nach oben aufragte, Markierungssäulen in Schwarz-Rot-Gold mit dem Emblem der DDR-Fahne und daneben ein Abfertigungshäuschen, in dem eine Frau in einer gelben Regenpelerine saß und strickte.

Gemächlich fuhr der Bus weiter und kam nach wenigen Metern hinter einem aufgeschnittenen, hohen Metallgitterzaun erneut zum Stehen. Zu beiden Seiten konnte Elise einen Weg aus gelochten Fahrspurplatten und zwei verwaiste Beobachtungstürme aus Beton ausmachen. Mitten auf dem Gelände standen DDR- und BRD-Grenzer und unterhielten sich lachend.

«Wenn mein Karl das noch erleben könnte.» Christas Stimme war belegt, und noch bevor Elise sich umdrehte, wusste sie, dass ihre Mutter gleich anfangen würde zu weinen.

«So nah und doch so fern», fuhr Christa traurig fort. «Das hätte er nie für möglich gehalten.»

Elise musste ebenfalls schlucken.

Henning löste den Blick vom Fenster. «Ich weiß noch, wie wir als Kinder immer mit ihm auf dem Hochstand im Forst gesessen haben. Ich habe damals gar nicht gewusst, was Beobachtungstürme überhaupt sind.»

Christa weinte stumm, drückte sich ein Taschentuch vor das Gesicht, der Bus setzte sich ruckelnd in Bewegung und passierte die Grenzanlage.

Nach zehn Minuten Fahrt hatten sie ihr Ziel erreicht. Der Bus parkte auf einem provisorisch angelegten Parkplatz, um den herum zahlreiche Händler ihre Stände aufgebaut hatten und an dessen Rand eine große Einkaufshalle aus Aluminium stand. Die Warteschlange davor war lang.

«So, meine Damen und Herren und Kinder. Willkommen am Ziel Ihrer Sehnsucht. Sie haben drei Stunden Zeit, dann geht es wieder zurück.»

Die Fahrgäste drängten sich durch die Bustüren hinaus, einige klatschten freudig in die Hände und hatten aufgeregte Gesichter. Elise blieb sitzen, als wäre sie an der Bank festgewachsen, und stieg schließlich als Letzte aus.

Der Regen hatte nachgelassen, die Luft war kühl und roch nach Schokolade, Bratwurst, Kaffee und billigem Parfüm. Lautes Stimmengewirr erfüllte den Parkplatz, der Himmel war noch immer wolkenverhangen. Einige Händler hatten Planen auf dem Boden ausgebreitet und boten Schmuck, Süßigkeiten, technische Geräte und Kosmetik an. Andere standen auf improvisierten Podesten oder auf den offenen Laderampen ihrer LKW und priesen schreiend ihre Waren an. Es gab den Wurst-Werner, den Käse-Dieter, den Fisch-Heinz, den Obst-Jochen und den Pflanzen-Paul. Um ihre Stände herum standen halbkreisförmig Menschentrauben und streckten Geldscheine in die Luft. Wie angewurzelt blieb Elise stehen, wieder war sie peinlich berührt, als sie sah, wie alle so taten, als würden sie verhungern, wenn sie nicht sofort etwas kauften.

«Wo möchtet ihr zuerst hin?» Henning zog den Reißverschluss seiner Jacke zu.

«Da vorne.» Franziska zeigte auf einen Stand, an dem es Radios, Videorecorder, Fotoapparate und Walkmans gab.

«Das habe ich mir schon gedacht.»

«Was hältst du davon, wenn wir beide zusammen dorthin gehen und nach einem Walkman schauen?» Christa drückte ihre Handtasche an sich, ihre Augen waren noch ein wenig gerötet. «Deine Eltern wollen sich vielleicht die Stadt ansehen.»

Elise lächelte ihre Mutter an.

«Sehr gut, dann teilen wir uns auf.» Henning sah auf seine Armbanduhr. «Wir treffen uns in zwei Stunden wieder hier. Vielleicht bei Käse-Dieter?»

Alle nickten.

Elise sah einen Mann in Karottenhose und Windjacke an ihnen vorbeigehen. Neugierig betrachtete sie den Inhalt seines Einkaufsnetzes. Konservendosen mit Mandarinen und Seelachsschnitzel, Seife, eine Zeitschrift mit einer barbusigen Frau und zwei Packungen Jacobs Kaffee. Elises Herz zog sich für einen kurzen Moment zusammen, aber Henning nahm sie an die Hand und führte sie vom Parkplatz und in Richtung Stadtzentrum.

«Der Kaffee ist besser, so viel steht schon einmal fest. Wer möchte noch einen Schluck?» Fragend sah Willi in die Runde und hob die Kanne hoch.

Vor dem Konsum hatte er einen Tisch aufgestellt, an dem er mit Frieda und Henning saß. Die Fleischerin hatte die Augen geschlossen, ließ sich die Sonne ins Gesicht scheinen und hielt Willi wortlos ihre Tasse hin.

«Henning, was ist mit dir?»

«Ich weiß nicht. Was macht Kaffee schon für einen Un-

terschied? Es gab Zeiten, da habe ich mir nichts sehnlicher
gewünscht als die Freiheit. Vor allem in diesen endlosen
Monaten bei der Fahne.» Henning zog einen Schokoriegel
aus seiner Jackentasche und begann, das goldene Papier
abzuwickeln. «Die Schokolade ist besser, kein Zweifel, aber
diese neue Besatzungsmacht. Die respektiert uns doch gar
nicht.»

«Besatzungsmacht? So kann man das nun aber wirklich
nicht formulieren.» Entschlossen stellte Frieda ihre Tasse
auf den Tisch.

«Ich fühle mich überrumpelt und fremdbestimmt.»

«Mag sein, aber vor der Wende war das ja auch nicht anders.»

«Das meine ich ja, vorher Besatzungsmacht, jetzt Besatzungsmacht. Was ist aus den Ideen geworden, die DDR
demokratisch zu erneuern? Nix, null und nichtig. Sieh dir
doch nur mal die Zeitungen an.» Henning griff nach dem
Sprevelsricher Landboten, der auf dem Tisch lag. Teilnahmslos
blätterte er die erste Seite auf. «Überall nur ein Thema: die
Währungsumstellung und was man wie zu welchem Pro-
zentsatz tauschen kann. Geld, Geld, Geld. Es müssen un-
zählbar große Mengen in den Tresoren liegen.»

«Aber wir haben auch dazugewonnen.» Willi nippte an
seiner Tasse. «Und damit meine ich nicht nur Kaffee und
Schokolade.»

«Manchmal wünsche ich mir, neu anzufangen.» Frieda
nestelte an den Taschen ihrer Schürze und blickte nach
links. An der Bushaltestelle hing ein Plakat der Allianz für
Deutschland, auf dem *Nie wieder Sozialismus! Freiheit und Wohl-
stand* zu lesen war. «Aber manches war doch auch besser so,
wie wir es hatten. Isoldes Kuchen zum Beispiel wär mir lie-

ber als das Zeug da.» Sie drehte den Kopf zurück und zeigte auf den abgepackten Marmorkuchen auf dem Tisch.

«Wirklich jammerschade, dass sich kein Nachfolger für die Bäckerei gefunden hat», sagte Willi.

«Und das ist erst der Anfang, der SprevelPark wird hier einiges ändern.» Henning knüllte das Schokoladenpapier zusammen.

Vor einem Monat hatte auf einem Feld an der Landstraße eine große Einkaufshalle eröffnet. Ein Bauer hatte seine Scheune zur Pacht angeboten, in Windeseile waren behelfsmäßige Zeltbauten errichtet worden. In Scharen waren die Einwohner von Peleroich und den umliegenden Dörfern zur Eröffnung gepilgert. Nicht einmal der Regen und der schlammige Boden hatte sie abgehalten, einige hatten sogar vorsorglich Gummistiefel mitgebracht. Für jeden hatte es am Morgen der Eröffnung ein Fischbrötchen und Bier oder Cola umsonst gegeben. Beeindruckt waren die Menschen durch die endlosen Regalreihen geschlendert, lange vor den Auslagen stehen geblieben und hatten sich gar nicht entscheiden können, was sie kaufen sollten. Von vielen Produkten gab es plötzlich mehrere Ausfertigungen, alle warben damit, sie seien die besten und die günstigsten. Die Menschen waren verwirrt, bisher galten überall dieselben Preise, egal ob man in eine Kaufhalle in Rostock oder Zittau ging. Am häufigsten legten sie die neuen Produkte in ihre Einkaufswagen.

Willi bekam immer noch schlechte Laune, wenn er daran dachte, denn seit der Eröffnung des SprevelParks blieben bei ihm im Konsum die Kunden aus. Mit den Preisen in den Billigmärkten konnte er nicht mithalten, wenn er seine laufenden Kosten decken wollte. Einer der wenigen Kunden, die ihm noch die Treue hielten, hatte Willi vor kurzem von Quelle-Läden erzählt. In Thüringen, so hatte er erfahren, gab es bereits einen, und der machte gute Umsätze. Schon vor der Währungsunion lief das Geschäft gut, vor allem Kleinelektronikartikel fanden reißenden Absatz. Willi wollte mit Agathe darüber sprechen, ob das nicht eine Alternative für den Konsum wäre.

«Wie läuft es denn bei dir?», fragte er Frieda.

Die blickte traurig auf den abgepackten Kuchen. «Nicht anders als bei euch. Die Kunden bleiben weg, eingeschweißte Würstchen und Leberwurst aus der Dose zum Schnäppchenpreis, da kann ich bald einpacken. Darum wünsche ich mir ja manchmal, einfach neu anzufangen.»

Gerade als Henning etwas entgegnen wollte, kam ein weißer Lada angerast, dicht gefolgt vom Wartburg des Bürgermeisters. Mit quietschenden Reifen bremste der weiße Wagen vor dem Kastanienhof ab, der Fahrer riss das Lenkrad herum, der Lada schlug nach rechts aus, beschleunigte aus dem Stand und umrundete die Kirche. Der Wartburg blieb dicht hinter ihm. Willi erkannte Ludwig hinter dem Steuer: Sein Mund war zusammengepresst, seine Stirn schweißnass, und seine Hände umklammerten das Lenkrad. Die Tür vom Kastanienhof wurde geöffnet, Emma rannte schwanzwedelnd hinaus, Elise folgte ihr und blieb neben der Bushaltestelle stehen. Ohne aufzusehen, rannte Emma auf die Straße in Richtung Thomas-Mann-Kastanie, um sich zu erleichtern. Der weiße Lada raste direkt auf sie zu. Der Fahrer bemerkte sie zu spät und trat auf die Bremse, doch er brachte den Wagen nicht rechtzeitig zum Stehen. Der Kotflügel knallte gegen den Hund. Der Lada fuhr noch ein paar Meter weiter und krachte in die Sakristei der Kirche. Ein paar Steine lösten sich aus dem Mauerwerk und bröckelten auf die Motorhaube. Emma fiel winselnd zur Seite.

«Emma!» Mit einem Satz war Elise bei ihr.

Henning sprang von seinem Stuhl auf und rannte ebenfalls auf den verletzten Hund zu.

Ludwig touchierte den Lada mit dem Kotflügel, brachte seinen Wagen schließlich zum Halten und stieg bei laufendem Motor aus. Er stürmte auf den Unfallwagen zu, riss die Fahrertür auf und zerrte den kreidebleichen Mann heraus.

«Habe ich dich.» Ludwig schaute erst zum Konsum und dann zu Henning, der neben Emma kniete. «Die Polizei ist auch schon da, wie praktisch. Er», Ludwig wies mit dem ausgestreckten Zeigefinger auf den Mann, «hat gerade die Sparkasse in Sprevelsrich überfallen. Seine Beute ist im Kofferraum. Das sind mir die Richtigen, erst nach Freiheit schreien und sich gleich darauf so frei fühlen, dass sie glauben, Gesetze würden für sie nicht gelten.»

Emma rappelte sich mühsam auf die Beine und trottete hinkend und mit gesenktem Kopf zurück zum Kastanienhof.

Christa trug ein blaues Kleid und darüber eine von Karls alten Jacken. Noch immer dachte sie jeden Tag an ihn. Der zerrissene Rock an ihrem ersten Schultag, der Pritschenwagen ihres Vaters, der feststeckte. Sie dachte an den Heiratsantrag, ihre Hochzeit, die Geburt von Elise und auch an die schweren Tage, an denen Karl zu viel trank. Und an die schönen letzten Jahre, in denen sie sich wieder so nah gewesen waren. Die Erinnerungen an ihren Mann gaben ihr Kraft und waren wie ein kleiner Schatz für sie.

Als sie den Gastraum des Kastanienhofs betrat, saß ein Mann in einem teuer aussehenden Anzug am Stammtisch. Er hatte sich seine karierte Seidenkrawatte über die Schulter geworfen, vor ihm standen ein Teller mit Bratkartoffeln und ein Glas Bier.

«Guten Abend, die Dame.» Der Mann erhob sich, wischte sich mit einer Serviette über den Mund und streckte die Hand aus. «Valentin Wechsler aus Schwabingen.»

«Christa Petersen.» Irritiert sah sie sich um. «Ist Friedrich nicht da?»

«Friedrich?»

«Herr Wannemaker.»

«Der Polizist?»

«Nein, Wannemaker Senior, der Gastwirt.» Christa war noch immer irritiert und überlegte, was ihr an diesem Valentin Wechsler nicht gefiel.

Vielleicht lag es an seinem Aussehen? Das weiße Gebiss des Mannes strahlte wie in einer Zahncremewerbung, seine Haare waren zurückgegelt, aber das wirkte nicht etwa charmant wie bei Willi, sondern klebrig und unsympathisch. Außerdem roch er penetrant nach einem Moschus-Rasierwasser, sodass Christa den Kopf abwenden musste, weil sie glaubte, keine Luft mehr zu bekommen.

«Ich vermute», sagte Valentin Wechsler, «der ist gerade nicht im Haus. Vielleicht kann ich Ihnen ja weiterhelfen?»

«Was genau machen Sie denn hier?»

«Ich bin für ein paar Tage zu Gast, jetzt, wo zusammengewachsen ist, was zusammengehört. Ich kümmere mich um Absicherungen und das Wohl der Menschen. Brauchen Sie Hilfe bei dem Brief da?»

Christa betrachtete das Schreiben in ihrer Hand und lehnte ihren Gehstock gegen den Tresen. «Das wollte ich eigentlich Friedrich fragen ...»

«Vielleicht kann ich Ihnen ja weiterhelfen.» Valentin Wechsler hob sein Bierglas an den Mund, trank einen Schluck und stellte es schwungvoll zurück auf den Tisch.

«Also gut. Hier steht, dass ich gewonnen habe. Soll ich mal vorlesen?»

«Gerne.»

«Große Herbsttombola. Sehr geehrter Hauptgewinner, aus der beiliegenden Einladung können Sie entnehmen, dass Sie auf unserer Sonderfahrt Ihren Hauptgewinn erhalten. Damit dieser Tag für Sie unvergesslich wird, haben wir uns einiges einfallen lassen: eine romantische Busfahrt durch reizvolle Landschaften mit anschließender Gewinnübergabe an einer festlichen Tafel.» Christa brach ab und sah Wechsler an.

«Na, das hört sich doch großartig an.» Wechsler senkte den Blick und musterte seine polierten Fingernägel.

«Aber ich habe bei gar keinem Preisausschreiben mitgemacht. Woher haben die meine Adresse? Da stimmt doch etwas nicht.»

«Sie dürfen sich nicht zu viele Fragen stellen, Fortuna ist auf Ihrer Seite. Ich bin sicher», Wechsler hob den Kopf und sah Christa direkt in die Augen, «ich bin sogar ganz sicher, dass Sie ein bisschen Glück verdient haben in Ihrem Leben.»

«Nanu?»

Christa fuhr herum, Friedrich stand im Türrahmen.

Durch einen Windstoß fiel die Tür hinter ihm krachend zu, und das goldene Hirschgeweih wackelte bedrohlich. «Ihr habt euch schon kennengelernt. Das ist gut. Valentin kommt aus Bayern und ist ganz hingerissen von unserem schönen Peleroich, der Ostsee und der wundervollen Natur in der Umgebung.»

«Und von deinen formidablen Bratkartoffeln. Die besten, die ich bisher gegessen habe, mein Lieber.»

Ein stolzes Lächeln erschien auf Friedrichs Gesicht, und das Hirschgeweih kam zur Ruhe.

«Und was machen Sie noch einmal genau hier, Herr Valentin? Das habe ich vorhin nicht richtig verstanden», sagte Christa.

«Er kümmert sich darum, dass wir das neue Geld gut anlegen, dass wir es für uns arbeiten lassen, ohne zu arbeiten. Stimmt das so?», erwiderte Friedrich.

Valentin Wechsler nickte. «Haben Sie vielleicht zufällig ein Fahrrad, Frau Christa?»

Christa schüttelte den Kopf.

«Es gibt auch noch andere Möglichkeiten. Ich habe gesehen, dass die Kirche Schaden genommen hat, durch den Bankräuber, der in die Sakristei gerast ist, wie Friedrich mir erzählt hat. Das ist doch schlimm. Denkbar wäre eine Versicherung gegen höhere Gewalt. Vielleicht treffen wir uns in den nächsten Tagen und besprechen genauer, welche von unseren Leistungen speziell für Sie in Frage kommen.» Wechsler griff nach Christas Hand.

«Das ist doch sehr nett von Valentin. Mich hat er auch schon beraten», sagte Friedrich und nahm den Teller mit den Bratkartoffelresten vom Tisch.

Nachdenklich zog Christa ihre Hand zurück, denn sie

konnte sich nach wie vor nicht erklären, warum sie diesen Valentin Wechsler nicht mochte. «Ich melde mich, aber jetzt habe ich erst einmal zu tun.»

«Ich finde das alles toll, es gibt so viele Möglichkeiten.» Freudestrahlend legte Elise einen Stapel Burda-Magazine auf den Tisch.

«Das sind ja ganz neue Töne», staunte Marina.

«Bei mir hat es eben ein bisschen länger gedauert als bei anderen.» Nach ihrer anfänglichen Skepsis gegenüber dem Konsumverhalten der ehemaligen DDR-Bürger war sie nun selbst von den neuen Einkaufsmöglichkeiten begeistert. Angefangen hatte das, als sie mit Henning zum ersten Mal in Kleinburg in dem Kurzwarengeschäft auf dem Platz am Rathaus gewesen war. Was hatte es da nicht alles gegeben: Reißverschlüsse, Garne, Paspeln, Web- und Saumbänder, Klettverschlüsse, Knöpfe aus Holz, Plastik und Perlmutt, Nähmaschinennadeln, Wolle, Stickgarn und Stoffe in allen erdenklichen Farben. Vor allem die Stoffe hatten es Elise angetan: Baumwolle, Viskose, Flanell, Fleece, Chiffon und Jersey. Zwar hatte der kleine Laden nicht alles auf Lager, aber die freundliche Verkäuferin hatte Elise angeboten, bei Bedarf die entsprechenden Materialien aus einem Katalog zu bestellen. Elises Begrüßungsgeld war schneller weg, als ihr lieb gewesen war, und sie war glücklich und überwältigt nach Hause zurückgekehrt.

«Das ist für dich wahrscheinlich ein reines Schlaraffenland.» Marina nahm eine Burda vom Tisch und schlug sie auf.

«Es ist sogar noch besser.»

Als Elise ans Regal an der Wand trat, um eine Rolle Seidenpapier und ein selbstentworfenes Schnittmuster herauszunehmen, fiel ihr Blick auf das Bild von Harald Palendinger, das neben dem Regal hing. Sie schluckte und wandte sich wieder zum Tisch. In der letzten Woche hatte eine Kundin ein grünes Tweed-Kostüm, bestehend aus einer Bolerojacke und einem Bleistiftrock, in Auftrag gegeben. Mit einer ausladenden Handbewegung breitete Elise das Schnittmuster für den Rock auf dem Tisch aus, riss einen Bogen Seidenpapier von der Rolle, legte ihn über das Schnittmuster und strich beides glatt.

Marina ging zum Fensterbrett und schaltete das Radio an. «Ich freue mich, dass es so gut läuft für dich. Schade, dass das nicht alle von sich behaupten können.»

«Du meinst den Konsum?»

«Ja, und auch Friedas Fleischerei. Trostlos sieht es hier im Ort aus. Aber so ist es nun mal: Wo Licht ist, da ist auch Schatten.» Missmutig seufzte Marina, während im Radio Madonnas *La Isla Bonita* erklang. «Bei mir ist auch gerade mehr Schatten als Licht. Eigentlich wollte ich dir das schon längst gesagt haben, aber ich habe mich nicht getraut.»

Elise ließ das Kopierrädchen sinken und schaute Marina mit einem fragenden Gesichtsausdruck an.

«Bei uns im Betrieb haben sie begonnen, Stellen abzubauen und ...»

«Oh nein», fiel Elise ihrer Freundin ins Wort.

Marina arbeitete als Sekretärin in der Verwaltung des VEB Fischkonserven in Sprevelsrich, und Elise ahnte, was der Stellenabbau zu bedeuten hatte.

«Nächsten Monat bin ich arbeitslos. Ich werde zu Martin nach Berlin ziehen.»

Entgeistert schaute Elise ihre Freundin an. Martin und Marina hatten sich vor einem halben Jahr kennengelernt. Er war Westberliner, arbeitete als wissenschaftlicher Mitarbeiter an der Freien Universität und war in Sprevelsrich zu Besuch gewesen, um seine Großeltern kennenzulernen, die er bis zur Wende nur von Fotos kannte. Seitdem trafen sich die beiden jedes zweite Wochenende in Berlin, wo er in einer Wohnung in Steglitz lebte.

«Wir werden uns nicht aus den Augen verlieren, versprochen.»

Elise wusste nicht, was sie sagen sollte. Sie konnte Marina verstehen, sie war gerade dreißig Jahre alt geworden, und in Berlin waren die Chancen, eine neue Stelle zu finden, um ein Vielfaches höher.

Trotzdem würde sie ihre Freundin schrecklich vermissen. Gedankenverloren starrte sie auf das Radio. *«Und nun zu einer ganz besonders schönen Nachricht»*, unterbrach die Stimme des Moderators Elises Gedanken. *«Gestern um Mitternacht wurde in einem Krankenhaus in Berlin-Pankow das erste gesamtdeutsche Baby geboren. Der kleine Junge trägt den Namen Jakob. Mutter und Sohn sind wohlauf.»*

Mit bebenden Fingern strich Elise über das Seidenpapier.

«Alles in Ordnung?», fragte Marina. Als Elise nicht antwortete, kam Marina näher. «Hast du versucht, ihn zu finden?»

«Nein. Wenn er damals wirklich in den Westen geflohen sein sollte, dann wäre es doch an ihm, sich zu melden. Warum hat er das nicht getan? Warum ist er nicht nach

349

Peleroich gekommen? Seit einem Jahr ist die Grenze offen. Wahrscheinlich hat er mich vergessen.»

«Das glaube ich nicht. Ich fahre übermorgen wieder nach Berlin, komm doch mit. Vielleicht bringen wir gemeinsam etwas über ihn in Erfahrung, irgendetwas. Du solltest versuchen, endlich Licht ins Dunkel zu bringen. Jetzt hast du die Chance dazu, und du hast doch nichts zu verlieren.»

Elise spürte, wie ein Kloß aus ihrem Magen in den Hals hinaufstieg. «Weißt du, was ich denke?»

Marina schüttelte den Kopf.

«Ich habe immer geglaubt, es sei etwas Besonderes zwischen uns, aber inzwischen glaube ich nicht mehr daran. Am Ende war ich doch nur eine von vielen für ihn.»

«Das kann ich mir nicht vorstellen. Zugegeben, ich war nicht gerade sein größter Fan ...»

«Siehst du.» Elise traten Tränen in die Augen. Nach einer Weile war das Seidenpapier auf dem Tisch so durchweicht, dass sie nichts mehr damit anfangen konnte. Sie würde von vorne beginnen müssen.

Kapitel 27
Peleroich, 1994

Gebannt blickte sich Elise um und überlegte, wo sie zuerst hingehen sollte.

Franziska hingegen wusste genau, was sie kaufen wollte. «Ich brauche Oberteile, Turnschuhe, und mein Rucksack ist auch nicht mehr der neuste.»

Im letzten Monat war sie fünfzehn Jahre alt geworden und überragte Elise inzwischen um einen halben Kopf. Die rot gefärbten Haare fielen ihr in kleinen geflochtenen Zöpfen bis weit über die Schultern, und sie glich damit ihrem großen Vorbild Marusha. Die Techno-DJane hatte seit ihrem Hit *Somewhere Over The Rainbow* in Form von *Bravo*-Postern, Autogrammkarten und Rave-CDs in Franziskas Zimmer Einzug gehalten. Marusha war bunt, fröhlich, frech und jung, und Franziska verpasste keine Folge ihrer Sendung *Rave Satellite*, die jeden Samstag im Radio übertragen wurde.

Elise mochte die Musik nicht. Sie war ihr zu schnell, es

wurde der immer gleiche Takt betont, und es mangelte an Harmonien.

«Hast du mit Vati eigentlich schon wegen meiner Augenbrauen gesprochen?» Franziska streifte sich eine Strähne, die sich aus einem Zopf gelöst hatte, hinters Ohr.

«Bisher nicht. Bist du dir sicher, dass grüne Augenbrauen eine gute Idee sind?»

«Unbedingt. Bei Marusha sieht das doch auch super aus.»

Elise betrachtete ihr Gesicht in dem Spiegel neben einer Umkleidekabine und versuchte sich vorzustellen, wie sie mit grünen Augenbrauen aussehen würde. Unwillkürlich musste sie lachen.

«Lass uns heute Abend darüber reden. Und zur Lautstärke der Musik in deinem Zimmer habe ich dann auch noch etwas zu sagen.»

Franziska verzog den Mund, nickte aber schließlich.

«Jetzt gehen wir uns erst einmal ansehen, was die Modewelt so zu bieten hat.»

«Machst du ein bisschen Industriespionage?»

«Na, hör mal», sagte Elise gespielt beleidigt, wusste aber, dass Franziska den Nagel auf den Kopf getroffen hatte.

Low-Fashion hieß der Laden, der vor zwei Wochen neben dem Sprevelsricher Bahnhof eröffnet worden war. An den Wänden hingen rote Werbeposter, auf denen *Kauf drei, zahl zwei* stand, was Elise wie ein schlechter Scherz vorkam, denn die Preise der angebotenen Kleidung bewegten sich ohnehin nur zwischen zehn und vierzig Mark.

Zielstrebig ging Franziska auf einen Drehständer zu, an dem neonfarbene T-Shirts hingen, und nahm ein grellgelbes Modell in die Hand, auf dem *Zicke* stand. «Das hier ist spitze.»

Elise schwieg, machte aber eine zustimmende Kopfbewegung.

Lächelnd lief Franziska weiter und blieb vor einem Regal mit Plateau-Turnschuhen stehen. Ihr Blick verharrte auf einem Paar weißer Schuhe mit roter Sohle. «Bekomme ich die denn auch noch?»

Elise schaute auf das Preisschild, das unter der Sohle befestigt war. Die Schuhe kosteten gerade einmal 29 Mark, und sie fragte sich, wie es möglich war, dass der Laden solche Preise anbieten konnte.

«Meinetwegen.»

«Danke, Mutti! Und guck mal, dort hinten sind Rucksäcke.»

Aus dem Augenwinkel sah Elise die Haken an der Wand, an denen durchsichtige Minirucksäcke aus Plastik hingen. «Den musst du aber von deinem Taschengeld bezahlen. So viel außer der Reihe, das können wir uns nicht leisten.»

In der letzten Zeit waren die Umsätze, die Elise in ihrem Atelier machte, stark zurückgegangen, immer weniger Leute kauften maßgefertigte Kleidung.

«Kein Problem. Vielleicht kriege ich ja von Opa noch einen kleinen Zuschuss.»

Jemand tippte Elise auf die Schulter, sie fuhr herum und war überrascht, Frieda Kraft zwischen der quietschbunten Jugendkleidung zu sehen.

«Du hier?»

«Na ja. Ich suche mir die dezenteren Teile heraus», lachte Frieda. «Es ist eben sehr günstig. Seit die Fleischerei geschlossen ist, muss ich jeden Pfenning drei Mal umdrehen.»

Elise hatte Mitleid mit Frieda, die im letzten Jahr endgültig hatte schließen müssen. Willi und Agathe hatten ihren Konsum in der Zwischenzeit zu einem *Quelle*-Laden umfunktioniert, aber auch dort blieben die Käufer aus, und bald, so befürchteten alle, würde es kein einziges Geschäft mehr in Peleroich geben.

Franziska trat von einem Fuß auf den anderen und blickte zu den Rucksäcken. «Ich geh mal gucken, ja?»

«Mach das.» Elise holte ihre Geldbörse hervor und reichte Franziska einen Fünfzig-Mark-Schein. «Für das Shirt und die Schuhe. Der Rest kommt zurück. Frieda und ich warten drüben im Café.»

«Danke.» Franziska eilte zu den Rucksäcken.

Frieda spießte ein Stück Käsekuchen auf die Gabel, Elise ließ ein Tütchen Zucker in ihre Kaffeetasse rieseln.

«Bei den Preisen in den Geschäften hier kann man es den Leuten ja kaum verübeln, dass sie nicht mehr bei uns in Peleroich kaufen.» Frieda seufzte. «Vielleicht ist es für mich an der Zeit, das alles hinter mir zu lassen.»

«Was meinst du?»

«Ich habe eine Cousine in Lübeck, die hat einen kleinen Zeitungsladen, da könnte ich anfangen. Lübeck ist so schön, ich fahre immer wieder gerne hin. Das Holstentor, die Marienkirche, das Burgkloster, das Zöllnerhaus ...» Frieda legte die Gabel auf den Tellerrand. «Es ist schwer für mich, mit anzusehen, wie in Peleroich alles verfällt. Das Dorf ist wie tot, auf dem Friedhof liegen mehr Menschen, als noch durch die Straßen laufen.»

Frieda hatte recht. Dora, Otto, Franz und Isolde, die im Dezember 1990 einer Lungenentzündung erlegen war, sie alle lebten nicht mehr. Und natürlich Elises Vater Karl. Der lag auf dem Friedhof unter einer besonders schönen Erle und war so über seinen Tod hinaus mit der Natur vereint, die ihm einst so viel bedeutet hatte. Schwermütig dachte Elise daran, wie es gewesen war, als all die Menschen, die ihr ans Herz gewachsen, die wie eine große Familie für sie gewesen waren, noch um sie waren. In Peleroich war es lebendig und trubelig gewesen. Inzwischen war das aufregendste Ereignis der Bus, der zwei Mal täglich vor dem Kastanienhof hielt. Es gab kaum noch Geburtstagsfeiern, keine Stammtischrunden mehr, und auch das letzte Silvester hatte Elise nur mit Henning, Franziska und Friedrich gefeiert.

«Ach, Frieda. Ich kann verstehen, dass du wegwillst. Das klingt doch gut mit deiner Cousine, und mutig finde ich es auch, in deinem Alter!»

«Ich finde, man ist nie zu alt für etwas Neues. Ich will nicht täglich an meiner geschlossenen Fleischerei vorbeilaufen müssen. In Lübeck ist mehr los, es gibt Kinos, Theater, Restaurants, Ausstellungen. Wenn ich mich dagegen hier so umschaue», Frieda machte eine ausladende Handbewegung, «komplett tote Hose, sogar hier in der Kreisstadt. Nur Imbisse, Billig-Läden, Videotheken, und vor den Kaufhallen stehen Menschen, die mit ihren Bierdosen und hohlen Blicken die personifizierte Trostlosigkeit sind. Ich will das alles nicht mehr sehen, ich möchte meinen Lebensabend genießen.»

Elise hob den Kopf und sah, dass der Platz vor ihr, der früher Lenin- und inzwischen Marktplatz hieß, wie leergefegt war. An einer Straßenlaterne hing ein Plakat für die kommende Bundestagswahl. Klaus Kinkel warb darauf mit der gelb gedruckten Losung auf blauem Grund: *Diesmal geht's um alles*. Elise fragte sich, worum es dann wohl bei der Wahl vor vier Jahren gegangen war, und kam nicht umhin, sich vorzustellen, dass da vielleicht wirklich nur die Hälfte der Bevölkerung gemeint gewesen war. Von den versprochenen blühenden Landschaften zumindest war nichts zu sehen. Ganz im Gegenteil, alles Leben, das noch existierte, verblühte.

«Du wirst mir aber fehlen!», sagte sie zu Frieda und blinzelte die Tränen weg.

«Du bist jederzeit herzlich willkommen, mein Mädchen. Vergiss nicht, ich habe dich zur Welt gebracht und werde dich stets im Herzen haben.»

Elise stand auf und drückte Frieda an sich.

«Was ist denn mit dir? Hast du etwa noch nie darüber nachgedacht zu gehen?»

Energisch schüttelte Elise den Kopf. «Ich bleibe Peleroich treu, komme, was da wolle.»

«So ganz untreu bin ich nun auch nicht. Immerhin gehe ich nach Lübeck, Thomas Mann hätte sicherlich nichts dagegen gehabt.» Frieda lachte vergnügt.

«Da bin ich.» Franziska legte die Tüte mit ihren Einkäufen auf den Tisch, setzte sich auf einen freien Stuhl und holte etwas aus ihrer Hosentasche. «Schau mal, Mutti.»

Auf dem Zettel, der in den gleichen Farben gehalten war wie das Wahlplakat, das Elise gerade betrachtet hatte, stand: *Love-2-Love, Sa. 2. 7. 94. Ku'damm Berlin.*

«Ich würde so gerne mitfeiern!», sagte Franziska.

«Was?» Elise sah auf.

«Vielleicht könnte ich bei Marina schlafen? Dann brauchst du dir auch keine Sorgen um mich zu machen.»

«Das ist doch eine gute Idee.» Frieda befeuchtete ihren Zeigefinger und klaubte die Kuchenkrümel, die neben den Teller gefallen waren, auf.

«Oder du kommst mit? Dann kannst du noch besser auf mich aufpassen und mal wieder ein bisschen Zeit mit Marina verbringen. Ihr habt euch doch ewig nicht gesehen.»

Elise stellte die Kaffeetasse ab. «Bei diesen Argumenten kann ich ja nur zustimmen.»

«Du bist die Beste!» Franziska sprang auf und fiel ihrer Mutter um den Hals.

«Wie schön, dass ihr da seid!» Marina stand am Bahnhof Zoologischer Garten und strahlte über das ganze Gesicht, als Elise und Franziska ausstiegen.

Elise blickte sich interessiert um. Der Bahnhof wimmelte von jungen Menschen, die offensichtlich alle aus demselben Grund wie ihre Tochter in die Hauptstadt gekommen waren. Einige hatten Radios dabei, aus denen dumpfe Bässe wummerten, sie trugen Schlaghosen, Miniröcke, bauchfreie T-Shirts, Fell-Pullover in grellen Farben, leopardengemusterte Taschen, orangefarbene Westen, Plastikblumen im Haar, bunte Perücken, Sonnenbrillen mit getönten Gläsern ... Elise sah sogar einen Jungen mit einer Gasmaske.

«Kann es sein, dass du grüne Augenbrauen hast?», fragte Marina. «Oder habe ich einen Knick in der Optik?»

«Frag nicht, wie lange ich dafür betteln musste.»

Entschuldigend hob Elise die Hände. «Lasst uns von hier verschwinden. Der Junge mit der Gasmaske macht mir irgendwie Angst.»

Franziska war eingeschlafen, obwohl es gerade einmal neun Uhr war. Die Reise und die Eindrücke nach ihrer Ankunft hatten sie überwältigt. Marina hatte ihr versprochen, sie am nächsten Tag zur Love Parade zu begleiten, und mit ihr gemeinsam überlegt, was sie anziehen und wie sie sich schminken würden. Elise war dankbar, dass ihr das erspart blieb.

Martin kam aus der Küche und stellte eine Flasche Bordeaux sowie eine Schale mit Käsecrackern auf den niedrigen Tisch vor dem Sofa. «Hier, für die Damen. Ihr wollt sicher ein wenig über die alten Zeiten plaudern, und ich muss noch arbeiten. Meine Studenten wollen etwas Spannendes hören nächste Woche.»

Martin war inzwischen Lehrbeauftragter an der Freien Universität und arbeitete dort im Fachbereich Geschichte. In der U-Bahn hatte Marina Elise erzählt, dass er sich gerade mit dem Wandel der politischen Kultur im zwanzigsten Jahrhundert beschäftigte.

«Danke, lieb von dir.» Marina gab Martin einen Kuss und nahm sich einen Cracker.

«Wir sehen uns viel zu selten, seit ich weggezogen bin. Wie geht es dir? Und Henning?»

Elise streckte die Beine aus und sah ihre Freundin an. «Uns geht es ganz gut, aber bei mir könnte es beruflich besser laufen. Die Kunden bleiben weg, und ich bräuchte mal wieder einen größeren Auftrag. Und Peleroich, du würdest es nicht wiedererkennen. Das Dorf wird immer leerer, selbst Frieda will wegziehen.»

«Wirklich! Wohin?» Marina stand auf, ging zum Wohnzimmerschrank neben dem Fenster und nahm einen Korkenzieher aus der Schublade.

«Nach Lübeck. Man kann es ihr nicht verübeln.»

«Das liegt an dieser Perspektivlosigkeit.» Marina klemmte sich die Weinflasche zwischen die Knie und entkorkte sie.

Elises Blick fiel auf die Bücher, die im Regal neben dem Sofa standen. Sie legte den Kopf schräg, um die Titel auf den Einbänden besser lesen zu können.

«Das sind Martins Fachbücher, in seinem Arbeitszimmer ist kein Platz mehr.»

Elise griff ein Buch heraus, das *Künstlerische Zugänge in diktatorischen Strukturen* hieß. «Was ist das?»

«Ein Thema, mit dem sich Martin seit einiger Zeit beschäftigt.»

Elise stellte das Buch zurück und hielt Marina ihr Glas entgegen. Ihre Hand zitterte, als Marina einschenkte.

«Nicht doch!» Marina nahm ihr das Glas aus der Hand. Als sie eingeschenkt hatte, sah sie Elise an. «Jakob, oder?»

«Woher weißt du das?»

«Na, komm schon. Du magst wegen der Love Parade hier sein, aber dass du in Berlin auch an Jakob denkst, liegt ja wohl auf der Hand.»

Elise trank einen großen Schluck Wein. Natürlich hatte Marina recht. Zwar hatte sie sich lange dagegen gesträubt, nach Jakob zu suchen, aber seit Franziska sie gebeten hatte, sie nach Berlin zu begleiten, war etwas in ihr an die Oberfläche gekommen, was sie schon vor Jahren begraben hatte.

Vielleicht lag es auch daran, dass immer mehr Menschen aus ihrer Vergangenheit verschwanden und dadurch der Wunsch ausgelöst worden war, ihr Leben neu zu ordnen, offene Fragen zu klären und sich der Vergangenheit zu stellen, so bitter sie auch sein mochte. «Selbst wenn ich nach ihm suchen wollen würde, wie sollte ich das anstellen? Ich kann ja nicht einfach zum Einwohnermeldeamt fahren und nach Jakob Jaworski fragen.»

«Theoretisch geht das schon.»

Eine Weile saßen die beiden Freundinnen da und nippten schweigend an ihrem Wein.

«Und Henning? Könntest du ihn nicht bitten nachzuschauen? Die haben doch Zugriff auf sämtliche Datenbanken. Oder ist das nur im Fernsehen so?»

«Darüber habe ich auch schon nachgedacht. Aber ich will Henning nach so vielen Jahren nicht mit Jakob behelligen. Er war stets für mich und Franziska da, und Jakob und er ...»

«... waren nicht gerade die besten Freunde», vervollständigte Marina Elises Satz und ging zum Fenster, um es zu öffnen.

Laue Sommerluft strömte in das Wohnzimmer, und Elise musste gähnen. «Ich fahre morgen, wenn ihr zu diesem Krach tanzen geht, mal zu seiner alten Wohnung. Vielleicht findet sich dort ja ein Hinweis. Aber viel Hoffnung mache ich mir nicht.»

Die Strahlen der Nachmittagssonne wurden durch die schmutzigen Fenster der U-Bahn zwar gedämpft, dennoch war die Hitze kaum auszuhalten. Elise trug ein dünnes weißes Kleid und bequeme Sandaletten und musste sich trotzdem mit einem Taschentuch den Schweiß von der Stirn wischen. Der Waggon, in dem sie saß, war leer bis auf ein junges Pärchen, das sich ununterbrochen küsste. Als die U2 in den Bahnhof Eberswalder Straße einfuhr, sah Elise den Zug auf dem gegenüberliegenden Gleis, der voller tanzender Menschen war, die offenbar in Richtung Kurfürstendamm zur Love Parade unterwegs waren. Die roten Lichter über den Türen blinkten, zeitgleich ertönte ein Signal. Elise sprang erschrocken auf und rannte aus der Bahn. Schwer atmend ließ sie sich auf eine Bank fallen. Gerade war sie am Alexanderplatz gewesen, um in die Palatschinkenbar zu gehen, einen Kaffee zu trinken und an die alten Zeiten zu denken. Nicht dass sie geglaubt hatte, Jakob dort treffen zu können, aber sie wollte an einem Ort sein, an dem sie mit ihm gewesen war. Doch an der Stelle, wo sich das Lokal früher befunden hatte, klaffte inzwischen eine Baugrube. Ernüchtert hatte Elise überlegt, was sie tun sollte, und war schließlich in die U-Bahn gestiegen.

Als sie das letzte Mal hier gewesen war, hatte der Bahnhof noch Dimitroffstraße geheißen. Sie erinnerte sich, wie sie sich damals hatte übergeben müssen, weil sie schwanger gewesen war. Eine Weile betrachtete sie die grüne Hochbahn-Stahlkonstruktion mit den massiven Nieten. Dann erhob sie sich und stieg die Treppen hinunter. Als sie auf der Mittelinsel der Schönhauser Allee stand, warf sie einen kurzen Blick zu Konnopke's Imbiß, und wie von selbst trugen sie ihre Füße in Richtung Kastanienallee, in der sich früher Jakobs Wohnung befunden hatte. Es hatte sich wenig getan in dem Viertel. Nach wie vor fehlten an den Fassaden vereinzelt Balkone, Putz bröckelte von den Wänden, alles sah alt und marode aus.

Vor einem Hausdurchgang blieb sie stehen. Wohlbekannte Techno-Klänge kamen aus einem Keller, vor dessen Eingang eine Gruppe junger Menschen stand und rauchte.

Elise ging weiter und sah, dass sich in einem ehemaligen Obst- und Gemüseladen eine kleine Galerie befand. An den Wänden hingen großformatige Aquarellbilder, auf allen waren Kühe abgebildet. Der einzige Unterschied zwischen ihnen bestand darin, dass sie in unterschiedlichen Farben gehalten waren und so ein wenig an Andy Warhol erinnerten.

Jakobs Haus erkannte Elise sofort, es war in einem noch desolateren Zustand als bei ihrem letzten Besuch. Im Hausflur war es nicht so heiß wie auf der Straße. Elise blieb vor den Briefkästen stehen und genoss die Kühle, die leicht modrig roch. Kurz überlegte sie umzukehren. Was hatte es für einen Sinn, nach so langer Zeit herzukommen und zu hoffen, hier würde sich eine Spur von Jakob finden oder vielleicht sogar eine Person, die wusste, wo er war? Schließlich hatte Jakob zuletzt in Peleroich gewohnt, und ob er Kontakt zu seinen Nachbarn gehalten hatte, wusste Elise nicht. Doch da sie nun schon einmal so weit gekommen war, straffte sie die Schultern und stieg die Treppe hinauf in die erste Etage.

Zaghaft drückte Elise auf den Klingelknopf, und direkt darauf, als hätte sie bereits gewartet, erschien eine Frau im Türrahmen. Sie hatte ein breites Gesicht mit großen Augen, ihre Haare waren mit einem Tuch aus dem Gesicht gehalten, und sie trug ein viel zu großes, gestreiftes Männerhemd. «Ja, bitte?»

«Äh, hallo. Petersen ist mein Name. Es ist vielleicht ein wenig ungewöhnlich, dass ich hier so einfach auftauche, aber ich suche jemanden. Jemanden von früher, von vor der Wende.» Elise begann zu schwitzen.

«Oje, Sie sind ja ganz blass. Wollen Sie reinkommen?»

Von so viel Freundlichkeit und Vertrauen überwältigt, nickte Elise zaghaft und streckte ihre Hand aus. «Elise.»

Die Frau trat einen Schritt zur Seite. «Katja.»

Im Flur duftete es nach frisch gebackenem Apfelkuchen. In der Küche saß ein etwa zehnjähriges Mädchen am Tisch und spielte an einem Gameboy. Es sah auf, winkte Elise kurz zu und widmete sich dann wieder seiner Konsole.

«Meine Nichte. Kaffee?» Elise nickte und nahm ihr gegenüber Platz, während Katja einen Espressokocher auf den Gasherd stellte.

«Ich kannte einen Mann, der mal in dieser Wohnung gelebt hat, und den suche ich.» Wieder begann Elise zu schwitzen und musste an den verschneiten Winter zurückdenken, in dem sie hier so gefroren hatte.

«Liebe?» Katja zwinkerte Elise zu, erwartete aber glücklicherweise keine Antwort. «Wann soll das denn gewesen sein?»

«Ende der 70er, Anfang der 80er Jahre. Er hieß Jakob Jaworski.»

«Sagt mir nichts, leider. Ich bin erst fünfundachtzig hergekommen, vorher stand die Wohnung lange leer.» Der Espresso floss durch das Überlaufventil und lief gurgelnd in die Kanne, Katja drehte die Gasflamme kleiner.

Elise wurde mit einem Mal so traurig, dass sie die Augen schließen musste, um nicht zu weinen.

«Hier.» Katja hielt Elise eine kleine, dampfende Tasse hin. «Was ist denn mit deinem Jakob passiert?»

«Ich weiß es nicht, das ist es ja gerade. Er hat immer wieder Ausreiseanträge gestellt, alle wurden abgelehnt, und schließlich ist er von einem Tag auf den anderen verschwunden.» Elise trank ihren Espresso aus.

«Ich fürchte, ich kann dir nicht weiterhelfen. Tut mir leid.»

«Trotzdem danke für den Kaffee.» Elise stand auf.

Im Flur fiel ihr Blick in das Zimmer, das sich gegenüber der Küche befand. «Darf ich?»

«Na klar.» Katja ging voraus, Elise folgte ihr.

Im Zimmer roch es nach Vanille, überall lagen Bücher und Kleidungsstücke verteilt, in der Ecke stand ein Radio, aus dem leise Rockmusik kam. Das Fenster gegenüber der Tür war nicht mehr so schmutzig, wie es bei Jakob gewesen war, aber Katja hatte den gleichen Platz für ihren Schreibtisch gewählt. Als Elise den Kopf zur Seite drehte, erschauderte sie. Für einen Moment schloss sie die Augen und riss sie gleich wieder auf. Nein, sie hatte sich nicht getäuscht. In der Ecke stand Jakobs Skulptur.

«Was ist mit dir?»

«Ja, ich …, also, diese Skulptur, woher hast du die?» Elise bemerkte, wie ihr ihre Stimme nicht mehr gehorchte. Sie klang ganz kratzig.

«Die stand schon da, als ich eingezogen bin. Ich fand sie irgendwie interessant und wollte sie behalten. Sieht aus wie eine Giraffe, findest du nicht? Und ihr Hals sieht aus wie ein Fragezeichen, ich finde, das ist eine schöne Symbolik.»

Als Katja sich zu Elise umdrehte, verstummte sie.

«Ist die von deinem Jakob?», fragte sie dann.

«Ja», antwortete Elise mit tränenerstickter Stimme.

Dann drehte sie sich ruckartig um und rannte aus der Wohnung. Als sie unten im Treppenhaus angekommen war, hörte sie Katjas Stimme. «Jetzt warte doch mal! Willst du die Giraffe haben?»

Ja, dachte Elise, aber sie hatte nicht mehr die Kraft, Jakobs alte Wohnung noch einmal zu betreten.

Die Techno-Bässe drangen so laut aus Franziskas Zimmer im Kastanienhof, dass die Gläser in den Regalen der Gaststube leise klirrend gegeneinanderschlugen. Emma lag schlafend neben der Tür zur Küche. Friedrich saß mit der neuesten Ausgabe des *Sprevelsricher Landboten* am Stammtisch und studierte Diagramme, die die Ergebnisse der Bundestagswahl abbildeten. «Fünfundvierzig Prozent bei den Erststimmen, die CDU hat es noch mal gemacht. Aber die SPD ist auch nicht schlecht, die ist dem Kohl und seinen Leuten ganz dicht auf den Fersen.»

Willi stand am Tresen und sah nachdenklich auf das schmutzige Spülwasser im Becken, das durch die Vibration der Bässe zitterte. «Mir ist ganz egal, wer da am Ruder sitzt, Hauptsache, hier tut sich endlich mal was.» Das karierte Hemd war ihm aus der Hose gerutscht, und seine Haare standen kreuz und quer vom Kopf ab.

Mit einem Mal verstummten die Techno-Bässe, und kurz darauf erschien Elise in der Gaststube. Sie legte ein in blaues Sternchenpapier eingeschlagenes Geschenk auf den Stammtisch. «Schade, dass Franziska musikalisch nicht nach mir kommt. Ist Henning schon da? Er wollte nach der Arbeit noch Blumen besorgen.»

«Hier», sagten zwei Stimmen.

Die Anwesenden schauten zur Tür, in der Henning und Agathe standen. Henning hatte einen riesigen Blumenstrauß im Arm. Zwischen den Blüten der weißen und roten Gerbera klemmte ein Stab, an dessen Spitze eine goldene Siebzig steckte. Agathe, die einen Kuchen in den Händen hielt, fing Willis fragenden Blick auf. «Die Einundsiebzig war aus, aber sicherlich hast du nichts dagegen, dass wir dich ein bisschen jünger gemacht haben.»

Willi lachte. «Ganz und gar nicht.»

«Sag mal, was ist eigentlich mit deinen Haaren passiert?» Agathe stellte sich neben ihren Mann und gab ihm einen Kuss auf die Wange.

Henning holte einen Brief aus seiner Uniformjacke und reichte ihn Elise. «Guck mal, es ist Post für dich gekommen. Aus Frankreich.»

Stutzig drehte Elise den blassrosa Umschlag in den Händen und betrachtete die weiße Briefmarke, die ein abstraktes Bild von Georg Baselitz zierte.

«Wer schreibt dir denn aus Frankreich?»

Elise sah auf die Rückseite des Umschlags. «Oh! Selma Lelier Blumenthal.»

«Wer ist das denn?»

Elises Puls beschleunigte sich. Vor ein paar Wochen hatte sie beim Aufräumen ihres Schreibtisches die Visitenkarte von Madame Blumenthal gefunden, eine Pariser Modedesignerin, die sie 1989 auf der Messe in Leipzig kennengelernt hatte. Sie hatten sich zwischen zwei Modeschauen angeregt unterhalten und Adressen ausgetauscht. Und nun hatte Elise ihr eine Postkarte geschickt. Sie hatte gar nicht mit einer Antwort gerechnet.

Die Techno-Bässe über der Gaststube wurden wieder lauter. «Nun spann uns nicht so lange auf die Folter. Ich habe heute zwar ein Jahr geschenkt bekommen, aber ewig habe ich nicht Zeit», sagte Willi ungeduldig.

Kurzentschlossen riss Elise den Brief auf und las ihn laut vor.

Chère Madame Petersen,

ich habe mich sehr gefreut, von Ihnen zu hören. Obwohl seit unserer reizenden Begegnung in Leipzig ein paar Jahre vergangen sind, habe ich Sie nicht vergessen. Ich hatte Ihnen sogar einmal geschrieben, aber der Brief hat Sie offenbar nicht erreicht. Danke für die lieben Grüße.

Und jetzt, wo die Grenzen offen sind, kommen Sie mich doch einmal in Paris besuchen und lassen Sie mich Ihnen diese wunderschöne Stadt der Mode und der Liebe zeigen. Sie haben mir damals auf der Messe erzählt, dass es Ihr großer Traum ist, einmal hierherzukommen. Voilà, nun können Sie ihn sich erfüllen.

Machen Sie mir die Freude und kommen Sie, wann immer Sie wollen. Es ist für alles gesorgt. Ich habe eine Wohnung gleich über meiner Boutique im Montmartre, dort haben wir beide Platz.

Ich hoffe, Sie sagen zu, auch wenn mein Vorschlag vielleicht ein wenig ungewöhnlich ist.

Cordialement,
Ihre Selma Lelier Blumenthal

Kapitel 28
Paris, 1995

Elise schaute auf ihre Armbanduhr, nur noch wenige Minuten bis zu ihrer Ankunft. Paris. Sie konnte es nicht fassen, dass sie nun wirklich im Begriff war, die Stadt ihrer Träume zu sehen. Fast die ganze Fahrt über war sie wach gewesen und hatte mit dem alten Walkman von Franziska immer wieder eine Kassette mit Chansons gehört. Ihr knurrte der Magen, der Rücken tat ihr weh, und sie sehnte sich nach einer Dusche und einem richtigen Bett.

Was für ein Jahr lag hinter ihr. Sie überlegte, was das Schönste und was das Schlimmste in den letzten zwölf Monaten gewesen war. Die erste Antwort war einfach: der Brief von Selma und ihre Einladung nach Paris. Die zweite Antwort war ein bisschen schwerer, aber wahrscheinlich war die Suche nach Jakob und das unverhoffte Wiedersehen mit der Skulptur in seinem alten Zimmer das Traurigste gewesen. Nachdem sie Katjas Wohnung fluchtartig verlassen hatte, hatte sie die Suche nach Jakob wieder eingestellt, noch bevor sie richtig damit begonnen hatte. Es war einfach zu schmerzhaft, die alten Wunden wieder aufzureißen. Und jetzt saß sie in einem Reisebus nach Paris, in die Stadt, die sie und Jakob sich immer wieder in den blühendsten Farben ausgemalt hatten. Das Schönste und das Schlimmste waren also auf sonderbare Weise vereint.

Mit Schwung stellte Elise ihren Rucksack auf den Schoß und zog das Buch von Hemingway heraus, das Henning ihr für die Reise geschenkt hatte. Es hieß *Paris, ein Fest fürs Leben.* Auf dem blauen Einband war die Seine zu sehen, in der sich die Lichter der Stadt spiegelten, im Hintergrund der aufragende Eiffelturm. Elise schloss die Augen und ließ die Seiten über ihren Daumen gleiten. Schließlich hielt sie inne, überprüfte, welche Seite sie aufgeschlagen hatte, öffnete die Augen und las.

> *Jedes Jahr starb ein Teil von dir, wenn die Blätter von den Bäumen fielen und ihre Zweige kahl in den Wind, in das kalte Winterlicht ragten. Aber du wusstest, immer würde es wieder Frühling werden, so wie du wusstest, dass der zugefrorene Fluss einmal wieder fließen würde.*

Der Lautsprecher über ihrem Sitz knackte: «Mesdames et Messieurs, nous arriverons à Paris dans dix minutes.»

Mit einer Mischung aus Ungeduld und Melancholie drehte Elise den Kopf und erblickte am Horizont die Silhouette, nach der sie sich so viele Jahre gesehnt hatte.

Elise hatte Selma kleiner in Erinnerung. Aus irgendeinem Grund war sie davon ausgegangen, dass eine Frau am Bahnhof auf sie warten würde, die Ähnlichkeit mit Edith

Piaf hatte. Doch Selma war gut einen Kopf größer als sie selbst, trug eine Art gewebten Kaftan und zwei goldene, lange Ketten um den Hals. Ihre Haare waren im Nacken zu einem festen Knoten gebunden, und ein angenehmer Duft nach Lavendel umwehte sie.

Die beiden Frauen küssten sich auf die Wangen. «Wie schön, dass Sie mich besuchen kommen. Bienvenue, Elise.»

Selmas braune Augen strahlten warm, sie strich Elise vorsichtig über das Gesicht. «Sie erinnern mich ein wenig an meine Tochter. Die lebt in der Provence, und wir sehen uns viel zu selten.»

«Danke für die Einladung, es bedeutet mir sehr viel, endlich hier zu sein.»

«Später muss ich zu einem Termin, aber heute Abend gehöre ich ganz Ihnen. Ich weiß auch schon, wo wir hingehen. In eine kleine Brasserie bei mir um die Ecke, das Phénix. Die haben eine göttliche Tarte aux Pommes.»

Elise bückte sich nach ihrem Koffer. «Werden wir auf dem Weg schon etwas von der Stadt sehen?»

«Und ob. Kommen Sie, vor dem Bahnhof steht mein Wagen. Wir machen eine kleine Stadtrundfahrt, und am Eingang gibt es Kaffee, der sogar Tote zum Leben erweckt. Le café doit être noir comme l'enfer, fort comme la mort et douce comme l'amour.»

Elise musste grinsen. Kaffee muss schwarz wie die Hölle, stark wie der Tod und süß wie die Liebe sein. Sie gab ihrer Gastgeberin in jedem Punkt recht.

Selmas rostroter Citroën erinnerte Elise an einen Film mit Louis de Funès, dessen Titel ihr gerade nicht einfallen wollte. Sie hievte ihren Koffer auf die Rückbank und staunte über die Wirkung des Café Crème, den sie gerade in der Bahnhofsvorhalle getrunken hatten. Er hatte ihre Müdigkeit tatsächlich vertrieben. Elise sah sich nach allen Seiten um, sie wollte jedes noch so kleinste Detail der Stadt in sich aufnehmen.

«Wo darf es hingehen?» Selma saß bereits am Steuer und bat Elise mit einer Kopfbewegung, neben ihr auf dem Beifahrersitz Platz zu nehmen.

«Überall.»

«Das habe ich mir schon gedacht.» Vom Armaturenbrett nahm Selma ein paar Nappalederhandschuhe, die dieselbe Farbe wie ihr Auto hatten, startete den Motor und fuhr schnittig aus der Parkbucht.

Glücklich ließ Elise sich in das Sitzpolster sinken, während Paris an ihr vorbeirauschte. Hin und wieder sagte Selma etwas zu den Häusern, Straßen, Plätzen und Sehenswürdigkeiten, die aus dem Wagenfenster zu sehen waren.

«Ich nehme an, die Klassiker sind Ihnen bekannt, die brauche ich Ihnen nicht zu erklären. Aber schauen Sie hier», Selma lenkte den Wagen nach links, wo die Straße auf eine Brücke führte. «Das ist die Pont de l'Alma, sie überspannt die Seine und verbindet Rive Gauche und Rive Droite.»

«Die ist ja riesig.»

«Das ist sie, und man hat einen wunderbaren Blick auf La Tour Eiffel.»

Elise musste an ihr Lieblingslied von Edith Piaf denken: *Sous le ciel de Paris*. Und jetzt fuhr sie selbst unter dem Himmel der Stadt entlang.

Diskret warf Selma einen Blick auf ihre Armbanduhr. «Leider muss ich gleich zu meinem Termin. Was möchten Sie in der Zwischenzeit machen?»

Müde war Elise nicht mehr, aber die vielen neuen Eindrücke hatten sie träge gemacht. «Etwas Ruhiges wäre großartig.»

Selma überlegte kurz. «Was halten Sie von einem Friedhofsspaziergang?»

«Eigentlich habe ich Friedhöfe bisher stets gemieden.»

«Père Lachaise ist ruhig um diese Zeit, ein beschauliches Refugium. Sie werden sehen, dort kann man wunderbar entspannen.»

Schon seit dreißig Minuten war Elise auf dem Friedhof unterwegs und dankbar, dass Selma ihr diesen Ort empfohlen hatte. Ihr blieb noch eine Stunde, bevor die Tore des parkähnlichen Geländes geschlossen werden würden. Der Père Lachaise war unheimlich und romantisch zugleich, man meinte, in der Luft einen Hauch von Vergänglichkeit wahrzunehmen, und Elise fand die Ruhe, die sie gesucht hatte. Am Himmel war die Wolkendecke aufgerissen. Die letzten Sonnenstrahlen erhellten das dunkle Kopfsteinpflaster, an dessen Seiten sich unzählige Grabmäler erhoben. Teilweise waren sie zerfallen, mit Moos bewachsen, der Witterung und dem Lauf der Zeit anheimgefallen. Andere waren gepflegt, wie jüngst mit einem Sandstrahler restauriert oder so frisch, als hätte die Beisetzung erst vor kurzem stattgefunden. Fasziniert betrachtete Elise einfache Gräber aus Naturstein, kleine Tempel aus Graphit und Mausoleen aus Marmor.

Sie bog nach rechts, überprüfte auf einem Plan, wo sie sich befand, und ging zum Grab von Chopin. Über dem quaderförmigen hellen Stein, in den das Konterfei des Komponisten eingelassen war, thronte eine Frau aus Marmor, die Euterpe, die Muse der Tonkunst und lyrischen Poesie, darstellte. Sie hatte den Kopf gesenkt und strahlte eine weise Ruhe aus, der sich Elise nicht entziehen konnte. Eine Weile vertiefte sie sich in die Betrachtung der beeindruckenden Grabstelle und vermeinte die ersten Takte von Chopins *Nocturne Opus 9* zu hören. Unwillkürlich streckte sie die Finger aus und spielte in der Luft die ersten Takte des romantisch-traurigen Klavierstücks. Leichter Wind kam auf. Sie schob ihre Hände zurück in die Manteltaschen und lief fröstelnd weiter.

Ihr nächstes Ziel war klar, Elise wollte zum Grab von Edith Piaf. Nach einigen Minuten merkte sie jedoch, dass sie die Orientierung verloren hatte. Um sie herum wurde es langsam dunkler. Elise gab das Suchen auf und ließ sich allein von ihrem Gefühl treiben. Durch Zufall kam sie an den Chemin des Chèvres. Ein schmaler Pfad, gesäumt von Büschen und Bäumen, führte auf einen Hügel hinauf. Auf dem Plateau standen eine Kastanie und darunter eine verwitterte Bank.

Ungläubig setzte sich Elise auf das brüchige Holz und ließ ihren Blick über das Tal schweifen. Von hier oben hatte man eine herrliche Aussicht über die Gräber. Der Wind nahm zu, streifte durch ihre Haare, und Elise merkte, wie glücklich sie war. Es war jetzt zehn Jahre her, dass sie Jakob zum letzten Mal gesehen hatte, und doch war ihr in diesem Moment so, als würde er neben ihr sitzen und seinen Arm um sie legen.

Kapitel 29
Peleroich, 1997

Die Kundin war nicht gekommen. Elise stieß einen Seufzer aus und sah sich in ihrem Atelier um. Auf der Schneiderbüste neben der Nähmaschine hing der fertige Blazer, auf den sie stolz war, weil sie ihr ganzes Herzblut hineingelegt hatte. Eine Maßanfertigung aus feinem, dunkelblauem Samt, mit eingewebten Goldfäden, tailliert und mit gebrochen steigendem Reverskragen im Biedermeierstil. Das Futter bestand aus ockerfarbenem Taft. Zum Schließen hatte Elise zwei Knöpfe verwendet, die sie vor dem Annähen mit Samt bezogen hatte. Erneut überschlug sie die Zeit, die sie das Anfertigen gekostet hatte. Beratung, Maßnehmen, Schnittmuster erstellen, Stoffbedarf ausrechnen, Stoffe kaufen, Zuschneiden, Anprobe, Nähen, Bügeln, noch eine Anprobe, eine Änderung, noch eine Anprobe und zuletzt die Rechnung schreiben. Für das Ganze hatte sie locker zehn Stunden Arbeit investiert, hinzu kamen die Materialkosten. Entgegen den Ratschlägen von

Henning und ihrer Mutter verlangte Elise Vorkasse und wusste, sie würde die vierhundert Mark, die für ihre Arbeit ausstanden, niemals bekommen. Sie war sich darüber im Klaren, dass sie eigentlich zumindest eine Anzahlung hätte verlangen sollen, aber sie wollte das nicht. Nicht weil sie naiv wäre, sondern weil sie nicht den Eindruck vermitteln wollte, sie würde ihren Kunden misstrauen. Und jetzt musste sie feststellen, dass sie enttäuscht und betrogen worden war, wieder einmal, bereits das zweite Mal in diesem Quartal.

Elise wollte gerade das Atelier abschließen, als sie hörte, wie jemand die Kellertreppe herunterkam. Schon an den Schritten erkannte sie, dass es Henning war.

«Na, wie ist dein Blazer angekommen?»

Henning war in der letzten Zeit an den Schläfen ergraut. Mit seinen achtunddreißig Jahren hatte sein Gesicht kantigere Züge angenommen, und Elise fand, dass ihm das Älterwerden gut stand.

«Er ist gar nicht angekommen, beziehungsweise ist keiner hergekommen, um ihn abzuholen.» Elise versuchte, sich ihre Enttäuschung nicht anmerken zu lassen.

«Setz dich mal.»

«Ich kann mir schon denken, was du sagen willst.»

«Es bringt nichts mehr, du zahlst nur noch drauf. Für mich ist es kein Problem, wenn ich den Hauptteil unserer Lebenskosten trage, aber ich denke, das hier», Henning breitete die Arme aus, «das ist Gift für deinen Gemütszustand. Wie oft ist dir das in letzter Zeit passiert, dass die Sachen weder abgeholt noch bezahlt werden?»

Elise schwieg und dachte an die zweite Filiale von Low-Fashion, die im letzten Jahr neben dem SprevelPark eröffnet hatte. Franziska kaufte dort immer noch gerne ein, und viele andere auch, was man ihnen nicht vorwerfen konnte. Aus dem Wohlstand-für-alle-Wahlversprechen hatte sich in Mecklenburg-Vorpommern in nur sieben Jahren eine Arbeitslosenquote von etwa neunzehn Prozent entwickelt. Wer kaufte da noch maßgefertigte Kleidung?

«Du weißt, ich stehe hinter dir, egal wie du dich entscheidest, aber ich rate dringend dazu, zum Arbeitsamt zu gehen und dich nach Alternativen zu erkundigen.»

Elise stöhnte bitter auf. «Laub harken als Bewerbungstraining, Vogelhäuschen bauen als Wiedereingliederungsmaßnahme? Ich glaube kaum, dass das meinen Gemütszustand verbessern wird.»

Ein müdes Lächeln wanderte über Hennings Gesicht. «Das musst du nicht heute entscheiden, lass uns Feierabend machen.»

Während sie die Treppe hinaufstiegen, ächzten die Stufen träge unter ihren Schritten. Oben angekommen, blieben sie kurz stehen. Elise hatte sich noch immer nicht an den Anblick des leerstehenden Konsums gewöhnt. Sie wünschte sich, jeden Augenblick würden ihre Großeltern um die Ecke kommen, um Lebensmittel einzuräumen. Doch das war endgültig vorbei. Nun standen in den Regalen Pappkartons mit elektrischen Zahnbürsten, Föhnen, Handstaubsaugern, Heizdecken, Nippes-Figuren und Aschenbechern, die eine Melodie spielten, wenn man sie aufklappte. Einige Kartons waren bereits vergilbt, andere aufgerissen oder mit Retour-Banderolen beklebt. Über der Tür war das weiße Quelle-Logo auf blauem Grund abgebildet. Der kleine schräge Strich auf der rechten Seite des Qs hatte die Form einer Hand, und Elise sah in ihr ein Abbild für den Lauf der Zeit. Eine Hand, die nach allem griff, was sie sich in den letzten Jahren aufgebaut hatte, nach allem, für das sie gelebt hatte. Eine Hand, die zupackte und alles erbarmungslos zerquetschte.

«Endlich mal wieder nur wir beide.» Christa stellte einen Teller mit Schnittchen auf den Wohnzimmertisch und legte zwei zu Taschen gefaltete Servietten daneben, in die sie das Besteck hineingeschoben hatte.

Elise und ihre Mutter waren gerade auf dem Friedhof bei Karl am Grab gewesen, hatten frische Blumen niedergelegt, die von der Augustsonne ausgetrocknete Erde gegossen und mit einem Rechen glatt gezogen. Elise konnte kaum glauben, dass der Unfall ihres Vaters schon dreizehn Jahre zurücklag. Sie hatte sein warmes Lachen noch immer im Ohr, und wenn sie die Augen schloss, sah sie ein freundliches Gesicht vor sich, sah, wie er mit ihr auf dem Hochstand saß und über die Form der Blätter, die Spuren eines Wildschweins oder den Geruch des Waldes sprach.

In der Schrankwand stand ein Fernseher, in dem eine Talkshow lief. Die Moderatorin trug eine große Brille mit rotem Rahmen, ihre Haare waren stark blondiert. Leicht quer hatte sie die Beine übereinandergeschlagen und schaute mit gerunzelten Brauen auf die Moderationskarten in ihrer Hand. Es ging um das Hochwasser im Oderbruch im vergangenen Monat und die Kritik am Deutschen Roten Kreuz, weil es Gelder verteilt hatte, ohne vorher die Bedürftigkeit der Empfänger geprüft zu haben.

Christa ging in die Küche und kam mit einer Flasche Cola zurück. Sie stellte sie neben den Teller mit den Schnittchen. «So. Ich denke, wir haben alles.»

Elise nickte und nahm sich ein Brot mit Leberwurst. «Schade, dass wir Friedas Wurst nicht mehr haben. Hast du mal etwas von ihr gehört?»

«Ja, wir telefonieren öfter. Sie fühlt sich wohl in Lübeck, aber sie vermisst Peleroich sehr.» Christa zog eine Gabel aus der Serviette und spießte eine fächerförmig aufgeschnittene saure Gurke auf. «Als ich ihr erzählt habe, dass es hier keinen Laden mehr gibt, die jungen Leute wegziehen und alles immer mehr verfällt, hat sie allerdings gesagt, sie würde mich dann lieber nicht besuchen kommen, um sich den traurigen Anblick zu ersparen.»

In der Talkshow brach Unmut unter den Studiogästen aus. Elise hatte nicht mitbekommen, warum, sie hatte gerade an Franziska gedacht, die im Juni ihr Abitur abgelegt hatte und noch nicht wusste, wie es weitergehen sollte. Etwas Soziales wollte sie machen, so viel stand bereits fest.

Im Fernsehen runzelte ein Mann mit Bart und zotteligen Haaren seine borstigen Augenbrauen. *«Das ist doch ein Grundproblem, also ein generelles. Schon viel zu lange wurde der Umweltschutz stiefmütterlich behandelt. Sie können sich gar nicht vorstellen, was das für ein Verwaltungschaos ist.»*

«Wo er recht hat, hat er recht.» Christa seufzte tief. «Dein Vater hätte sich genauso darüber aufgeregt.»

«Franziska wird uns auch verlassen, das habe ich im Gefühl.» Elise nahm die Fernbedienung vom Tisch und stellte den Ton aus. «Hier gibt es ja nichts, was sie hält. Bestimmt will sie nach Berlin.»

«Du musst sie loslassen, Elise, auch wenn dir das Herz zerbricht. Du hast sie großgezogen, fliegen muss sie allein.»

Regungslos starrte Elise zum Bildschirm, wo eine der Talkshow-Teilnehmerinnen gerade aufsprang und wild mit beiden Armen in der Luft gestikulierte.

«Vielleicht kann sie eine Weile bei Marina und Martin leben, zumindest am Anfang?», überlegte Christa. «Ich bin sicher, dass sie sich gut um sie kümmern würden.»

Elises Blick war noch immer auf den Fernseher gerichtet, die Sendung war zu Ende. Erneut griff sie nach der Fernbedienung, stellte den Ton wieder an und schaltete sich durch die Sender.

In der ARD wurde gerade der Einspieler für die Tagesschau gezeigt, bevor Wilhelm Wieben auf dem Bildschirm erschien. Hinter ihm war ein Foto von Lady Diana zu sehen.

«Weltweit herrschen Trauer und Fassungslosigkeit über den Tod von Prinzessin Diana. Sie verunglückte in Paris im Auto, verfolgt von Sensationsfotografen.»

Elise hielt beim Kauen inne. Den Rest des Textes verstand sie vor lauter Entsetzen kaum noch. Erst als der Videobeitrag zu der Schlagzeile begann, konnte sie wieder klarer denken. Zunächst wurden Jacques Chirac und Prinz Charles vor dem Krankenhaus eingeblendet, danach das Bild einer Tunneleinfahrt, in deren Hintergrund der Eiffelturm in den Himmel ragte.

Elise wagte nicht zu atmen, ohne zu verstehen, warum sie der Beitrag so gefangen nahm.

«Das ist ein Drama, ohne Zweifel. Aber seit wann interessierst du dich denn so für das englische Königshaus?», fragte Christa verwundert.

Elise legte einen Finger auf die Lippen und verfolgte gebannt den Beitrag. Nach einer Weile richtete sie sich auf.

«Es geht nicht so sehr um Diana, es geht um den Tunnel beziehungsweise die Pont de l'Alma. Das war einer der ersten Orte, die ich in Paris gesehen habe.»

Elise hatte eingesehen, dass sie die Augen nicht länger vor den Tatsachen verschließen konnte. Der weiß getünchte Wartebereich des Arbeitsamts roch nach Chlor, die Hartplastikstühle waren abgewetzt und sahen schon von weitem ungemütlich aus. Mit einem mulmigen Gefühl drückte Elise die Mappe an sich, die ihren Lebenslauf, eine Kopie ihres Personalausweises, ihren Gesellen- und ihren Meisterbrief sowie zahlreiche andere Dokumente enthielt.

Alle Stühle bis auf einen waren belegt. Elise setzte sich auf den freien Platz neben einen Mann, der den *Sprevelsricher Landboten* in den Händen hielt. Er war in die Lektüre eines Artikels mit dem Titel *Boulette auf dem Porzellanteller?* vertieft. Elise legte die Mappe auf ihren Schoß und sah auf ihre Armbanduhr. Sie hatte noch zehn Minuten Zeit, bis sie an der Reihe war.

Neugierig warf sie einen Blick auf den Artikel. Es ging darum, dass in Sprevelsrich Jugendliche, die unter dem Namen Green-Go organisiert waren, gegen die Einwegverpackungen einer großen Fast-Food-Kette protestiert hatten. Gerade als Elise bei den Gründen für diese Aktion angelangt war, faltete der Mann die Zeitung zusammen und stieß ein bitteres Schnauben aus.

«Wenn Einwegverpackungen ihr größtes Problem sind, kann es ihnen nicht so schlecht gehen, das sind doch Luxussorgen.»

Elise nickte unwillkürlich.

«Auch auf der Suche nach einer neuen Arbeit, nehme ich an.» Der Mann hatte tiefe Augenringe. «Ich habe Ingenieurspädagogik studiert, das wollen sie mir jetzt nicht anerkennen, weil es im Westen angeblich nichts Vergleichbares gibt.» Erneut schnaubte er aus, dieses Mal lauter als zuvor.

Elise hörte derartige Klagen nicht zum ersten Mal und hatte Verständnis dafür, aber im Moment fehlten ihr die Nerven, um darauf einzugehen. Es war ihr sowieso schon schwergefallen, hierherzukommen, zu sehr haderte sie mit ihrem eigenen Schicksal.

«Ich wollte als Kraftfahrer anfangen, da hieß es, ich sei überqualifiziert. Es ist ein Spießrutenlauf, warum hat das damals niemand kommen sehen? Wir sind ein Volk, das ich nicht lache. Bei einem Volk sollte man nicht mit zweierlei Maß messen.»

Einige der anderen Wartenden, die zugehört hatten, stimmten zu und begannen, sich wütend über ihre eigenen Schicksale auszutauschen.

«Das tut mir leid für Sie», antwortete Elise. Das stimmte auch, und dennoch wollte sie die Unterhaltung mit dem Mann nicht fortsetzen. Mit einem knappen Kopfnicken stand sie auf und lief den Flur hinunter in Richtung Toiletten. Vor der Tür musste sie warten, da die Kabine besetzt war.

Eine leise Melodie war zu hören, und Elise brauchte eine Weile, bis sie bemerkte, dass es das Klingeln eines Mobiltelefons war und aus ihrer eigenen Tasche kam. Noch immer hatte sie sich nicht daran gewöhnt, seit neustem ein Telefon in ihrer Handtasche zu haben. Mit einer schnellen

Bewegung zog sie den Reißverschluss auf, schob ihre Dokumentenmappe in die Tasche und nahm das blockartige schwarze Gerät heraus.

Auf dem schwach schimmernden Display sah sie eine französische Nummer. Elise drückte auf die weiße Taste mit dem grünen Telefonhörer. «Selma! Das ist aber eine Überraschung.»

Am anderen Ende war ein Rauschen zu hören, und Elise stellte sich vor das Fenster, weil sie hoffte, dort einen besseren Empfang zu haben.

«Allô, kannst du mich verstehen?» Selmas Stimme klang schwach.

«Kaum. Wollen wir später telefonieren, wenn ich wieder zu Hause bin?»

«Gerne, aber ich will dich kurz etwas fragen, du musst es nicht sofort entscheiden.»

Im Hintergrund waren Wortfetzen auf Französisch zu hören, die Elise nicht genau verstand, aber allein die sanfte Melodie der Sprache tat ihr so gut, dass die triste Atmosphäre der Behörde für einen Moment in weite Ferne rückte. «Schieß los.»

«Tut mir leid, wenn ich dich überfalle. Eigentlich wollte ich noch nicht aufgeben, aber ich habe mir vor zwei Wochen die Hand gebrochen. Eine komplizierte Fraktur, unangenehme Sache, die Heilung wird lange dauern. Ich nehme das zum Anlass aufzuhören. Ich bin zu alt inzwischen. Chaque âge a sa vertu, chaque âge a sa mission.»

«Das tut mir leid. Aber was meinst du mit aufhören?» Unter dem Fenster fuhr ein Müllwagen vor und verlangsamte seine Fahrt. Ein Mann sprang von dem Tritt neben der Schüttung.

«Ich will nicht mehr, ich brauche Ruhe. Ich möchte zu meiner Tochter in die Provence ziehen. Ich habe ...»

Das Gespräch wurde unterbrochen.

«Hallo?»

Nichts, in der Leitung blieb es stumm. Elise entschied, dass sie Selma von zu Hause aus zurückrufen würde und schob ihr Telefon in die Tasche. Gerade, als sie den Reißverschluss zugezogen hatte, klingelte es erneut. Die Wartenden sahen neugierig in Elises Richtung. Sie wurde rot und drehte sich mit dem Gesicht zum Fenster.

«Da bin ich wieder. Elise, du hattest doch immer den Traum, nach Paris zu kommen und hier eine Boutique zu haben. Das ist eine einmalige Chance. Außerdem läuft es doch bei dir so schlecht, wie du mir geschrieben hast.»

«Ich ... äh, also ...»

Aus dem Telefon kam ein klagender Laut, dann schaltete es sich ab. Irritiert saß Elise auf den schwarzen Kasten in ihrer Hand und ihr fiel ein, dass Franziska sie eindringlich ermahnt hatte, jeden zweiten Tag den Akku aufzuladen.

«Petersen, Elise», rief eine Stimme vom anderen Ende des Flurs her.

In der Tür lehnte eine Frau, die sich suchend umsah. Elise stand immer noch am Fenster, sie spürte die glatte Oberfläche des Telefons in ihrer Hand.

«Frau Elise Petersen, bitte.»

Elise hielt die Luft an. Instinktiv wusste sie, dass sie über Selmas Angebot nicht lange nachdenken musste, obwohl noch nicht viel Zeit vergangen war, seit sie Frieda gegenüber betont hatte, nie und nimmer ihre Heimat zu verlassen. Aber inzwischen war in Peleroich alles schwierig geworden, und ihr Traum, den sie schon lange begraben hatte, war auf einmal zum Greifen nahe.

«Petersen, Elise?» Die Frau machte eine Pause. «Na, dann wohl nicht. Offenbar gibt es die hier nicht mehr.»

Kapitel 30
Peleroich, 2018

Elise hatte die Schlagzeile so oft gelesen, dass sie ihr auch vor Augen stand, wenn sie diese geschlossen hielt. *Die Würfel sind gefallen – Peleroich wird dem Erdboden gleichgemacht* stand in großen, schwarzen Buchstaben auf der Titelseite des *Sprevelsricher Landboten*. Niedergeschlagen zerknüllte sie die Zeitung und warf sie auf den Boden. Dann war es jetzt also beschlossene Sache. Ihr Heimatdorf würde es bald nicht mehr geben.

Elise seufzte und blickte über den leeren Dorfplatz. Sie war viel zu früh zum verabredeten Ort gekommen, schon seit neun Uhr saß sie auf der Bank unter der Thomas-Mann-Kastanie. Sie hatte eine blaue Outdoorjacke von Friedrich an, die ihr viel zu groß war, aber den besten Schutz gegen die Kälte bot, welche sich seit gestern unerbittlich hielt. Sie trug noch immer den Verband über dem linken Auge und kam sich vor wie ein Pirat. Fröstelnd legte Elise den Kopf in den Nacken und sah zu den schnell vorbeiziehenden Wolken auf, vor denen sich die Äste der durch den Blitzeinschlag gespaltenen Kastanie wie die Arme eines Skeletts abzeichneten. Die gleichen Gefühle wie am Tag ihrer Ankunft überkamen sie. Die knorrigen Zweige schienen ihr ein Abbild ihrer Ängste, ihrer Zweifel, aber auch ihrer Hoffnungen. Vor ein paar Tagen war sie achtundfünfzig Jahre alt geworden, mehr als ein halbes Jahrhundert, und die meiste Zeit davon hatte sie hier verbracht.

Ein kräftiger Windstoß fuhr Elise ins Gesicht, sie senkte den Kopf, und trotz der Kälte breitete sich eine Wärme in ihr aus. Jakob lebte, das stand für sie fest seit dem jüngsten Brief, den sie bestimmt ein Dutzend Mal gelesen hatte. Vielleicht würde sie ihn heute endlich wiedersehen. Wo er wohl all die Jahre gesteckt hatte? Und warum nahm er erst jetzt Kontakt zu ihr auf? Ganz egal, was er berichten würde, das, was zählte, war, ihn endlich wieder in ihrer Nähe zu haben.

Das Geräusch von Autoreifen auf dem Kopfsteinpflaster ließ sie aufblicken. Hennings VW näherte sich von der Sprevelsricher Landstraße aus dem Dorfplatz. Er drosselte die Geschwindigkeit und parkte neben der Bushaltestelle, die längst außer Betrieb war. Im Inneren des Wagens saßen neben Henning Elises Mutter und ihr Großvater. Henning hatte sie aus dem Möwengrund abgeholt. Er ging um den VW herum und half Christa beim Aussteigen. Willi blieb sitzen, als würde er auf etwas warten. Schließlich schnallte er sich ab, öffnete die Tür und trat auf die Straße. Dann griff er in die Gesäßtasche seiner Hose, zog einen Stielkamm heraus und fuhr sich damit durch die Haare. Dabei glitt ihm der Kamm aus der Hand und fiel auf das Kopfsteinpflaster. Willi bückte sich umständlich und trat aus Versehen auf den Kamm. Mit einem leisen Knacken zerbrach das Plastik unter seinem Stiefel. Fluchend steckte Willi die beiden Teile in seine Hose.

Friedrich trat vor die Tür des Kastanienhofs und begrüßte die Angekommenen.

Der Wind fuhr unter Elises Kapuze. Sie drehte den Kopf nach links. Wo die anderen nur blieben? Gleich war es zehn Uhr.

Friedrich legte die Hände trichterförmig an den Mund. «Elise, komm rein, wir warten drinnen. Du musst dich noch von der Operation erholen, da solltest du keine Erkältung riskieren.»

Im Kastanienhof war es angenehm warm, der Duft nach Kaffee erfüllte die Gaststube. Christa hatte in Sprevelsrich Kuchen gekauft, und für einen Augenblick glaubte Elise, sie würden ein gemütliches Kaffeekränzchen abhalten und hätten sich nicht hier eingefunden, um die Wahrheit über den Tod von Karl und das Verschwinden von Jakob zu erfahren. Willi saß am ehemaligen Stammtisch. Er sah so bekümmert auf seinen zerbrochenen Kamm, als wäre es die Urne seiner Frau Agathe, die er vor vielen Jahren auf dem Friedhof in die Erde gelassen hatte. Christa neben ihm strich mit langsamen Bewegungen über das Einschlagpapier des riesigen Kuchenpaketes auf ihrem Schoß und hatte feuchte Augen. Henning kam gerade mit einem Tablett mit Tassen, einer Kanne und einer Flasche Milch aus der Küche, während Friedrich mit einem Staubwedel nervös über das vergoldete Hirschgeweih über der Tür fuhr.

Marina stand neben Elise am Fenster. «Hast du die Zeitung gelesen? Sie wollen das Dorf wirklich plattmachen.»

«Was sagst du?», fragte Elise abwesend.

Marina blickte ihre Freundin irritiert an. «Du denkst an Jakob, oder? Wartest du auf ihn?»

«Er ist sicher gleich da. Vielleicht verspätet er sich wegen des Wetters.» Schwach deutete Elise zum Himmel, der inzwischen von schweren Wolken verhangen war.

«Immer ehrlich, das haben wir uns mal versprochen, erinnerst du dich?»

Ruckartig drehte Elise den Kopf in Marinas Richtung.

«Ich weiß nicht, ob du dich da nicht vielleicht in etwas verrannt hast», sagte Marina. «Ich bin mir nicht sicher, ob Jakob der Briefeschreiber ist.»

«Aber», Elise blickte Marina irritiert an, «du hast es doch selbst gelesen. Tief ist der Brunnen der Vergangenheit. Thomas Mann, die Geschichte des Jaakob, das ist kein Zufall ... das hat doch alles in dem Brief gestanden.»

«Richtig. Und ich wünsche es dir, dass Jakob gleich hereinkommmt und alles aufklären wird. Aber erstens ist Ludwig auch noch immer nicht aufgetaucht, er könnte genauso gut dahinterstecken. Und zweitens: Hast du mal daran gedacht, was es in Bezug auf deinen Vater bedeuten würde, wenn Jakob diese Briefe tatsächlich geschrieben hätte?»

Elise presste die Lippen so fest aufeinander, als wollte sie verhindern, dass die Worte, die ihr durch den Kopf gingen, nach draußen gelangten.

«Wenn Jakob der Unbekannte ist», fuhr Marina leise fort, «dann ist er für den Tod deines Vaters verantwortlich. Dann ist Jakob ein Mörder.»

Gerade als Elise etwas erwidern wollte, wurde die Tür des Kastanienhofs geöffnet.

Alle blickten zur Tür, um eine alte Frau eintreten zu

sehen. Sie stützte sich auf einen Gehstock und hatte einen kreisförmigen Anstecker am Mantel, auf dessen gelbem Grund drei schwarze Punkte abgebildet waren.

«Bin ich zu spät?», fragte sie, und Elise erkannte nur an der Stimme, wer gerade gekommen war. Neben dem Tresen stand Frieda.

Elise löste sich vom Fenster und fiel ihr um den Hals.

«Was machst du denn hier?»

«Nun mal langsam, Kindchen, eine steinalte Frau kannst du doch nicht so überfallen, ich bin achtundachtzig. Auch wenn das zwei Mal das Zeichen für Unendlichkeit ist, das wird wohl nichts. In meinem Fall nicht und in allen anderen noch weniger.» Frieda kniff Elise in die Wange und lächelte sie warm an. Ihr zerfurchtes Gesicht ließ sie fremd aussehen, aber ihre Augen waren die von früher.

«Woher wusstest du, dass wir heute hier sind?», fragte Elise.

Frieda deutete auf Henning, der gerade eine Kaffeetasse an die Lippen führte. «Die Polizei, dein Freund und Helfer.»

Elises Blick fiel auf den Anstecker an Friedas Mantel, sie tippte dagegen. «Bist du ...»

«Nein, nur sehbehindert. Henning hat mir am Telefon das mit deiner Augen-OP erzählt. Ich weiß sehr gut, was der drohende Verlust der Sehfähigkeit bedeutet. Ist alles gut verlaufen?» Frieda begann, ihren Mantel aufzuknöpfen.

Elise nickte abwesend. Sie war mit den Gedanken schon wieder bei Jakob. Wie er sich wohl verändert hatte in den letzten dreißig Jahren? Würde er graue Haare haben oder gar keine?

«Wie spät ist es?»

«Eine Minute vor zehn», sagte Christa. Als sie das Kuchenpaket auf den Tisch legte, stand Willi auf und warf seinen kaputten Kamm in den Mülleimer hinter dem Tresen.

Gebannt sahen alle zur Uhr an der Wand und schwiegen. Unerträglich langsam legte der Sekundenzeiger die letzte Runde zurück. Als er auf der Zwölf angekommen war, rückte der Stundenzeiger mit einem metallischen Klacken auf die Zehn. Auf dieses Signal hin drehten die Anwesenden die Köpfe zur Tür. Nichts tat sich. Eine Minute verging, bis Henning sich schließlich räusperte.

«Vielleicht sollte jemand nach draußen gehen? Der Unbekannte kann ja nicht wissen, dass wir hier drinnen auf ihn warten.» Er griff nach seiner Jacke, die über einer Stuhllehne hing.

«Nicht nötig.» Friedrich legte den Staubwedel zur Seite. «Wir sind vollzählig.»

Alle saßen am Stammtisch, Friedrich hatte die Augen starr auf die Mappe vor sich gerichtet, die er aus einer Schublade hinter dem Tresen geholt hatte. Mit bebender Stimme ergriff er das Wort.

«Ich bin der Unbekannte.»

Alle sahen ihn erstaunt an, Marina rutschte ein unterdrückter Lacher heraus. «Komm schon, was soll das?»

«Es ist die Wahrheit.»

Elise wurde schlagartig schlecht, hinter ihrer Stirn begann es zu kribbeln, als würde dort ein Ameisenvolk von innen gegen ihren Schädel drücken. Sie schlug sich die Hand vor den Mund. Friedrich war der Unbekannte? Das bedeutete, dass Jakob nicht kommen würde. Dass sie ihn vielleicht nie wiedersehen würde; dass er womöglich tatsächlich tot war. Sie hoffte, dass Friedrichs Satz sich als Missverständnis herausstellen würde. Zitternd und den Tränen nahe atmete sie tief durch.

Niemand sagte etwas, alle blickten Friedrich erwartungsvoll an.

Kehlig räusperte er sich. «Sechster September 1990. Ich habe dieses Blatt nicht ohne Grund auf dem Kalender ganz oben gelassen.» Friedrichs tiefe Bassstimme, in der ein Tremolo lag, das Elise noch nie von ihm gehört hatte, schien von weit her zu kommen. «Johannes R. Becher. Ich zitiere: Indem wir nach rückwärts blicken, blicken wir gleichzeitig um uns in der Zeit, in der wir selbst stehen, und erheben den Blick über diese Zeit hinaus auf das Zukünftige. Ohne Rückblick bietet sich uns auch kein Einblick in das Gegenwärtige und kein Blick über uns selbst in die Zukunft hinaus.»

«Was hat das zu bedeuten?», fragte Henning unwirsch.

Friedrich schlug seine Mappe auf und nahm einen vergilbten Zettel heraus. Er zögerte kurz, betrachtete den Zettel und legte ihn dann auf das Kalenderblatt.

Henning hob das Blatt hoch und las vor: «Hiermit verpflichte ich mich, das Ministerium für Staatssicherheit in der Erfüllung seiner Aufgaben nach bestem Wissen und Gewissen zu unterstützen.» Ungläubig sah er seinen Vater an, bevor er fortfuhr. «Mir ist bekannt, dass die Gegner der DDR jedes Mittel in Anwendung bringen, um den Sozialismus zu zerstören. Ich verpflichte mich daher ...»

Elise begann zu weinen.

«Ich weiß nicht, was ich sagen soll.» Marinas Stimme klang fassungslos.

«Was soll man dazu schon sagen.» Frieda legte ihre knochige Hand auf die Tischplatte. «Ich denke, Friedrich schuldet uns ein paar Erklärungen.»

«Es begann ein paar Jahre nach Doras Tod. Ich wurde gebeten, dabei zu helfen, Leute rauszubringen. Sie sollten hier im Kastanienhof unterkommen, für eine Nacht oder zwei. So wurde ich Teil eines größeren Fluchthelferrings. Ich wusste kaum etwas über die Mitglieder. Aus Sicherheitsgründen wusste ein Glied der Kette so wenig wie möglich von den anderen. Jeder hatte eine bestimmte Funktion. Ich war Läufer. Ich bin in die Sache einfach reingerutscht. Nach Doras Tod war das Leben so sinnentleert für mich, und dann … endlich hatte es wieder Bedeutung, endlich konnte ich etwas Gutes tun, endlich wurde ich gebraucht.» Friedrich stand auf, ging zum Tresen und kam mit einer Flasche Aquavit zurück.

«Das war es ja auch, etwas Gutes, ich meine, die Fluchthilfe jedenfalls», sagte Willi.

«Was ist ein Läufer?», wollte Henning wissen.

«Ich habe die Fluchtwilligen von hier aus zum Ufer der Ostsee gebracht. Manchmal habe ich noch Schlauchboote aufgebaut und ein paar Anweisungen gegeben.» Friedrichs Augen waren wässrig, seine Hände zitterten.

Marina war aufgesprungen und baute sich vor Friedrich auf: «Das mit der Fluchthilfe ist ja schön und gut, aber was hat das bitte mit der Stasi zu tun?»

«Und Jakob und mein Vater?», fragte Elise mit eisiger Stimme.

«Lasst es mich erklären», bat Friedrich. «Die Geschichte ist komplexer. Karl … Karl hat mir geholfen.»

«Nein!» Christa schlug sich die Hand vor den Mund.

«Er hat herausgefunden, was ich mache, und angeboten zu helfen. Regelrecht aufgedrängt hat er sich. Ihr wisst selbst, wie es ihm ging, als sein Hochstand und sein Posten weg waren. Er hat seinen Kummer in Alkohol ertränkt.»

Elise nickte. «Das wissen wir. Aber noch mal, was hat die Stasi mit der Fluchthilfe zu tun?»

Friedrich griff nach der Verpflichtungserklärung und blickte seinen Sohn an. «Es war wegen Henning, sie haben mich erpresst. Der Fluchthelferring muss aufgeflogen sein, oder es gab eine undichte Stelle. Erst dachte ich, Ludwig hätte etwas mitbekommen und mich verraten, aber gegen die war er ein Stümper. Die waren knallhart, standen eines Abends einfach vor der Tür. Entweder, Sie gestehen, oder wir sorgen dafür, dass Ihr Sohn nie wieder einen Fuß auf den Boden bekommt, haben sie gedroht.»

«Aha.» Marina runzelte die Stirn.

«Ich habe auf meinem Anrufbeantworter oben die Nachricht eines alten Kollegen, die beweist, dass ich mich nicht freiwillig zu einer Zusammenarbeit angeboten habe. Die kann ich euch gerne vorspielen, wenn ihr mir nicht glaubt.» Mit beiden Fäusten wischte sich Friedrich über das Gesicht. Er wirkte verzweifelt. «Sie haben gedroht, Henning bei der Polizei rauszuschmeißen, wenn ich nicht kooperieren würde. Ich hab doch gesehen, wie es mit Karl bergab ging, nachdem er seine Tage mit Kanalarbeiten verbringen musste. Das wollte ich Henning ersparen. Er hatte die traumatischen Erfahrungen bei der NVA gerade erst verarbeitet.»

«Jetzt ist aber mal Schluss.» Christa sah Friedrich in die Augen. «Warum hast du meinen Karl umgebracht?»

Friedrichs Blick ging ins Nichts.

«Er soll Karl umgebracht haben, wie kommst du denn darauf?» Willi nestelte an den Knöpfen seines karierten Hemdes.

Friedrich goss ein wenig von dem Aquavit in ein Glas, dann sprach weiter. «An dem Tag, als Karl von der Leiter gefallen ist, sollte der Ring in der Nacht hochgenommen werden. Die geplante Fluchtaktion war eine Finte, das habe ich aber erst später erfahren. Was hätte ich tun sollen? Sie hätten Karl verhaftet und für Jahre ins Gefängnis gesteckt.»

«Und was hast du getan?» Elise zitterte.

Eine Schweißperle fiel von Friedrichs Stirn und landete auf seiner Verpflichtungserklärung. «Ich habe ihm Faustan in die Bratkartoffeln gemischt.»

Christa sackte zusammen, alle Kraft war aus ihrem Körper gewichen.

«Ich wollte, dass er das Treffen mit den falschen Fluchtwilligen verschläft, und ihn so vor einer Verhaftung bewahren. Es kann sein, dass ich es mit der Dosis übertrieben habe, aber ich wollte auf Nummer sicher gehen.»

Friedrich setzte sein Glas an die Lippen und leerte es in einem Zug. Für eine Weile schwiegen alle, nur das Ticken der Uhr an der Wand war zu hören.

Henning ergriff als Erster das Wort. «Dann hat sich Franziskas Drachen in der Kastanie verfangen, Karl ist raus, um zu helfen.»

Willis Lippen waren blass und bildeten einen auffälligen Kontrast zu seinen dunklen Haaren. «Hat er im Rausgehen nach dem Glas gegriffen, das auf dem Stammtisch stand? Ich glaube, das war meins, er muss es verwechselt haben …»

Friedrich nickte und sah auf das leere Glas in seiner

Hand. «Faustan mit Alkohol ergibt eine unberechenbare Mischung. Wahrscheinlich lag es daran. Karl hat auf der Leiter das Gleichgewicht verloren und ist gestürzt.»

Wieder schwiegen alle.

«Warum jetzt?», wollte Frieda dann wissen.

Seufzend blickte Friedrich zu dem goldenen Geweih über der Tür. «Ich wollte das Geheimnis und mein schlechtes Gewissen nicht mit in den Tod nehmen. Bei mir besteht der Verdacht auf Prostatakrebs, sie haben bereits eine Gewebeprobe entnommen, ich warte jeden Tag auf die Ergebnisse der Biopsie.»

«Was?» Henning blickte entsetzt auf.

«Ja. Und dann das Dorf ... Das war alles zu viel. Ich wollte reinen Tisch machen. Mir ist klar, wie albern diese Sache mit den Briefen war, aber ich wusste einfach nicht, wie ich es anstellen sollte ... wie ich das alles erklären sollte.» Er suchte Elises Blick. «Vor allem die Sache mit Jakob.»

«Was ist mit ihm?» Pfeilschnell richtete sich Elise auf. «Was weißt du über sein Verschwinden?»

«Ich weiß alles. Das ist das Geheimnis, das mir über die Jahre zur schwersten Last geworden ist.» Friedrich goss sich nach. «Diese Aktion, bei der der Fluchthelferring hochgehen sollte, wurde im letzten Moment abgeblasen. Warum, das habe ich nie in Erfahrung bringen können. Sie haben es später noch einmal versucht, aber ich habe immer unzuverlässiger berichtet, und dann haben sie wohl nach und nach das Interesse an mir verloren und mich irgendwann in Ruhe gelassen. Aber dann kam eines Tages Jakob zu mir.»

Elise stöhnte klagend auf.

«Er hatte einen Brief von seiner Mutter bekommen. Sie

war so lange verschwunden gewesen, dass niemand mehr damit gerechnet hatte, dass sie sich noch einmal melden würde. Nur Jakob hatte die Hoffnung nie aufgegeben. Es war ihr gelungen, in den Westen zu fliehen. Offenbar ist sie dort endlich zur Ruhe gekommen und hatte eine feste Anstellung. Und sie hat ihn gebeten, zu ihr zu kommen.» Friedrich drehte den Kopf und blickte zu Elise. «Er hat es sich nicht leichtgemacht. Sein Leben lang hatte er Sehnsucht nach seiner Mutter, nach Jahren des Schweigens hatte sie sich endlich gemeldet. Jakob steckte in einem großen Zwiespalt. Er wollte bei ihr sein, genauso wie bei dir, Elise.»

Henning stand auf und begann, im Gastraum auf und ab zu laufen.

«Er erzählte mir, dass er dir eine Nachricht geschrieben und um ein Treffen gebeten hatte. Er wollte um deine Hand anhalten. Doch dann hat er dich und Henning in inniger Umarmung gesehen und entschieden, dass er sich nicht zwischen euch drängen darf. Und damit war auch die Entscheidung gefallen, seiner Mutter in den Westen zu folgen.»

Henning blieb stehen. «Wann war das?»

«Am Tag von Karls Unfall.»

Elise nickte nachdenklich. «Da war ich in Sprevelsrich am Bahnhof. Ich war mit Jakob verabredet. Aber er ist nicht gekommen. Stattdessen war Henning plötzlich da und hat mir vom Tod meines Vaters erzählt.»

Schluchzend rieb sich Christa über die Augen. «Wie ging es weiter?»

«Jakob hat mich gefragt, ob ich ihn über die Grenze bringen kann, und ich habe zugestimmt.»

«Man könnte meinen, du wolltest den Nebenbuhler deines Sohnes loswerden», sagte Frieda. «Das passt gar nicht zu dir.»

«So war es nicht. Ich habe selbst einen Sohn, der ohne Mutter aufgewachsen ist, und ich weiß, wie schrecklich das ist. Ich wollte etwas Gutes tun nach dem Fehler mit Karl.»

Frieda nickte.

«Jakob sollte von einem Mittelsmann in der Lübecker Bucht in Empfang genommen werden. Aber er ist nie dort angekommen. Ich habe so sehr gehofft, nach der Wende von Jakob zu hören, bestimmt so sehr wie du, Elise.» Er sah sie an, dann verlor sich sein müder Blick in der Ferne. «Ihr könnt euch nicht vorstellen, welche Vorwürfe ich mir mache.»

Elise stand auf, um sich ein Glas Wasser zu holen, doch plötzlich wurde ihr schwindelig, und die Beine gaben nach. Mit einem Satz war Marina bei ihr. Sie streichelte ihrer Freundin über den Rücken und fragte an Friedrich gewandt: «Woher hast du das Foto, das in deinem Brief war?»

«Das hatte Jakob bei seiner Flucht dabei. Am nächsten Tag habe ich es am Ufer gefunden und behalten. Entschuldigt mich kurz.»

Friedrich stand auf und lief die Treppen nach oben. Als er zurückkam, hatte er eine kleine Schachtel in der Hand, die er Elise reichte. Langsam klappte sie den Deckel auf und sah zwei goldene Ringe.

«Jakob hat mich gebeten, sie dir zu geben. Das sind Ottos und Almas Verlobungsringe. Die waren für euch gedacht.»

Henning, der mittlerweile hinter der Bar stand, legte

die Stirn in Falten und begann, mit einem Geschirrtuch den Tresen zu polieren. Geräuschvoll putzte sich Christa die Nase, und Elise starrte auf die Ringe in ihrem Schoß. Tränen liefen über ihre Wangen.

«Was für eine vertrackte Situation», sagte Willi. «Aber wisst ihr, was Elvis zu dem Thema gemeint hat? We can't go on together with suspicious minds. And we can't build our dreams on suspicious minds.»

Verhalten hustete Frieda. «Eine fast blinde, fast neunzigjährige Fleischerin aus der DDR braucht dafür eine Übersetzung.»

«Wir können unsere Träume nicht auf Misstrauen aufbauen, wir ...»

In diesem Augenblick ging die Tür auf, und ein Mann trat in die Gaststube. Die Anwesenden trauten ihren Augen kaum: Es war Ludwig Lehmann, der ehemalige Bürgermeister. Er durchmaß mit unsicherem Gesichtsausdruck den Raum.

«Woher ...?» Friedrich legte die Stirn in Falten.

Ludwig winkte ab, seine Hände waren mit Altersflecken übersät. «Ich wohne jetzt im Westen, stellt euch das vor!»

Marina verschränkte die Arme vor dem Oberkörper. «Wir dachten, du lebst in Dürrhöhe.»

«Nicht mehr. Soweit ich weiß, haust da ein obdachloser Mann. Inzwischen bin ich so alt, dass ich auf einen gewissen Komfort nicht mehr verzichten kann, warmes Wasser zum Beispiel. Seit einigen Jahren wohne ich in Kleinburg, beim ehemaligen Klassenfeind, wer hätte das gedacht. Aus der Zeitung habe ich vom anstehenden Abriss unseres Dorfes gehört, das hat mir keine Ruhe gelassen. Da sieht man mal, wohin uns der Kapitalismus geführt hat. Ich habe einen Spaziergang durch unser schönes altes Dorf gemacht und gesehen, dass bei euch Licht brennt. Was macht ihr alle hier?»

«Das ist eine lange Geschichte. Und eine traurige.» Friedrich stand auf, schob einen Stuhl vor die Tür, stieg darauf, nahm das goldene Hirschgeweih ab und legte es auf den Tresen. Mit hängendem Kopf ging er auf die gegenüberliegende Seite, hob die beiden ausgestopften Feldhamster vom Kaminsims und legte sie ebenfalls auf den Tresen. Schließlich zog er die Angel aus der Wandhalterung und lief zum Abreißkalender.

«Was um alles in der Welt machst du da?», fragte Henning.

«Wonach sieht es denn aus? Ich habe gestanden, was ich zu gestehen hatte, unser Dorf wird abgerissen, und auch meine Tage sind gezählt. Der Kastanienhof wird für immer verschwinden.»

Elise klappte die Schachtel mit den Ringen zu. «Mir schwirrt der Kopf, ich glaube, auch mir würde ein Spaziergang guttun. Wir werden vermutlich nie wieder so zusammenkommen, auch wenn der Grund dafür so traurig ist. Wollen wir noch eine letzte Runde drehen?»

Alle Anwesenden nickten.

Auf dem Dorfplatz herrschte eine gespenstische Stille. Kleine Eiskristalle fielen vom Himmel. Elise, Henning, Marina, Christa, Frieda, Willi und Ludwig liefen los. Friedrich blieb zurück. Nach wenigen Schritten waren sie vor dem ehemaligen Konsum angekommen. *Quelle* stand kaum noch leserlich über dem zerkratzten Schaufenster. Willi blieb stehen, streckte die Hand aus, legte sie gegen die Scheibe und schwieg. Elise hatte für einen Moment den Eindruck, sie könnte das Rattern ihrer Nähmaschine im Keller hören. Sie schüttelte den Kopf, riss sich vom Anblick des Konsums los und ging weiter zur Bäckerei.

Frieda stellte sich neben sie und deutete auf ein Fenster. «Dort hat dein Leben begonnen.»

Beklommen nickte Elise, hakte Frieda unter und ging mit ihr die wenigen Meter zur Fleischerei. «Und hier hat sich deins die meiste Zeit abgespielt. Wie ist es denn eigentlich in Lübeck?»

«Ach Kindchen, es ist schön, aber nicht dasselbe. Peleroich fehlt mir schon.»

Der Eisregen wurde stärker. Die beiden Frauen gingen weiter zur Thomas-Mann-Kastanie, die anderen folgten ihnen in Grüppchen.

Elise sah an der Fassade der Kirche empor und las, was auf dem Schild stand, das über der Tür hing. *Stoppelfest – 12./13. August 1999.* Unwillkürlich liefen Ereignisse aus ihrer Zeit in Peleroich wie ein Film vor ihrem inneren Auge ab. In etlichen Szenen spielte Jakob die Hauptrolle. Jakob, der seit so vielen Jahren tot war, aber immer noch in ihrem Herzen lebte. Jakob als Neunjähriger während der Fußballweltmeisterschaft im Kastanienhof; im Zug auf dem Weg nach Berlin zum zwanzigsten Jahrestag der Republik; Jakob, als er erfahren hatte, dass seine Mutter verschwunden war; Jakob auf der Feier nach der Jugendweihe, als er sich mit Henning geprügelt hatte; Jakobs Briefe aus Berlin; Jakob und sie im Katastrophenwinter; Jakobs Rückkehr nach Peleroich; der Besuch im Kino, der Zille-Film, der Kuss, sein Zettel, sein Verschwinden, die Verlobungsringe ... Eine fatale Verkettung von unglücklichen Ereignissen, falschen Entscheidungen und Missverständnissen hatte dazu geführt, dass er am Ende nicht bei ihr geblieben, sondern vermutlich auf der Flucht gestorben war.

«Nun ist es also so weit», unterbrach Friedrich Elises Gedanken.

Marina, Christa und Ludwig, die noch einen Schlenker zum ehemaligen Kulturhaus gemacht hatten, kamen zur Dorfmitte.

«Was meinst du?» Elise sah Friedrich skeptisch an.

Anstatt zu antworten, zog Friedrich ein Schlüsselbund aus der Tasche, ging zum Kastanienhof und schloss die Tür zwei Mal ab. Dann drehte er sich um und rief in den Regen: «Die Geschichte von Peleroich ist hier zu Ende.»

Kapitel 31

Paris, 2018

So, meine Sonne, das war's. Alles ist verpackt.» Tarek schloss den Deckel des Umzugskartons und wischte sich die Hände an seiner Hose ab. «Ich würde dir so gerne etwas Tröstliches sagen, aber mir fällt nichts ein.»

Elise saß auf einem Hocker neben dem Fenster. Mit beiden Händen hielt sie eine dampfende Teetasse umschlossen. Die Boutique war fast leergeräumt. Nur der Untertisch der alten Singer-Nähmaschine stand noch an seinem Platz. Um ihn herum stapelten sich Kartons, in die Tarek und Elise die Kleider, Taschen, Schals und Tücher gepackt hatten. Über dem gold gerahmten Spiegel hing ein weißes Tuch, an den kahlen Wänden zeichneten sich die Umrisse der abgebauten Regale ab.

Elise stieß einen leisen Seufzer aus. «Dass dir mal die Worte fehlen, zeigt den Ernst der Lage. Sonst hast du doch auch immer ein Sprichwort auf Lager.»

Tarek legte die Stirn in Falten und fuhr sich über die

grauen Koteletten. Dann räusperte er sich und verkündete: «Nichts in der Welt ist schwierig, es sind nur unsere Gedanken, welche den Dingen den Anschein geben.»

Elise lachte bitter auf. «Nach allem, was passiert ist, klingt das wie blanker Hohn.»

Kurz nach Friedrichs dramatischen Enthüllungen in Peleroich war sie nach Paris zurückgekehrt. Es hatte eine Weile gedauert, bis sie auch nur ansatzweise verdaut hatte, was sie gehört hatte. Aber viel Zeit zum Nachdenken war ihr nicht geblieben. Sie hatte die Kündigung nicht abwenden können und musste nun ihre Boutique räumen. Vorsichtig stellte Elise die Teetasse ab und ging zur Wand hinter der Nähmaschine, an der das Bild hing, das Jakob ihr vor vielen Jahren geschenkt hatte. Sie nahm es ab und legte es auf die oberste Kiste. Zärtlich strich sie über die Leinwand, die mit den Jahren langsam verblichen war.

«Kannst du es Friedrich jemals verzeihen?», fragte Tarek. «Ich meine, er hat Mitschuld am Tod des Mannes, den du geliebt hast.»

Elise schaute lange auf das Bild, bevor sie antwortete. «Ich hatte noch gar keine Zeit, so richtig über die ganze Sache nachzudenken. Aber ja, ich glaube, ich kann ihm verzeihen. Das mit meinem Vater war ein schrecklicher Unfall. Friedrich wollte ihn schützen. Und er wollte, dass es Jakob gutgeht. Er dachte, er kann ihm helfen. Dennoch, ich wünschte, es wäre anders gekommen. Mein Vater ist gestorben, Jakob ist gestorben, in Peleroich sind die Abrissarbeiten in vollem Gange.»

«Was ist nun mit Friedrich und Henning?»

«Sie haben eine Übergangswohnung in einem Neubaublock in Sprevelsrich zugewiesen bekommen. Sie haben ihr Zuhause verloren. Und ich auch, obwohl ich schon so lange in Paris lebe, fühlt es sich so an, als hätte ich meine Wurzeln verloren.»

Langsam machte Tarek einen Schritt auf Elise zu und umarmte sie. Als sie sich voneinander lösten, lag ein weicher Glanz in Tareks Augen.

«Man kann neue Wurzeln schlagen, Elise.» Er streichelte ihr über die Wange und flüsterte zärtlich. «Hier ist jetzt deine Heimat, und ich bin für dich da. Ich bin Teil deiner Heimat, und, meine Sonne, ich will dir schon lange …»

Die Tür der Boutique wurde geöffnet, Tarek und Elise fuhren herum. Ein Mann stand im Türrahmen. Er trug einen eleganten Mantel, Lederhandschuhe, einen Hut und sah aus, als wäre er einem Nouvelle-Vague-Film entsprungen. «Bonjour, Henri Mercier von Barne Immo. Ich wollte mal nach dem Rechten sehen. Kommen Sie gut voran? Klappt die Übergabe termingerecht?»

Wütend verschränkte Elise die Arme vor der Brust. Dieser Immobilienhai hatte vielleicht Nerven, hier einfach so aufzutauchen, als wollte er übers Wetter plaudern, wo er doch dafür verantwortlich war, dass sie ihre Boutique aufgeben und sich arbeitslos melden musste. Die Chancen, in ihrem Alter und ohne finanzielle Rücklagen in einer Stadt wie Paris etwas Neues zu finden, waren mehr als schlecht.

«Wie Sie sehen.» Tareks Stimme war kühl. Er wies auf die Umzugskartons.

«Ich weiß, dass die Situation unangenehm für Sie ist, aber ich bin ja nicht die Wohlfahrt, ich muss selbst sehen, wo ich bleibe. Und die wirtschaftliche Lage im Land ist nicht gerade rosig. Eine kleine Boutique rentiert sich einfach nicht. Wenn ich das Objekt an eine Modekette vermiete, kann ich mehr Geld verlangen.»

Elise ging zum Fenster, sie ertrug es nicht, diesen Mann länger anzusehen.

«Was ist das für ein Gemälde?»

Als Elise sich umdrehte, hielt Monsieur Mercier Jakobs Bild bereits in der Hand. Sie hätte es am liebsten an sich gerissen, konnte sich aber im letzten Moment beherrschen.

«Das ist ein Palendinger aus den frühen achtziger Jahren», presste sie hervor.

«Mon dieu, Harald Palendinger aus der DDR, der aus Leipzig?»

Verwundert nickte Elise. Woher kannte ihr französischer Vermieter den Namen eines DDR-Malers?

Behutsam legte Mercier das Bild zurück auf den Karton und streifte seine Handschuhe über. «Ist es signiert?»

«Ja, auf der Rückseite. Aber was geht Sie das an?»

«Nun, ich bin neben meiner Immobilientätigkeit auch im Kunstbetrieb tätig. Harald Palendingers Bilder sind eine Menge Geld wert, ils valent de l'or. Ich glaube sogar, dass ich dieses Bild aus einem Katalog kenne, es galt als verschollen.»

Tarek schob die Hände in die Hosentaschen und trat einen Schritt vor. «Madame Petersen und ich würden jetzt gerne allein sein. Wenn Sie keine Fragen mehr haben, dann bitte ich Sie zu gehen. Die Boutique kann, wie vereinbart, zum zweiten Januar, übergeben werden.»

«Würden Sie verkaufen?»

«Ich verstehe nicht?», erwiderte Tarek.

«Sie meine ich nicht. Madame Petersen, würden Sie mir das Bild verkaufen?»

Elise dachte, Monsieur Mercier würde einen Scherz machen, aber er verzog keine Miene und schaute ihr direkt in die Augen. Sie schwieg.

«Une main lave l'autre, Madame, eine Hand wäscht die andere. Es klingt ungewöhnlich, aber wir könnten ein Tauschgeschäft machen. Sie dürfen die Boutique für die nächsten fünf Jahre behalten, und ich bekomme als Gegenleistung das Bild.»

Nachdenklich schloss Elise die Augen. Das Bild war, neben den beiden Ringen, die Friedrich ihr gegeben hatte, die einzige greifbare Verbindung zu Jakob. Er hatte es ihr an dem Tag geschenkt, als sie sich zum ersten Mal geküsst hatten. Es hatte erst in ihrem Zimmer, dann im Atelier im Keller des Konsums und schließlich viele Jahre hier gehangen. Sollte sie ihre Erinnerungen verkaufen? Sollte sie eine Sache, deren Wert höher war als alles Geld der Welt, eintauschen für den Erhalt ihrer Boutique?

«Sie müssen es nicht gleich entscheiden. Ich gebe Ihnen Bedenkzeit», sagte Monsieur Mercier.

«Ich hatte es vierunddreißig Jahre bei mir und hänge sehr daran, ich weiß nicht ...»

Tarek griff nach Elises Hand. «Du hast Zeit, entscheide nicht, bevor du dir die Sache nicht durch den Kopf gehen lassen hast.»

«Genau. Es könnte vielleicht vorerst hier hängen bleiben.» Mercier setzte seinen Hut wieder auf. «Wir sehen uns dann übermorgen. Au revoir.»

Als die Tür ins Schloss gefallen war, ging Tarek zu dem Bild und betrachtete es eingehend. Schließlich räusperte er sich. «Wer keine Wunder versteht, der versteht auch keine langen Erklärungen.»

Elise stellte sich zu ihm und fixierte ebenfalls das Bild, das Jakob ihr einst geschenkt hatte. Vielleicht war es an der Zeit, nach vorne zu schauen und das Alte loszulassen. «Ich habe mich entschieden», sagte Elise und griff nach Tareks Hand.

Epilog
Peleroich, 4. Mai 1984

Bist du dir wirklich sicher?» Friedrich klemmte sich eine Zigarette zwischen die Lippen und sah Jakob durchdringend an.

Jakob schob die Hände in seine Jackentaschen. Seine Fingerspitzen fuhren zärtlich über das zerlesene Papier des Briefes, der vor einer Woche angekommen war. Er nickte.

«Und dein Großvater?»

Zögernd nahm Jakob die Hände aus den Taschen. «Ich weiß, was er für mich getan hat all die Jahre und bin ihm dafür unendlich dankbar. Ich versuche, mich bei ihm zu melden, sobald ich drüben bin. Seit ich ein kleiner Junge war, habe ich auf ein Zeichen von meiner Mutter gewartet. Als ich sie das letzte Mal gesehen habe, da hat sie es mir versprochen. Da muss ich zehn gewesen sein, und ich erinnere mich noch, als wäre es gestern gewesen.» Erneut fuhr Jakob mit der Hand in seine Tasche und zog den Umschlag heraus. «Sie bittet mich, zu ihr zu kommen, sie will noch einmal neu anfangen, sie hat erkannt, was sie falsch gemacht hat. Endlich kann ich bei ihr sein, endlich in Freiheit. Ich kann Kunst machen und vielleicht sogar noch einmal studieren. Warum sollte ich nicht das Recht haben, glücklich zu sein und mein Leben so zu leben, wie ich es mir wünsche?»

Friedrich seufzte.

Jakob zog ein Foto aus dem Umschlag. Es zeigte ihn und seine Mutter. «Es gibt noch einen Grund, aber ich bin nicht sicher, ob ich ausgerechnet mit dir darüber reden sollte.»

Friedrich, der ans Fenster getreten war und besorgt in den Nachthimmel schaute, drehte sich langsam um. «Nur zu, im Bewahren von Geheimnissen bin ich seit Jahren trainiert.»

«Es ist wegen Elise.»

Fragend sah Friedrich ihn an.

«Ich weiß, Henning und sie ..., aber dennoch, wir beide sind uns nähergekommen. Ich habe ihr gesagt, dass ich mit ihr zusammen sein will. Ich dachte, sie will es auch. Dann kam der 1. Mai. Wir waren verabredet, aber ...» Jakob griff nach dem Wodka, der auf dem Tresen stand. «Ich wollte um ihre Hand anhalten.» Er setzte die Flasche an die Lippen.

«Lass den Alkohol lieber stehen, du brauchst einen klaren Kopf. Aber Henning und Elise sind doch ... und Franziska?»

Jakob taumelte, er musste sich am Tresen festhalten. «Das war egoistisch, ich wollte nie jemandem weh tun. Aber sie ist die Liebe meines Lebens, ich konnte es nicht mehr leugnen. Jedenfalls, unser Treffen ... ich kam gerade an, ging auf sie zu ... Sie sieht mich noch nicht. Da kommt

Henning angerast, spricht mit Elise, und sie fällt ihm in die Arme. Es hat so weh getan. Sie lieben sich noch, und ich darf das nicht kaputt machen.» Verzweiflung lag in Jakobs Worten.

Friedrich kratzte sich am Kopf. «Und das hat deine Entscheidung abzuhauen besiegelt?»

Jakob nickte schwach.

«Ich verstehe, dass du zu deiner Mutter willst. Henning ist auch ohne Mutter aufgewachsen. Aber noch einmal, ich kann dir nicht versprechen, dass es klappt. Ein Risiko gibt es immer.»

Jakob verschränkte die Arme vor dem Oberkörper. «Ich bleibe bei meiner Entscheidung. Und ich will es heute tun.»

Friedrich schwieg.

«Ich bin bereit.» Jakob straffte die Schultern und ging zur Tür.

Der Dorfplatz lag im Dunkeln, leichter Wind kam auf, irgendwo bellte ein Hund. Der Mond hatte sich hinter einer Wolke verborgen. Schweigend gingen die beiden Männer die Dorfstraße entlang, vorbei am Ortsausgangsschild und auf die Sprevelsricher Landstraße. Nach einer Stunde hatten sie ihr Ziel erreicht.

«Ab jetzt musst du genau machen, was ich dir sage. Keine Alleingänge.» Friedrich sah auf seine Armbanduhr. «Ich kenne die Zeiten der Patrouillen und weiß, in welchem Rhythmus die Suchscheinwerfer das Wasser abtasten.»

In diesem Moment überkamen Jakob Zweifel. Tat er das Richtige? Wie würde es seinem Großvater gehen, wenn er weg war? Was würde Elise von ihm denken?

«Los, flach auf den Bauch», befahl Friedrich.

Sie warfen sich bäuchlings auf den Boden und robbten langsam durch das Unterholz. Immer wieder mussten sie Pausen machen. Dabei sprachen sie kein Wort.

Jakob wusste nicht, wie lange sie bis zum Ufer gebraucht hatten. Es kam ihm vor wie Stunden, manchmal hatten sie eine Ewigkeit einfach nur dagelegen, und Jakob waren beinahe die Augen zugefallen.

Der Wind frischte auf, Friedrich fluchte kaum hörbar. «Sie haben keinen Sturm vorausgesagt, das wird sich bestimmt gleich wieder beruhigen.»

Jakob bekam Angst. Er hob den Kopf und sah aus dem Augenwinkel die Windflüchter, deren Zweige sich bis auf den Boden neigten. Die Bäume zeigten zur vom Meer abgewandten Seite, und Jakob überlegte, ob das ein Zeichen sein sollte. Schließlich begann Friedrich fast lautlos, Zweige und Gestrüpp von einer Kuhle zu sammeln, und zog eine längliche Tasche heraus. Das musste das Schlauchboot sein. Mit geübten Bewegungen und nur von der schwachen Mondsichel beleuchtet hatte er das Boot in wenigen Minuten aufgebaut.

«Los, du darfst keine Zeit verlieren», flüsterte Friedrich.

Jakob griff in seine Hosentasche. «Hier, nimm das bitte. Ich versuche, mich irgendwie zu melden, wenn ich drüben bin. Gib diese Schachtel Elise.»

«Aber ich kann doch nicht ... Gut. Pass auf dich auf!» Ohne darauf zu achten, was Jakob ihm in die Hand gedrückt hatte, richtete Friedrich die Augen starr auf das Wasser, auf dem sich schäumende Gischt bildete. «Jetzt.»

Jakob sprang auf, zog das Schlauchboot hinter sich her und rannte zur Ostsee. Kurz bevor er das Boot auf das Wasser setzen konnte, riss ihm der Sturm die Beine weg. Er rappelte sich hoch, drehte sich noch einmal um und winkte ihm zu. Dann schloss Friedrich die Augen.

Als er sie wieder öffnete, war von Jakob nichts mehr zu sehen. Friedrich griff in seine Jackentasche und ertastete die Schachtel, die er Elise geben sollte. Er holte sie hervor, klappte den Deckel auf und sah zwei goldene Ringe.

Danksagung

Beim zweiten Kind wird alles leichter, sagt man. In jedem Fall braucht man auch für das Großziehen des zweiten Kindes ein ganzes Dorf.

Um Peleroich, mein Roman-Dorf, entstehen zu lassen, bedufte es vieler Menschen. Ich danke Sabine Langohr, Friederike Ney, Dr. Jens Schöne, Johanna Schwering, meiner Familie und meinen Freunden. Ein besonderer Dank gilt all jenen, die mir ihre Geschichten und ihre Geschichte anvertraut haben. Selbst wenn es nicht jede Erinnerung zwischen die Buchdeckel geschafft hat, so möchte ich keine davon missen.

Beim zweiten Buch-Kind seid ihr mir nicht nur ein Dorf gewesen, sondern die ganze Welt.

Weitere Titel von Anja Baumheier

Kastanienjahre

Kranichland